D0019062

El hombre
que perseguía
su sombra

MILLENNIUM[5]

David
Lagercrantz

El hombre que perseguía su sombra

MILLENNIUM[5]

David Lagercrantz

Traducción de Martin Lexell
y Juan José Ortega Román

Ediciones Destino
Colección Áncora y Delfín

Obra editada en colaboración con Editorial Planeta - España

Título original: *Mannen som sökte sin skugga*

© 2017, David Lagercrantz & Moggliden AB, publicado por Norstedts,
Suecia; Publicado de acuerdo con Nordstedts Agency
© 2017, Martin Lexell y Juan José Ortega Roman, por la traducción
© Emily Faccini, por los mapas del interior

© 2017, Editorial Planeta, S.A. – Barcelona, España
Ediciones Destino, un sello editorial de Editorial Planeta, S.A.

Derechos reservados

© 2017, Editorial Planeta Mexicana, S.A. de C.V.
Bajo el sello editorial DESTINO M.R.
Avenida Presidente Masarik núm. 111, Piso 2
Colonia Polanco V Sección
Delegación Miguel Hidalgo
C.P. 11560, Ciudad de México
www.planetadelibros.com.mx

Primera edición impresa en España: septiembre de 2017
ISBN: 978-84-233-5255-5

Primera edición impresa en México: septiembre de 2017
ISBN: 978-607-07-4299-6

No se permite la reproducción total o parcial de este libro
ni su incorporación a un sistema informático, ni su transmisión
en cualquier forma o por cualquier medio, sea este electrónico,
mecánico, por fotocopia, por grabación u otros métodos, sin
el permiso previo y por escrito de los titulares del *copyright.*

La infracción de los derechos mencionados puede ser constitutiva
de delito contra la propiedad intelectual (Arts. 229 y siguientes de la Ley
Federal de Derechos de Autor y Arts. 424 y siguientes del Código Penal).

Si necesita fotocopiar o escanear algún fragmento de esta obra diríjase
al CeMPro (Centro Mexicano de Protección y Fomento de los Derechos
de Autor, http://www.cempro.org.mx).

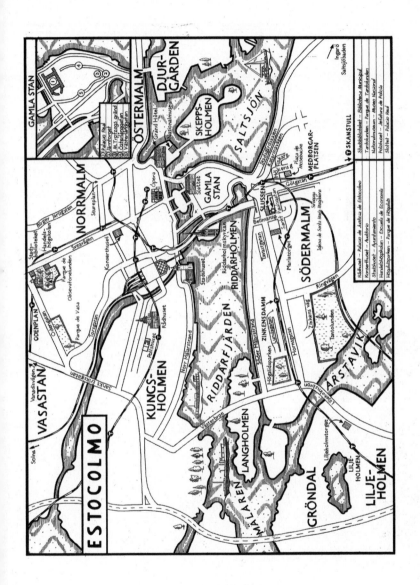

ESTOCOLMO

GAMLA STAN

ÖSTERMALM
DJUR-GÅRDEN
NORRMALM
SKEPPS-HOLMEN
SALTSJÖN
GAMLA STAN
VASASTAN
KUNGS-HOLMEN
RIDDARFJÄRDEN
RIDDARHOLMEN
SÖDERMALM
MEDBORGAR-PLATSEN
ÅRSTAVIK
MÄLAREN
LÅNGHOLMEN
ZINKENSDAMM
GRÖNDAL
LILJE-HOLMEN
LILJE-HOLMEN

Solna
Vanadisvägen
Santa Eriksgatan
ODENPLAN
Parque de Vasa
Parque de Observatorielunden
Stads-biblioteket
Handels-högskolan
Birger Jarlsgatan
Sveavägen
Stureplan
Opera
Slottet
Götgatan
Konserthuset
Stadshuset
Rådhuset
Polishuset
Norr Mälarstrand
Söder Mälarstrand
Hornsgatan
Zinkens väg
Tantolunden
Ringvägen
Högalidsparken
Mariatorget
Sankt Paulsgatan
Bellmansro
Tavastgatan
SLUSSEN
St. Göran
S:t Jacobs g.
Plaza de Modeskulde
Strömbron
Skeppsbron
Strandvägen
Grand Hôtel
Nationalmuseum
Ingarö
Saltsjöbaden
SKANSTULL
Liljeholmstorget
Liljeholmsbron
Västerbron

1) Palacio Real
2) Bamtorget
3) M.Trpztzeg. gränd
4) Österlänggatan
5) Västerlänggatan

Rådhuset — Palacio de Justicia de Estocolmo
Konserthuset — Auditorio
Stadshuset — Ayuntamiento
Handelshögskolan — Escuela de Economía
Högalidskyrkan — Parque de Högalids

Stadsbiblioteket — Biblioteca Municipal
Tantolunden — Parque de Tantolunden
Nationalmuseum — Museo Nacional
Polishuset — Jefatura de Policía
Slottet — Palacio Real

Iglesia de Santa María Magdalena
Riddarholmskyrkan

Prólogo

Holger Palmgren se encontraba en la sala de visitas, sentado en su silla de ruedas, y dijo:

—Siempre he querido preguntarte por qué es tan importante para ti el tatuaje del dragón.

—Tiene que ver con mi madre.

—¿Con Agneta?

—Yo era pequeña, debía de tener unos seis años. Me escapé de casa.

—Ah, sí, creo que ya me acuerdo. Había una mujer que solía visitarlas, ¿verdad? Y que tenía una especie de marca.

—Sí, era como si su cuello hubiese ardido.

—¿Como si el fuego de un dragón se lo hubiese quemado?

Primera parte

El dragón

Del 12 al 20 de junio

En 1489, Sten Sture el Viejo mandó hacer una estatua para celebrar su victoria sobre el rey danés en la batalla de Brunkeberg.

En la estatua —que se encuentra en Storkyrkan, la catedral de Estocolmo—, san Jorge está montado en un caballo y sostiene una espada en alto. A sus pies hay un dragón agonizante. Y, junto a éste, una mujer vestida con un traje borgoñés.

La mujer representa a una doncella a la que el caballero acaba de salvar, y, según parece, tiene la cara de Ingeborg Åkersdotter, la esposa de Sten Sture el Viejo.

A la doncella se le ve extrañamente impasible.

Capítulo 1

12 de junio

Lisbeth Salander volvía de las regaderas tras haber estado en el gimnasio cuando la detuvo Alvar Olsen, el jefe de los guardias, y empezó a darle la lata. Era posible que el chico se encontrara algo excitado. Gesticulaba con vehemencia agitando unos papeles en el aire. Pero Lisbeth no oía ni una palabra de lo que le decía. Eran las 19.30.

En la cárcel de Flodberga, las 19.30 era la peor hora. Era la hora en la que pasaba el tren de mercancías con un ensordecedor traqueteo que hacía retemblar las paredes, la hora en la que los pasillos se llenaban del ruidoso tintineo de las llaves y de un olor a sudor y a perfume. A ninguna otra hora del día la prisión se convertía en un lugar tan peligroso como a las 19.30. Era entonces, al amparo del chirrido de las vías del tren y en medio del caos general que se originaba justo antes de que se cerraran las puertas de las celdas, cuando se producían los peores ataques. En esos instantes, Lisbeth Salander se mantenía siempre alerta, paseando la mirada por todos los rincones de la unidad de seguridad; por eso no fue ninguna casualidad que, justo en ese momento, viera lo que le estaban haciendo a Faria Kazi.

Faria Kazi era una chica joven y guapa de Bangladesh. Estaba sentada en su celda, que quedaba a la izquierda de la de Salander, y aunque desde donde ésta se hallaba sólo se podía distinguir la cara de Faria, no cabía duda de que la estaban abofeteando. Lisbeth vio cómo su cabeza daba continuas sacudidas y, a pesar de que los golpes no parecían ser exageradamente fuertes, había algo en ellos que hacía pensar en un ritual. Fuera lo que fuese, aquello debía de haberse producido durante mucho tiempo; se advertía en la propia naturaleza del agravio y también en la reacción de la chica. Resultaba obvio, incluso a distancia, que se trataba de una coacción que había arraigado profundamente en la víctima y había anulado toda resistencia por su parte.

Ninguna mano intentó detener las bofetadas, como tampoco ninguna sorpresa se apreció en su mirada; tan sólo un silencioso y perpetuo miedo. Faria Kazi convivía con el terror. Lisbeth lo comprendió con sólo estudiar su cara. Eso concordaba, además, con lo que había visto durante las semanas que llevaba en la cárcel.

—¡Mira! —dijo, señalando la celda de Faria.

Pero cuando Alvar Olsen se dio la vuelta todo había terminado ya. Lisbeth se alejó de allí, se metió en su celda y cerró la puerta. Desde fuera le llegaron unas voces y unas risas apagadas, y luego el ruido del tren de mercancías, que no dejaba de atronar y traquetear. Allí dentro tenía un lavabo y una estrecha cama, así como una estantería y una mesa llena de una serie de cálculos de mecánica cuántica. ¿Continuaría con ellos? ¿Con sus intentos por dar con una gravedad cuántica de lazos? Se miró la mano. Estaba sosteniendo algo.

Se trataba de los mismos papeles que Alvar acababa de agitar en el aire hacía tan sólo un momento. Y entonces, a pesar de todo, le entró cierta curiosidad. Pero resultó ser una tontería: un test de inteligencia con dos manchas de café en la parte superior de la primera hoja. Resopló.

Odiaba que la pesaran o que la midieran —de la forma que fuera—, así que soltó los papeles, que al caer sobre el suelo de concreto formaron una especie de abanico. Dejó de pensar en ellos por un instante y volvió a concentrarse en Faria Kazi. Lisbeth no había alcanzado a ver quién la estaba golpeando. Pero lo sabía perfectamente. Porque, aunque en un principio a Lisbeth la tenía sin cuidado el ambiente que hubiera allí dentro, lo cierto era que, poco a poco, y muy a su pesar, había ido descodificando las señales —tanto las visibles como las ocultas— y comprendiendo quién mandaba en realidad.

A la unidad también la llamaban «la sección B» o «el módulo de seguridad». Se le consideraba la más segura de todo el centro, y para el que acudía de visita o realizaba una rápida inspección, ésa era, sin duda, la imagen que daba. En ningún otro sitio de la cárcel había tantos guardias, controles y programas de rehabilitación. Pero a quien la examinara con más detenimiento le surgiría la sospecha de que en su interior algo estaba podrido. Los guardias aparentaban ser duros y autoritarios, e incluso compasivos, aunque en realidad eran unos cobardes que habían perdido toda autoridad y permitido que el poder pasara a manos enemigas, a la mafiosa Benito Andersson y a sus secuaces.

Era cierto que, durante el día, Benito actuaba con discreción y se comportaba más bien como una reclusa ejemplar, pero después de la temprana cena, cuando las internas podían hacer ejercicio o ver a sus familiares, ella tomaba el mando, y en ningún otro momento su poder era tan grande como justo antes de que las puertas de las celdas se cerraran. Las presas se movían libremente por ellas y se susurraban amenazas y promesas. Y la banda de Benito se quedaba en un lado, y sus víctimas, en el otro.

Por supuesto, era toda una vergüenza que Lisbeth Salander se encontrara allí, en prisión. Pero es que las circunstancias no le habían sido muy propicias. Aunque, a decir verdad, tampoco era que hubiese puesto mucho empeño en luchar contra los elementos. A ella todo aquello le parecía más bien un estúpido paréntesis en su vida y pensaba que igual podía estar en la cárcel como en cualquier otro lugar. ¿Qué importaba?

La habían sentenciado a dos meses de reclusión por apropiación indebida e imprudencia temeraria en los hechos que siguieron al asesinato del catedrático Frans Balder, cuando ella, por propia iniciativa, escondió a un niño autista de ocho años y se negó a colaborar con la policía, ya que consideraba, con razón, que alguien del equipo de investigación estaba filtrando información. Nadie ponía en duda que su valiosa contribución hubiera salvado la vida del chico. Aun así, el fiscal jefe, Richard Ekström, llevó el proceso judicial con gran entrega y pasión, y al final el juez se dejó convencer por sus argumentos, a pesar de las discrepancias de uno de los miembros del tribunal. También la abogada de Lisbeth, Annika Giannini, realizó un brillante trabajo, pero como Salander no colaboró demasiado, las posibilidades de ganar el caso fueron muy pequeñas.

Lisbeth permaneció callada y de mal humor durante todo el juicio y se negó a apelar la sentencia. Tan sólo deseaba que aquel espectáculo terminara cuanto antes, por lo que, como era de esperar, acabó en el centro penitenciario de régimen abierto de Björngärda Gård, donde disfrutaba de muchas libertades. Sin embargo, no tardaron en aparecer indicios de que su vida corría peligro, algo no del todo inesperado teniendo en cuenta la gente con la que Lisbeth se había metido. Por ese motivo fue trasladada a la unidad de seguridad de Flodberga.

No era tan raro como en un principio podría

parecer. Lo cierto era que a Lisbeth la obligaron a convivir con las peores criminales del país, pero ella no puso ninguna objeción. Estaba rodeada de guardias en todo momento, y en aquella sección hacía ya varios años que no se abrían expedientes por agresión o actos violentos. El personal podía presentar, incluso, unas estadísticas bastante impresionantes de reclusas que habían sido rehabilitadas, si bien era verdad que dichas estadísticas databan en su totalidad del período anterior a la llegada de Benito Andersson.

Ya desde el principio, Lisbeth se encontró con más de una provocación, cosa nada sorprendente. Ella era una reclusa que no pasaba desapercibida, famosa por haber aparecido en los medios de comunicación, así como por los rumores que circulaban sobre ella y los intercambios de información que se producían en los propios canales del mundo del hampa. Tan sólo un par de días antes, Benito en persona le había dado una nota que decía: «¿Amiga o enemiga?». Lisbeth la tiró un minuto después, y si tardó tanto en hacerlo fue, más que nada, porque dejó transcurrir unos cincuenta y ocho segundos antes de leerla.

Ella se alejaba de luchas por el poder y de alianzas de amistad. Se concentraba en ver y aprender, y hacía escasos instantes que había visto más que suficiente. Ahora dirigía una ausente y fija mirada a la estantería que tenía los tratados sobre la teoría cuántica de campos que había pedido antes de ingresar en prisión. En el armario de la izquierda había dos juegos de ropa del centro penitenciario con las letras KV —Kriminalvården—,* así como algo de ropa interior y dos pares de tenis. En las paredes no había nada, ni siquiera una fotografía ni el más mínimo recuerdo de que había vida al otro lado de aquellos muros. La decoración de aquel cuchitril le interesaba tan poco como la de su casa de Fiskargatan.

En el pasillo empezaban a cerrarse las puertas de las celdas, algo que normalmente suponía una liberación para ella. Cuando ya no había ruidos y se instalaba la paz en la sección, Lisbeth solía sumergirse en las matemáticas —en sus esfuerzos por unir la mecánica cuántica y la teoría de la relatividad— y olvidarse del mundo exterior. Pero esa noche resultaba distinta. Estaba irritada, y no sólo por la agresión cometida contra Faria Kazi ni por la corrupción generalizada de aquel lugar.

La causa era más bien la visita —seis días antes— de Holger Palmgren, su tutor durante aquella época en la que la sociedad consideró que ella no era capaz de hacerse cargo de su propia vida. La visita había sido un drama ya de por sí; Holger nunca salía de casa y dependía por completo de los asistentes que lo cuidaban en su departamento de Liljeholmen. Pero él había insistido en acudir has-

---

* Servicio de prisiones y libertad vigilada de Suecia. *(N. de los t.)*

ta allí, por lo que —con la ayuda del servicio de transportes para discapacitados— lo llevaron hasta la cárcel, en donde entró jadeando, en silla de ruedas y con mascarilla de oxígeno. Aun así, fue un encuentro bonito; hablaron de los viejos tiempos, y Holger se puso sentimental y se emocionó. Tan sólo una cosa molestó a Lisbeth: Holger le contó que había recibido la visita de una mujer llamada Maj-Britt Torell, que había sido secretaria de la clínica de psiquiatría infantil donde Lisbeth estuvo internada de niña. La mujer la había visto en los periódicos y quiso entregarle a Holger unos documentos que pensaba que serían de su interés. Según él, eran unos hechos más que sabidos sobre cómo habían inmovilizado a Lisbeth y sobre lo mal que la habían tratado. «Nada que tengas que ver», sentenció. No obstante, los documentos debían de contener algo nuevo, porque cuando Holger le preguntó por el tatuaje del dragón y Lisbeth le habló de la señora que tenía una mancha de nacimiento roja como el fuego, él dijo:

—¿No era ella del registro?

—¿De dónde?

—Del Registro para el Estudio de la Genética y el Entorno. El que está en Uppsala. Me parece haberlo leído en alguna parte.

—Pues habrá sido en los nuevos documentos —sentenció Lisbeth.

—¿Tú crees? —preguntó Holger—. No sé, tal vez me esté confundiendo.

Probablemente se estuviera confundiendo. Holger era ya muy mayor. A pesar de ello, Lisbeth no pudo dejar de darle vueltas a ese dato. Rondaba por su cabeza mientras le pegaba puñetazos al saco de boxeo del gimnasio por las tardes y cuando trabajaba en el taller de cerámica por las mañanas. Y ahora seguía royendo su interior al tiempo que permanecía de pie en medio de su celda, con la mirada puesta en el suelo.

El test de inteligencia desparramado sobre el concreto parecía haber cambiado; ya no le resultaba indiferente, sino una prolongación de lo que Holger y ella habían estado comentando, aunque al principio no comprendió por qué. Sin embargo, luego se le vino a la mente que la señora con la mancha de nacimiento también le había dado diferentes test, hecho que siempre acababa con gritos y peleas. Hasta que un día Lisbeth, ya harta, con sólo seis años de edad, huyó de casa en plena noche.

Aun así, no eran los test, ni tampoco aquella huida, lo esencial de su pensamiento. Sino la sospecha que ya había empezado a crecer en su interior; la sospecha de que había algo fundamental en su infancia que no había comprendido, y llegó a la conclusión de que debía indagar más.

Era cierto que pronto la pondrían en libertad y que entonces podría hacer lo que le diera la gana. Pero también sabía que tenía bien medido a Alvar Olsen, el jefe de los guardias. No era la primera vez que el tipo fingía no ver las agresiones que allí se cometían. La unidad que dirigía, considerada todavía un orgullo para todo el sistema penitenciario, se hallaba en decadencia moral. Por eso Lisbeth se preguntó si Olsen no la ayudaría a conseguir lo que nadie podía tener allí dentro: una conexión a Internet.

Escuchó con atención los ruidos del pasillo. Oyó murmullos en los que se mezclaban palabras amables e insultos, puertas que se cerraban de un portazo, el tintineo de las llaves y unos pasos alejándose. Luego se hizo el silencio. Sólo se oía el zumbido del sistema de ventilación, aunque en realidad no funcionaba. El ambiente era de lo más sofocante e insoportable. Lisbeth Salander bajó la mirada y la depositó en los papeles del test mientras pensaba en Faria Kazi, en Benito, en Alvar Olsen y en la señora con aquella mancha de nacimiento roja como el fuego en el cuello.

Se agachó, recogió los papeles y se sentó en la mesa para contestar a toda prisa las preguntas. Cuando terminó, pulsó el botón del intercomunicador plateado que se hallaba junto a la puerta de acero. Alvar Olsen contestó algo nervioso y dubitativo. Lisbeth le dijo que tenía que hablar con él. Inmediatamente.

—Es importante —remarcó.

Capítulo 2

12 de junio

Alvar Olsen quería irse a casa. Quería salir de allí. Pero antes debía hacer su turno de vigilancia, hacer algo de papeleo y, como era natural, llamar a su hija Vilda, de nueve años, para darle las buenas noches. Como iba siendo habitual, era Kerstin, la tía de Alvar, la que cuidaba de la niña. Él le había advertido de la importancia de cerrar siempre la puerta de casa con doble cerradura de seguridad.

Alvar llevaba doce años siendo jefe de la unidad de seguridad de Flodberga, y durante la mayor parte de ellos había estado orgulloso de su trabajo y se había considerado el hombre perfecto para ese cometido. En su juventud, había salvado la vida de su madre, gravemente alcoholizada, al conseguir que dejara la bebida. Siempre había contado con una natural y apasionada predisposición para ponerse de parte de los desfavorecidos, de modo que no resultaba sorprendente que hubiera decidido entrar en la administración penitenciaria, ni tampoco que se forjara enseguida una sólida y buena reputación. Pero en la actualidad apenas le quedaba nada de aquel idealismo.

El primer golpe le llegó cuando su esposa los abandonó —a él y a su hija— para irse a vivir a Åre con su antiguo jefe. Sin embargo, fue Benito la que, de forma definitiva, arruinó todas sus ilusiones. Alvar solía decir que siempre hay algo bueno en todos los delincuentes. Pero en Benito no había nada bueno, y eso que eran muchos los que habían intentado encontrárselo: novios, novias, abogados, terapeutas y psiquiatras forenses, e incluso un par de sacerdotes. Benito se llamaba originalmente Beatrice. Había cambiado de nombre en honor al conocido fascista italiano, y en esos momentos lucía el tatuaje de una esvástica en el cuello, llevaba el pelo rapado y mostraba una malsana palidez en el rostro. Pese a ello, su aspecto no era demasiado terrible.

Aunque tenía cuerpo de luchadora, irradiaba cierta elegancia, y no pocos se dejaban engatusar por lo imponente de su físico. No obstante, lo que producía en la gran mayoría era un miedo de muerte. Benito había asesinado —eso era al menos lo que se decía— a tres personas con un par de dagas a las que ella llamaba «Kris» o «Keris», y de las que se hablaba tanto que se habían convertido en parte intrínseca del ambiente amenazador y sofocante del centro. Una y otra vez, se repetía que lo peor que podía pasar en el módulo era que Benito dijera que te estaba apuntando con su daga, porque entonces estabas sentenciado a muerte, cuando no prácticamente muerto. Y aunque la mayor parte de esos comentarios no eran más que fanfarronerías y pura palabrería —sobre todo teniendo en cuenta que esas dagas se hallaban a una tranquilizadora distancia de la cárcel—, lo cierto era que dejaban su impronta en el ambiente. El mito de las dagas, unido a la amedrentadora apariencia de Benito, sembraba el pánico en los pasillos. Todo aquello constituía una auténtica vergüenza, un gran escándalo. Y Alvar había acabado aceptándolo.

No debería haber temido enfrentarse a ella; Alvar medía un metro noventa y dos, pesaba ochenta y ocho kilos y era de complexión fuerte y musculosa. Ya de joven se peleaba con borrachos y cerdos que querían hacerle daño a su madre. Pero tenía un punto débil: era padre de una niña. No hacía ni un año que Benito se había acercado a él en el patio y le había susurrado al oído la descripción de un itinerario, una precisa y escalofriante relación de todos y cada uno de los pasillos y las escaleras por los que Alvar pasaba cada mañana para llevar a su hija a la clase de 3.º A, en el tercer departamento del colegio Fridhem de Örebro.

—Estoy apuntando a tu hija con mi daga —le espetó. No hizo falta añadir nada más.

Alvar perdió el control de la sección, y el caos producido por ello fue extendiéndose hasta los niveles inferiores de la jerarquía. Alvar no dudaba ni un solo segundo de que algunos de sus colegas —como el cobarde de Fred Strömmer— habían empezado a comportarse de forma netamente corrupta. Ninguna otra época del año era peor que ésa, el inicio del verano, cuando la cárcel se llenaba de incompetentes y asustados sustitutos y el asfixiante aire de los pasillos no hacía más que aumentar la irritación y la tensión. Alvar ya había perdido la cuenta de las veces que se había despertado por la mañana jurando que iba a reinstaurar el orden. Aun así, no era capaz de lograrlo, y tampoco ayudaba mucho el hecho de que Rikard Fager, el director de la cárcel, fuera un idiota. A Fager sólo le interesaba la fachada, y ésta seguía estando reluciente como un espejo, por muy podrido que estuviera todo por detrás.

Cada tarde, los ojos de Benito volvían a paralizar a Alvar, quien, según establece la psicología de la opresión, se volvía más débil cada vez que se doblegaba: era como si le sacaran la sangre. Pero lo peor de todo era que no conseguía proteger a Faria Kazi.

Faria había sido condenada por haber matado a su hermano mayor en Sickla, a las afueras de Estocolmo, cuando, de un empujón, lo tiró por una ventana. No obstante, su carácter no era en absoluto agresivo ni violento; pasaba la mayor parte del tiempo en su celda , leyendo o llorando. El hecho de que se encontrara en esa sección se debía, más que nada, al riesgo de que se suicidara y a que, además, hubiera sido amenazada. Faria estaba destrozada; todos la habían abandonado, incluso la sociedad. Desde luego, ni adoptaba una actitud prepotente en el pasillo ni tenía una mirada fría y cortante que infundiera respeto; tan sólo contaba con una frágil belleza que había provocado que las acosadoras y las sádicas se apelotonaran a su alrededor, y Alvar se odiaba a sí mismo por no hacer nada para impedirlo.

Lo único constructivo que había hecho últimamente era interesarse por la nueva chica, Lisbeth Salander. Tampoco se trataba de un juego de niños: Salander era una chica dura de pelar, y de ella se hablaba tanto como de Benito. Unas admiraban a Salander, otras la consideraban una imbécil que iba de sobrada, y luego estaban las que la veían como una amenaza contra la posición que ocupaban en la jerarquía de allí dentro. El cuerpo entero de Benito —todos y cada uno de sus músculos— parecía prepararse para la lucha de poder; Alvar no dudó ni un instante de que estaba recabando información sobre Salander con la ayuda de sus contactos externos, tal y como había hecho con él y con los demás miembros de la sección.

Sin embargo, hasta el momento no había sucedido nada, ni siquiera cuando a Salander, a pesar de su estatus de máxima protección, le permitieron trabajar en el jardín y en el taller de cerámica. En esto último, Lisbeth resultaba ser un completo desastre. Sus jarrones eran los más feos que Alvar había visto en su vida, y tampoco se podía decir que fuera una mujer muy sociable. Apenas abría la boca. Daba la sensación de vivir en su propio mundo y la tenían sin cuidado los comentarios o las miradas que le lanzaban; ni siquiera los empujones ni los golpes que Benito le propinaba a hurtadillas parecían alterarla. Lisbeth se limitaba a sacudírselos, como si fueran polvo o mierda de pájaro; la única persona por la que manifestaba interés era Faria Kazi.

Lisbeth la vigilaba, pues tal vez ya se hubiera dado cuenta de la gravedad de la situación. Y quizá aquello desembocara en algún tipo de enfrentamiento. Eso Alvar no lo sabía. Pero le preocupaba.

A pesar de los contratiempos, Alvar Olsen se sentía orgulloso de los programas individuales que había establecido para cada reclusa. A nadie se le asignaba una tarea por puro automatismo. Cada una de ellas tenía su propio horario, dependiendo de sus necesidades y sus circunstancias. Algunas estudiaban tiempo completo o parcial. Otras participaban en el programa de rehabilitación y recibían ayuda psicológica y terapéutica u orientación profesional. A Salander deberían darle la oportunidad de finalizar sus estudios, o al menos aconsejarla sobre ese asunto. No había ido al colegio, ni siquiera había terminado la primaria y, exceptuando un empleo en una empresa de seguridad durante un breve período de tiempo, no parecía haber trabajado en su vida. Por otra parte, no había dejado de tener problemas con las autoridades, aunque lo cierto era que nunca había sido condenada a prisión con anterioridad. Sería fácil calificar su caso como el de una simple holgazana. Pero esa imagen, claro está, no se ajustaba a la realidad. No sólo por la descripción que hacían de ella los tabloides, que la consideraban como una especie de heroína de acción, sino por su apariencia general, y también por un acontecimiento que se había quedado grabado en la mente de Alvar.

Ese acontecimiento era lo único positivo o sorprendente que había ocurrido en aquel módulo durante el último año. Había tenido lugar unos días antes en el comedor, después de la temprana cena de las cinco. Fuera caía la lluvia. Las reclusas habían recogido sus platos y sus vasos, los habían lavado y habían limpiado la sala. Alvar estaba sentado solo, en una silla, junto al fregadero de la cocina. En realidad, no tenía que estar allí: él comía con los otros guardias en otra parte de la cárcel, y el comedor lo llevaban las mismas presas. Las dos encargadas de la cocina, Josefin y Tine —ambas secuaces de Benito—, gestionaban su propio presupuesto. Pedían los alimentos, los preparaban, lo mantenían todo limpio y se aseguraban de que hubiera suficiente para todas. Ser encargada otorgaba cierto estatus. La comida daba poder en la cárcel, así había sido siempre, y resultaba inevitable que a algunas, como a Benito, se les diera más cantidad que a otras. Por eso Alvar solía echar un vistazo en la cocina. Además porque allí se encontraba el único cuchillo de la sección. No era muy afilado y estaba sujeto por un cable de acero. Pero aun así podía causar daños, y ese día lo miraba de reojo de vez en cuando mientras intentaba estudiar.

Alvar deseaba marcharse de Flodberga. Quería un empleo mejor. Pero para un hombre como él, que nunca había estudiado y que no había trabajado más que en centros penitenciarios, no había mucho donde elegir; por eso se había inscrito a un curso de ciencias empresariales a distancia. Y mientras el aroma a tortitas de papa y confitura aún flotaba en el aire, seguía leyendo acerca de cómo se decide el precio de las opciones sobre acciones en el mercado financiero, aunque, a decir verdad, no entendía gran cosa y tampoco era capaz de hacer los ejercicios del libro. En ese momento apareció Lisbeth Salander en busca de más comida.

Iba cabizbaja y parecía estar de mal humor y como en otro mundo, pero Alvar no quería volver a avergonzarse haciendo otro vano intento de relacionarse con ella, por lo que continuó con sus cálculos. No paraba de borrar y emborronar las hojas, lo que molestó claramente a Salander, quien se le acercó y le lanzó una mirada airada que lo sonrojó. A menudo sentía vergüenza cuando ella lo miraba, de modo que se dispuso a regresar a sus tareas. Estaba a punto de levantarse cuando, de repente, Salander le arrancó el lápiz y, acto seguido, garabateó unos números en el libro.

—Las ecuaciones de Black-Scholes siempre serán una mierda sobrevalorada mientras tengamos un mercado tan volátil —le soltó antes de desaparecer y hacer oídos sordos a los gritos con los que la llamaba.

Se limitó a alejarse como si él hubiese dejado de existir. Alvar tardó un tiempo en comprender lo ocurrido. Fue mucho más tarde, aunque ese mismo día, cuando, sentado frente a la computadora, se dio cuenta de que ella no sólo había contestado correctamente los ejercicios del libro en cuestión de segundos, sino que también había criticado, con una manifiesta autoridad, el modelo propuesto por Black y Scholes para estimar el valor de derivados financieros por el que se les había concedido el Premio Nobel. Para él, que, por lo general, no vivía más que momentos de derrota y humillación en la sección, aquello se convirtió en algo grande. Soñó con que ese hecho fuera el inicio de una relación, e incluso con la posibilidad de que supusiera un punto de inflexión en la vida de Salander en el que ella se diera cuenta, por fin, de la magnitud de su talento.

Reflexionó largamente sobre cuál debería ser su próximo paso. ¿Cómo podría motivarla más? Hasta que se le ocurrió una idea: le daría un test de inteligencia. Tenía el despacho lleno de viejos test y formularios que habían dejado todos los psiquiatras forenses al pasar por allí en sus intentos de determinar el grado de psicopatía, alexitimia y narcisismo o lo que fuera que pensaran que padecía Benito.

Él mismo había realizado varios de esos test, y estimó que una chica que podía resolver problemas matemáticos con tanta facilidad por fuerza debería salir bien parada en un test de inteligencia. ¿Quién sabía? Tal vez eso significara algo para ella. Por eso hacía rato que la esperaba en el pasillo en un momento que él había considerado oportuno. Le pareció ver, incluso, una nueva expresión en su rostro, desprovisto ya de esa máscara impenetrable, por lo que empezó dedicándole un cumplido. Pensó que ya había conseguido establecer contacto con ella.

Lisbeth tomó el test. Pero de repente ocurrió algo. El tren empezó a atronar y ella se tensó mientras un negro reflejo aparecía en su mirada. Alvar tartamudeó al ver cómo ella desaparecía. Después ordenó a sus compañeros que se encargaran de cerrar las puertas de las celdas y se dirigió a su despacho, que se hallaba un poco más allá del pasillo, detrás de una sólida puerta de cristal, en esa parte de la cárcel a la que llamaban «la sección administrativa». Alvar era el único guardia de la plantilla que disponía de despacho propio, un despacho que tenía ventanas que daban al patio, a la alambrada y al muro gris de concreto. No era mucho mayor que las celdas ni tampoco mucho más acogedor. Pero, a diferencia de éstas, disponía de una computadora con conexión a Internet y de un par de monitores que mostraban imágenes de vigilancia de la sección, así como unos objetos decorativos que hacían la estancia algo más agradable.

Eran las 19.45. Las puertas de las celdas estaban cerradas. El tren había desaparecido rumbo a Estocolmo y había dejado de atronar, y los compañeros se encontraban charlando en la sala de descanso. Alvar se puso a escribir un par de líneas en el diario que llevaba sobre la vida de allí dentro. Pero eso no mejoró gran cosa su estado de ánimo; lo cierto era que lo que escribía ya no era fiel a la verdad. No quiso continuar y dirigió la mirada hacia el tablón de anuncios, hacia las fotografías de Vilda y de su madre, que llevaba muerta cuatro años.

Fuera, el jardín contrastaba con el resto del árido recinto, igual que un oasis en el desierto. El cielo estaba despejado. Alvar consultó de nuevo su reloj. Ya era hora de llamar a casa para darle las buenas noches a Vilda y decirle que descansara y un «hasta pronto, mi amor». Tomó el auricular del teléfono, pero no le dio tiempo de hacer nada más, pues el intercomunicador empezó a sonar. Al mirar la pantalla vio que era la celda número siete la que llamaba, la de Lisbeth Salander, lo que le provocó no sólo curiosidad, sino también inquietud. Todas las internas sabían que no debían molestar a los guardias si no era absolutamente necesario. Lisbeth nunca había usado el intercomunicador con anterioridad y, además, no parecía precisamente una mujer que tendiera a quejarse porque sí. ¿Habría ocurrido algo?

—¿Qué sucede? —preguntó.

—Quiero que vengas. Es importante.

—¿Qué es tan importante?

—Me has dado un test de inteligencia, ¿no?

—Eso es, pensé que una chica como tú lo haría bien.

—Quizá tengas razón. ¿Quieres venir y comprobar el resultado? Ya lo he acabado.

Alvar volvió a mirar el reloj. ¿Cómo diablos había sido capaz de terminarlo tan pronto? Imposible.

—Mejor mañana —dijo—. Así repasas tranquilamente las respuestas.

—Pero eso sería hacer trampa —continuó ella—. Tendría mucho más tiempo.

—Bueno, ahora voy —asintió Alvar.

No sabía muy bien por qué había aceptado, y no tardó en preguntarse si no habría sido una decisión precipitada. Claro que, por otra parte, si no iba, seguro que luego se arrepentiría; había albergado grandes esperanzas en que ella encontrara interesante el test y en que eso fuera el inicio de algo.

Se agachó y sacó una hoja con las respuestas correctas del cajón inferior derecho. Luego se arregló un poco antes de salir. Abrió las puertas esclusa de la unidad de seguridad con su tarjeta y su código personal y comenzó a caminar. Avanzó por el pasillo y miró las cámaras negras del techo y las lámparas amarillas mientras se palpaba el cinturón: llevaba su OC —el espray de pimienta—, la porra, el llavero, el radiotransmisor y la cajita gris con el botón de alarma.

Tal vez fuera un idealista irremediable, pero no era un ingenuo. Imposible dentro del sistema penitenciario. Las presas podían mostrarse implorantes y humildes con el único propósito de engañarlo. Alvar se mantenía alerta, y cuanto más se acercaba a la puerta de la celda de Salander, más preocupado se hallaba. Debería haberlo acompañado otro guardia, tal y como dictaba el reglamento.

Por muy inteligente que fuera Lisbeth Salander, era imposible que hubiera escupido las respuestas tan rápidamente. Sin duda debía de tener un motivo oculto para atraerlo hasta allí. Cada vez estaba más convencido de ello. Abrió la ventanilla de su celda y echó un vistazo lleno de suspicacia. Lisbeth se hallaba de pie al lado de la mesa y le dedicó una sonrisa, o al menos algo parecido a una sonrisa. Entonces Alvar volvió a sentir un cauteloso optimismo.

—De acuerdo, ahora voy a entrar. Mantén la distancia.

—Claro.

—Bien.

Abrió la celda, todavía preparado para cualquier cosa, pero no pasó nada. Salander no se movió del sitio.

—¿Cómo estás? —preguntó Alvar.

—Bien —respondió ella—. Un test interesante. ¿Puedes corregirlo tú mismo?

—Éstas son las respuestas —le contestó, agitando el papel en el aire.

Ella no dijo nada. Él añadió:

—Teniendo en cuenta la rapidez con la que lo has hecho, creo que no debes decepcionarte si el resultado no es muy bueno.

Intentó esbozar una amplia sonrisa. Ella volvió a sonreírle. Sin embargo, Alvar ya no se encontraba tan cómodo como un momento antes; se sentía examinado y no le gustaba ese oscuro brillo de sus ojos. ¿Estaba tramando algo? No le sorprendería nada que detrás de esa negra mirada se escondiera un plan infernal. Claro que, por otra parte, se trataba de una mujer pequeña y delgada, mientras que él era más grande, iba armado y había sido entrenado para resolver situaciones críticas. Imposible que aquello entrañara el más mínimo peligro.

Tomó el test con cierta prudencia y mostrándole una rígida sonrisa. Luego ojeó las respuestas al tiempo que mantenía a Salander bajo vigilancia. Lo tenía todo controlado. Ella se limitó a mirarlo inquisitiva, como si quisiera preguntarle: «¿Lo hice bien?».

Independientemente del resultado que obtuviera, lo que quedaba claro era que no había cuidado mucho la presentación. El test estaba lleno de tachones y daba la impresión de que lo había realizado con prisas. Poco a poco y sin quitarle ojo a Lisbeth, Alvar fue comparando las respuestas con la plantilla. Al principio no hizo sino constatar que la mayoría de ellas parecían correctas; luego no pudo evitar dejarse invadir por el asombro. Incluso las preguntas más difíciles —las del final— las había contestado bien, algo que no había hecho nadie y de lo que ni siquiera había oído hablar. El resultado era simplemente extraordinario. Ya estaba a punto de alabarla con entusiasmo cuando, de repente, fue incapaz de respirar.

Capítulo 3

12 de junio

Lisbeth Salander observaba detenidamente a Alvar Olsen, que se mantenía vigilante. Era alto y musculoso y, por si fuera poco, en el cinturón llevaba una porra, un bote de espray de pimienta y su cajita con el botón de alarma. Sin duda preferiría morir de vergüenza antes que ser sometido. Pero también era consciente de que tenía sus puntos débiles.

Resultaban ser los mismos que poseen todos los hombres, pero él, además, cargaba con una culpa. También era alguien que se avergonzaba con facilidad, un hecho del que ella podría aprovecharse. Lo golpearía y lo presionaría; le daría su merecido. Entonces lo miró a los ojos y se fijó en su estómago: no era un buen sitio; parecía duro y musculoso, una maldita tableta de chocolate. Pero hasta ese tipo de estómagos tienen sus momentos vulnerables. Lisbeth esperó y acabó recibiendo su recompensa cuando Alvar realizó una profunda exhalación, como de asombro.

Justo en ese instante, al perder su cuerpo concentración y tensión, ella lo golpeó en todo el plexo solar. Le dio dos veces, con gran precisión y contundencia, e hizo una cosa más: apuntó a su hombro —a ese punto exacto donde Obinze, su entrenador de boxeo, le había enseñado a golpear— y le pegó allí con una salvaje y descomunal fuerza.

Comprendió en el acto que lo había conseguido. El hombro se dislocó y Alvar se dobló. Jadeaba sin ni siquiera ser capaz de emitir un grito, pero se notaba que estaba luchando por mantenerse en pie. Lo logró durante un segundo o dos. Luego se rindió. Cayó de lado y se desplomó en el suelo de concreto con un ruido sordo, y entonces Lisbeth avanzó hacia él para asegurarse de que no cometiera ninguna tontería con las manos.

—Ni una palabra —le avisó.

Una advertencia innecesaria: Alvar no podía articular palabra alguna. No sólo porque se hubiera quedado sin aire, sino también porque el hombro le palpitaba de dolor y la vista se le nublaba.

—Si te portas bien y no tocas el cinturón, no habrá más golpes —prosiguió Salander mientras alejaba el test de inteligencia del alcance de sus manos, y en ese momento a Alvar le pareció oír un ruido lejano.

¿Era un televisor que estaba encendido en alguna de las celdas contiguas? ¿O tal vez colegas que habían entrado en la sección y que ahora hablaban en el pasillo? No podía determinarlo. Se encontraba demasiado aturdido. No obstante, pensó en la posibilidad de intentar realizar alguna hazaña o, simplemente, de pedir socorro a gritos. Pero no era fácil pensar, pues el dolor había asumido el control de sus pensamientos. De Salander no veía más que una figura borrosa, y se sentía confuso y asustado. A pesar de todo, era probable que sus dedos buscaran el pulsador, aunque más bien como un acto reflejo que como uno consciente. No le dio tiempo a activar nada: de pronto recibió otro golpe en el estómago que le hizo ponerse en posición fetal mientras jadeaba aún más que antes.

—¿Viste? —dijo ella en voz baja—. No es una buena idea. Pero ¿sabes qué? En realidad, no deseo hacerte daño. ¿No fuiste una vez un pequeño héroe? ¿El salvador de tu mamá, o una cosa así? Algo he oído. Pero ahora todo este sitio se ha ido a la mierda por tu culpa, y hoy has vuelto a dejar colgada a Faria Kazi. Debo advertirte que eso no me gusta nada.

Alvar no supo qué responder.

—Esa chica ya ha sufrido bastante. Y eso tiene que terminar —sentenció ella, y entonces Alvar asintió con un movimiento de cabeza sin saber muy bien por qué.

»Genial. Ya nos vamos entendiendo —continuó Salander—. ¿Has leído algo sobre mí en los periódicos?

Alvar volvió a decir que sí con la cabeza mientras procuraba mantener las manos bien alejadas del cinturón.

—Bien. Pues ya sabrás que no me detengo ante nada. Nada. Pero tal vez podamos llegar a un acuerdo.

—¿Cuál? —masculló.

—Yo te ayudo a poner un poco de orden aquí y me encargo de que Benito y su banda no se acerquen ni lo más mínimo a Faria Kazi, y tú... tú me dejas usar una computadora.

—¡Eso nunca jamás! Me has... —recuperó el aliento— me has agredido. Te has metido en problemas.

—No, eres tú el que está metido en problemas —le contestó ella—. Aquí dentro hay gente acosada y maltratada y tú no mueves ni un solo dedo. ¿Tienes una idea de lo escandaloso que es eso? ¡El orgullo del sistema penitenciario ha acabado en manos de una pequeña Mussolini!

—Pero... —intentó.

—Nada de peros. Yo te ayudaré a arreglarlo. Claro que antes tienes que llevarme a donde haya una computadora con conexión a Internet.

—¡Ni de broma! —dijo él, intentando hacerse el duro—. Hay cámaras por todo el pasillo. Estás jodida.

—En tal caso, estamos bien jodidos los dos. Aunque a mí me da igual —respondió ella. Y, al oír eso, el nombre de Mikael Blomkvist acudió a la mente de Alvar.

Durante el corto tiempo que Salander llevaba internada en el centro, Mikael Blomkvist ya la había visitado dos o tres veces, y lo que menos quería Alvar era que Blomkvist sacara sus trapos sucios. ¿Qué debía hacer? No podía pensar con claridad, y menos aún evaluar la posibilidad de que saliera a la luz un reportaje en el que se supiera lo que de verdad sucedía allí con Benito. Tenía demasiado dolor como para ser capaz de ordenar las ideas y pensar con detenimiento y lucidez, por lo que se limitó a tocarse el hombro y el estómago para, acto seguido, acabar respondiendo sin saber muy bien lo que quería decir:

—No te garantizo nada.

—Yo a ti tampoco, de modo que estamos igual. ¡Vamos, levántate!

—Seguro que nos encontramos a alguien en administración —señaló él.

—Pues inventas algo, como que tenemos que hacer algún otro test juntos. Con lo bien que hemos empezado tú y yo, sería una pena no seguir. ¿No crees?

Alvar se levantó y se tambaleó. El foco del techo —como un fuego fatuo, una estrella fugaz— daba vueltas sobre su cabeza. Estaba mareado, y dijo:

—Espera un momento, tengo que...

Lisbeth lo ayudó a erguirse y le atusó el pelo, como si quisiera verlo bien arreglado. A continuación volvió a hacerle daño. Él se quedó aterrorizado. Pero en esta ocasión no se trató de ningún golpe violento. Todo lo contrario. Ella le puso el hombro en su lugar y le alivió el intenso dolor.

—Listo, vamos —dijo Lisbeth.

Él consideró la opción de gritar pidiendo ayuda y apretar el pulsador. Pensó también en golpearla con la porra y echarle gas pimienta con el espray. Sin embargo, tan sólo empezó a caminar. Avanzó por el pasillo acompañado de Lisbeth Salander como si no hubiera ocurrido nada. Abrió las puertas esclusa con su tarjeta y su código esperando no toparse con nadie. No obstante —¿cómo no?—, se cruzaron con Harriet, su importuna colega, tan escurridiza que ni siquiera él tenía claro a qué bando pertenecía, si al de Benito o al de la ley. A veces creía que estaba en los dos, que elegía bando en función del provecho que pudiera sacar en cada ocasión.

—Hola —saludó Alvar.

Harriet llevaba el pelo recogido en una coleta y mostraba cierta rigidez en la boca y los ojos. La época en la que Alvar la encontraba atractiva quedaba ya muy lejos.

—¿Adónde van? —preguntó Harriet.

Alvar se dio cuenta de que, por muy jefe que fuera, no podía con la mirada inquisitiva de Harriet, de modo que murmuró:

—Vamos a... Bueno, queríamos ir a...

Exceptuando lo de los test, no se le ocurrió nada, pero él sabía que eso no iba a funcionar.

—... a llamar a la abogada de Salander —continuó.

Alvar notó que ella no le creía y que, además, seguro que se había percatado de su palidez y de su acuosa mirada. Lo único que deseaba era dejarse caer en el suelo y pedir ayuda a gritos, pero no hizo sino añadir con una inesperada autoridad:

—Es que la abogada se va a Yakarta mañana por la mañana.

Ignoraba de dónde se había sacado lo de Yakarta. Pero se dio cuenta de que era lo bastante explícito y raro como para que fuera percibido como verdadero.

—Ah, bien, de acuerdo —dijo Harriet con un tono de voz más propio de su posición. Luego los dejó continuar. Cuando Alvar se aseguró de que se encontraban fuera de su campo de visión, siguieron en dirección al despacho.

El despacho era suelo sagrado. La puerta siempre permanecía cerrada con llave, y allí dentro las reclusas no podían entrar. Ni mucho menos utilizar su teléfono. Pero hacia allí se dirigían. Con un poco de suerte, o de mala suerte, los compañeros del puesto central de vigilancia ya habrían descubierto lo ocurrido al otro lado tras el cierre de las celdas, por lo que seguramente no tardaría en bajar alguien para preguntar qué estaba sucediendo. Pasara lo que pasase, aquello no saldría bien. Debía hacer algo. Se tocó el cinturón, aunque no pulsó el botón de alarma. Sentía demasiada vergüenza y tal vez también, y muy a su pesar, una extraña fascinación. ¿Cuáles eran los planes de Lisbeth?

Abrió la puerta, la dejó entrar y, de pronto, el desastroso aspecto de la estancia le saltó a la vista. Qué patético —sobre todo después de haber sido apodado *el niño de mamá*— tener grandes fotos de su madre en su tablero de corcho, unas fotos que eran de mayor tamaño, incluso, que las de su hija Vilda. Hacía ya tiempo que debería haberlas quitado, haber recogido el despacho y haber dimitido para no tener nada que ver con los delincuentes el resto de su vida. Pero allí seguía. Cerró la puerta mientras Lisbeth Salander lo contemplaba con una mirada oscura y decidida.

—Tengo un problema —dijo ella.

—¿Y cuál es?

—Tú.

—¿Y qué problema tienes conmigo?

—Si te hago salir, activarás la alarma. Y si te quedas aquí, te vas a enterar de todo, y eso tampoco me gusta.

—¿Vas a cometer un delito? —preguntó.

—Es probable —contestó ella.

Y entonces, o algo debió de hacer él, o ella estaba realmente loca de atar, porque volvió a golpearlo en el plexo solar —ésa era ya la tercera o cuarta vez— y él cayó de nuevo. Luchó por recuperar el aliento mientras se preparaba para recibir más golpes. Pero no pasó nada, excepto que Salander se agachó y, rápida como un rayo, le quitó el cinturón y lo dejó sobre la mesa. A continuación, él se incorporó y, por mucho que le doliera, se envalentonó y le lanzó una mirada amenazante.

Parecía que estaban a punto de lanzarse uno contra el otro y enzarzarse en una pelea. Pero ella lo desarmó una vez más al dirigir la mirada al corcho.

—¿Esa de ahí es tu vieja? ¿La que salvaste?

Él no contestó. Aún sopesaba la idea de abalanzarse encima de ella.

—¿Es tu madre? —repitió.

Él asintió con la cabeza.

—¿Está muerta?

—Sí.

—Pero ¿era importante para ti?

—Sí.

—Entonces seguro que lo entenderás. Necesito buscar cierta información, y tú me lo permitirás.

—¿Y por qué tendría que hacerlo?

—Porque la situación ya se te ha ido de las manos. Y porque, a cambio, yo te ayudaré a aniquilar a Benito.

—Es una tipa completamente despiadada.

—Yo también —dijo Lisbeth.

Quizá ella tuviera razón. Las cosas ya habían ido demasiado lejos. Había dejado entrar a Salander en su despacho y había mentido y engañado a su compañera. Ya no tenía mucho que perder, así que, cuando ella le pidió la contraseña de su computadora, él se la dio. Miró las manos de Salander. Las miró cada vez más perplejo: se movían como un rayo por el teclado. Al principio no ocurrió nada fuera de lo normal; ella no entró más que en un par de páginas web de la ciudad de Uppsala: la de la universidad y la del hospital Akademiska.

Continuó buscando un buen rato, aparentemente sin orden ni concierto, y no se detuvo hasta que se topó con algo que le resultó un poco antiguo y trasnochado llamado «Departamento de Genética Médica». Entonces escribió un par de comandos. Acto seguido, la pantalla se apagó, se volvió negra, pero ella ni se inmutó. Permaneció inmóvil. Su respiración sonaba pesada y sus dedos dudaban como los de un pianista que se está preparando para tocar una pieza de especial dificultad.

Luego, con una velocidad asombrosa, tecleó algo y una serie de letras y números blancos aparecieron en la pantalla. Unos segundos después la computadora empezó a escribir por sí solo un alud de signos, códigos fuente y comandos. Él no entendía más que alguna que otra palabra en inglés: *connecting database*, *search*, *query* y *response* y luego la inquietante *bypassing security*. Ella esperó un momento, impaciente, tamborileando en la mesa con los dedos. «¡Mierda!», soltó; en una ventana se podía leer: Access denied. Volvió a intentarlo una vez más y, de pronto, algo ocurrió: en la pantalla apareció un movimiento ondulante, seguido de una sensación de ser transportado hacia dentro que acabó en un destello de colores. Ahora las letras eran verdes: Access granted, y en el mismo instante empezaron a pasar cosas que Alvar ni siquiera consideraba posibles; fue como si ella hubiera sido absorbida hasta el interior de unos agujeros de gusano para salir luego a unos ciber-mundos que parecían pertenecer a otros tiempos, a una época muy anterior a la existencia de Internet.

Revoloteó por viejos documentos escaneados y listas en las que figuraban una serie de nombres escritos a máquina o a bolígrafo. Por debajo de ellos, números y anotaciones puestos en columnas, resultados —pensó él— de evaluaciones y test. En un par de ocasiones también advirtió el sello de «Confidencial» en los documentos. Vio el nombre de Lisbeth y el de otras personas, así como todo un conjunto de informes. Era como si ella hubiese transformado la computadora en una criatura serpentina que se deslizaba silenciosamente por archivos secretos y recónditas cuevas, y así siguió durante horas. Incansable.

Sin embargo, Alvar no acababa de comprender lo que ella estaba haciendo, tan sólo que —fuera lo que fuese— no conseguía llegar hasta el final; lo notó en su lenguaje corporal y en sus murmullos. Tras cuatro horas y media, ella se rindió y él pudo, por fin, suspirar aliviado. Necesitaba ir al baño. Tenía que ir a casa, relevar a su tía y cuidar de Vilda, y dormir y olvidarse del mundo. Pero Lisbeth le ordenó que permaneciera quieto y que cerrara el pico. Aún le quedaba algo por hacer. Apagó la pantalla y escribió nuevos comandos, y Alvar, aterrado, se dio cuenta de que pensaba entrar en el sistema informático de la prisión.

—No lo hagas —le pidió.

—No te cae demasiado bien el director de la cárcel, ¿verdad?

—Eso ahora no importa.

—A mí tampoco —prosiguió ella, y luego hizo algo que él habría preferido no ver.

Entró en el correo y en los archivos de Rikard Fager y se puso a leerlos. Alvar no se lo impidió; no sólo porque odiara al director y porque todo hubiera ido ya demasiado lejos, sino también por la fascinación que sintió al verla utilizar la computadora, que le pareció una prolongación de su cuerpo. La manejaba con un absoluto virtuosismo, lo que provocó que él confiara en ella. Quizá fuera irracional. No lo sabía. Pero la dejó seguir y realizar nuevos ataques. De nuevo la pantalla se tornó negra y luego blanca y, acto seguido, Alvar pudo leer otra vez las palabras *ACCESS GRANTED*. «Pero ¿qué carajo...?»

Ante él apareció el pasillo de la unidad de seguridad, que no quedaba muy lejos de donde ellos se encontraban. Se veía tranquilo y oscuro. Lisbeth trabajaba una y otra vez con la misma secuencia de la grabación, como si la prolongara o hiciera que un fragmento se repitiera. Durante un buen rato, Alvar permaneció sentado de brazos cruzados y con los ojos cerrados, esperando a que aquello acabara cuanto antes.

Lo hizo a la 01.52. Entonces Lisbeth Salander

se levantó y murmuró «gracias», y Alvar, sin comentar ni una sola palabra de lo que ella había hecho, la acompañó hasta su celda —pasando por las puertas esclusa— y le deseó buenas noches. Después se fue a casa, donde apenas fue capaz de pegar ojo. Era ya casi de día cuando consiguió dormitar un poco. Soñó con Benito y sus dagas.

Capítulo 4

17-18 de junio

El viernes era el día de Lisbeth.

Cada viernes por la tarde, Mikael Blomkvist iba a visitar a Lisbeth Salander a la cárcel. A él le hacía ilusión, especialmente ahora que, por fin, había aceptado los hechos y había dejado de estar furioso. Le había tomado tiempo.

Tanto la acusación como la condena lo habían sacado de quicio y había hecho mucho ruido en la televisión y en los periódicos. Pero una vez que comprendió que a Lisbeth no le importaba lo más mínimo su situación, empezó a verlo todo con los ojos de ella. Para Lisbeth aquello no significaba mucho. Si sólo podía dedicarse a su física cuántica y a sus entrenamientos, ¿qué más le daba estar allí que en cualquier otra parte? Además, era probable que considerara su estancia en prisión como una nueva experiencia, un período de aprendizaje. En ese sentido era rara. Vivía la vida según venía y aceptaba las cosas tal y como se le presentaban; a menudo se limitaba a mostrarle una sonrisa cuando él se preocupaba por ella, como cuando la trasladaron a la cárcel de Flodberga.

A Mikael no le gustaba nada Flodberga. La verdad era que a nadie le gustaba. Era el único centro penitenciario femenino del país clasificado con seguridad 1. El hecho de que Lisbeth hubiera ido a parar allí sólo se debía a que Ingemar Eneroth, el director general del sistema penitenciario de Suecia, había afirmado que era el sitio más seguro para ella teniendo en cuenta las amenazas que habían detectado tanto la Säpo como la DGSE, el servicio de inteligencia francés; unas amenazas que procedían de su hermana Camilla y su red criminal rusa.

Tal vez fuese verdad. O tal vez un completo disparate. Pero como Lisbeth no tuvo ningún inconveniente, así se hizo; en cualquier caso, ya no le quedaba mucho tiempo de condena. Era posible que, a pesar de todo, la situación no estuviera tan mal. El viernes anterior, Lisbeth presentaba un aspecto inusualmente bueno. Resultaba obvio que la comida de la cárcel le suponía una auténtica cura de salud en comparación con la basura que solía meterse.

Mikael iba en el tren de camino a Örebro repasando en su lap-top el número de verano de *Millennium* que debía ir a imprenta el lunes siguiente. Fuera llovía a cántaros. Se pronosticaba uno de los veranos más calurosos de los últimos tiempos, pero hasta la fecha no había hecho más que diluviar. La lluvia caía un día sí y el otro también, y

Mikael estaba ansioso por escaparse a su casita de Sandhamn para descansar. Había trabajado duro. Después del reportaje en el que descubrió que destacados miembros de la NSA, el servicio de inteligencia estadounidense, habían colaborado con el crimen organizado de Rusia para robar secretos industriales en todo el mundo, la economía de *Millennium* se reforzó. La revista recuperó el liderazgo de antaño. Pero el éxito también acarreaba problemas: Mikael y la dirección de la redacción se vieron obligados a desarrollar la parte digital, algo que, por otro lado, no sólo era muy bueno, sino más que necesario en el nuevo mundo mediático.

No obstante, le robaba mucho tiempo. Las actualizaciones de la red y las reuniones en las que hablaban de la estrategia que había que seguir en las redes sociales alteraban su concentración. Era cierto que había empezado a jalar el hilo de unas cuantas buenas historias, pero no había podido investigar ninguna a fondo, y tampoco ayudaba mucho que digamos que la persona que le había puesto en bandeja el *scoop* de la NSA estuviera en la cárcel. Mikael se sentía culpable.

Miraba por la ventanilla del tren esperando que lo dejaran en paz, lo que no eran más que vanas ilusiones, pues la señora mayor que se encontraba sentada a su lado y que no paraba de acribillarlo con preguntas quería saber adónde se dirigía. Mikael contestaba con evasivas. Sin duda aquella mujer sólo tenía buenas intenciones, como la mayoría de las personas que últimamente lo importunaban a todas horas, pero a Mikael le supuso un gran alivio interrumpir la conversación al tener que bajarse en Örebro. Echó a andar a toda prisa bajo la lluvia para tomar un autobús. Por muy ridículamente cerca que se hallara el centro penitenciario de las vías del tren, éste no hacía ninguna parada allí, de modo que se vio obligado a pasar cuarenta minutos en un viejo autobús de Scania sin aire acondicionado. Eran veinte para las seis cuando distinguió el muro gris.

Medía siete metros de alto, tenía un tono apagado y estaba como curvado y ondulado, como si fuera una gigantesca ola de concreto que se había petrificado y que cometía un terrible abuso contra la extensa llanura. Sólo a lo lejos, en el horizonte, se intuía un bosque de pinos. No había ni un solo edificio de viviendas a la vista, y la puerta de acceso a la cárcel estaba situada tan cerca de las barreras de la vía del tren que, entre éstas y la entrada, no cabía más que un coche.

Mikael se apeó del autobús y fue autorizado a entrar en el recinto. Se dirigió al puesto central de vigilancia, donde depositó su celular y sus llaves en un *locker* gris. Pasó por el control de seguridad, donde, como tantas otras veces, creyó que querían molestarlo. Un chico tatuado y de pelo rapado de unos treinta años llegó a tocarle, incluso, la entrepierna. Por si fuera poco, apareció un labrador negro, un perro simpático y alegre, cierto, pero Mikael sabía muy bien que se trataba de un perro detector de droga. ¿Realmente pensaban que iba a intentar meter drogas en la cárcel?

Mostró su mejor cara mientras avanzaba con otro chico más alto y un poco más agradable por los largos pasillos. Las puertas esclusa fueron abiertas de forma automática por los guardias que los estaban vigilando a través de las cámaras que colgaban del techo. Tardó en entrar en la sala de visitas, pues se vio obligado a esperar bastante tiempo afuera. No sabría decir con exactitud cuándo se percató de que algo iba mal.

Tal vez fuera cuando apareció Alvar Olsen, el jefe de los guardias.

Olsen tenía la frente sudorosa y parecía nervioso y, antes de dejar acceder a Mikael a la sala de visitas que había al final del pasillo, pronunció un par de esforzadas frases de cortesía. Entonces Mikael ya no albergó ninguna duda. Definitivamente, allí pasaba algo.

Lisbeth llevaba la ropa del centro, desgastada por el uso y los lavados, y tan dada de sí que siempre le quedaba ridículamente holgada. Por lo general, solía ponerse de pie cuando Mikael entraba. Esta vez se quedó sentada; se veía un poco tensa y como en alerta. Tenía la cabeza algo ladeada hacia la izquierda, como si mirara algo por detrás de él. Permanecía inusualmente inmóvil y sólo contestaba a sus preguntas con monosílabos mientras evitaba que sus miradas se encontraran. Hasta que Mikael no pudo evitar preguntarle si le había pasado algo.

—Eso depende de cómo se interprete —le contestó. Él sonrió algo expectante; al menos era un comienzo.

—¿Me lo quieres contar?

No quería. «Ahora no y aquí tampoco.» Después se quedaron callados. Por entre las rejas de la ventana se veía caer la lluvia, que repiqueteaba sobre el patio y los muros. Mikael tenía la mirada vacía, fija en un raído colchón que se hallaba apoyado contra la pared.

—¿Debo preocuparme? —inquirió.

—Creo que sí —respondió ella con una maliciosa sonrisa. No era ésa la broma que a Mikael le habría gustado oír.

Aun así, le resultó liberadora, por lo que él también sonrió para preguntarle, acto seguido, si podía ayudarla en algo. Entonces ella se calló y dijo «quizá», cosa que le sorprendió. Lisbeth Salander no acostumbraba a pedir ayuda si no era absolutamente necesario.

—Qué bien. Haré cualquier cosa... Bueno, casi —se corrigió.

—¿Casi?

Ella volvió a mostrar esa maliciosa sonrisa.

—Preferiría no violar la ley —le contestó—. Sería una pena que acabáramos los dos aquí dentro.

—Me temo que tendrías que conformarte con una cárcel de hombres, Mikael.

—A no ser que me concediesen una dispensa para ir a Flodberga teniendo en cuenta mi encanto. ¿De qué se trata?

—Ando con unas antiguas listas de nombres y hay algo que no me cuadra —contó ella—. Por ejemplo, un chico que se llama Leo Mannheimer...

—Leo Mannheimer —repitió Mikael.

—Eso es, tiene treinta y seis años. Lo encontrarás sin problema en Internet.

—Okey, es un comienzo. ¿Y qué es lo que quieres que averigüe?

Lisbeth escudriñó la sala de visitas como si lo que Mikael debía buscar se ocultara allí dentro. Luego se volvió hacia él y le dirigió una mirada ausente.

—Si te soy sincera, no lo sé.

—¿Y esperas que te crea?

—Cree lo que quieras.

—¿Cómo que crea lo que quiera? —Sintió una repentina irritación. Continuó—: De acuerdo, no lo sabes. Pero me pides que lo investigue. ¿Ha hecho algo? ¿O es que simplemente te parece sospechoso sin más?

—Seguro que conoces la agencia bursátil en la que trabaja. Pero no creo que vaya mal una pequeña investigación sin prejuicios.

—¡Vamos! —le soltó—. Tienes que darme algo más. ¿Qué son esas listas de las que me hablas?

—Listas de nombres.

Todo sonaba tan misterioso y absurdo que por un instante pensó que ella estaba bromeando y que en cualquier momento empezarían a hablar de nuevo de todo un poco, como el viernes anterior.

Pero, para su gran asombro, Lisbeth se levantó, llamó al guardia y dijo que deseaba regresar a su celda de inmediato.

—Estás jugando... —espetó él sorprendido.

—No —contestó ella. Y entonces a Mikael le entraron unas tremendas ganas de protestar y proferir todo tipo de improperios y de echarle en cara las horas que le llevaba ir hasta allí y volver a su casa, y que se le ocurrían mil cosas más divertidas que hacer un viernes por la tarde.

Pero sabía muy bien que no serviría de nada. Por eso se levantó, le dio un abrazo y le dijo, con cierta autoridad paternal, que se cuidara, a lo que ella respondió: «Quizá lo haga alguna vez». Él esperaba que hubiera sido un comentario irónico, aunque ella ya parecía absorta en otros pensamientos.

La vio alejarse escoltada por el jefe de los guardias y no le gustó nada la silenciosa determinación de sus pasos. A regañadientes, se dejó acompañar en dirección contraria, hasta las esclusas de seguridad, donde abrió el *locker* y recuperó su celular y las llaves. Se permitió el capricho de tomar un taxi hasta la estación central de Örebro. Lo único que leyó en el tren de regreso fue una novela policíaca de un escritor llamado Peter May; en señal de protesta decidió no ponerse a investigar aún a ese tal Lco Mannheimer.

Alvar Olsen se alegró de que la visita de Mikael Blomkvist hubiera sido tan breve. Temía que Lisbeth le proporcionara al periodista alguna información sobre Benito y el módulo de seguridad, pero resultaba obvio que no le había dado tiempo de hacerlo, lo que le produjo un gran alivio. Por lo demás, no había mucho de que alegrarse. Había puesto todo su empeño en intentar conseguir que trasladaran a Benito a otra unidad. Sin ningún resultado. Tampoco ayudó mucho que varios de sus compañeros defendieran a Benito ante la dirección de la cárcel y afirmaran que no era necesario adoptar ningún tipo de medidas.

De modo que aquella locura podía continuar eternamente. Por su parte, Salander mantenía cierta pasividad, pues se limitaba a observar y a tomar notas, aunque a él le daba la impresión de que ella ya había iniciado la cuenta atrás y que estaba aguardando el momento más oportuno. Lisbeth le había concedido cinco días. Cinco días para que enmendara la situación y se asegurara de que Faria Kazi se encontrase protegida. Pero también lo había amenazado con intervenir si, transcurrido ese tiempo, él no había actuado. Ahora el plazo estaba a punto de concluir, y Alvar no había sido capaz de hacer nada en absoluto, más bien al contrario, pues el ambiente de la sección se volvía cada vez más tenso y desagradable. Algo terrible se estaba fraguando.

Era como si Benito estuviera preparándose para la batalla. Pactaba nuevas alianzas, recibía más visitas de las acostumbradas —cosa que, por lo general, significaba que recababa más información de la habitual— y, sobre todo, daba la impresión de haber intensificado las agresiones y la violencia contra Faria. Era cierto que Lisbeth Salander nunca se encontraba muy lejos, y eso era bueno, suponía una ayuda. Pero irritaba a Benito, que se metía con Lisbeth y la amenazaba. Una vez en el gimnasio, Alvar oyó lo que le soltó:

—Kazi es mi putita. ¡Sólo yo, y nadie más, va a conseguir que esa zorra *inmigrata* se retuerza de placer!

Lisbeth Salander apretó los dientes y agachó la cabeza. Alvar no sabía si se debía al plazo que le había concedido o al hecho de que se sintiera impotente. Se inclinaba más por esto último. Por muy dura que fuera Salander, no creía que saliera triunfante en un enfrentamiento con Benito. Ésta era totalmente despiadada y cumplía cadena perpetua, de modo que no tenía nada que perder. Además, detrás de ella siempre se encontraban sus gorilas, Tine, Greta y Josefin, y desde hacía algún tiempo a Alvar le daba pánico pensar que pudiera aparecer un brillo de acero en sus manos.

Alvar siempre estaba encima de los guardias que controlaban el acceso a la cárcel, donde se hallaba el detector de metales, y cada dos por tres les mandaba registrar la celda de Benito. Pero le preocupaba que eso no bastara. A todas horas le parecía ver a Benito y a sus secuaces contrabandeando algo; tal vez fueran drogas o armas blancas. O tal vez no fuera más que un producto de su imaginación. Aquello lo tenía en ascuas, y el hecho de que, ya desde un principio, Salander estuviera en peligro y hubiera sido amenazada no hacía más que incrementar su zozobra. Cada vez que saltaba una alarma o que lo llamaban por radiotransmisor, temía que le informaran de que algo malo le había sucedido a Lisbeth. Por eso intentó convencerla de que se cambiara a una celda de aislamiento, pero ella se negó, y él no fue lo bastante fuerte como para contradecirla. La verdad era que no resultaba lo bastante fuerte para nada.

Le pesaban la culpa y la preocupación, por lo que en todo momento se daba la vuelta para ver si alguien lo perseguía. Además, con las horas extras, pasaba más tiempo allí que en su casa, lo que entristecía a Vilda y empeoraba la relación con su tía y sus vecinos. Estaba empapado de sudor; en aquella sección hacía un calor y un bochorno insoportables. El sistema de ventilación era pésimo, y él se sentía mentalmente extenuado y no paraba de consultar el reloj a la espera de que Rikard Fager, el director de la cárcel, lo telefoneara para comunicarle que Benito iba a ser trasladada. Pero no recibió ninguna llamada, a pesar de que Alvar, por primera vez, le había informado de la situación sin omitir detalle. O Rikard Fager era un idiota aún más grande de lo que él creía o también era un corrupto. Imposible saberlo. El teléfono permaneció en silencio.

Una vez cerradas las puertas de las celdas, entró en su despacho para tratar de ordenar sus pensamientos. No por mucho tiempo: Salander lo llamó a través del intercomunicador para decirle que quería volver a usar su computadora. Fue a buscarla y, aunque intentó saber de nuevo lo que tramaba, no consiguió sacarle muchas palabras. Ella tenía una oscura mirada. Esa noche también llegó a casa demasiado tarde y, más que nunca, sintió que se avecinaba una inevitable catástrofe.

El sábado por la mañana, en su casa en Bellmansgatan, Mikael leyó, como de costumbre, el diario *Dagens Nyheter* en papel, y *The Guardian*, *The New Yorker*, *The New York Times* y *The Washington Post* en su iPad. Desayunó un *cappuccino* y un *espresso* acompañados de yogurt con granola y sándwiches de queso y de paté, dejando transcurrir el tiempo tranquilamente, como sucedía siempre que Erika y él conseguían enviar las pruebas de *Millennium* a imprenta.

Hasta pasadas una o dos horas no se sentó frente a la computadora para ponerse a investigar a Leo Mannheimer. Su nombre aparecía a veces, aunque no con demasiada frecuencia, en las páginas de economía de los periódicos. Se había doctorado en economía por la Escuela de Economía de Estocolmo, y en la actualidad era socio y jefe de análisis de la casa de bolsa Alfred Ögren, una empresa que Mikael —como Lisbeth había supuesto— conocía muy bien.

Se trataba de una agencia muy reputada entre los ricos, aunque la forma de ser de su director,

Ivar Ögren, un hocicón y un fanfarrón, no encajaba del todo con la pretensión que tenía la entidad de presentarse como discreta y comedida. Leo Mannheimer era un hombre delgado y esbelto, con grandes ojos azules, pelo rizado y labios gruesos, algo femeninos. Y era rico, por supuesto, aunque no exageradamente. Según su última declaración de impuestos, su fortuna rondaba los ochenta y tres millones de coronas, cosa que no estaba nada mal, desde luego, aunque resultaba ser una cifra muy discreta en comparación con las de los peces gordos de verdad. Lo más destacable —al menos a primera vista— era que, cuatro años antes, lo habían presentado en un reportaje del *Dagens Nyheter* como alguien dotado de un elevado coeficiente intelectual. Había realizado el test en su infancia y, en su momento, había despertado —decía el reportaje— bastante interés. Sin embargo, el propio Mannheimer, no sin cierta sorna, le quitaba importancia.

«El coeficiente intelectual no significa nada —explicaba en la entrevista—. El de Göring también era alto. Y, aun así, uno puede ser un completo idiota.» Luego hablaba del valor de la empatía y de la capacidad de ponerse en la piel de los demás, y de todo aquello que los test de inteligencia no miden, y señalaba que era indigno, rayano en lo inmoral, ponerle una cifra al talento de alguien.

No daba la impresión de ser precisamente un sinvergüenza. Claro que, por otra parte, los sinvergüenzas son a menudo especialistas en fingir ser auténticos santos, así que Mikael no se dejó impresionar ni siquiera por el hecho de que Mannheimer destinara unas considerables sumas de dinero a obras benéficas y de que, por lo general, pareciera ser una persona inteligente y humilde.

Suponía que Lisbeth se lo había mencionado por otros motivos distintos del de querer presentarlo como todo un ejemplo a seguir por la humanidad. Pero bueno, ¿quién sabía?... Debía investigar sin ideas preconcebidas, de modo que allí no cabían prejuicios ni en una dirección ni en otra. Como para desesperarse. ¿Por qué Lisbeth le hacía siempre eso? Dirigió la mirada hacia la bahía de Riddarfjärden y se quedó absorto en sus pensamientos. Por una vez no llovía, y el sol se abría camino entre las nubes; prometía ser una mañana maravillosa. Se preguntó si, a pesar de todo, no debería salir a la calle y tomarse otro *cappuccino* en el Kaffebar, leer su novela policíaca e ignorar el asunto de Leo Mannheimer, al menos por lo que restaba del fin de semana. El sábado posterior a la entrega de la revista era el mejor día del mes, el único, en realidad, en el que se permitía no trabajar. Pero, por otra parte..., se lo había prometido a Salander, así que no debía ceder a la pereza.

Lisbeth no sólo le había dado el *scoop* de la década y había contribuido a que *Millennium* recuperara su posición en la vida pública sueca, sino que también había salvado la vida de un niño y había descubierto una red criminal internacional. No cabía la menor duda de que el fiscal Richard

Ekström y todos los miembros del tribunal eran unos completos idiotas. Mientras Mikael disfrutaba de honor y fama, la verdadera heroína se encontraba en prisión. Por eso siguió investigando a Leo Mannheimer, tal y como Salander le había pedido.

No dio con nada interesante, aunque pronto descubrió que Leo y él tenían una cosa en común: ambos habían intentado averiguar la verdad del ataque cibernético cometido contra la compañía Finance Security de Bruselas. Era cierto que la mitad del cuerpo periodístico del país, así como todos los integrantes del mercado financiero, se habían interesado de una manera u otra por el asunto, sin embargo... Quizá ahí pudiera haber algo, y —¿quién sabía?— tal vez Leo Mannheimer guardara algún que otro dato nuevo o secreto sobre aquel ataque.

En su momento ya había hablado de ello con Lisbeth. Por aquel entonces, ella se hallaba en Gibraltar para ocuparse de su patrimonio. Fue el 9 de abril, poco antes de ingresar en prisión, y a Mikael le dio la impresión de que Lisbeth se mantenía inusualmente indiferente, cosa que le extrañó teniendo en cuenta lo sucedido. Mikael pensó que quizá se debiera a que quería disfrutar de sus últimos días de libertad sin preocuparse por las noticias, ni siquiera por aquellas relacionadas con la piratería informática. Pero lo lógico habría sido que se hubiera interesado por el asunto, y hasta era posible —Mikael no lo descartaba del todo— que supiera algo. Él estaba en la redacción el día en el que su compañera Sofie Melker se acercó a contarle que los bancos habían tenido problemas con sus páginas web, un tema que a Mikael no le preocupó lo más mínimo.

La bolsa tampoco parecía reaccionar. Pero empezó a advertirse que el comercio interior de acciones había bajado mucho. Poco después paró del todo, y miles de personas descubrieron que sus activos económicos no aparecían en la red. Ya no había dinero en las cuentas ni en los depósitos de valores. Se emitían continuos comunicados de prensa:

Se trata solamente de un problema técnico. Será resuelto en breve. La situación se encuentra bajo control.

No obstante, la inquietud aumentó. El cambio de la corona bajó y, de repente, como un tsunami, se desató un aluvión de rumores que decían que el daño que se había hecho era tan grave que nunca sería posible recuperar en su totalidad los títulos de los depósitos de valores. Se comentaba que existía un alto riesgo de que una buena cantidad de importantes activos económicos se hubieran esfumado y, por mucho que numerosos entendidos en la materia hicieran caso omiso de esos rumores por considerarlos meras tonterías, la situación no llegó a calmarse. El mercado financiero se hundió. Se suprimió toda clase de actividad comercial, por los teléfonos no se paraba de pegar gritos y los servidores de correo electrónico se colapsaron. El Banco Nacional de Suecia recibió amenazas de bomba. Se rompieron ventanas. El conocido financiero Carl af Trolle le dio una patada tan violenta a una escultura de bronce que se fracturó el pie derecho.

Se sucedieron toda una serie de incidentes, un preaviso de algo que fácilmente podría descontrolarse por entero. Poco tiempo después, todo había pasado. Los ahorros y las inversiones volvieron a aparecer en las cuentas, y la directora del Banco Nacional, Lena Duncker, afirmó que nunca había existido ningún peligro, cosa que, vista con objetividad, seguro que era verdad. Pero esta vez lo más interesante no fue el hecho en sí —es decir, la propia seguridad de la tecnología informática—, sino el desconcierto y el pánico. ¿Qué había desencadenado todo aquello?

Resultaba obvio que lo que antes se conocía como Depósito Central de Valores —una empresa donde se registraban las inversiones de capital de los suecos y que, de acuerdo con las tendencias de los tiempos, se había vendido a la belga Finance Security—, había sido objeto de un ataque de denegación de servicio, lo que ya de por sí mostraba la vulnerabilidad del sistema financiero. Pero eso no era todo.

También estaba lo de los rumores, todo aquel circo de afirmaciones, exhortaciones y mentiras que se habían difundido por las redes sociales y que ese mismo día provocaron que Mikael se preguntara: «¿Qué pasa? ¿Es que hay algún cabrón intentando que la bolsa se hunda por completo?».

Durante los días y las semanas que siguieron, su teoría se reforzó. Pero, al igual que todos los demás, no llegó hasta el fondo. No se encontró a ningún culpable, así que, al cabo de un tiempo, Mikael abandonó la historia. Y el resto del país también lo hizo. La bolsa volvió a subir. La bonanza económica dio sus frutos. De nuevo, un mercado alcista. Y Mikael buscó otros asuntos más importantes para sus investigaciones periodísticas: el drama de los refugiados en Europa y los atentados terroristas, el crecimiento del populismo de derechas y del fascismo en Europa y en Estados Unidos. Pero ahora...

Se le vino a la mente la sombría cara de Lisbeth en la sala de visitas de la cárcel, y pensó en su hermana Camilla y su banda de *hackers* y bandidos, y en las amenazas que éstos le habían hecho, y en todo tipo de cosas. Por eso continuó con sus pesquisas y leyó un artículo que Leo Mannheimer había escrito para la revista *Fokus*. Desde el punto de vista periodístico tampoco le impresionó mucho que digamos. No aportaba nada nuevo. Aun así, había partes del texto que ofrecían un profundo análisis del comportamiento de los mercados en el desarrollo de los acontecimientos de la crisis bursátil. Mikael vio que Mannheimer estaba impartiendo una serie de conferencias sobre esta materia tituladas «La secreta preocupación del mercado». Justo al día siguiente, domingo, iba a dar una charla en un seminario que la asociación Aktiespararna* había organizado en Stadsgårdskajen.

Durante uno o dos minutos, Mikael se quedó mirando las fotografías de Mannheimer que había en la red intentando ir más allá de una primera impresión. Tras ese hombre guapo, de perfectos rasgos faciales, creyó intuir en sus ojos un aire melancólico que ni siquiera la sofisticada foto de la página web de la empresa conseguía ocultar. Mannheimer nunca afirmaba nada de manera categórica. Frases como «¡Vende!», «¡Compra!» o «¡Actúa ya!» no iban en absoluto con él. En su discurso siempre había una duda, una pregunta. Se decía que era analítico y musical, y que le gustaba el jazz, sobre todo el más antiguo, el llamado hot jazz.

Tenía treinta y seis años y era el único hijo de una adinerada familia de Nockeby, un barrio que quedaba al oeste de Estocolmo. Su padre, Herman, que lo tuvo con cincuenta y cuatro años, había sido el director del grupo industrial Rosvik y había ocupado diferentes cargos en varios consejos de dirección. En la actualidad era el dueño del cuarenta por ciento de las acciones de, precisamente, la casa de bolsa Alfred Ögren.

La madre, Viveka —de apellido de soltera Hamilton—, era ama de casa y participaba como miembro activo en la Cruz Roja. Daba la sensación de que, en gran medida, había vivido sólo

---

* Asociación sueca de accionistas (*N. de los t.*)

para su hijo y su talento. En las pocas entrevistas que había concedido se percibía cierto halo elitista. En el artículo del *Dagens Nyheter* que hablaba del alto coeficiente intelectual de Leo, éste llegó a insinuar incluso que su madre lo había estado entrenando en secreto.

«Creo que fui demasiado bien preparado para esos test», decía, para luego explicar que durante sus primeros años de colegio había sido un alumno conflictivo, algo típico de los niños altamente dotados e infraestimulados, según el autor del artículo.

Por lo general, Leo Mannheimer le quitaba importancia a cualquier halago que se le dedicara, lo que quizá pudiera interpretarse como coquetería y falsa modestia. Pero a Mikael le daba más bien la sensación de que había algo que le pesaba: una culpa, un tormento, como si Leo pensara que no había logrado cumplir con las expectativas que se crearon en su infancia en torno a él. Sin embargo, no debería tener nada de lo que avergonzarse; había defendido una tesis doctoral sobre la —así llamada— burbuja informática del año 1999 y, al igual que su padre, había llegado a ser socio de la agencia bursátil Alfred Ögren. Era verdad que nunca había destacado ni para bien ni para mal —o, al menos, Mikael no lo veía— y que la mayor parte de la fortuna que poseía parecía haber sido heredada.

Lo más misterioso —si es que lo que Mikael debía buscar entrañaba algún misterio— era que, en enero del año anterior, Leo había pedido un permiso de seis meses para «viajar». Después volvió al trabajo, empezó a dar conferencias y a aparecer, de vez en cuando, en televisión, aunque no como el típico analista financiero, sino más bien como filósofo, un escéptico de la vieja escuela que no quería pronunciarse sobre algo tan inseguro como el futuro. En su última intervención televisiva en la web del periódico *Dagens Industri*, en la que hablaba de la subida de las cotizaciones de la bolsa del mes de mayo, declaró: «La bolsa es un poco como una persona que acaba de salir de una depresión. Todo lo que un momento antes resultaba doloroso, de repente, se vive como algo muy lejano. No puedo hacer más que desearle buena suerte al mercado».

Se trataba, a todas luces, de un pequeño sarcasmo, como si creyera que la bolsa necesitara toda la suerte del mundo. Sin saber muy bien por qué, Mikael vio dos veces la entrevista. ¿No habría, aunque no lo pareciera, algo interesante allí? Creía que sí. No sólo por lo poético de su forma de expresarse, atribuyéndole rasgos humanos al mercado financiero, sino también por sus ojos. Tenían un brillo triste y pícaro al mismo tiempo, como si en realidad Leo estuviera pensando en algo diferente por completo. Tal vez eso —su capacidad para pensar en varias cosas simultáneamente— formara parte de su inteligencia, pero recordaba un poco a un actor que quería salir de su papel y romper sus moldes.

Todo ello no lo convertía necesariamente en un buen material periodístico; cuando mucho, quizá, en una persona más cercana, más real. Aun así, Mikael mandó a la mierda su idea de tomarse el día y disfrutar del sol, aunque no fuera más que por demostrarle a Lisbeth que no se rendía así como así. Se levantó de la computadora, sí, pero sólo para volver a sentarse frente a ella. Iba y venía como un alma en pena: navegaba por Internet, ordenaba los libros del librero o recogía la cocina. Pero no abandonaba el asunto de Leo Mannheimer. Hacia la una del mediodía, mientras se hallaba en el baño dispuesto a afeitarse y, no sin cierto descontento, pesarse en la báscula —una de sus nuevas costumbres—, exclamó:

—¡Mierda, Malin!

¿Cómo se le podía haber pasado? De repente cayó en la cuenta de por qué la casa de bolsa Alfred Ögren le sonaba tanto. Era el anterior lugar de trabajo de Malin. Ésta era una de sus antiguas amantes y ahora trabajaba como jefa de prensa en el Ministerio de Asuntos Exteriores. Era una apasionada feminista; bueno, apasionada en todo, la verdad. Ella y Mikael habían hecho el amor y discutido con la misma intensidad en aquella época en la que ella acababa de dejar su puesto de responsable de comunicación en Alfred Ögren.

Malin tenía unas largas piernas y unos ojos preciosos, así como una extraña capacidad para ponerse en la piel de los demás. Mikael marcó su número y fue justo al hacerlo cuando se dio cuenta de que quizá la estuviera llamando también por otros motivos: el día le resultaba de lo más atrayente, y tal vez la extrañaba más de lo que habría querido admitir.

A Malin Frode no le gustaba el celular los sábados. Deseaba que ese maldito aparato se callara y la dejara en paz. Pero formaba parte de su trabajo estar siempre disponible, de modo que no le quedaba más remedio que conformarse e intentar sonar tan profesional y agradable como siempre. Cualquier día explotaría.

En la actualidad era madre soltera, al menos en la práctica. Niclas, su exmarido, se creía un héroe cada uno de los escasos fines de semana que se ocupaba de su hijo. Malin acababa de dejar al niño con su padre.

—¡Vamos, diviértete como tú sabes! —le soltó él.

Niclas se refería, suponía ella, a todas aquellas infidelidades de la etapa final de su matrimonio. Malin le respondió con una forzada sonrisa, abrazó a su hijo —Love, que tenía seis años— y se despidió. Acto seguido, llegó la rabia. Le dio una patada a una lata de la calle mientras soltaba toda clase de maldiciones. Por si fuera poco, en ese instante sonó el celular; seguro que había estallado una nueva crisis en el mundo. Últimamente no había más que crisis. Pero no..., era algo bastante más agradable.

Era Mikael Blomkvist, y entonces no sólo sintió un gran alivio, sino también cómo un escalofrío de deseo le recorría el cuerpo. Miró hacia Djurgården y vio un solitario velero cruzando la bahía. Acababa de llegar a Strandvägen.

—¡Pero bueno, qué lujo de llamada! —dijo ella.

—No especialmente —contestó Mikael.

—Pues a mí sí me lo parece. ¿Qué estás haciendo?

—Trabajar.

—¿No es eso lo que haces siempre? Trabajar duro y sudar la gota gorda.

—Pues sí, me temo que sí.

—Me gustas más cuando estás acostado de espaldas.

—Yo también lo prefiero, la verdad.

—Pues recuéstate.

—Bueno.

Ella esperó unos instantes.

—¿Ya estás recostado?

—Por supuesto.

—¿Y sin apenas ropa?

—Sin apenas ropa.

—Mentiroso. ¿A qué debo el honor?

—*Business* para empezar.

—¡Carajo, qué aburrido eres!

—Ya lo sé —respondió él—. Pero es que no puedo dejar de pensar en ese ataque *hacker* contra Finance Security.

—Claro que no puedes. Tú nunca puedes dejar de pensar en algo, a no ser que estemos hablando de las mujeres que se cruzan en tu camino, es obvio.

—Ésas tampoco se me van fácilmente de la cabeza.

—Sobre todo, según parece, si las necesitas como fuentes. ¿Qué puedo hacer por ti?

—He visto que uno de tus antiguos colegas también estuvo analizando esa intrusión informática.

—¿Quién?

—Leo Mannheimer.

—Leo —repitió ella.

—¿Cómo es?

—Un chico muy guapo, y diferente a ti en muchos otros aspectos.

—Qué suerte tiene.

—Pues sí.

—¿Y en qué sentido es diferente a mí?

—Bueno, Leo es...

Ella se sumió en sus pensamientos.

—¿Cómo?

—Para empezar, no es una sanguijuela como tú, que sólo buscas información y criminales. Él es un pensador, un filósofo.

—Es que las sanguijuelas siempre hemos sido bastante simples.

—Tú eres un buen tipo, Mikael, y lo sabes —continuó ella—. Pero te va más ser un hombre de acción. No tienes paciencia para pasarte el día dudando como un viejo Hamlet.

—Así que Leo Mannheimer es un Hamlet...

—Bueno, lo cierto en cualquier caso es que no debería haber acabado en el mundo de las finanzas.

—¿Y dónde debería haber acabado?

—En el de la música. Es un dios tocando el piano. Tiene oído perfecto y un talento increíble. Pero el dinero no le interesa demasiado.

—Algo no muy bueno para un tipo que trabaja en el mundo de las finanzas.

—Pues no, no mucho. Es probable que, ya de niño, llevara una vida excesivamente acomodada que le habría impedido tener esa ambición que se necesita. ¿Por qué te interesa?

—Tiene unas ideas muy interesantes sobre el ataque *hacker*.

—Seguro que sí. Pero no vas a encontrar ningún cadáver en su clóset, si es eso lo que esperas.

—¿Por qué lo dices?

—Porque era mi trabajo vigilar a esos chicos, y porque, para serte sincera...

—¿Sí?

—... dudo que Leo sea capaz de ser deshonesto. En lugar de hacer chanchullos con su capital o dedicarse a otras estupideces, se queda en casa, melancólico, tocando su piano de cola.

—¿Y por qué está en ese negocio?

—Por su padre.

—El padre era un pez gordo.

—Sí que lo era, sí. Pero también era amigo de Alfred Ögren y un idiota egocéntrico. Se empeñaba en que Leo se convirtiera en un genio de las finanzas y heredara su parte en la empresa de su amigo Alfred; deseaba que Leo adquiriera una posición de poder dentro de la industria sueca. Y Leo... ¿qué quieres que te diga?

—Pues no sé.

—Es algo débil. Se dejó convencer, y no es que hiciera un mal trabajo, en absoluto. Nunca hace nada mal. Pero quizá no fuera brillante, o al menos no tanto como podría haberlo sido. Le faltan arrojo y ganas. Una vez me dijo que se sentía como si lo hubieran despojado de algo muy importante. Tiene una herida abierta.

—¿Qué tipo de herida?

—Alguna mierda de su infancia. Pero nunca pude acercarme lo suficiente a él como para entenderlo del todo, aunque durante un breve período de tiempo estuvimos...

—¿Qué?

—Nada, fue una tontería, un juego.

Mikael decidió no indagar más en eso.

—He leído en algún sitio que estuvo viajando —dijo.

—Sí, tras la muerte de su madre.

—¿De qué murió?

—Cáncer de páncreas.

—Jodido.

—Aun así, pensé que sería bueno para él.

—¿Por qué?

—Porque sus padres siempre estuvieron encima de él intoxicando su existencia. Yo esperaba que aprovechara la oportunidad para alejarse del mundo de las finanzas y que empezara a tocar el piano o lo que fuera. ¿Sabes?, justo antes de que yo dejara Alfred Ögren, Leo parecía como reconciliado con la vida. Se le veía pletórico. Aunque nunca lo entendí del todo. No quedaba ni rastro del tipo triste que había sido. Pero luego...

—¿Qué?

—Se volvió más sombrío que nunca. Se me partió un poco el corazón, la verdad.

—¿Y su madre vivía todavía?

—Sí, pero no por mucho tiempo.

—¿Adónde se fue después?

—No lo sé. Yo ya me había largado de la empresa. Aunque fantaseé con la idea de que aquel viaje fuera el comienzo de su proceso de liberación.

—Pero volvió a Alfred Ögren.

—Porque no tendría el coraje de romper con todo eso.

—Y ahora ha empezado a dar conferencias.

—Tal vez por fin haya encontrado su camino —apostilló ella—. ¿Y qué es lo que te interesa a ti de todo esto?

—Él habla de ciertas pautas de comportamiento psicológico. Compara el ataque de Bruselas con otras conocidas campañas de desinformación.

—Campañas rusas, sí.

—Él las considera una moderna forma de hacer la guerra, y eso me parece interesante.

—La mentira como arma.

—La mentira es una manera de crear caos y

confusión. La mentira como una alternativa a la violencia.

—¿No se llegó a demostrar que el ataque *hacker* había sido dirigido desde Rusia? —preguntó ella.

—Sí, pero en Rusia nadie sabe quién está detrás, y en el Kremlin, naturalmente, juran que son inocentes.

—¿Sospechas que se trata de tu vieja banda, de los Spiders?

—Se me ha pasado por la cabeza, sí.

—Me resulta difícil pensar que Leo pueda ayudarte en eso.

—Tal vez no, pero me gustaría...

De repente, sonó algo desconcentrado.

—¿... invitarme una copa? —remató ella—. ¿Colmarme de piropos, halagos y regalos caros? ¿Llevarme a París?

—¿Qué?

—París. Una ciudad de Europa. Dicen que tiene una torre muy famosa.

—Mañana Leo da una conferencia en el Museo Fotográfico —continuó Mikael como si no hubiera oído nada de lo que ella acababa de decirle—. ¿Vienes? Quizá podamos aprender algo.

—¿Aprender algo? ¡Carajo, Mikael! ¿Eso es todo lo que puedes ofrecerle a una dama en apuros?

—De momento sí —respondió él de nuevo distraído, lo que hirió aún más los sentimientos de Malin.

—¡Qué idiota llegas a ser, Blomkvist! —le espetó para, acto seguido, colgar. Permaneció quieta en medio de la banqueta, con la sangre hirviéndole por dentro a causa de una vieja y familiar rabia que, en cierta manera, estaba relacionada con él.

Pero se calmó pronto, aunque en realidad no se debiera a Mikael, sino a un recuerdo, una reminiscencia de algo que lentamente fue apareciendo en su mente. De repente se acordó de aquella noche, ya tarde, en la que Leo estuvo escribiendo en una hoja de papel de color arena sentado en su despacho de Alfred Ögren. Había algo en aquella escena que parecía llevar consigo un mensaje que se extendió como la niebla sobre Strandvägen. Por un breve momento, Malin se quedó parada en la calle. Luego caminó en dirección al Teatro Dramático Real y a los salones de Berns, maldiciendo, según avanzaba, a exmaridos, examantes y demás representantes del género masculino.

Mikael se dio cuenta de que había cometido una torpeza y reflexionó sobre si debería volver a llamarla para pedirle perdón e invitarla, quizá, a cenar. Sin embargo, no llegó a decidirse. Miles de pensamientos se agolparon en su mente y, en lugar de marcar el número de Malin, marcó el de Annika Giannini, que no sólo era su hermana, sino también la abogada de Lisbeth. Quizá supiera algo de lo que Lisbeth andaba buscando. Era cierto que no había nadie que se tomara tan en serio lo del secreto profesional como Annika, pero seguro que hablaría con franqueza si veía que la información favorecía a su clienta.

Annika no respondía el teléfono. Media hora más tarde, sin embargo, le devolvió la llamada y confirmó enseguida que Lisbeth había cambiado. Tal vez debido a la situación que existía en la unidad de seguridad de la prisión, pensó ella; quizá Lisbeth había abierto los ojos a la realidad y se había dado cuenta de que aquél no era en absoluto un lugar seguro. Por eso Annika había insistido en que la trasladaran, a lo que, naturalmente, Lisbeth se había negado. Tenía cosas que hacer. Y no era ella la que estaba en peligro, le había dicho, sino, sobre todo, una joven llamada Faria Kazi, que había sufrido violencia por motivos de honor en su propio domicilio y que ahora también estaba siendo acosada en la cárcel.

—Es un caso interesante —le comentó Annika—. Y también pienso hacerme cargo de él. Es muy posible que tú y yo tengamos un interés común en todo esto, Mikael.

—¿A qué te refieres?

—Yo te doy una buena historia y tú me echas una mano con la investigación. Siento que hay algo que no cuadra.

Mikael no quiso jalar ese hilo. En cambio, le preguntó:

—¿Has sabido algo más de las amenazas que ha recibido Lisbeth?

—No, la verdad es que no, aparte de que es preocupante la cantidad de fuentes que hay y de que siempre se menciona a la hermana, a la banda rusa y a la de los motociclistas de Svavelsjö MC.

—¿Y estás haciendo algo?

—Todo lo que puedo, Mikael. ¿Tú qué crees? Me he asegurado de que la cárcel refuerce la vigilancia. De momento no veo que exista ningún peligro inminente. Pero es que ha sucedido otra cosa que podría haberla afectado.

—¿Qué?

—El viejo Holger le ha hecho una visita.

—¿Estás bromeando?

—No, fue un auténtico drama. Pero él insistía en verla. Creo que era importante para él.

—Pues no sé ni siquiera cómo conseguiría llegar a Flodberga.

—Yo le ayudé con el papeleo, y Lisbeth le pagó el taxi. Lo acompañó una enfermera. Y entró en la cárcel en silla de ruedas.

—¿Y ella se alteró mucho con la visita?

—Bueno, Lisbeth no se altera con facilidad. Pero con Holger tiene una relación muy especial, ya lo sabes.

—¿No le habrá dicho Holger algo que la haya puesto en acción?

—¿Y qué podría ser?

—Tal vez algo de su pasado. Nadie sabe tanto de su pasado como él.

—Pues no me ha comentado nada. Lo único que parece interesarle actualmente es esa chica, Kazi.

—¿Sabes algo de una persona llamada Leo Mannheimer?

—Me suena el nombre. ¿Por qué lo preguntas?

—Simple curiosidad.

—¿Es Lisbeth la que lo ha mencionado?

—Ya te lo contaré.

—Bueno, pero si quieres saber lo que Holger podría haberle dicho a Lisbeth, lo mejor es que hables tú mismo con él —dijo Annika—. Creo que Lisbeth apreciará que vayas a visitarlo un poco más.

—Sí, lo haré.

Nada más colgar, Mikael llamó a Holger Palmgren. El teléfono sonaba. Durante muchísimo tiempo, algo exagerado, y después nadie contestó. Mikael pensó en ir a verlo de inmediato a su casa de Liljeholmen para tratar el tema cara a cara. Pero luego pensó en su salud. Holger era ya muy mayor, estaba enfermo y sufría fuertes dolores. Necesitaba descansar mucho. Mikael decidió esperar un poco y siguió con su improvisada investigación, sin plan ni método alguno, sobre la familia Mannheimer y la empresa de Alfred Ögren. Encontró bastantes cosas.

Siempre hallaba bastantes cosas cuando investigaba algo a fondo. Pero en ese caso no había nada que llamara la atención o que pudiera vincularse con Lisbeth o con el ataque *hacker*. Cambió de estrategia, debido, precisamente, a Holger y a los conocimientos que éste tenía sobre la infancia de Lisbeth. Mikael pensó que no era imposible que Leo Mannheimer perteneciera, de alguna manera, al pasado de Lisbeth, pues ella había estado hablando de unas viejas listas de nombres. Por eso su investigación se centró ahora en un tiempo más remoto, y empezó a indagar hasta donde se lo permitieron las bases de datos que había en Internet. Un artículo del diario *Uppsala Nya Tidning* captó su interés, un texto que durante un tiempo limitado había llegado a tener cierta difusión, ya que el mismo día de su aparición la agencia de noticias TT emitió un comunicado basándose en él. Por lo que Mikael pudo ver, el suceso no volvió a comentarse nunca más, tal vez por consideración para con los implicados y por el clima mediático, mucho menos agresivo, que en aquel entonces aún reinaba. Sobre todo, por lo que atañía a las altas esferas de la sociedad.

El suceso ocurrió durante una cacería de alces que había tenido lugar, veinticinco años antes, en Östhammar. El grupo de caza de Alfred Ögren, del que el padre de Leo formaba parte, se adentró en el bosque tras una larga comida. Era muy posible que aquellos distinguidos señores llevaran un par de copas en el cuerpo, pero la información que el artículo proporcionaba era demasiado parca para determinarlo con certeza. Al parecer, hacía mucho sol y, por diferentes razones, el grupo se dispersó. Al descubrir dos alces entre los árboles, el ambiente se animó bastante. Empezaron a disparar y un señor mayor llamado Per Fält, que en esa época era el director financiero del Grupo Rosvik, declaró que el rápido movimiento de los animales lo había puesto nervioso y que calculó mal la dirección. Disparó y oyó a alguien gritar y pedir auxilio. Carl Seger, un joven psicólogo integrante del grupo de caza, había sido alcanzado por una bala en el estómago, justo por debajo del pecho. Murió, casi en el acto, junto a un arroyo.

En la consiguiente investigación policial no se halló nada que apuntara en una dirección distinta a la de un trágico accidente, ni tampoco nada que indicara que Alfred Ögren o Herman Mannheimer estuvieran implicados. Aun así, Mikael siguió indagando, sobre todo cuando descubrió que también Per Fält, el que disparó, falleció un año después. No dejaba ni esposa ni hijos. En una insulsa necrológica era descrito como un «fiel amigo» y como un entregado y leal colaborador del Grupo Rosvik.

Mikael miró por la ventana y se sumió en sus pensamientos. El cielo se había oscurecido sobre la bahía de Riddarfjärden. El tiempo estaba cambiando; de repente, la maldita lluvia empezó a caer de nuevo. Estiró la espalda y comenzó a masajearse los hombros. ¿Tendría algo que ver con Leo Mannheimer ese psicólogo muerto de un tiro?

Imposible saberlo. Tal vez era una pista falsa que conduciría a una vía muerta o, simplemente, una absurda tragedia. Aun así, Mikael decidió averiguar lo que pudiera sobre él. No dio con gran cosa. Carl Seger tenía treinta y dos años cuando falleció, acababa de comprometerse con su novia y un año antes había defendido una tesis doctoral en la Universidad de Estocolmo que versaba sobre la influencia que la percepción auditiva ejerce sobre la noción que tenemos de nosotros mismos. «Un estudio empírico», se leía en el título.

La tesis no estaba publicada en Internet, de modo que no pudo averiguar cuál era el resultado o la conclusión de dicho estudio, aunque era verdad que el tema se trataba brevemente en otros textos escritos por Carl Seger que Mikael halló vía Google Scholar. En uno de ellos, el psicólogo describía un experimento clásico que demuestra cómo, de entre cientos de fotos, los participantes identifican más deprisa una fotografía de ellos mismos si dicha fotografía ha sido retocada favorecedoramente. Nos reconocemos con mayor velocidad si aparecemos más guapos de lo que en realidad somos, algo que tal vez hayamos heredado en la evolución de la especie. Nuestra propia sobreestima nos resulta provechosa a la hora de aparearnos o de aspirar al liderazgo de la manada, pero también entraña un peligro:

«Una exagerada confianza en nuestras capacidades nos expone a ciertos riesgos e impide nuestro desarrollo. La duda desempeña un papel decisivo para nuestra madurez intelectual», había escrito Seger. Algo que no era ni muy novedoso ni original. Lo que sí, al menos, resultaba interesante era el hecho de que Carl Seger remitiera a otros estudios en los que se destacaba la importancia que tiene la autoconfianza para el desarrollo del niño.

Mikael se levantó y fue a la cocina para recoger la mesa y lavar los platos. Decidió acudir a la conferencia que daría Leo Mannheimer al día siguiente en el Museo Fotográfico. Se propuso ir hasta el fondo de la historia y olvidarse de tomar unos días libres. Pero algo interrumpió sus pensamientos. Estaban llamando a la puerta, cosa que no le gustó nada. Le pareció que lo correcto era telefonear antes. Pero fue a abrir y se topó con lo que luego describiría como un asalto en toda regla.

Capítulo 5

18 de junio

Faria Kazi estaba sentada en su cama, ligeramente echada hacia delante y con las manos alrededor de las rodillas. Tenía veinte años de edad y —según la concepción que tenía de sí misma— no era más que una pálida sombra que iba desvaneciéndose. No obstante, muy pocos de los que se cruzaban en su camino podían evitar quedar cautivados por su belleza, y así había sido desde que, con tan sólo cuatro años, llegó a Suecia desde Daca, Bangladesh.

Faria se crio con sus cuatro hermanos, uno de ellos menor que ella, en uno de esos típicos bloques de apartamentos de Vallholmen, un barrio del extrarradio de Estocolmo. Al poco tiempo de llegar al país, su padre, Karim, abrió una cadena de tintorerías con las que alcanzó un nivel de vida bastante acomodado. No muchos años después compró un departamento con grandes ventanales en el barrio de Sickla. La infancia de Faria transcurrió con normalidad.

Faria jugaba al basquetbol y era buena estudiante, destacaba especialmente en idiomas; le encantaba coser y dibujar cómics manga. Pero en su adolescencia vio cómo su libertad iba siendo restringida cada vez más. Al parecer, tenía que ver con su primera menstruación y con los silbidos que le dirigían en el barrio. Aun así, ella seguía convencida de que el cambio procedía de fuera, como un gélido viento del este. La situación empeoró cuando su madre, Aisha, falleció a causa de un derrame cerebral. Con ello, la familia no sólo perdió una madre, sino también una ventana al mundo y una fuente de serenidad.

Ahora, sentada en su celda, Faria recordaba aquella noche en la que Hassan Ferdousi, el imán de Botkyrka, les hizo una inesperada visita en su casa de Sickla. Faria lo quería mucho y tenía unas enormes ganas de hablar con él. Pero en aquella ocasión Hassan Ferdousi no había ido para hablar con ella.

—Han malinterpretado el islam —le oyó decir desde la cocina—. Si siguen así, esto acabará mal, muy mal.

Tras esa noche, Faria también se convenció de lo mismo. Había en sus dos hermanos mayores, Ahmed y Bashir, una severidad y un odio que le resultaban cada vez menos sanos, y eran ellos, y no el padre, quienes exigían que ella llevara su nicab aunque sólo fuera para bajar a la tienda de la esquina por un bote de leche. Parecían pretender que se quedara siempre en casa pudriéndose de aburrimiento. Su hermano Razan no era tan categórico ni estaba particularmente comprometido con la causa. Él tenía otros intereses, si bien, por lo general, obedecía a Ahmed y a Bashir. Trabajaba en las tiendas del padre, donde era el responsable de las tareas de sastrería. Sin embargo, Faria tampoco creía que estuviera de su parte; él también la observaba.

A pesar de la vigilancia, Faria logró encontrar algún resquicio de libertad, aunque fuera a base de mentiras y de un gran ingenio. Todavía conservaba su computadora, de modo que un día descubrió que precisamente el imán Hassan Ferdousi iba a debatir en la Casa de la Cultura de Estocolmo el tema de la represión religiosa de la mujer con un rabino llamado Goldman. Faria acababa de terminar el bachillerato en el instituto de Kungsholmen. Estaban a finales de junio y llevaba ya diez días encerrada. Ansiaba tanto salir de casa que se volvería loca si no lo hacía. Pero no resultaba nada fácil convencer a la tía Fatima. La tía Fatima trabajaba como cartógrafa y era soltera, y la última aliada de Faria en la familia. Fatima se dio cuenta de la desesperación de su sobrina y accedió a mentir diciendo que la invitaba a cenar. Por alguna inexplicable razón, los hermanos lo creyeron.

Fatima recibió a Faria en su domicilio de Tensta y la dejó enseguida ir al centro. Ahora bien, Faria no podía permitirse grandes libertades, pues debía estar de vuelta a las ocho y media, hora en la que Bashir pasaría a recogerla para llevarla a casa. Pero hasta ese momento podría estar afuera. Su tía le había prestado un vestido negro y un par de zapatos de tacón alto, una indumentaria algo exagerada para la ocasión, pues no iba a ninguna fiesta, sino a un debate sobre la religión y la represión. No obstante, quería estar guapa. Para ella era un momento solemne. Aun así, apenas se acordaba del debate. Estaba demasiado ocupada limitándose a estar allí y a observar a todos los asistentes. En un par de ocasiones se emocionó sin motivo aparente. Tras el debate se abrió un turno de preguntas. Alguien del público quiso saber por qué las mujeres siempre salen perjudicadas cuando los hombres fundan sus religiones. Hassan Ferdousi respondió en términos muy vagos:

—Me produce una profunda tristeza que convirtamos al ser más grande de todos en una herramienta de nuestra pequeñez.

Se encontraba pensando en esas palabras cuando, a su alrededor, la gente empezó a levantarse y un joven vestido con jeans y camisa blanca se le acercó. Estaba tan poco acostumbrada a ver a un chico de su edad sin llevar su nicab o su hiyab que se sintió desnuda y expuesta. A pesar de ello, no huyó. Permaneció sentada y lo miró de reojo. Rondaría los veinticinco años y no era ni particularmente alto ni parecía muy seguro de sí mismo, pero le brillaban los ojos. Había una ligereza en su forma de caminar que contrastaba con el peso y la negrura de su mirada. Además, se veía avergonzado y perdido, cosa que a ella le resultó reconfortante. Le habló en bengalí.

—Eres de Bangladesh, ¿verdad? —inquirió él.

—¿Cómo lo sabes?

—Me lo imaginaba. ¿De dónde?

—De Daca.

—Yo también.

Él le mostró una sonrisa tan cálida que ella no pudo resistirse a devolvérsela. Sus miradas se encontraron. A Faria le dio un vuelco el corazón, y seguro que se dijeron algo más, pero ella sólo recordaba que salieron a Sergelstorg y que comenzaron a andar conversando, desde el primer momento, de forma totalmente abierta. Ni siquiera se habían presentado y él ya estaba hablando de un blog de Daca, un blog que luchaba por la libertad de expresión y los derechos humanos, lo cual provocaba a los islamistas del país. Los colaboradores del blog aparecían en las listas de la muerte de los islamistas y eran asesinados uno a uno. Mataban a los escritores con machetes, y ni la policía ni el gobierno hacían nada. «Nada de nada», recalcó. Por eso él se había visto obligado a abandonar a su familia, huir de Bangladesh y pedir asilo en Suecia.

—Una vez me tocó vivirlo de cerca. Yo estaba allí. Me manché el suéter con la sangre de mi mejor amigo —dijo, y aunque ella no lo entendió del todo, al menos en ese instante intuyó una tristeza en él que era incluso mayor que la suya, y sintió una cercanía que no creía que fuera posible sentir con tanta rapidez.

Se llamaba Jamal Chowdhury. Ella le tomó la mano y continuaron caminando en dirección al

Parlamento. A Faria empezó a costarle tragar; por primera vez en una eternidad, se sentía plenamente viva. Pero duró poco. No tardó en comenzar a preocuparse y en imaginarse los negros ojos de Bashir mirándola. Se despidió de él nada más llegar a Gamla Stan. Aun así, aquello fue más que suficiente. Durante los días y las semanas siguientes, se refugió en el recuerdo de ese encuentro y lo guardó como un tesoro secreto.

Por eso no resultaba raro que Faria también se aferrara a ese recuerdo en la cárcel, sobre todo por la tarde, como en ese momento. El tren de mercancías volvería pronto a traquetear estrepitosamente y los pasos de Benito se acercarían; Faria sabía que esa vez iba a ser la peor de todas.

Alvar Olsen se encontraba sentado de nuevo en su despacho mientras esperaba la llamada del director de la cárcel. Pero el tiempo pasaba y allí no llamaba nadie. Maldijo su suerte y pensó en Vilda: en realidad ése debía ser su día libre y había previsto ir a Västerås para ver jugar a su hija en un campeonato de futbol. Tuvo que cancelarlo todo. No se atrevía a ausentarse del trabajo, de modo que, por enésima vez, llamó a su tía. Se sentía el peor padre de la historia. Pero ¿qué iba a hacer?

Sus planes de trasladar a Benito de la unidad se habían ido al diablo. Sin embargo, Benito estaba al corriente de ellos y le lanzaba miradas asesinas; toda la prisión parecía hervir de la tensión que había dentro. Por todas partes se veían internas susurrando entre sí, como preparando una gran batalla u operación de liberación, mientras Alvar miraba sin cesar, como suplicante, a Lisbeth Salander, pues ella le había prometido solventar la situación, algo que, en realidad, lo preocupaba lo mismo —si no más— que el problema inicial. Por eso le había exigido que lo dejara intentarlo antes a él. Salander le había dado un plazo de cinco días, y esos cinco días habían pasado y él no había conseguido nada. Estaba muerto de miedo.

Sin embargo, respecto a una de las cosas que lo habían estado atormentando sí podía respirar aliviado. Había temido que, tarde o temprano, fuera objeto de una investigación interna, porque estaba seguro de que en las grabaciones de video descubrirían no sólo que Salander y él habían entrado en su despacho tras el cierre de las celdas, sino también que habían permanecido allí dentro hasta bien avanzada la noche. Durante los días posteriores estuvo convencido de que no era más que una cuestión de tiempo que lo llamaran de dirección para contestar a preguntas de lo más incómodas. Pero la llamada no se producía, y al final no aguantó más, por lo que se acercó al puesto central de vigilancia del edificio B con la excusa de que quería comprobar un par de incidentes referentes al comportamiento de Beatrice Andersson. Con los nervios a flor de piel, rebobinó la grabación hasta la noche que iba del 12 al 13 de junio.

Al principio no entendió nada. La echó hacia

delante y hacia atrás una y otra vez. Pero allí no se veía más que un pasillo silencioso y desierto; ni rastro de él ni de Salander. Estaba salvado, y aunque habría preferido pensar que se trataba de una increíble suerte —que por alguna extraña casualidad las cámaras habían dejado de funcionar justo en ese instante—, comprendió lo ocurrido. Él había visto cómo Salander entraba en el servidor de la cárcel para manipular las cámaras. Seguro que había borrado las secuencias grabadas y las había sustituido por otras. No cabía otra explicación posible, y eso, como era natural, le supuso un gran alivio. Pero también le dio miedo. Maldijo cielo y tierra y volvió a mirar su correo electrónico. ¡Ni una palabra, nada! ¡Mierda! ¿Tan difícil era? Sólo había que agarrar a Benito y llevársela lejos de allí.

Eran las 19.15. Afuera caía la lluvia de nuevo. Definitivamente, debería acercarse hasta el pasillo y asegurarse de que no sucediera ninguna desgracia en la celda de Faria Kazi. Debería ir allí, estar encima de Benito Andersson y vigilarla de cerca en todo momento, e intentar convertir su vida en un infierno. Sin embargo, no se movió, se hallaba paralizado. Paseó la vista por el despacho y le dio la sensación de que había algo diferente. ¿Podría Salander haber tocado algo la noche anterior, cuando estuvo allí? Fueron unas horas extrañas. Ella había vuelto a indagar en sus viejos registros, buscaba a alguien llamado Daniel Brolin. Era todo cuanto Alvar sabía, porque había evitado mirar lo que hacía. No quería verse involucrado. Y, muy a su pesar, acabó estándolo. Lisbeth realizó una llamada telefónica normal y corriente desde su computadora, y mientras ella hablaba de unos nuevos documentos que habían aparecido, él descubrió a una persona completamente diferente, amable y discreta. Tras colgar, Salander quiso volver a su celda.

Ahora, veinticuatro horas después, Alvar se sentía cada vez más inquieto y decidió ir al módulo de seguridad. Pero al levantarse de la silla se detuvo en el acto: el teléfono empezó a sonar. Era el director de la cárcel, Rikard Fager, que por fin llamaba, y tenía buenas noticias: el centro penitenciario de Härnösand ya estaba preparado para recibir a Benito al día siguiente, lo que, por supuesto, resultaba fantástico. Sin embargo, Alvar no sintió el alivio que esperaba y, en un principio, no entendió por qué. Luego se percató de que el tren de mercancías ya estaba tronando allí fuera, lo que lo llevó a colgar sin pronunciar palabra y a salir corriendo.

Mikael se sintió asaltado. Claro que, por otra parte, era uno de los mejores asaltos de los últimos tiempos. Frente a él se hallaba Malin Frode, hecha una sopa, con el maquillaje resbalándole por las mejillas y con algo salvaje y determinado en la mirada. Mikael no supo si ella se disponía a pegarle una bofetada o a arrancarle la ropa.

La verdad estaba a medio camino. Malin lo empujó contra la pared, lo tomó de las caderas y le dijo que lo iba a castigar por ser tan soso y tan sexy, y por esto, por lo otro y por lo de más allá. Y antes de que a él le diera tiempo a asimilar lo que estaba ocurriendo, ella ya estaba en su cama, sentada a horcajadas sobre él, y ya se había corrido no una, sino dos veces.

Acto seguido, ambos se acostaron de espaldas respirando pesadamente. Él le acarició el cabello mientras le decía cosas bonitas y tiernas, como les corresponde a los buenos amantes, y lo hizo con una atención y un tono de voz irreprochables. Lo cierto era que la había extrañado. Afuera seguía lloviendo. Los veleros navegaban por la bahía. La lluvia se deslizaba por los tejados. Era un momento muy bonito. Pero Mikael no pudo evitar que sus pensamientos acabaran transportándolo lejos de allí, algo que Malin advirtió, por supuesto.

—¿Ya te estoy aburriendo? —le soltó.

—¿Qué? No, no, qué va... Te he extrañado —le respondió. Y lo decía de verdad. Pero al mismo tiempo se sentía culpable: unos instantes después de haber hecho el amor con una mujer a la que no has visto en mucho tiempo no debes sumirte en cavilaciones laborales.

—¿Cuándo fue la última vez que pronunciaste una palabra sincera?

—Siempre lo intento.

—¿Ya estás pensando en Erika?

—No, más bien en lo que hemos comentado por teléfono.

—¿En el ataque *hacker*?

—Sí, entre otras cosas.

—¿En Leo?

—Sí.

—Carajo, pues suéltalo ya. ¿Por qué te interesa tanto ese tipo?

—Ni siquiera sé si realmente me interesa. Sólo procuro atar los cabos sueltos.

—Uy, ya me lo has dejado clarísimo, Kalle Blomkvist.

—Bueno, ya...

—¿Se trata de algo que no puedas revelar, algo relacionado con tus fuentes? —inquirió ella.

—Quizá.

—¡Idiota!

—Lo siento.

Malin relajó la expresión de su rostro y se apartó un mechón de pelo que le tapaba un ojo.

—Bueno, yo también he pensado bastante en Leo después de nuestra conversación —admitió.

Se arropó con el edredón. Presentaba un aspecto bastante irresistible. Él le preguntó:

—¿Y qué has pensado?

—Me he acordado de que prometió contarme por qué estaba tan contento. Pero luego su alegría desapareció, y ya me dio pena presionarlo.

—¿Por qué has pensado en eso?

Ella pareció dudar un momento. Miró por la ventana.

—Tal vez porque su alegría me gustaba, pero,

al mismo tiempo, me preocupaba. Era un poco exagerada.

—Quizá estuviera enamorado.

—Eso fue precisamente lo que le pregunté, pero lo negó rotundamente. Estábamos en el Riche, lo que ya de por sí era todo un logro, pues Leo odiaba el gentío. A pesar de ello, ese día accedió a comer allí. En realidad, habíamos quedado para ver quién me sucedería en el puesto. Pero Leo era imposible. En cuanto mencioné algunos nombres, él cambió de tema y se puso a hablar del amor y de la vida y me soltó un largo discurso sobre su música. Me resultaba incomprensible y, para serte sincera, bastante aburrido. Algo así como que había nacido para amar ciertas armonías y escalas, la seis menor... o como se llame. No le presté mucha atención. Se le veía tan feliz y embelesado consigo mismo que me sentí herida. Lo presioné como una idiota: «¿Qué pasó? Tienes que contármelo». Pero él se negó a entrar en detalles. No podía decir nada, me contestó, todavía no. Sólo me dejó claro que por fin había encontrado lo que buscaba.

—Quizá se tratara de una redención.

—Leo odiaba todo lo relacionado con la religión.

—Entonces ¿qué era?

—No tengo ni idea. Sólo sé que se terminó unos días después, así, de repente, igual que empezó. Se desinfló por completo.

—¿En qué sentido?

—En todos. Sucedió en mi último día en Alfred Ögren, justo antes de Navidad; hará poco más de año y medio. Fue en plena noche, en su despacho. Yo celebraba una fiesta de despedida en mi casa a la que él no acudió, y eso me entristeció. Es que habíamos tenido una relación muy especial.

Miró a Mikael.

—No hay ninguna razón para estar celoso.

—No me pongo celoso con tanta facilidad —respondió él.

—Ya lo sé. Y por eso te odio. No habría estado mal que te sintieras celoso de vez en cuando, aunque sólo fuera para mostrar tu interés. Si te soy sincera, más o menos en la época en la que te conocí, Leo y yo estuvimos medio enredados. Después de divorciarme y de todo ese rollo, mi vida se convirtió en un auténtico desastre; tal vez por ello me molestara tanto ver en él esa nueva felicidad que no encajaba en absoluto con su forma de ser... En fin, sea como sea, el caso es que lo llamé en plena noche y resultó que aún se encontraba en su despacho, cosa que me hirió aún más. Pero se disculpó con tanto fervor que lo perdoné, y cuando me preguntó si quería tomar una copa con él fui a verlo de inmediato. No sé qué esperaba encontrar. Ni entendía qué hacía allí a esas horas; Leo no era precisamente un adicto al trabajo. Y luego ese despacho, que había sido de su padre... Algo demencial. Alucinarías. De una de las paredes cuelga un cuadro de Dardel y en un rincón hay una cómoda de Haupt. Leo decía a veces que le daba vergüenza. Que era un lujo escandaloso. Pero esa noche cuando entré... Apenas si puedo describirlo; no sé, era como si le ardieran los ojos, y en su voz había un tono nuevo, quebrado. Aun así, se esforzó por mostrarse alegre. No paraba de sonreír, pero tenía la mirada perdida y triste. Sobre la cómoda de Haupt había una botella de borgoña vacía y dos copas, también vacías; había recibido visita. Nos abrazamos, intercambiamos unas palabras amables, nos bebimos media botella de champaña y prometimos mantener el contacto. Pero se notaba que estaba pensando en otras cosas, hasta que al final le dije: «Ya no pareces feliz». «Soy feliz», me contestó. «Sólo que...» No terminó la frase. Permaneció callado un buen rato. Apuró la copa de champaña. Se le veía desconsolado. Dijo que pretendía hacer una importante donación.

—¿A quién?

—No tengo ni idea, y me pregunto si no sería algo que se le había ocurrido en ese momento. Pareció avergonzarse de lo que acababa de decir y yo no le hice más preguntas al respecto. Dio la sensación de ser demasiado personal, y después ya nada fue como antes. Acabé levantándome y entonces él también se levantó, y volvimos a abrazarnos y a besarnos, aunque sin demasiado entusiasmo. Tras murmurarle un «Cuídate, Leo», salí al pasillo y llamé el elevador. Pero no tardé en dar media vuelta, estaba enojada. ¿A qué venía ahora esa tontería de andar con secretos? ¿Qué le pasaba?

Quería saberlo. No obstante, conforme me iba acercando me di cuenta de que lo incomodaría. Me lo encontré sentado frente a su escritorio escribiendo en una hoja de papel de color arena, y se notaba que se esforzaba en cuidar su letra. Tenía los hombros tensos. Y lágrimas en los ojos. Se me cayó el alma a los pies y no me atreví a molestarlo. Él no me vio.

—¿Y no sabes a qué se debía todo aquello?

—Supongo que estaba relacionado con su madre. No sé si estarás al corriente, pero ella murió días después y él se tomó unas largas vacaciones y estuvo viajando durante mucho tiempo. Debería haberlo llamado para darle el pésame, pero, como ya sabes, mi vida se convirtió en un auténtico infierno. Empecé a trabajar día y noche en mi nuevo trabajo, y me peleaba constantemente con mi ex. Y, además, ya me estaba acostando contigo.

—Eso debió de ser lo peor de todo.

—Sin duda.

—¿Y no has vuelto a verlo desde aquella noche?

—Cara a cara, no, sólo en una breve aparición que hizo en la tele. Creo que lo tenía un poco olvidado, o reprimido más bien. Pero cuando me has llamado...

Malin dudó, como si le costara encontrar las palabras.

—... ha vuelto a aparecer ante mí esa escena del despacho —continuó—, y entonces me ha dado la sensación de que había algo allí que no cuadraba.

Aunque no sabía exactamente qué. Sólo sé que me incomodaba; me irritaba tanto que acabé por llamarlo. Pero ha cambiado de número.

—¿Alguna vez te habló de un psicólogo al que dispararon por accidente en el grupo de caza de Alfred Ögren cuando él era pequeño? —preguntó Mikael.

—¿Qué? No. ¿Por qué?

—Carl Seger se llamaba.

—No me suena. ¿Qué pasó?

—Murió hace veinticinco años en una cacería de alces que se organizó en los bosques de Östhammar. Le pegaron un tiro; es probable que fuera un accidente. Pero el que le disparó era el director financiero del Grupo Rosvik, Per Fält.

—¿Y sospechas algo?

—No directamente. Al menos, por ahora. Pero pensé que quizá Carl Seger y Leo se conocieran. Los padres apostaron fuerte por el chico, ¿verdad? Lo prepararon para hacer test de inteligencia y otras cosas, y he visto que Seger tiene artículos que hablan de lo importante que es la autoconfianza para el desarrollo de los jóvenes, así que me pregunté...

—Creo que Leo tenía más dudas que autoconfianza —le interrumpió Malin.

—Carl Seger también escribió sobre las dudas. ¿Solía hablar Leo de sus padres?

—Algunas veces, aunque más bien con desgana.

—Eso no suena muy bien.

—Estoy segura de que Herman y Viveka tuvieron sus buenos momentos, pero creo que una de las desgracias de Leo fue que nunca se atrevió a enfrentarse a ellos. Nunca lo dejaron elegir su camino.

—¿Quieres decir que se metió en el mundo de las finanzas en contra de su voluntad?

—Bueno, las cosas no son siempre tan simples. Digo yo que él también puso algo de su parte. Pero estoy bastante convencida de que soñaba con romper esas cadenas y escaparse de allí; quizá por ello me afectó tanto verlo escribir aquella noche en su despacho. Me dio la sensación de que se trataba de una despedida, no sólo de su madre, sino también de otra cosa, de algo más grande.

—Antes lo has llamado Hamlet.

—Bueno, más bien para oponerlo a ti. Pero es verdad que le costaba tomar decisiones y que siempre dudaba.

—Hamlet acabó volviéndose violento.

—Ja, ja, sí, pero Leo nunca sería capaz de...

—¿De qué?

La cara de Malin se ensombreció. Mikael le puso una mano sobre el hombro.

—¿Qué te pasa? —preguntó.

—Nada.

—¡Vamos, dime!

—En una ocasión lo vi volverse completamente loco —explicó ella.

A las 19.29, Faria Kazi sintió un estremecimiento que recorrió todo su cuerpo cuando oyó los primeros traqueteos del tren de mercancías. Sólo faltaban dieciséis minutos para el cierre de las celdas. Pero hasta ese momento podían pasar muchas cosas. Nadie lo sabía mejor que ella. Desde el pasillo le llegaba el tintineo de los juegos de llaves de los guardias y el murmullo de varias voces, y aunque no entendió muy bien lo que comentaban, percibió una excitación en el ambiente.

Ignoraba de qué se trataba, sólo advirtió la sensación de urgencia que se respiraba allí dentro, y que era algo relacionado con Benito y con su inminente salida de la sección. Pero no había nada seguro, ni siquiera si fuera llovía o no. Hacía una hora que amenazaba tormenta. Ahora lo único que llegaba del exterior era el terrible estruendo del tren de mercancías.

Los muros parecían temblar y todo el mundo iba de un lado para otro, pero no le daba la impresión de que sucediera algo grave. ¿Sería posible que, a pesar de todo, esa noche la dejaran en paz? Los carceleros se mantenían mucho más atentos. Y Alvar Olsen no la perdía de vista, fuera a donde fuese, y siempre parecía estar haciendo la ronda. ¿Quién sabía si al final él sería capaz de protegerla? ¿Quién sabía si al final —por muchos cuchicheos que allí hubiera— todo saldría bien? Faria pensó en sus hermanos y en su madre, y en cómo el sol iluminaba el césped de Vallholmen durante su niñez. Pero sus ensoñaciones fueron interrumpidas por el sonido inquietantemente familiar de unas chanclas que se acercaban por el pasillo. Ya no cabía ninguna duda. También percibió el aroma de un perfume dulce. Le costó respirar y quiso abrir un hueco en la pared y escaparse corriendo por las vías del tren o esfumarse como por arte de magia. Pero allí estaba ella, abandonada y desamparada sobre su cama. Se sentía igual de desamparada que cuando vivía en Sickla, e intentó volver a pensar en Jamal. En vano. Ya nada la consolaría. El tren retumbaba, los pasos se aproximaban y el perfume ya se le había metido en la nariz. En breves instantes sería arrojada al mismo agujero sin fondo de siempre, y ya no importaba cuántas veces se dijera a sí misma que daba igual, que su vida ya estaba destrozada y que no tenía nada que perder. Aun así, se quedaba aterrada cada vez que Benito aparecía por la puerta de su celda y, con una sonrisa complaciente, le daba saludos de parte de sus hermanos.

No tenía claro si Benito conocía a Bashir y a Razan, ni siquiera si mantenía algún contacto con ellos, pero Faria entendía esos saludos como amenazas de muerte. Siempre iban acompañados de un ritual en el que Benito la abofeteaba y la acariciaba alternadamente: le tocaba los pechos y la entrepierna mientras la llamaba «zorra» y «puta *inmigrata*». Lo peor de todo, sin embargo, no eran ni los tocamientos ni las palabras, sino la sensación de que aquello sólo eran los preliminares de algo mucho peor; en más de una ocasión llegó a creer que en cualquier momento vería el brillo del acero en la mano de Benito. Faria pensaba en ese acero con asiduidad.

Toda la fama de Benito se basaba en unas dagas indonesias que ella misma —decían— había forjado mientras pronunciaba una letanía de maldiciones y que —según se comentaba— podían sentenciar a alguien a una muerte segura con el simple hecho de que Benito apuntara a esa persona con ellas. El mito de las dagas acompañaba a Benito cuando pasaba por los pasillos de la cárcel como si fuera un aura, un siniestro halo, y se mezclaba con su perfume. Faria imaginó muchas veces cómo Benito se ensañaba con ella con esas dagas. Había días en los que sentía que eso sería lo mejor.

Aguzó el oído y, por un momento, alimentó de nuevo su esperanza. Los pasos se pararon. ¿La habrían detenido? No, los pies se pusieron otra vez a caminar, pero en esta ocasión iban acompañados. Lo supo no sólo por el oído, sino también por el olfato. El perfume de Benito se mezclaba con un olor más intenso a sudor y a caramelos de menta. Era Tine Grönlund, esbirra y guardaespaldas de Benito. Faria comprendió que, en lugar de un respiro, aquello significaba una escalada. Acabaría mal.

Por la rendija de la puerta entreabierta pudo advertir los blanquecinos pies de Benito, con sus uñas pintadas asomando por encima de las chanclas. Al levantar la mirada, Faria vio que Benito llevaba arremangada la camisa, lo que dejaba al descubierto sus tatuajes de serpientes. Iba maquillada y sudaba, y tenía una mirada fría. Aun así, sonreía. Nadie sonreía de forma tan inquietante como Benito. Tras ella apareció Tine, quien procedió a cerrar la puerta, a pesar de que los únicos autorizados para hacerlo eran los guardias.

—Greta y Lauren están ahí fuera. De modo que no hay de qué preocuparse; nadie nos molestará —sentenció Tine.

Benito se acercó a Faria mientras, por encima del pantalón, toqueteaba algo que se hallaba en uno de sus bolsillos. Su sonrisa se estrechó reduciéndose a una simple insinuación, una línea, y en su pálida frente surgieron nuevas arrugas. Una gota de sudor asomó en su labio superior.

—Tenemos un poco de prisa —dijo—. Esos perros carceleros quieren correrme de aquí, ¿no te has enterado? Por eso tú y yo debemos llegar a un acuerdo ahora mismo. Nos caes bien, Faria. Eres muy guapa, y a nosotras nos gustan las chicas guapas. Pero también nos gustan tus hermanos. Y tus hermanos nos han presentado una oferta muy generosa, y ahora querríamos saber...

—No tengo dinero —interrumpió Faria.

—Bueno, una chica puede pagar de otras maneras, y nosotras tenemos nuestras propias preferencias, nuestra propia divisa, ¿verdad que sí, Tine? De hecho, Faria, hoy te he traído algo que creo que te ayudará a mostrarte más participativa.

Benito volvió a mover los dedos palpando lo

que llevaba en el bolsillo, pero esta vez se le dibujó una amplia sonrisa en los labios, una sonrisa que irradiaba un gélido triunfalismo.

—¿Qué crees que llevo aquí? —continuó—. ¿Qué podría ser? No es mi Keris, así que tranquilízate. Pero es algo que tiene mucho valor para mí.

Sacó un objeto negro del bolsillo y, acto seguido, se oyó un clic metálico. Faria dejó de respirar; el objeto era un estilete. Se quedó tan paralizada por el terror que le infundió que no le dio tiempo de reaccionar cuando Benito la agarró del pelo y le echó la cabeza hacia atrás.

Lentamente, muy lentamente, le fue acercando al cuello la hoja de la navaja hasta que la punta le tocó la arteria carótida, como si Benito quisiera mostrarle cuál era el mejor punto para que el corte resultara mortal. A continuación, entre susurros y escupitajos, pronunció unas palabras que parecían versar sobre la expiación de los pecados con sangre y sobre el restablecimiento del honor familiar. Faria no acababa de entender de qué iba todo aquello. Sólo sentía el dulzor del perfume en su nariz y un aliento que apestaba a tabaco y a algo viciado y nada sano. No era capaz de pensar con claridad. Por eso tampoco entendió por qué, de repente, una nueva inquietud se instaló allí dentro. Luego recordó que hacía tan sólo un momento había oído cómo la puerta se abría y se cerraba casi al instante.

En la celda se encontraba otra persona. ¿Quién? Al principio, Faria no lo comprendió. Pero era Lisbeth Salander. Tenía un aspecto extraño, como si estuviera ausente y sumida en un sueño, o como si no supiera realmente dónde se hallaba. Ni siquiera pareció reaccionar cuando Benito se le acercó.

—¿Molesto?

—Mucho. ¿Quién diablos te ha dejado pasar?

—Las chicas de ahí fuera. No han protestado demasiado.

—¡Idiotas! ¿No ves lo que llevo en la mano? —bufó Benito, blandiendo el estilete.

Lisbeth tomó nota de ello, pero no se inmutó. Se limitó a dedicarle una mirada ausente.

—Así que lárgate de aquí, zorra. O te rajo como a un cerdo.

—No lo harás. Porque no te va a dar tiempo —contestó Lisbeth.

—¿Ah, no? ¿Y eso?

Una oleada de odio barrió la celda. Benito avanzó hacia Salander navaja en mano. Pero no llegó muy lejos. Todo sucedió con tanta rapidez que Faria apenas consiguió ver lo que ocurrió. Un golpe, dos codazos... Y Benito quedó como empotrada en la pared, inmóvil por completo, paralizada. Luego cayó hacia delante y se dio de bruces contra el suelo de concreto sin ni siquiera protegerse con las manos. Acto seguido, se hizo el silencio. Tan sólo se oía el atronador ruido del tren de mercancías.

Capítulo 6

18 de junio

Malin y Mikael estaban sentados juntos, apoyados contra la cabecera de la cama. Él le acarició un hombro y le preguntó:

—¿Qué pasó?

—Leo se volvió loco de atar. Oye, ¿no tendrás por ahí un buen vino tinto? Me vendría de maravilla.

—Creo que tengo una botella de barolo —dijo Mikael para, acto seguido, levantarse e ir a buscarla arrastrando los pies.

Regresó con ella y dos copas, y se encontró a Malin mirando por la ventana y como en otro mundo. La lluvia seguía cayendo en la bahía. Una ligera niebla flotaba sobre el mar, y a lo lejos se oían sirenas. Mikael sirvió el vino y besó a Malin en la mejilla y en la boca. Ella empezó a contarle la historia mientras él tomaba el edredón para tapar a ambos con él.

—Como ya sabes, el hijo de Alfred Ögren, Ivar, es ahora el director general de la empresa, a pesar de ser el más joven de los hermanos. Sólo le saca tres años a Leo, y los dos se conocen desde la infancia. Pero no son amigos que digamos. Más bien se odian.

—¿Y eso a qué se debe?

—A la rivalidad, a los complejos de inferioridad y cosas por el estilo. Ivar sabe que Leo es más inteligente que él. Sabe que Leo lo descubre enseguida cuando se pone a fanfarronear y a mentir. Está lleno de complejos, y no sólo intelectuales. A Ivar le gusta mucho comer y va siempre a restaurantes caros, y se ha puesto gordo y fofo. Aún no ha llegado a los cuarenta, pero tiene aspecto de viejo, mientras que Leo sale a correr y, en sus mejores días, podría aparentar veinticinco. Por otra parte, Ivar es más fuerte y tiene más arrojo, y además...

Malin hizo una mueca y tomó un sorbo del vino.

—¿Qué?

—A veces me da vergüenza, porque yo formé parte de todo eso. Por lo general, Ivar era un tipo bueno, exageradamente relajado quizá, y un poco bruto, pero un buen tipo, al fin y al cabo. Aunque en algunas ocasiones podía ser infernal, algo terrible de presenciar, de verdad. Creo que temía que Leo lo relevara en su puesto de director. Había mucha gente, incluso dentro de la junta directiva, que quería que así fuera. En mi última semana en la empresa —justo antes de aquel encuentro nocturno con Leo—, tuvimos una reunión. Debíamos hablar de quién me sustituiría. Pero empezamos a charlar de otros temas y, bueno, vi a Ivar irritado desde un primer momento. Sin duda tenía la misma sensación que yo, que algo había pasado. Leo se mostraba tan ridículamente feliz..., como si estuviera en las nubes, flotando por encima de todo y de todos. Además, esa semana apenas había pisado la oficina e Ivar se peleó con él. Lo llamó «moralista», «vago» y «cobarde», cosa que, en un principio, Leo aceptó bien; se limitó a sonreír y a aguantar, lo que sacó de quicio a Ivar y provocó que le soltara unas cosas horribles. Se transformó en un verdadero racista. Dijo que Leo era un «gitanucho de mierda». Resultaba tan estúpido que creí que Leo lo ignoraría por completo. En cambio, se levantó como un rayo de su silla y se abalanzó sobre él. Lo agarró del cuello, pero de verdad, como para estrangularlo. Yo me lancé sobre Leo y acabamos los dos en el suelo. Aquello era una auténtica locura. Me acuerdo de que Leo murmuraba «Somos mejores, somos mejores», antes de que por fin se calmara.

—¿Y qué hizo Ivar?

—Permaneció sentado en su silla, en estado de *shock*, mirándonos boquiabierto. Luego se inclinó hacia delante y, muy avergonzado, pidió perdón. Después se largó y Leo y yo nos quedamos en el suelo.

—¿Y qué dijo Leo?

—Nada, que yo recuerde. Todo aquello, ahora que lo pienso, fue de lo más absurdo.

—Bueno, llamarle «gitanucho de mierda» fue también bastante absurdo.

—Ivar es así. Cuando pierde la cabeza se transforma en un auténtico cabrón de lo más primitivo. Podría haberlo llamado otra cosa, como «hijo de puta» o «cerdo». En su mundo es más o menos lo mismo. Creo que lo ha heredado de su padre; en esa familia hay un montón de asquerosos prejuicios. A eso me refiero cuando digo que me avergüenzo. Jamás tendría que haber pisado esa empresa.

Mikael asintió con la cabeza y apuró su copa. Debería haberle hecho un par de preguntas al respecto, o dedicarle unas palabras de consuelo, pero algo se interpuso de nuevo en sus pensamientos. De entrada, no supo precisar de qué se trataba, tan sólo sabía que estaba relacionado con Lisbeth. Luego se acordó de que la madre de Lisbeth, Agneta, tenía raíces romaníes. Su abuelo provenía de un grupo nómada romaní, creía recordar, y por eso la madre de Lisbeth había figurado en ciertos registros que luego llegaron a ser ilegales.

—¿No será...? —acabó diciendo.

—¿Qué?

—¿... que Ivar se cree alguien superior?

—Eso seguro.

—Me refiero a que considera que es superior por sus lazos de sangre o su origen.

—Sería muy curioso. La familia Mannheimer es de lo mejorcito de la nobleza. ¿Adónde quieres ir a parar?

—No lo sé muy bien.

Malin parecía tranquila pero triste, y Mikael volvió a acariciarle el hombro. Acababa de descubrir por dónde debía empezar a jalar el hilo. Se remontaría a mucho tiempo atrás, recurriría a los viejos registros parroquiales si hacía falta.

El golpe de Lisbeth fue duro, quizá demasiado. Se dio cuenta de ello antes de que Benito se precipitara al suelo o incluso de que su puño impactara contra ella. Lo comprendió por la propia ligereza de los movimientos, por esa fuerza que no encuentra resistencia, por ese conocimiento que todo practicante de los deportes explosivos posee: que la perfección reside en aquello que apenas se percibe.

Le había propinado un buen derechazo de inesperada perfección justo en la laringe para, acto seguido, pegarle dos codazos en la mandíbula. Después, Lisbeth se hizo a un lado, no sólo para dejarla caer, sino también para controlar la situación. De modo que pudo ver perfectamente cómo Benito —sin ni siquiera protegerse con las manos— cayó de frente y golpeó primero la barbilla y luego toda la cara contra el suelo. Se oyó el crujido de unos huesos que se rompían. Era más de lo que esperaba.

Benito estaba mal. Permanecía tumbada boca abajo con el rostro torcido y rígido: una mueca horrorosa. No emitía ningún sonido, ni siquiera se le oía respirar. Nadie lloraría menos la muerte de

Benito Andersson que Lisbeth Salander, pero si de verdad estaba muerta las cosas se complicarían. Además, a su lado se encontraba Tine Grönlund.

Tine Grönlund no era precisamente como Benito. Todo lo contrario: parecía haber nacido para obedecer y dejarse mandar. Pero era alta y rápida, estaba fibrada, y sus golpes tenían un alcance nada fácil de calibrar, en especial cuando, como en ese instante, llegaban de lado. Lisbeth sólo lo paró a medias. Le zumbaban los oídos y le ardía la mejilla, y se preparó para otro combate. Pero se libró. En lugar de continuar la pelea, Tine se quedó mirando a Benito, que yacía en el suelo con un aspecto bastante lamentable. No sólo por los rojos hilos de sangre que salían de su boca y se extendían sobre el concreto formando una especie de garra, sino también por la posición de su torcido cuerpo y el estado de su rostro. Benito parecía estar destinada, en el mejor de los casos, a pasarse el resto de su vida postrada en una cama.

—Benito, ¿estás viva? —le susurró Tine.

—Está viva —dijo Lisbeth no muy convencida.

No era la primera vez que dejaba KO a alguien, tanto dentro como fuera del cuadrilátero, pero en esas ocasiones siempre había advertido —en mayor o menor grado— gimoteos, quejidos o leves movimientos. En cambio, ahora reinaba un trágico silencio que se intensificaba con la inmovilidad del cuerpo y el vibrante nerviosismo que flotaba en el aire.

—¡Mierda, pero no se mueve!

—No tiene muy buena pinta, es verdad —contestó Lisbeth.

Tras mascullar una amenaza y agitar los puños, Tine salió por la puerta con un peculiar movimiento de brazos que recordaba al de un pájaro batiendo las alas. Lisbeth permaneció inmóvil, concentrada y con las piernas abiertas, y miró a Faria Kazi. Faria la contemplaba absolutamente perpleja. Se hallaba sentada sobre la cama con las manos alrededor de las rodillas y llevaba puesta una camisa azul que le quedaba demasiado grande.

—Voy a sacarte de aquí —dijo Lisbeth.

Holger Palmgren estaba en su departamento de Liljeholmen, acostado en su cama articulada y pensando en la llamada de Lisbeth. Le afligía no haber podido contestar aún a su petición. Sus cuidadores no le hacían caso, y él se encontraba demasiado débil y enfermo como para buscar los documentos solo. Sufría graves dolores en caderas y piernas y ya no podía caminar ni con la andadera. Necesitaba ayuda para casi todo. En su casa había asistentes municipales a todas horas, pero la mayoría de ellos lo trataban como si tuviera cinco años. No parecía que les gustara su trabajo, ni tampoco, por lo general, la gente mayor. A veces, aunque no muy a menudo —seguía siendo un hombre orgulloso—, se arrepentía de no haber aceptado que Lisbeth le pagara una atención privada más cualificada. Unos días antes le había preguntado a Marita, esa joven y ruda cuidadora cuyo rostro siempre se torcía en una mueca de asco cuando tenía que levantarlo de la cama:

—¿Tienes hijos?

—No quiero hablar de mi vida privada —le espetó, cortándolo en seco.

A eso se había llegado, a que si él pretendía mostrar un poco de cortesía lo tacharan de chismoso. La vejez era una humillación, un abuso. Así la veía él. Un momento antes, cuando necesitó que le cambiaran el pañal, se le vino a la mente el poema de Gunnar Ekelöf «Deberían avergonzarse».

No lo leía desde joven. Sin embargo, lo recordaba bastante bien, quizá no literalmente, pero sí más o menos. Hablaba de un hombre —tal vez el álter ego del poeta— que escribió lo que llamó un «prólogo de su muerte», en el que expresaba su deseo de que lo último que se viera de él fuese su puño cerrado flotando entre nenúfares y palabras que subían a modo de burbujas desde el fondo del agua.

Así de miserable se había sentido Holger, tanto que ese poema le parecía la única esperanza que le quedaba: ¡la rebeldía! Era verdad que sin duda empeoraría y que pronto sólo podría permanecer acostado en la cama en estado vegetal; cabía la posibilidad, incluso, de que empezara a chochear. Y ya sabía que no le aguardaba más que la muerte, pero eso no significaba que tuviera que aceptarlo; ése era el mensaje y el consuelo del poema. Podía cerrar la mano y mostrar un puño en señal de silenciosa protesta. Podía dejarse hundir hasta el fondo del agua, orgulloso y rebelde, y a la vez quejarse del dolor, los pañales, la inmovilidad y toda la humillación que sufría.

Aun así, en la vida no sólo había negrura. Todavía tenía amigos, sobre todo a Lisbeth. Y luego estaba Lulu, que no tardaría en llegar para ayudarle a buscar los documentos. Lulu era una mujer de Somalia, alta, bella y con un largo pelo recogido en una trenza. Su mirada resultaba tan entrañable que a Holger le devolvía parte del amor propio que había perdido. Era Lulu quien lo preparaba para la noche, quien le ponía el parche de morfina y la pijama y quien lo acostaba. Aunque el sueco que hablaba no era todavía perfecto, sus preguntas resultaban auténticas. No decía tonterías en primera persona del plural del tipo: «Hoy nos encontramos mejor, ¿verdad?». Preguntaba por las cosas que debería estudiar y aprender, se interesaba por lo que Holger había hecho en su vida y también por lo que pensaba. Ella lo veía como un ser humano, no como un viejo sin historia.

En la actualidad, Lulu era una de las pocas alegrías de su vida y la única persona con la que había hablado de Lisbeth y de su encuentro en Flodberga. La visita fue una auténtica pesadilla. La simple visión de los altos muros del penal lo revolvió por dentro. ¿Cómo habían podido meter a Lisbeth en un sitio como aquél? Ella había hecho algo grandioso: había salvado la vida de un niño. Y, a pesar de ello, estaba encerrada con las peores criminales del país. Una indignante injusticia. Cuando la vio en aquella sala de visitas ya se encontraba tan alterado que en la conversación que mantuvieron se le fue la lengua.

Empezó preguntándole por el tatuaje del dragón. Siempre había querido preguntárselo. Además, él pertenecía a una generación que no entendía esa forma de arte. ¿Por qué decorar tu propio cuerpo con algo que se quedará ahí para siempre, cuando los seres humanos estamos en constante cambio y desarrollo?

Lisbeth contestó de forma breve y concisa, lo cual resultó más que suficiente. Fue entonces cuando Holger se emocionó y se puso a despotricar de esto y de lo otro, sin orden ni concierto y, como no podía ser de otra manera, le metió todo tipo de ideas en la cabeza. Resultaba estúpido, especialmente cuando ni él mismo tenía muy claro aquello de lo que hablaba. ¿Qué le pasaba? ¿Qué estaba haciendo? Bueno, a decir verdad, sabía el motivo. No sólo se debía a su edad y a su estado general de insensatez: un par de semanas antes había recibido la visita de Maj-Britt Torell, una señora mayor de pelo blanco y cierto aspecto de pájaro. Torell era la secretaria de Johannes Caldin, el director de la clínica de psiquiatría infantil Sankt Stefan, en Uppsala, cuando Lisbeth estuvo internada allí.

A raíz de la aparición de Lisbeth Salander en los periódicos, Maj-Britt Torell había comenzado a consultar los montones de documentos, historiales médicos y apuntes con los que se había quedado al fallecer Caldin. Cabía aclarar —había insistido ella en señalar— que era la primera vez que violaba el derecho a la intimidad de un paciente. Pero aquí concurrían unas circunstancias especiales: «Como usted ya sabe, fue terrible cómo trataron a esa niña». Por eso Maj-Britt quería entregarle esos papeles, para que todo saliera a la luz.

Holger le dio las gracias y se despidió de ella; al revisar los papeles, se puso triste más que otra cosa. La misma historia de siempre. De nuevo pudo leer cómo el psiquiatra Peter Teleborian inmovilizó a Lisbeth con correas en la camilla y la sometió a graves abusos. Los documentos no contenían nada nuevo; o por lo menos él no lo veía, pero quizá se equivocara. Habían bastado un par de palabras imprudentes para poner en marcha a Lisbeth, y ahora, por lo visto, había deducido que una vez formó parte de un estudio realizado a nivel estatal. Ella dijo que conocía a otros niños que habían participado en él, tanto antes como después de ella. Pero ignoraba quiénes eran los responsables. Resultaba evidente que se habían cuidado mucho de que sus nombres no aparecieran en Internet ni en ningún archivo o registro.

—¿Podrías echar otro vistazo a esos documentos para ver si encuentras algo? —le había pedido Lisbeth por teléfono. Y eso era justamente lo que haría en cuanto llegara Lulu.

De pronto, procedente del suelo, se oyó el sonido de unos gruñidos y carraspeos seguidos de unos escupitajos. Y, antes de que se tradujeran en palabras, Faria Kazi ya se había dado cuenta de que se trataba de maldiciones y amenazas. Miró a Benito, que yacía boca abajo con los brazos abiertos. No movía ninguna parte del cuerpo, ni siquiera un dedo; sólo la cabeza, que se levantó un centímetro, y los ojos, que se alzaron en oblicuo para fijarse en Lisbeth Salander.

—¡Mi Keris te está apuntando!

Su voz sonó tan ronca y áspera que apenas si parecía humana. En los pensamientos de Faria, esas palabras se mezclaron con la sangre que salía de la boca de Benito.

—Mi daga te está apuntando. Estás muerta.

Eran auténticas sentencias de muerte. Por un instante, dio la sensación de que Benito recuperaba algo de su superioridad. Aun así, Lisbeth no manifestó demasiada preocupación. Se limitó a responder algo distraída, como si no hubiera prestado mucha atención a lo que Benito acababa de decirle:

—Pues la que tiene pinta de muerta eres *tú*, ¿no crees?

Benito ya no parecía existir para ella. Lisbeth dirigió toda la atención al pasillo y Faria pronto entendió por qué: unos pasos rápidos y firmes se aproximaban; alguien iba corriendo hacia allí. Y, acto seguido, al otro lado de la puerta, se oyeron voces e insultos, y luego las palabras: «¡Quítense de en medio, carajo!». La puerta se abrió de un tirón y allí apareció el jefe de los guardias, Alvar Olsen. Llevaba la habitual camisa azul de su uniforme y jadeaba con fuerza.

—¿Qué diablos pasa aquí? —quiso saber.

Paseó la mirada por la celda: Benito en el suelo, Lisbeth sobre ella y Faria en su cama.

—¡Dios mío! Pero ¿qué ha ocurrido? —inquirió sorprendido.

—¿Ves eso del suelo? —le preguntó Salander.

Alvar bajó la mirada y descubrió el estilete que en ese momento se hallaba en medio de un charco de sangre delante de la mano derecha de Benito.

—¿Qué mierda...? —Se sorprendió de nuevo.

—Exacto. Alguien ha burlado la seguridad de sus detectores de metal y ha introducido una navaja. Así que lo que ha pasado es que el personal de una cárcel muy grande ha perdido su autoridad y ha fracasado estrepitosamente en su empeño de proteger a una presa amenazada.

—Pero... Pero... ¿Y eso? —murmuró Alvar desquiciado, señalando la mandíbula de Benito.

—Eso es lo que tú deberías haber hecho hace ya mucho tiempo, Alvar.

Él se quedó mirando a Benito, que seguía tirada en el suelo con la cara torcida, destrozada, y con la sangre chorreándole por la mandíbula.

—Mi Keris te está apuntando. Vas a morir, Salander —susurró Benito con rabia. Y entonces Alvar sintió cómo el pánico se apoderaba de él. Activó la alarma de su cinturón al tiempo que pedía ayuda a gritos.

—Te matará —sentenció.

—Ése es mi problema —contestó Lisbeth—. Me he enfrentado a peores cabrones.

—No hay peores.

En el pasillo se oían ya unos pasos aproximándose. ¿Esos idiotas se habían mantenido cerca todo el tiempo? No le sorprendería lo más mínimo. Una enorme rabia brotó en su interior. Pensó en Vilda y en las amenazas que se habían lanzado contra ella, y también en todo el módulo, que se había convertido en una vergüenza tan grande. Miró de nuevo a Lisbeth Salander y se acordó de sus palabras: «Lo que tú deberías haber hecho hace ya mucho tiempo». Sintió instintivamente que tenía que actuar. Debía recuperar su dignidad. Pero no le dio tiempo de nada. Sus colegas, Harriet y Fred, irrumpieron en la celda y se quedaron paralizados. Miraron a Benito, tendida en el suelo, y —al igual que Alvar hacía tan sólo un momento— oyeron los conjuros que murmuraba, aunque con la diferencia de que ya no era posible apreciar frases completas. Sólo algunas sílabas, como «ke» o «kri», resultaban perceptibles en sus malvadas letanías.

—¡Mierda! —gritó Fred alterado—. ¡Mierda!

Alvar dio un paso adelante y se aclaró la voz. Fue en ese instante cuando Fred lo descubrió. Sus ojos irradiaban miedo. Tenía sudor en la frente y las mejillas.

—Harriet, llama a los enfermeros —le ordenó Alvar—. ¡Rápido, rápido! Y tú, Fred...

No sabía muy bien qué decir. Lo que pretendía, más que nada, era ganar tiempo y reforzar su autoridad, cosa que, al parecer, no logró, porque Fred lo interrumpió con la misma alteración en la voz que antes.

—¡Carajo! ¡Menudo desastre! ¿Qué pasó?

—Tenía una actitud amenazante y se ha puesto violenta —respondió Alvar.

—¿Y la golpeaste?

De entrada, no contestó. Pero luego se acordó de la escalofriante exactitud con la que Benito había descrito el itinerario de Vilda hasta el colegio. Se acordó de que incluso le había dicho el color de sus botas de agua.

—Yo... —empezó.

Dudó. Sintió que había algo en la palabra «yo» que le asustaba a la vez que le atraía. Miró a Salander. Ella negó con la cabeza como si adivinara sus intenciones. Pero no podía hacerle caso; pasara lo que pasase, tenía que dar la cara. Le parecía lo más correcto.

—No me ha dejado otra opción.

—Pero, carajo, esto tiene muy mala pinta. Benito, Benito, ¿cómo estás? ¡Dios mío! —se lamentó Fred. Y ésa fue para Alvar la gota que derramó el vaso. Se acabó. Se acabaron tantos meses de cerrar los ojos y mirar para otro lado.

—En lugar de preocuparte por Benito deberías hacerlo por Faria —le soltó—. Hemos dejado que todo este módulo se intoxique y se destruya. ¿Ves ese estilete del suelo? Benito ha conseguido meterlo en la unidad, ha introducido clandestinamente una maldita arma asesina, y estaba a punto de atacar a Faria cuando yo...

Dudó de nuevo. Buscaba las palabras. Era como si en ese momento se diera cuenta de la magnitud de su mentira, y volvió a mirar a Lisbeth Salander —esta vez desesperado— con la confianza de que lo salvara. La salvación, no obstante, no provino de ella.

—Iba a matarme —terció Faria Kazi desde la cama, señalando un pequeño corte en el cuello, lo que animó a Alvar a seguir.

—¿Qué querías que hiciera? ¿Esperar a ver si lo lograba? —le espetó a Fred. Y entonces recuperó parte de su seguridad, aunque al mismo tiempo se dio cuenta, cada vez más, del lío en el que se estaba metiendo.

Pero ya era tarde para echarse para atrás: junto a la puerta se agolpaban otras internas. Muchas de ellas hasta empujaban para intentar entrar. La situación se desmadraría de un momento a otro. Fuera, en el pasillo, algunas presas chillaban exaltadas. Otras aplaudían. Un gran alivio —o sentimiento de liberación— se estaba propagando por la unidad. Una mujer pegó un grito de alegría y las voces se convirtieron en un murmullo, un manto de ruido que fue aumentando su intensidad, como en el momento cumbre de un sangriento combate de boxeo o de una corrida de toros.

Sin embargo, lo que se oía no era sólo alegría. En aquel tumulto también se distinguían amenazas, unas amenazas que no iban dirigidas a él, sino a Lisbeth Salander, como si el rumor de lo que realmente había ocurrido ya se hubiera extendido. Alvar comprendió que tenía que actuar, debía mostrarse resolutivo. Declaró en voz alta que había que informar de inmediato a la policía. Sabía que los guardias de las otras unidades ya se hallaban de camino —como sucedía cada vez que saltaba la alarma—, pero dudó entre encerrar a las presas en ese mismo momento o esperar a que llegaran los refuerzos. Dio un paso hacia delante en dirección a Faria Kazi mientras les decía a Harriet y a Fred que los enfermeros y los psicólogos también debían atenderla a ella. Luego se volvió hacia Lisbeth Salander y le ordenó que lo acompañara.

Salió con ella al pasillo y pasaron por delante de un grupo de internas excitadas y guardias que se abrían camino entre la multitud. Por un instante creyó que todo se iría al traste. Por todas partes había gente que gritaba y que tiraba de ellos. Las reclusas estaban a punto de amotinarse. Era como si esa mezcla de tensión y desesperación que llevaba tanto tiempo germinando estuviera ahora a punto de estallar. Fue un milagro conseguir llevar a Salander hasta su celda y cerrar la puerta, que fue aporreada de inmediato mientras sus compañeros exigían orden a gritos. A Alvar se le salía el corazón del pecho. Tenía la boca seca y no sabía qué decir. Lisbeth ni siquiera se dignó a mirarlo:

dirigió la mirada hacia su mesa mientras se pasaba la mano por el pelo.

—Me gusta asumir la responsabilidad de mis propios actos —dijo ella.

—Sólo pretendía protegerte.

—¡A la mierda! Lo único que querías era sentirte una persona un poco mejor. Pero no pasa nada, Alvar. ¿Puedes irte ya?

Él deseó decir algo más, explicarse. Pero se dio cuenta de que lo único que conseguiría sería hacer el ridículo. Al abandonar la celda, ella murmuró a sus espaldas:

—¡Le he dado en la laringe!

«La laringe», pensó él al tiempo que cerraba la puerta con llave. Y comenzó a caminar por el pasillo en medio de aquel tumulto.

Holger Palmgren esperaba a Lulu mientras se esforzaba en recordar lo que decían los documentos. ¿Esconderían, realmente, algo sorprendente? ¿Hallaría algo nuevo en ellos? Le costaba creerlo; aparte, claro estaba, de ese dato del que siempre había sido consciente: que hubo planes para dar a Lisbeth en adopción cuando era pequeña, cuando la situación con el padre y las violaciones de su madre, Agneta, estaban en su peor momento.

Bueno, pronto se enteraría. Lulu siempre llegaba puntual —a las nueve— los cuatro días de la semana en los que acudía. Y ese día era uno de ellos. Ansiaba su llegada. Lulu lo acostaría, le pondría el parche de morfina, cuidaría de él y le sacaría los documentos del cajón inferior de la cómoda de la sala donde los había metido la última vez que estuvo allí, después de la visita de Maj-Britt Torell.

Holger juró que los leería con toda atención. Quizá le fuera concedida la gracia de poder ayudar a Lisbeth una última vez. Gimió. El dolor volvió a recorrerle las caderas. No había ningún otro momento del día en el que le dolieran tanto, y rezó una oración: «Querida y maravillosa Lulu: te necesito. Ven ya». Y, en efecto, no llevaba más que cinco o diez minutos tamborileando con la mano buena sobre el edredón cuando percibió unos pasos en la escalera, unos pasos que le resultaban familiares.

La puerta se abrió. ¿Había llegado veinte minutos antes? ¡Qué maravilla! Pero no oyó ningún saludo alegre del tipo «Buenas noches, querido amigo», sino sólo unos pies que entraban con gran sigilo en el departamento y se acercaban al dormitorio. Se asustó; algo nada habitual en él. Ésa era una de las ventajas de la edad, que ya no tenía mucho que perder. Y, no obstante, en esa ocasión, una gran inquietud se apoderó de él, tal vez producida, precisamente, por los documentos. Quería leerlos con el fin de ayudar a Lisbeth. De repente había aparecido un motivo para seguir viviendo.

—¡Hola! —gritó—. ¿Hay alguien ahí?

—Dios mío, ¿estás despierto? Esperaba que durmieras.

—¿Cómo me iba a dormir sabiendo que venías? —dijo Holger, manifiestamente aliviado.

—¿Es que ya se te ha olvidado lo cansado y agotado que has estado durante estos últimos días? Por unos momentos pensé que esa visita a la cárcel te mataría —contestó Lulu al tiempo que asomaba por la puerta.

Tenía los ojos y los labios pintados, y llevaba un vestido africano de gran colorido y belleza.

—¿Tan mal he estado?

—Apenas se podía hablar contigo.

—Pues lo siento, intentaré mejorar.

—Sabes que eres mi paciente favorito. Tu único defecto es que pides perdón cada dos por tres.

—Perdona.

—¿Lo ves?

—¿Qué pasa hoy, Lulu? Tienes algo, no sé qué es, pero te veo más guapa que de costumbre.

—Quedé de tomar una copa con un sueco de Västerhaninge. ¿Te lo puedes imaginar? Es ingeniero y tiene una casa de campo y un Volvo nuevo.

—Y quiere ligar contigo, claro.

—Eso espero —le respondió Lulu mientras le colocaba bien las piernas. Se aseguró de que apoyara bien la cabeza en la almohada y se dispuso a incorporarlo elevando el respaldo de la cama.

Mientras la cama subía con un zumbido sordo, ella seguía hablando del hombre de Västerhaninge, que se llamaba Robert o tal vez Rolf. Holger no prestaba mucha atención a sus palabras. Lulu le puso la mano en la frente.

—Ay, pero si tienes sudores fríos, tonto. Debería bañarte.

Nadie lo llamaba «tonto» con tanta ternura como Lulu y, aunque normalmente le encantaba platicar con ella, ese día se sentía impaciente. Se miró la mano izquierda, sin vida; presentaba un aspecto más lastimoso que nunca.

—Perdona, Lulu. ¿Podrías hacer otra cosa antes?

—Siempre tu servicio.

—Siempre *a* tu servicio —la corrigió—. ¿Te acuerdas de esos papeles que metiste en el cajón de la cómoda la última vez? ¿Puedes sacarlos, por favor? Necesito leerlos de nuevo.

—Pero si decías que eran horribles.

—Y lo son. Pero necesito volver a verlos.

—Bueno, bueno. Iré a buscarlos —zanjó ella.

Salió de la habitación y, al regresar, llevó una pila de hojas mucho mayor de lo que él recordaba haber recibido. Quizá Lulu había tomado también otros viejos documentos sin querer. Se puso otra vez nervioso, no sabía si porque allí no hallaría ninguna cosa que mereciera la pena o porque sí la encontraría, y entonces Lisbeth volvería a hacer de las suyas.

—Pareces más animado hoy, Holger. Pero te noto algo ausente. ¿Ya estás pensando de nuevo en esa Salander? —inquirió Lulu mientras dejaba los papeles en el buró, junto a sus cajitas de pastillas y sus libros.

—Sí, así es. Fue terrible verla en la cárcel.

—Lo entiendo.

—¿Puedes traerme el cepillo de dientes, ponerme el parche de morfina y moverme las piernas un poco hacia la izquierda? Es que siento como si...

—¿... te estuvieran clavando cuchillos? —completó Lulu.

—Sí, como si me estuvieran clavando cuchillos. ¿Lo digo siempre?

—Casi siempre.

—¿Lo ves? Ya empiezo a chochear. Pero es que luego quiero leer esos papeles. Así podrás irte ya a ver a tu Roger.

—Rolf —le corrigió ella.

—Bueno, Rolf. Espero que sea buena persona. Eso es lo más importante.

—¿Ah, sí? ¿Tú elegiste a tus mujeres por su bondad?

—Al menos debería haberlo hecho.

—Eso es lo que dicen todos, y luego se van con la primera guapa que se les cruza en el camino.

—¿Qué? Ah, no, no te creas.

Ya no prestaba demasiada atención. Le pidió a Lulu que le diera toda aquella documentación; él no tenía fuerzas ni para tomarla con el brazo bueno, que tampoco le funcionaba muy bien. Se puso a leer mientras Lulu le desabotonaba la camisa para aplicarle el parche de morfina. De vez en cuando hacía un alto cuando ella lo interrumpía con alguno de sus quehaceres, y también de vez en cuando se sentía obligado a decirle algo amable y animado. Se despidió de ella con mucho cariño y le deseó toda la suerte del mundo en su cita con Rolf o Roger. O como se llamara.

Siguió hojeando y leyendo aquellos papeles. Tal y como recordaba eran, en su mayoría, un montón de documentos del psiquiatra Peter Teleborian: protocolos de medicación, informes que hablaban de pastillas que no habían podido administrarse y de terapias durante las que la paciente se había callado y negado a colaborar, decisiones de tomar medidas coercitivas, recursos de apelación, respuestas a instancias de consulta, nuevas medidas coercitivas, claras indicaciones —aunque formuladas de un modo clínicamente aséptico— de puro sadismo... En fin, todas esas cosas que, en su día, atormentaron tanto a Holger.

Pero no dio con nada de lo que Lisbeth quería averiguar. ¿Se le habría pasado? Decidió repasarlo todo una vez más y, por si acaso, en esta ocasión utilizó su lupa. Examinó cada página con mucho detenimiento, y entonces se fijó en algo. No era gran cosa, sólo dos pequeñas anotaciones de Teleborian —clasificadas como confidenciales— de cuando Lisbeth ingresó en la clínica de Uppsala. Aun así, le proporcionó justo lo que ella le había pedido que buscara: nombres.

Las notas decían:

Conocida ya por el Registro para el Estudio de la Genética y el Entorno (REGE). Participante del Proyecto 9. (Resultado: Deficiente.) Decisión tomada por el catedrático de sociología Martin Steinberg de trasladar a la paciente a una familia de acogida. Imposible, no obstante, de llevar a cabo. Propensa a escaparse.

Ingeniosa. Incidente grave con G en el departamento de Lundagatan: se fugó con sólo seis años.

¿«Se fugó con sólo seis años»? ¿Era ése el incidente que Lisbeth había comentado en la cárcel? Tenía que serlo, no podía ser otro. ¿Y sería «G» la mujer con la mancha de nacimiento en el cuello? Posiblemente. Pero allí no se daban más detalles, de modo que no resultaba fácil decir nada concluyente. Holger se sumió en sus pensamientos. Luego volvió a leer la nota y mostró, a pesar de todo, una pequeña sonrisa al terminar de hacerlo. «Ingeniosa», decía de ella Teleborian. Ésa era la única palabra positiva que ese idiota había escrito sobre Lisbeth en toda su vida. Hasta un asno acierta a veces... Sin embargo, era evidente que no había motivo alguno para sonreír. La anotación confirmaba que estuvieron a punto de sacar a Lisbeth de su casa. Holger continuó leyendo:

Madre: Agneta Salander, con graves lesiones cerebrales tras recibir repetidos golpes en la cabeza. Internada en la residencia de Äppelviken. Anteriormente ha mantenido encuentros con la psicóloga Hilda von Kanterborg, de quien se cree que puede haber violado el secreto profesional informando sobre el registro. Que no contacte más con la paciente. El profesor Steinberg y G han previsto tomar también otras medidas.

«El profesor Steinberg —pensó Holger—: Martin Steinberg.» Había algo en ese nombre que le resultaba familiar. Con mucho esfuerzo —como con todo últimamente—, tomó el celular y buscó su imagen en Google. Enseguida lo reconoció. ¿Cómo podía habérsele pasado? No era que Martin y él fueran íntimos amigos, pero se habían visto en varias ocasiones, la primera haría unos veinticinco años, cuando Steinberg fue testigo pericial en un juicio en el que Holger defendió a un joven con un terrible cuadro familiar que había sido acusado de maltratar a su padre.

Se acordaba de lo contento que se había puesto por tener a una autoridad como Steinberg a su lado. El catedrático formaba parte de un gran número de prestigiosos comités y comisiones. Era cierto que sus opiniones resultaban bastante anticuadas y monolíticas. Pero, sin lugar a dudas, su participación fue muy valiosa: ayudó a Holger a conseguir que el cliente fuera absuelto. Tomaron una copa juntos tras el juicio y después volvieron a verse unas cuantas veces más. Igual podría sacarle alguna que otra información.

Holger estaba en la cama con la enorme pila de papeles al tiempo que intentaba pensar con claridad. ¿Sería imprudente contactar con Steinberg? Tan pronto pensaba que sí como que no. Se quedó cavilando durante unos diez o quince minutos mientras la morfina le iba haciendo efecto y el dolor de las caderas le parecía más bien alfilerazos que cuchillazos. ¿Por qué no llamarlo? Lisbeth le había pedido ayuda, de modo que debería hacer cuanto estuviera en su mano, ¿no? Ya que había conseguido los documentos, debía sacarles el máximo partido, así que ideó una estrategia. A continuación, marcó un número y, mientras esperaba que descolgaran, miró la hora. Eran las diez y veinte de la noche, un poco tarde, pero tampoco en exceso, pensó. En cualquier caso, tenía que proceder con mucha cautela. No obstante, nada más oír la sobria autoridad de la voz de Steinberg se desanimó y hubo de esforzarse al máximo para que la suya también sonara autoritaria a la vez que distinguida.

—Le ruego que me disculpe —dijo—. Es que me gustaría preguntarle algo.

La verdad era que Martin Steinberg no se mostró en absoluto desagradable. Sin embargo, dio la impresión de haberse puesto en alerta, y tampoco bajó la guardia cuando Holger lo felicitó por toda la lista de prestigiosos nombramientos y cargos de responsabilidad que había visto en Wikipedia. El catedrático se interesó cumplidamente por la salud de Holger.

—¿Qué quiere que le diga a mi edad? Me contento con que el cuerpo aún se moleste en doler y recordarme que estoy vivo —le respondió Holger, procurando reírse.

Martin Steinberg también lo intentó, tras lo cual intercambiaron unas palabras sobre los viejos tiempos. Luego Holger expuso el motivo de su llamada. Le explicó que había hablado con un cliente y que necesitaba saber qué tipo de trabajo había realizado Steinberg en el así llamado «registro».

Todo un error: la pregunta produjo, en el acto, cierta inquietud en su interlocutor; una inquietud no exenta de nerviosismo que, sin mucho éxito, intentó ocultar.

—Pues no sé a qué se refiere —contestó el profesor Steinberg.

—¿Ah, no? ¿En serio? Qué raro. Es que he leído que tomó algunas decisiones para esa institución.

—¿Dónde ha leído eso?

—En unos papeles que me han dado —respondió Holger, volviéndose cada vez más impreciso y a la defensiva.

—Pues dígame en qué lugar exacto porque es un auténtico disparate —continuó Steinberg en un tono sorprendentemente severo.

—No sé..., volveré a mirarlo con más detenimiento.

—Sí, eso es lo que tiene que hacer.

—A lo mejor me confundí y no lo he entendido bien. No sería la primera vez —aseguró Holger.

—Bueno, son cosas que pasan —señaló Steinberg, tratando de sonar amable y de restarle importancia el asunto. Pero resultó más que evidente que se había alterado y que no lograba disimularlo; lo peor de todo era que advirtió que Holger se había dado cuenta. A modo de autodefensa, apostilló innecesariamente—: Bueno, también es posible que haya un error en sus documentos. ¿Quién es el cliente que ha contactado con usted?

Holger le contestó que no se lo podía revelar y se apresuró a terminar la llamada. Aunque ya mucho antes de colgar supo que esa conversación acarrearía consecuencias. ¿Cómo podía haber sido tan estúpido? Había querido ayudar, y en lugar de eso había metido la pata. Por si fuera poco, conforme pasaban las horas y la noche caía sobre Liljeholmen, su estado de ánimo iba de mal en peor. La angustia y los remordimientos no cesaban de aumentar y se sumaban a sus dolores de espalda y de caderas. Una y otra vez se culpabilizaba por haber sido tan imprudente y tan idiota.

El viejo Holger Palmgren daba pena.

Capítulo 7

19 de junio

Mikael Blomkvist se despertó temprano y se levantó con sigilo para no despertar a Malin esa mañana de domingo. Se puso unos jeans y una camisa gris de algodón, fue a prepararse un *cappuccino* bien cargado y se comió un sándwich mientras leía el periódico.

Luego se sentó frente a la computadora preguntándose por dónde empezar. No tenía ni idea. A lo largo de su vida había buscado información en todo lo imaginable: archivos, diarios, bases de datos informatizados, actas de tribunales, microfilmes, viejos legajos, inventarios de herencias, declaraciones de renta, balances anuales de empresas, testamentos, declaraciones de ingresos e impuestos...

Había recurrido a documentos clasificados como confidenciales, se había acogido al derecho que le daba la ley de acceso a documentos oficiales y la de la protección de fuentes, y había dado con puertas traseras y resquicios legales. Había rebuscado, literalmente, entre la basura, estudiado con toda minuciosidad viejas fotografías, ensamblado las piezas de rompecabezas con testimonios contradictorios, y se había metido en sótanos y cámaras frigoríficas. Pero nunca había intentado averiguar si alguien había sido adoptado o había nacido fuera del matrimonio. Rara vez consideraba que eso le incumbiera, y en esa ocasión tampoco estaba seguro de que así fuese. A pesar de ello, confiaba en su instinto. Ivar Ögren había llamado «gitanucho de mierda» a Leo, lo que no sólo resultaba ser un rancio y repugnante insulto racista, sino que también le parecía extraño. Si de lo que ese idiota presumía era de linaje o de una supuesta pureza de sangre sueca, la familia Mannheimer estaba a años luz de los Ögren a todos los niveles, pues su alta alcurnia se remontaba a familias nobles del siglo XVII. A Mikael no le parecía del todo improbable que hubiera algo en el pasado en lo que mereciera la pena hurgar.

Nada más empezar a buscar en la red, una sonrisa se dibujó en sus labios. No sabía muy bien por qué, pero la genealogía se había convertido, a todas luces, en un auténtico movimiento popular. Existían una infinidad de archivos en los que indagar, y era fantástico ver la cantidad de antiguos registros parroquiales, censos y datos sobre la emigración y la inmigración que se habían escaneado y digitalizado. Una verdadera mina de oro. Para aquel que lo deseara, la búsqueda podía ir hasta tiempos bastante más remotos, mucho más allá de nuestra propia historia, e incluso —con la ayuda de los bancos de datos genéticos— hasta nuestros antepasados africanos. Quien dispusiera de dinero y paciencia podía llegar todo lo lejos que deseara, seguir los desplazamientos que sus ancestros habían realizado, a través de los milenios, por estepas y continentes.

Sin embargo, obtener información de adopciones más recientes resultaba más dificultoso. Respecto a eso existía un período de confidencialidad de setenta años que —era cierto— podía recurrirse ante el tribunal administrativo de apelación, pero ese derecho de apelación sólo se aplicaba a casos especiales, algo que difícilmente contemplaría el caso de un periodista curioso que, encima, no sabía ni lo que buscaba. Por la vía oficial, la puerta estaba cerrada, aunque él sabía mejor que nadie que siempre existía alguna manera de franquearla. Sólo era cuestión de deducir cómo.

Eran las siete y media de la mañana. Malin seguía durmiendo en la cama y el aspecto de la bahía de Riddarfjärden prometía un bonito día. Al cabo de unas horas saldrían de casa para asistir al seminario que iba a celebrarse en el Museo Fotográfico de Stadsgårdskajen y en el que participaría Leo Mannheimer. Pero antes Mikael quería indagar a fondo en el pasado de Leo. No le estaba yendo muy bien, y tampoco ayudaba mucho que digamos el hecho de que fuera domingo. Todo estaba cerrado. Tenía que admitir que, tras las largas conversaciones con Malin de la noche anterior, había empezado a sentir simpatía por el chico. Pero eso ahora no importaba, en sus planes no entraba rendirse. Si lo había entendido bien, debería empezar por solicitar el libro de familia de Leo en el Archivo Municipal. Si se lo denegaban, ya tendría un indicio de que sus sospechas no eran infundadas. Aunque eso en sí mismo no constituía ninguna prueba: el libro podría haberse clasificado como confidencial por otros motivos distintos de los de la adopción. Mikael se vería obligado a seguir adelante y pedir los expedientes personales de los padres y el de Leo para cotejarlos. En esos expedientes —que tan sólo en casos excepcionales se clasificaban como confidenciales— figurarían sus cambios de domicilio. Si Leo y sus padres no aparecían empadronados en el mismo distrito —en ese caso, el de Västerled, en Nockeby— cuando Leo había nacido, ahí tendría la prueba: Herman y Viveka difícilmente podrían ser los padres biológicos de Leo.

Por ello Mikael redactó una solicitud para obtener del Archivo Municipal no sólo el libro de familia de Leo, sino también su expediente personal y los de sus padres. Aun así, no se decidió a enviar la solicitud. Por su nombre; activaba todo tipo de alarmas. La gente se preguntaba por qué Mikael Blomkvist quería saber tal o cual cosa y luego empezaba a comentar: «Mikael Blomkvist ha estado fisgoneando por aquí». Sin duda todo el mundo se enteraría, y eso —si es que allí había en realidad algo delicado— no sería nada bueno. Decidió esperar al día siguiente y llamar por teléfono. Así podría hacer uso del derecho al anonimato que se recogía en la ley de acceso a documentos oficiales.

Aunque, ahora que lo pensaba, quizá Holger Palmgren ya supiera la respuesta. Holger —en contra de todo pronóstico y sin duda en contra de todas las recomendaciones médicas— había ido a visitar a Lisbeth a la cárcel de Flodberga. En cualquier caso, sería un detalle llamarlo para ver cómo estaba. Mikael tomó el teléfono y consultó su reloj. ¿Era demasiado temprano? No, en absoluto; Holger siempre se despertaba a primera hora de la mañana independientemente del día que fuese, de modo que marcó su número. Pero algo parecía pasarle al celular del viejo hombre: el número ya no se hallaba en uso, decía una voz grabada. Entonces Mikael lo telefoneó al fijo. Tampoco pudo hablar con él. Estaba a punto de volver a intentarlo cuando advirtió los pasos de unos pies desnudos a su espalda, por lo que se dio la vuelta con una sonrisa.

Holger Palmgren había descubierto que su celular había dejado de funcionar, cosa que se limitó a considerar como algo dentro de lo esperable; es que ya nada funcionaba, ni siquiera él mismo. Se encontraba en un estado lamentable. Llevaba despierto desde primera hora de la mañana, angustiado y con grandes dolores. ¿Por qué diablos se le habría ocurrido anoche hacer esa llamada?

Estaba cada vez más convencido de que había

sido un error garrafal. ¿Y si Steinberg, por muchos prestigiosos comités a los que perteneciera, era un auténtico sinvergüenza? El mero hecho de que hubiese firmado la decisión de trasladar a Lisbeth a una familia de acogida en contra de su voluntad y la de su madre... Sólo eso ya...

Dios, qué estúpido había sido. ¿Qué podía hacer ahora? Ante todo, llamar a Lisbeth y comentarlo con ella. Pero el problema era que su celular no funcionaba. Y el fijo había dejado de usarlo, pues últimamente sólo lo llamaban vendedores y gente con la que no quería hablar. Se preguntó si no lo habría desconectado.

Se dio la vuelta con mucho esfuerzo y pudo constatar que, en efecto, la clavija no estaba conectada a la roseta de la pared. ¿Podría volver a conectarlo? Estiró el cuerpo al máximo, pasando el pecho por encima del barandal de la cama, hasta que llegó lo bastante lejos como para volver a meter la clavija. Después se quedó jadeando un rato antes de levantar el auricular del viejo teléfono, que se hallaba en el buró. Le dio tono. Algo era algo. De pronto, se sintió lleno de energía, por lo que llamó al servicio de información telefónica y pidió que lo pusieran con el centro penitenciario de Flodberga. Como era lógico, no esperaba que en la centralita de la cárcel le respondiera precisamente míster Simpatía, pero se quedó perplejo por la arrogancia con la que aquella persona se dirigió a él.

—Mi nombre es Holger Palmgren —le dijo

con toda su autoridad—. Soy abogado. Haga el favor de comunicarme con los responsables de la unidad de seguridad. Se trata de un asunto de máxima importancia —explicó.

—Pues tendrá que esperar.

—¡No puedo esperar! —soltó con brusquedad.

Sin embargo, no le quedó más remedio, y tras infinitos mareos y esperas por fin le comunicaron con una guardia de la sección que se llamaba Harriet Lindfors. Harriet sonó seca y áspera, pero Holger insistió en la gravedad del asunto. Necesitaba hablar con urgencia con Lisbeth Salander, explicó. La respuesta de la guardia lo dejó helado. No sólo por su tono de voz, lleno de nerviosismo, sino también por sus palabras:

—No puede hablar con ella. Sobre todo, teniendo en cuenta las circunstancias actuales.

—¿Ha sucedido algo? —preguntó.

—¿Trabaja usted con su representante legal?

—No. O sí.

—Eso no es una respuesta muy clara.

—No estoy implicado directamente.

—Pues marque usted más tarde —zanjó Harriet Lindfors para colgar sin ni siquiera esperar respuesta, lo que enfureció a Holger. Empezó a golpear la cama con su mano buena mientras se imaginaba que habían ocurrido las cosas más terribles, y entonces pensó que todo era culpa suya. Luego intentó calmarse y desterrar de su mente esas atroces especulaciones. Sin demasiado éxito. ¿Por qué diablos tenía que estar tan enfermo?

Si no lo hubiera estado, se habría levantado y habría tomado las riendas de la situación. Pero tenía los dedos atrofiados y rígidos, y el cuerpo torcido y medio paralizado. Ni siquiera era capaz de sentarse en su silla de ruedas sin ayuda, cosa que no soportaba. Si la noche había sido su calvario, ahora se sentía como si ya estuviera clavado en la cruz, es decir, en ese maldito colchón. Ni siquiera el bueno de Ekelöf y su puño cerrado entre nenúfares lo consolaban. Dirigió la mirada al teléfono fijo. Mientras lo tenían en espera en Flodberga, le había dado la sensación de que alguien lo estaba llamando y, en efecto, Mikael Blomkvist lo había telefoneado y le había dejado un mensaje en la contestadora. Eso era positivo, Mikael podría ayudarlo y continuar investigando. Holger marcó su número. No respondió nadie. Holger volvió a llamar, una y otra vez, hasta que por fin oyó la voz de Mikael. Estaba jadeando, aunque Holger sospechó enseguida que se trataba de una respiración forzada bastante más agradable que la suya.

—¿Llamo en mal momento? —preguntó.

—No, en absoluto —le contestó Mikael.

—¿Tienes compañía femenina?

—No, no.

—Claro que la tiene —se oyó decir a una mujer.

—Vamos, Mikael, no hieras los sentimientos de la dama.

Incluso en una emergencia como ésa, Holger se mostró compulsivamente educado.

—Bueno, sí —admitió Mikael.

—Pues entonces hazle caso. Llamaré a tu hermana.

—¡No, no! ¡Espera!

Mikael debió de advertir la preocupación en la voz de Holger.

—Quería hablar contigo —continuó—. Fuiste a ver a Lisbeth, ¿verdad?

—Sí, y me preocupa —dijo Holger tras un instante de duda.

—A mí también. ¿Qué es lo que sabes?

—Es que resulta que quiere...

Entonces recordó el viejo consejo de Mikael de no comentar según qué cosas por teléfono.

—¿Sí?

—Parece que quiere indagar en ciertos asuntos —dijo.

—¿En cuáles?

—Es algo relacionado con su infancia. Pero lo peor de todo, Mikael, es que creo que he metido la pata. Quería ayudarla, de veras. Pero lo he arruinado. ¿Por qué no pasas por aquí y te cuento?

—Claro que sí, ahora mismo voy.

—¡No, no, tú no vas a ningún lado! —se oyó decir a la mujer.

Holger pensó en la mujer, fuera quien fuese. Pensó en Marita, que pronto entraría en la casa estrepitosamente, y en todo el complicado y humillante procedimiento que acabaría con él sentado en su silla de ruedas y bebiendo un aguado café que sabía a té, y pensó que ahora lo más importante era ponerse en contacto con Lisbeth.

De una u otra manera debía comunicarle que resultaba más que probable que el profesor Martin Steinberg fuera el responsable del Registro para el Estudio de la Genética y el Entorno.

—Quizá sea mejor que vengas esta noche, a partir de las nueve —dijo—. Así nos tomamos una copa. La necesito.

—De acuerdo, muy bien. Nos vemos esta noche —contestó Mikael.

Holger Palmgren colgó y volvió a consultar los viejos documentos, que estaban en el buró. Luego llamó a Annika Giannini y al director de Flodberga, Rikard Fager. No logró contactar con ninguno de los dos. Unas cuantas horas después se percató de que tampoco funcionaba el teléfono fijo y de que la antipática Marita seguía sin aparecer.

Leo Mannheimer se acordaba con frecuencia de aquella tarde de octubre. Tan sólo contaba once años de edad. Era sábado. Su madre había ido a comer con el obispo católico y su padre se encontraba cazando en los bosques de Uppland. En la gran casa reinaba la paz; Leo estaba solo. Ni siquiera Vendela, el ama de llaves, se hallaba allí para vigilarlo, así que ignoró las órdenes de estudiar y hacer todas las tareas que las profesoras particulares le habían mandado. Estaba sentado al piano de cola, no para interpretar sonatas o estudios, sino para componer.

Llevaba poco tiempo haciéndolo y no había recibido demasiados aplausos que digamos. Su madre decía que sus piezas eran «un poco pretenciosas, cariño». Pero a él le encantaba componer su propia música. Lo anhelaba durante las horas de clases y de tareas. Esa tarde estaba ocupado con una canción melódica y melancólica que tocaría durante toda su vida, a pesar de que, con el tiempo, descubriría que le había salido preocupantemente parecida a *Balada para Adelina* y entendería a la perfección las palabras de su madre. No que se las hubiera dirigido a un niño de once años que acababa de empezar con algo que era muy importante para él, sino que, objetivamente hablando, había algo en ellas.

Sus primeras composiciones resultaban demasiado pomposas. No eran lo bastante sofisticadas. Aún no había descubierto el jazz, que le haría componer acordes más sucios e imperfectos, pero sobre todo no había aprendido a convivir con todos esos sonidos de ventiladores, insectos, arbustos, pasos, lejanos motores y voces, con todo aquello que nadie más oía.

No obstante, ese día, sentado frente al piano, era feliz; todo lo feliz que un chico como él podía ser. Siempre había estado solo y vigilado, y en realidad únicamente había una persona a la que quería de verdad: el psicólogo Carl Seger. Cada martes a las cuatro, Leo iba a Bromma para asistir a sus sesiones de terapia, y a menudo lo llamaba en secreto por las noches. Es que Carl lo entendía. Hasta discutía con sus padres para defenderlo.

—¡El chico tiene que respirar! ¡Tienen que dejarlo ser niño!

Aquello, por supuesto, no produjo ningún cambio. No obstante, el psicólogo no se rindió y siguió dando la cara por él. Carl y su novia Ellenor eran los únicos que lo hacían.

Carl y el padre de Leo eran como la noche y el día. Y, sin embargo, había algo entre los dos que Leo no entendía. Ese día, por ejemplo, Carl lo había acompañado a cazar, a pesar de que no le gustaba matar animales. A ojos de Leo, Carl no era como su padre ni como Alfred Ögren. No se sentía atraído por el poder, no reía sonora y burlonamente mientras cenaba. Ni siquiera le interesaban los triunfadores, sino las personas diferentes, las que gracias a su condición de marginados veían las cosas más claras que los demás. Carl leía poesía, sobre todo francesa. Le gustaban Camus, Stendhal y Romain Gary; le apasionaba Edith Piaf y tocaba la flauta. Se vestía de forma sencilla, aunque con un toque bohemio algo estudiado. Y lo más importante: escuchaba los problemas de Leo y era el único que conocía la magnitud de su talento. O de su maldición, dependiendo de cómo se viera el asunto.

—Debes estar muy orgulloso de tu sensibilidad, Leo. Tienes mucho potencial. Todo irá mejor, te lo garantizo.

Leo buscaba consuelo en las palabras de Carl y sólo deseaba que llegara el martes y fueran las cuatro de la tarde. Sus encuentros constituían el mejor momento de la semana. El consultorio se hallaba en la casa de Carl, en la calle Grönviksvägen, de cuyas paredes colgaban una serie de fotografías en blanco y negro con paisajes envueltos en niebla del París de los años cincuenta. Allí había, asimismo, un desgastado sillón de cuero en el que Leo permanecía sentado una hora —a veces dos— hablando de todas esas cosas que sus padres y sus amigos no comprendían. Carl era lo mejor de su infancia, aunque Leo, por supuesto, sabía que lo idealizaba.

Tras esa tarde de octubre, Leo dedicaría toda su vida a idealizarlo y a volver, una y otra vez, a aquellas horas sentado frente al piano. Le dedicó mucho tiempo a cada tono, a cada matiz de la melodía y la armonía, hasta que, de pronto, oyó el ruido del Mercedes de su padre entrando en el *garage*, momento en el que dejó de tocar.

Su padre no tenía previsto regresar hasta el domingo por la tarde, de modo que su pronta llegada era ya de por sí preocupante. Pero eso no fue todo. Fuera, en el jardín, se advirtió una particular quietud en el aire y una duda, cierta prudencia al abrirse la puerta del coche, acompañada al mismo tiempo —contradictoriamente— de una rabia al cerrarse. Los pasos que atravesaron la crujiente gravilla le parecieron pesados y como demorándose un poco. La respiración de su padre sonaba acelerada; Leo oyó unos suspiros en el vestíbulo y el ruido de unos objetos que se guardaban, tal vez las escopetas y la maleta.

La curvada escalera de madera que conducía al piso superior crujió. Leo intuyó que se aproximaba una oscuridad mucho antes de que la figura de su padre asomara por la puerta. Siempre recordaría ese instante. Su padre llevaba unos pantalones verdes de caza y un impermeable, y tenía sudor en la calva. Se le veía angustiado. En las situaciones difíciles solía reaccionar con arrogancia y rabia. Pero ahora parecía asustado. Dio un titubeante paso hacia delante. Leo se levantó inseguro de la silla del piano y recibió un torpe abrazo.

—Lo siento, hijo mío. Lo siento mucho.

A lo largo de su vida, Leo nunca dudaría de la autenticidad de esas palabras. Sin embargo, allí había también otra cosa, algo que no se dejaba interpretar con la misma facilidad pero que se intuía en la propia narración de los acontecimientos y en la incapacidad del padre de mirarlo a los ojos. Algo mucho más terrible y tácito se leía entre líneas. Pero eso, en aquel momento, carecía de importancia.

Carl estaba muerto, y la vida de Leo ya nunca sería la misma.

A pesar del buen tiempo que hacía, una sorprendente cantidad de gente había acudido al evento organizado por Aktiespararna en los locales del Museo Fotográfico. Es cierto que, en nuestros días, todo lo que tenga que ver con acciones bursátiles atrae a la gente, aunque además, en esa ocasión, los organizadores no sólo la tentaban con el sueño de amasar grandes fortunas, sino también con un poco de inquietud. «La burbuja económica: ¿crecerá o estallará? Una jornada temática sobre la tendencia alcista de la bolsa», rezaba el título del seminario en el que participaba todo un conjunto de conocidas personalidades. Leo Mannheimer distaba bastante de ser uno de los protagonistas.

Pero hablaba primero, y Mikael y Malin llegaron justo a tiempo para verlo subir al estrado. Habían atravesado un caluroso y calmo Estocolmo a toda prisa, y consiguieron sentarse justo al fondo a la izquierda. Malin se mostraba nerviosa por volver a ver a Leo. Mikael, por su parte, tras la conversación telefónica mantenida con Holger Palmgren, estaba lleno de malos presagios, y apenas prestó atención cuando Karin Laestander, la joven directora de Aktiespararna, pronunció su correspondiente introducción.

—Nos espera un día muy interesante —dijo—. Escucharemos a toda una serie de expertos analistas que nos hablarán de la situación actual de los mercados. Pero primero nos gustaría reflexionar sobre la bolsa desde un punto de vista filosófico. Demos un gran aplauso a Leo Mannheimer, doctor en economía y jefe de análisis de la agencia Alfred Ögren.

Un hombre alto y esbelto de pelo rizado vestido con un traje azul claro se levantó de la primera fila y subió al estrado. Hasta ahí todo bien. Caminaba resuelto, con ligereza y presentaba un aspecto que encajaba a la perfección con la imagen que supuestamente debería ofrecer: rico y seguro de sí mismo. Pero de pronto se oyó un chirrido en la sala, una estridente disonancia que provenía del público. Era una silla que se arrastraba con dificultad por el suelo. Entonces Leo dio un traspié. Su cara perdió el color y se tornó gris ceniza. Incluso pareció estar a punto de caerse. Malin tomó la mano de Mikael y susurró: «Ay, no».

—Dios mío, Leo... ¿Estás bien? —balbuceó Karin Laestander.

—Sí, tranquila.

—¿Seguro?

Leo se agarró a la mesa y tomó con torpeza una botella de agua.

—Sólo estoy un poco tenso —le contestó.

Intentó sonreír.

—Quiero que sepas que eres muy bienvenido —respondió Karin Laestander, no del todo segura de si debía seguir o no.

—Gracias, muy amable.

—En circunstancias normales, Leo...

—... camino sin tropezar.

Unas risas nerviosas se oyeron en la sala.

—Exacto. Eres firme como una roca, y todo un pilar de referencia. Escribes sabios análisis coyunturales basados en los datos de los mercados, pero últimamente has empezado a describir la bolsa de una forma más... ¿Cómo decirlo? Más filosófica. La llamas «un templo para los creyentes».

—Bueno...

No acertó a decir nada más. Inspiró hondo y se aflojó el nudo de la corbata.

—¿Sí?

—Quiero decir que ni siquiera es una metáfora mía, y que en realidad es bastante convencional.

—¿En qué sentido?

—En el hecho de que...

Recobró el aliento.

—En el hecho de que resultaba obvio que tanto el mercado financiero como la religión se basan en nuestra fe. Y, si empezamos a dudar, se vienen abajo los dos. Eso es irrefutable —continuó, mientras corregía la postura y la cara iba adquiriendo su color habitual.

—Pero dudas tenemos siempre —apostilló Karin—. De hecho, ése es el motivo por el que nos encontramos aquí; nos preguntamos si estamos en una burbuja o en la fase final de una alta coyuntura.

—Las dudas a menor escala hacen posible la bolsa —explicó Leo—. Todos los días hay millones de personas dudando, y esperando, y analizando. Eso es precisamente lo que determina los índices de cotización. Sin embargo, yo hablo de la duda profunda y fundamental.

—¿De Dios?

—De Dios también, ¿por qué no? Pero pienso más bien en la duda del crecimiento y en la de los posibles beneficios del futuro. Nada es más peligroso para un mercado cotizado al alza que dejar que una profunda duda arraigue. Un temor así puede producir un *crack* y sumir al mundo en una gran depresión.

—Pero no son sólo ese tipo de dudas las que pueden traer serias consecuencias, ¿verdad?

—No, también podríamos empezar a dudar de la propia idea en sí, de toda la creación imaginaria.

—¿Imaginaria?

—Creo que estoy provocando a más de uno de los aquí presentes, cosa por la que, por supuesto, pido perdón. Pero es que el mercado financiero no es algo que exista como tú, Karin, o como yo. O como esta botella de agua. El mercado es una construcción ficticia. En el momento en que ya no creamos en él, dejará de existir.

—¿No te parece que estás exagerando un poco, Leo?

—No, no, tú piénsalo. ¿Qué es el mercado?

—Eso, ¿qué es?

—Una simple convención. Hemos decidido que sea justo ahí, en ese campo de batalla, donde dejar que toda nuestra ansiedad y todos nuestros sueños, nuestras ideas y nuestras esperanzas de futuro decidan el precio de las divisas, de las empresas y de las materias primas.

—Una idea atrevida.

—No, no tanto, Karin. Y tampoco tiene por qué implicar que el mercado sea peor o menos estable. Gran parte de lo que consideramos importante en nuestras vidas, como nuestro patrimonio cultural y nuestras instituciones, son, precisamente, creaciones de la imaginación y de la razón humanas.

—Y también nuestro dinero, claro.

—Sin lugar a dudas, y ahora más que nunca. Quiero decir que ya no es como en los viejos tiempos, ya no nos bañamos en oro, ni siquiera lo escondemos debajo del colchón. Hoy en día nuestros ahorros no son más que cifras en la pantalla de una computadora, números que cambian de valor sin cesar. Y, sin embargo, confiamos plenamente en ellos. Pero imagínate...

Leo Mannheimer todavía no parecía haber conseguido controlar del todo su respiración.

—¿Sí?

—Imagínate que empezamos a preocuparnos por el hecho de que esos números no sólo suban y bajen en función de las fluctuaciones de los mercados, sino que también puedan borrarse, como si estuvieran en un pizarrón. ¿Qué pasaría entonces?

—Una cosa así sacudiría los cimientos de nuestra sociedad.

—Exacto, y eso es más o menos lo que ocurrió hace un par de meses.

—¿Te refieres al ataque *hacker* de Finance Security, lo que antes conocíamos como el Depósito Central de Valores de Suecia?

—Sí, y en esa ocasión estuvimos ante una situación en la que, durante un tiempo, nuestros depósitos dejaron de existir. Así de simple. No se les podía encontrar en el ciberespacio, y los mercados temblaron. La corona cayó un cuarenta y seis por ciento.

—Aun así, la bolsa de Estocolmo reaccionó con una asombrosa rapidez y cerró todas las plataformas de negociación.

—Ahí debemos felicitar a los responsables, Karin. Pero la caída también fue limitada por el hecho de que nadie en Suecia pudiera realizar transacciones debido a que ya no había fondos. Pero algunos —no lo dudes ni un instante— se enriquecieron, y la verdad es que eso es lo que más vértigo produce. ¿Puedes imaginar lo que la gente que provocó el *crack* debió de ganar tras haber apostado por una caída de la bolsa? Haría falta robar millones de bancos para llegar a esas sumas de dinero.

—Cierto, los periodistas escribieron mucho sobre el tema, entre otros, Mikael Blomkvist, de *Millennium*, a quien creo divisar al fondo de la sala. Pero, Leo, con sinceridad: ¿hasta qué punto fue verdaderamente grave la situación?

—De hecho, no demasiado. Tanto Finance Security como los bancos suecos tienen amplios sistemas de *backup*. Pero conceptos como «en realidad» o como, por ejemplo, «objetivamente» no siempre son interesantes para unos mercados que se alimentan de la esperanza y del miedo. Lo grave fue que, por unas horas, llegamos a dudar de la propia existencia del capital en el mundo digital.

—Los ciberataques estuvieron acompañados, además, de una enorme campaña de desinformación en las redes sociales.

—Sí, desde luego, nos bombardearon con tuits falsos que decían que nuestros fondos no podrían ser repuestos, lo que de forma aún más clara revela que aquello fue un ataque contra nuestra confianza más que contra el dinero, si es que ambos se pueden separar.

—Al parecer, hay pruebas que demuestran que tanto la intrusión *hacker* como la campaña de desinformación se dirigieron desde Rusia.

—Sí, y aunque creo que debemos evitar lanzar acusaciones demasiado contundentes, qué duda cabe de que todo esto nos ha hecho reflexionar. Tal vez sea así como se inicie un futuro ataque militar. Pocas cosas provocarían un caos tan grande como la pérdida de confianza en la existencia de nuestro dinero. Además, no debemos olvidar que ni siquiera es necesario que nosotros mismos dudemos, es suficiente con que pensemos que los demás lo hacen.

—Me parece que deberías desarrollar algo más eso, Leo.

—Es como estar en medio de una muchedumbre. Da igual que nosotros mismos sepamos que la situación está bajo control y que no ha sucedido nada. Si a la gente le empieza a entrar pánico y se echa a correr, nosotros también nos echaremos a correr. El viejo Keynes, el legendario economista, comparó una vez la bolsa con un concurso de belleza.

—¿Con un concurso de belleza?

—Sí, es un ejemplo bastante conocido. Keynes

se imaginaba un concurso de belleza especial en el que los miembros del jurado no eligen a la más guapa, sino a la que piensan que va a ganar.

—¿Y eso en qué se traduce?

—En que hemos de olvidarnos de nuestras preferencias para, en su lugar, reflexionar sobre el gusto y las preferencias de los otros, o puede que ni siquiera eso, sino que debemos reflexionar sobre lo que pensarán los demás sobre las preferencias de los demás. Un ejercicio de metarreflexión bastante avanzado.

—Marea un poco.

—Quizá, pero no es más extraño que lo que ocurre en los mercados financieros cada segundo. Es que la bolsa no sólo es el resultado de unos análisis de valores fundamentales en empresas y en el mundo exterior. Los factores psicológicos desempeñan un papel igual de importante, y no sólo los auténticos mecanismos psicológicos, sino también las conjeturas que se lanzan sobre ellos. Las conjeturas sobre las conjeturas de los demás. Se mira y se remira absolutamente todo porque todos quieren ir un paso por delante, para, por decirlo de alguna manera, poder echarse a correr antes que nadie, cosa que, te lo juro, no ha cambiado lo más mínimo desde la época de Keynes. Todo lo contrario: el creciente comercio efectuado por robots hace que los mercados se autoalimenten cada vez más. Los robots escanean rápidamente las órdenes de compra y venta de la gente y actúan en consecuencia, por lo que refuerzan pautas ya existentes.

Y eso entraña un considerable peligro. Un rápido movimiento de la bolsa puede acelerarse al instante y convertirse en algo incontrolable, y en una situación así resulta a menudo racional actuar de forma irracional, es decir: correr a pesar de saber que es una locura. No te sirve de nada quedarte parado gritando «¡Idiotas, torpes, no pasa nada!» cuando todos los demás están corriendo a más no poder.

—De acuerdo —asintió Karin—. Pero si esa estampida no tiene fundamento, el mercado suele corregirse, ¿verdad?

—Sí, así es. Pero la reacción puede tardar en producirse; poco importa entonces que tengas razón. Puedes arruinarte igualmente. Puedes tener razón hasta la ruina, por volver a citar a Keynes.

—Eso sí que es un peligro.

—Pero hay esperanza, y reside en la capacidad del mercado para reflexionar sobre uno mismo. El hecho de que un meteorólogo estudie el tiempo no conlleva que el tiempo cambie. Pero cuando estudiamos la economía nuestras conjeturas y nuestros análisis se convierten en parte del organismo económico. Por eso la bolsa es como cualquiera de esos simpáticos neuróticos que hay por ahí. Es capaz de evolucionar y ser un poco más inteligente.

—Y por eso resulta, al mismo tiempo, imposible de predecir, ¿cierto?

—Exacto, igual que yo sobre este estrado. Uno nunca sabe cuándo va a dar un traspié.

En ese momento se oyeron risas de verdad, una

especie de carcajada liberadora. Leo sonrió con timidez y dio un paso hacia delante para acercarse al borde de la tarima.

—En ese sentido, la bolsa es paradójica —comentó—. Todos queremos entenderla y ganar dinero con ella. Pero, si en verdad la entendiéramos, se transformaría gracias a nuestra comprensión. El definitivo modelo explicativo del mercado financiero cambiaría nuestra manera de relacionarnos con él, y enseguida sería otra cosa, un virus mutante. Podemos concluir, sin ninguna duda, que la bolsa no funcionaría si la comprendiéramos del todo.

—Nuestro desacuerdo es la propia alma de la bolsa.

—Sí, se necesitan tanto compradores como vendedores, tanto creyentes como escépticos, y eso es en realidad lo bonito del asunto. A menudo, el coro de voces contradictorias vuelve asombrosamente inteligente al mercado, que es mucho más perspicaz que todos los que estamos aquí, que de vez en cuando intentamos jugar a ser gurús en las tertulias de la tele. Cuando hay gente que piensa de forma independiente en todo el mundo «¿Qué hacer para ganar la máxima cantidad de dinero?»; cuando, por así decirlo, existe un equilibrio perfecto entre conjeturas y conocimientos, entre la esperanza de los compradores y las dudas de los vendedores, es cuando puede surgir una inteligencia, una sabiduría casi profética. El problema es sólo poder saber cuándo es sabio el mercado y cuándo se ha vuelto loco y se ha echado a correr como una muchedumbre en pánico.

—¿Y cómo podemos saberlo?

—Ése es el tema —contestó—. Yo acostumbro a decir —siempre que quiero alardear— que sé tanto del mercado financiero actual que lo único que sé es que no lo entiendo.

Malin susurró al oído de Mikael:

—No está nada mal, ¿verdad?

Él estaba a punto de contestar cuando empezó a vibrarle el celular en el bolsillo. Era su hermana Annika. Pensó en su conversación con Holger, murmuró una disculpa y salió de la sala, absorto en sus pensamientos. Por eso no advirtió que su salida causaba inquietud en la cara de Leo. Pero Malin lo notó, y estudió a Leo intensamente. De nuevo se le vino a la mente esa noche en su despacho en la que lo vio escribir algo en un papel de color arena. Había algo importante y extraño en esa escena. Cada vez lo veía más claro, por lo que decidió acercarse a saludar a Leo después del acto y hablar de ello con él.

Mikael había salido del museo y se encontraba ahora en el muelle, mirando en dirección a Gamla Stan y al Palacio Real. La bahía estaba tranquila, y a lo lejos se acercaba un crucero que se disponía a atracar. Decidió usar su teléfono Android y su aplicación de encriptado Signal. Marcó el número de Annika, quien descolgó al primer tono. Al oírla jadear, Mikael le preguntó si le pasaba algo. Había ido a Flodberga y se dirigía rápidamente a casa, le explicó. Lisbeth había sido interrogada por la policía.

—¿La acusan de algo?

—Todavía no, y con un poco de suerte puede que se libre. Pero es serio, Mikael.

—¡Pues cuéntame ya!

—Sí, sí, tranquilo. La mujer de la que te hablé, Benito Andersson, la que amenazaba y se aprovechaba tanto de los empleados como de las propias internas, pues bueno, que es una sádica cerda mucho más terrible de lo que yo imaginaba, y que está en el hospital universitario de Örebro con graves lesiones en la mandíbula y en la cabeza tras haber sufrido un violento ataque.

—¿Y qué tiene que ver eso con Lisbeth?

—Déjame que te lo diga así: el jefe de la unidad, Alvar Olsen, ha reconocido que se vio obligado a golpear a Benito porque lo atacó con un estilete.

—¿Un estilete dentro de la cárcel?

—Todo un escándalo, claro. Están llevando una investigación paralela para saber cómo pudo introducirse la navaja en la prisión. Por eso diría que el delito de lesiones en sí no es el problema. No resultará difícil considerar los golpes como legítima defensa y, además, Olsen tiene el total apoyo de Faria Kazi, la chica de Bangladesh de la que te hablé. Faria asegura que Alvar más o menos le salvó la vida.

—Bueno, pero ¿qué problema hay con Lisbeth?

—Para empezar, su propia declaración.

—¿Fue testigo de lo ocurrido?

—Déjame que te lo cuente paso a paso.

—Sí, claro.

—Existen algunas contradicciones en los testimonios de Faria Kazi y de Alvar. Alvar dice que le pegó dos puñetazos a Benito en la laringe, mientras que Faria dice que fueron más bien codazos y que luego Benito se estampó contra el suelo. Pero no creo que eso constituya un problema. Todos los investigadores con experiencia saben que, con frecuencia, los recuerdos de los acontecimientos traumáticos pueden llegar a ser sorprendentemente contradictorios. Es peor lo que muestra el video de la cámara de vigilancia.

—¿Y qué es?

—El incidente tiene lugar poco después de las siete y media de la tarde, la hora más conflictiva de la unidad de seguridad. Es justo antes del cierre de las celdas cuando suelen llevarse a cabo la mayoría de las agresiones, y nadie ha estado nunca más expuesto que Faria Kazi; eso es algo que Alvar ha sabido siempre, aunque jamás se haya atrevido a hacer nada. Él mismo lo reconoce, es un buen tipo. Y sincero; he podido leer las actas del interrogatorio. Bueno, pues resulta que ayer, a las 19.32 horas, estaba sentado en su despacho y recibe la llamada que tanto tiempo lleva esperando. Le dicen que

Benito va a ser trasladada a otro centro penitenciario. Aun así, cuelga de golpe sin decir nada.

—¿Por qué?

—Porque acaba de darse cuenta de que son las siete y media, dice. Empieza a preocuparse, sale precipitadamente, abre las puertas esclusa con su código y corre por el pasillo del módulo. Pero lo extraño es...

—¿Qué?

—Que, justo en ese momento, una interna que se llama Tine Grönlund sale corriendo de la celda de Faria Kazi. En la unidad, a Tine la llaman «el perro faldero de Benito», o su «guardaespaldas», y entonces, como es lógico, surge la pregunta: ¿por qué abandona la celda con tanta premura? ¿Porque oye a Alvar acercarse o por algún otro motivo? Alvar dice que no la ha visto, que bastante tiene con abrirse camino entre todas las presas que se agolpan ante la puerta de Faria, y que, cuando entra, descubre a Benito con un estilete en la mano. Le pega un puñetazo con todas sus fuerzas en plena laringe. Como en las celdas no hay cámaras, porque hay que preservar la intimidad de las reclusas, no podemos corroborar su versión de los hechos. Aunque me dio la sensación de que era legal y sincero. Pero, como ya te he dicho, al parecer, Lisbeth ya se encuentra en la celda.

—Y Lisbeth no es precisamente una persona que perdone una agresión cometida ante sus propios ojos.

—Sobre todo si esa agresión va dirigida contra una mujer como Faria Kazi. Pero eso no es lo peor.

—Y entonces ¿qué es?

—El ambiente de la unidad, Mikael. Como es habitual, en la cárcel nadie ha visto nada. Pero incluso de lejos se nota que aquello está que arde. Cuando pasé por el comedor con Lisbeth, las internas empezaron a hacer ruido con los tazones. Es evidente que la ven como una heroína, pero también... también como una mujer condenada a muerte. Oí las palabras «*Dead woman walking*», y aunque eso en sí mismo no hace más que aumentar su estatus, es serio, no sólo por lo desagradable de las palabras, sino también porque hace reflexionar a la policía. Si resulta que es Alvar Olsen la persona que le ha destrozado la cara a Benito, ¿por qué es Lisbeth quien recibe las amenazas y no él?

—Entiendo —dijo Mikael pensativo.

—Ahora Lisbeth también está aislada, y la miran con gran suspicacia. Es cierto que hay muchas cosas que hablan en su favor: nadie se cree que una persona tan pequeña como ella sea capaz de asestar un golpe tan tremendamente fuerte. Como tampoco nadie entiende por qué Alvar Olsen iba a asumir la culpa y además a recibir el apoyo de Faria Kazi si no fue él quien le dio a Benito. Pero, Mikael, para ser tan inteligente, Lisbeth está siendo asombrosamente torpe.

—¿A qué te refieres?

—A que no comenta ni una palabra de lo sucedido. Sólo tiene dos cosas que contar, dice.

—¿Y cuáles son?

—Que Benito ha recibido su merecido...

—¿Y la otra?

—Que Benito ha recibido su merecido.

Mikael se rio, aunque no supo por qué. No veía más que algo profundamente preocupante en la situación.

—¿Y tú qué crees que ocurrió? —preguntó.

—Mi trabajo no consiste en creer, sino en defender a mi clienta —explicó Annika—. Pero déjame que lo formule de manera hipotética del siguiente modo: Benito encaja a la perfección en el perfil de persona que no le cae demasiado bien a Lisbeth.

—¿Hay algo que pueda hacer yo?

—De eso quería hablarte.

—Dime.

—Podrías ayudarme a saber más cosas de Faria Kazi. Como ya te comenté, me he encargado también de su caso, a petición de Lisbeth. Parece que ha indagado en el pasado de la chica, y creo que a ti y a la revista les interesaría. Sería un reportaje muy bueno y muy importante para ustedes. El novio de Faria, Jamal, murió al ser atropellado por el metro... Oye, ¿nos vemos esta noche?

—He quedado de ver a Holger Palmgren a las nueve.

—Ah, pues dale muchos saludos de mi parte. He visto que me ha llamado por teléfono... Pero, espera, ¿has dicho a las nueve? Entonces podríamos vernos antes para cenar. ¿A las seis en Pane Vino, por ejemplo?

—De acuerdo —contestó Mikael—. Muy bien.

Colgó y miró hacia el Grand Hôtel y los jardines de Kungsträdgården y se preguntó si debía volver con Malin. Optó, no obstante, por realizar una serie de búsquedas en su celular y el tiempo se le pasó volando. Transcurrieron unos veinte minutos antes de que entrara de nuevo en el museo.

Regresó a toda prisa, y cuando pasó la mesa de venta de libros de la entrada ocurrió algo extraño. Chocó con Leo Mannheimer. Mikael quiso estrecharle la mano y felicitarlo por la charla con un par de palabras amables. Pero no se decidió. Leo le pareció tan atormentado que Mikael se quedó callado y dejó que desapareciera, con movimientos nerviosos y acelerados, entre la luz del sol que brillaba allí fuera.

Se quedó parado durante un minuto, absorto en sus pensamientos y luego accedió a la sala para buscar a Malin. Pero ella ya no estaba en su sitio, y Mikael se enojó consigo mismo por haber tardado tanto. ¿Se habría impacientado y se habría ido? Paseó la mirada por el lugar. En el estrado había otro conferenciante, un hombre mayor que estaba señalando curvas y líneas en una pantalla blanca. Mikael no le prestó atención.

Siguió buscando a Malin entre el público hasta que, por fin, la descubrió en la barra de la derecha, donde se alineaban unas copas de vino blanco y tinto para ofrecérselas a los asistentes durante el descanso. Malin había agarrado la suya antes de tiempo. Parecía hundida y triste.

Algo había ocurrido.

Capítulo 8

19 de junio

Faria Kazi se apoyó contra la pared de la celda y cerró los ojos, y por primera vez en mucho tiempo deseó mirarse en el espejo. Sintió una tímida esperanza, aunque el terror aún habitaba en su cuerpo. Pensó en la disculpa que había recibido del jefe de los guardias y de su nueva abogada, Annika Giannini, y en los policías que la habían interrogado. Y, por supuesto, en Jamal.

Introdujo una mano en un bolsillo del pantalón, donde tenía un pequeño estuche de cuero de color marrón. Allí guardaba la tarjeta de presentación que Jamal le había dado tras el debate celebrado en la Casa de la Cultura.

«*Jamal Chowdhury* —ponía en la tarjeta—, *blogger, writer, PhD Biology, University of Dhaka*», seguido de su correo electrónico y de su número de celular y, por debajo, con otro tipo de letra, la dirección de su página web: «www.muktomona.com». La calidad del papel era pésima. La tarjeta estaba arrugada y las letras se estaban borrando. Con toda seguridad, la había impreso él mismo. Ella nunca se lo preguntó, ¿por qué iba a hacerlo? ¿Cómo iba a saber que esa tarjeta se convertiría en su posesión más preciada? Aquella misma noche, acostada en su cama, se quedó mirando fijamente la tarjeta mientras recordaba su conversación y evocaba cada pliegue y cada línea de su rostro. Debería haberlo llamado. Debería haberse puesto en contacto con él en aquel mismo instante. Pero era joven e inocente y no quería dar la impresión de ser demasiado ansiosa; además, ¿cómo saber que pronto sería despojada de todo, del celular, de la computadora e incluso de la posibilidad de andar por su barrio con el nicab?

Y ahora, cuando un rayo de luz se filtraba en su vida por primera vez en mucho tiempo, acudió de nuevo a su mente ese verano en el que su tía Fatima confesó que había mentido por ella y en el que Faria se convirtió en prisionera en su propia casa. La encerraron y le comunicaron que tenían previsto casarla con un primo segundo al que ella ni conocía y que era el dueño de tres fábricas textiles en Daca, *tres*; ya no recordaba cuántas veces le habían repetido ese número.

—Imagínate, Faria. ¡Tres fábricas!

A Faria la tenía sin cuidado que fueran tres o trescientas treinta y tres. A ella, Kamar Fatali —así se llamaba el susodicho— sólo le producía repulsión. En las fotografías se veía arrogante y malvado; a Faria no le sorprendía lo más mínimo que se declarara salafista y un férreo enemigo del movimiento secular de su país. Como tampoco le sorprendía que para él fuese una cuestión de vida o muerte que ella se comportara como una buena sunita y se mantuviera virgen hasta que él llegara y la rescatara de las garras de Occidente.

Era cierto que en esa época ningún miembro de la familia conocía la existencia de Jamal. Pero aparecieron otros asuntos e historias que se usaron en su contra, no sólo las sospechas de lo que en realidad había hecho cuando no estuvo con su tía Fatima, sino también otras pruebas, desde viejas fotografías de Facebook de lo más inocentes hasta rumores y chismes, que, supuestamente, confirmaban que Faria «se había convertido en una puta».

La puerta de la casa se cerraba por dentro con llave, y como dos de los hermanos, Ahmed y Bashir, no tenían trabajo, siempre había alguien en el departamento para vigilarla. La vida diaria de Faria se limitaba a limpiar, cocinar y atender a sus hermanos, o a quedarse en su cuarto leyendo lo que había para leer: el Corán, la poesía y los relatos de Tagore y las biografías de Mahoma y de los primeros califas. Pero lo que más le gustaba era imaginarse lejos de allí.

El simple hecho de pensar en Jamal la sonrojó y la hizo sentirse patética. Pero ése era el legado que había heredado de su familia: al despojarla de toda fuente de alegría, incluso el recuerdo de un paseo por Drottninggatan podía hacer que su mundo se llenara de colores. Ya entonces vivía en una cárcel, pero nunca se permitió hundirse en la resignación o el desánimo.

Más que deprimirla, ese encierro la enfurecía. Y los recuerdos de Jamal la consolaban cada vez menos: la mera evocación de una conversación entre Jamal y ella —en la que las palabras volaban de un lado para otro, libres— hacía que cualquier frase que se pronunciara en su casa le resultara rígida y rancia, y Dios tampoco era ningún consuelo.

Dios no implicaba espiritualidad o riqueza, al menos en su familia. Era tan sólo un martillo con el que machacar la cabeza de la gente, una herramienta al servicio de la mezquindad y la opresión, tal y como había dicho Hassan Ferdousi. Faria empezó a tener sensación de ahogo y a sufrir taquicardias; ya no aguantaba más. Debía huir, costara lo que costase. Ya estaban en septiembre. Hacía más fresco en la calle, y la mirada de Faria adquirió una nueva agudeza.

Sus ojos buscaban constantemente una salida. Apenas pensaba en otra cosa. Por la noche soñaba con huir, y durante el día seguía soñando despierta con lo mismo. A menudo miraba de reojo a Khalil, su hermano pequeño. Él también estaba padeciendo lo suyo: ya no lo dejaban ver las series de televisión estadounidenses o inglesas que le gustaban, ni tampoco a su mejor amigo, Babak, porque era chiita. A veces Khalil contemplaba a Faria con los ojos llenos de tanto dolor que era como si entendiera a la perfección lo que su hermana estaba pasando. ¿Podría él ayudarla?

Faria pensó en ello. Estaba completamente obsesionada con la idea, y poco a poco comenzó a obsesionarse también con algo más: con los celulares, los de sus hermanos, el de su padre y todos los que pudieran encontrarse a su alcance. Empezó a seguir a sus hermanos —a una distancia prudente— por toda la casa. Se fijó en el movimiento de sus dedos cuando marcaban los códigos. Pero sobre todo se percató de que a veces dejaban los teléfonos sobre las mesas y las cómodas, o en lugares más raros, como encima de la televisión o junto a la tostadora o la tetera de la cocina. En alguna que otra ocasión se producían en la casa pequeñas peleas cómicas porque sus hermanos no los encontraban. Entonces se llamaban y maldecían aún más al darse cuenta de que los celulares estaban en modo silencio, lo que los obligaba a intentar dar con ellos dejándose guiar tan sólo por el ahogado zumbido de la vibración.

Esos momentos constituían una de sus grandes oportunidades. Faria lo tenía cada vez más claro. Debía aprovechar la ocasión en cuanto se le presentara, aunque sabía, por supuesto, que era peligroso: su fuga no sólo ponía en juego el honor familiar, sino también la economía de su padre y de sus hermanos. Las tres malditas fábricas les vendrían como caídas del cielo y les proporcionarían prosperidad. Si ella lo echaba todo a perder, las consecuencias serían muy duras, por lo que no le sorprendería nada que los hermanos le estrecharan el lazo de la soga cada vez más.

Un veneno se extendía por la casa, pero ahora ya no era sólo la honra y la avaricia lo que brillaba en los ojos de sus hermanos mayores. También había otra cosa: empezaban a tenerle miedo a Faria. A veces la obligaban a comer más. No podía adelgazar demasiado, ya que a Kamar le gustaban las mujeres entradas en carnes. Como era obvio, tampoco podía ser impura. Y, definitivamente, no podía ser libre. La vigilaban como halcones, un hecho ante el que ella debería haberse resignado y rendido. Pero la cosa llegó a sus últimas consecuencias. Sucedió una mañana de mediados de septiembre de hacía ya casi dos años. Ella se encontraba desayunando mientras Bashir, el hermano mayor, jugueteaba con su teléfono.

Malin bebió un sorbo de su copa de vino tinto junto a la improvisada barra que se había instalado en el Museo Fotográfico. Mikael la había dejado contenta y animada, y ahora, cabizbaja y con la mano hundida en su larga melena, parecía una flor marchita.

—Ya estoy aquí —dijo en voz baja para no molestar al conferencista que hablaba.

—¿Quién te llamó? —preguntó Malin.

—Mi hermana.

—¿La abogada?

Mikael asintió con la cabeza.

—¿Ha pasado algo? —quiso saber él.

—¿Qué? No, la verdad es que no. Sólo he estado conversando un poco con Leo.

—¿Y no estuvo bien?

—Increíble.

—Algo me dice que no es verdad.

—Objetivamente ha sido perfecto. Nos hemos deshecho en cumplidos. Que si yo estaba muy guapa, que si él ha estado genial, que si nos hemos extrañado mucho... Y blablablá. Pero enseguida noté que había algo diferente.

—¿En qué sentido?

Malin dudó. Miró a su alrededor como para asegurarse de que Leo no estuviera cerca y pudiera oírla.

—Todo me resultaba tan... vacío —explicó—. Como si todo fueran palabras huecas. Parecía molesto por verme.

—Bueno, los amigos vienen y se van —la consoló Mikael con amabilidad mientras le acariciaba el pelo.

—Sí, ya lo sé, y me va muy bien sin Leo Mannheimer, carajo. Pero, incluso así, me siento desconcertada. Al fin y al cabo, fuimos..., bueno, durante un tiempo realmente llegamos a...

Mikael tuvo cuidado al elegir la palabra.

—... intimar —zanjó.

—Sí, intimamos. Pero no es por eso. Es que hay algo que me ha resultado sospechoso.

—¿Qué?

—Me ha dicho que se ha comprometido con Julia Damberg.

—¿Y quién es Julia Damberg?

—Trabajaba como analista en Alfred Ögren, y era una chica mona; diría, incluso, que bastante atractiva, aunque no demasiado inteligente. A Leo nunca le cayó muy bien. La tachaba de infantil. Por eso no me entra en la cabeza que se hayan comprometido.

—¡Qué mierda!

—Pero ¡¿de qué hablas?! —le soltó—. No estoy celosa, si es lo que crees. Lo que pasa es que...

—¿Qué?

—Que estoy confundida. Ya no sé qué pensar, si he de serte sincera. Hay algo que no me cuadra.

—Te refieres a una cosa distinta del hecho de que se haya comprometido con la chica equivocada.

—A veces eres muy tonto, Blomkvist. ¿Lo sabías?

—Sólo quiero entenderlo.

—Pues olvídalo, porque no lo vas a entender nunca —le soltó ella con brusquedad, visiblemente nerviosa.

—¿Y por qué no lo voy a entender?

—Porque...

Malin dudó, no encontraba las palabras.

—... porque todavía no lo tengo claro —continuó—. Antes debo comprobar una cosa.

—¡Carajo, no seas tan misteriosa!

Ahora fue él quien perdió los nervios y se dirigió a ella con brusquedad. Quizá fuera injusto, pero era probable que se debiera a que en ese momento se le agolpaba todo en la cabeza: Lisbeth, la pelea de Flodberga, los problemas de la revista esa primavera... Malin lo miró asustada.

—Perdón —se excusó él.

—No, perdóname tú a mí —dijo ella—. A veces se me va la onda.

Mikael se esforzó en recuperar el tono comprensivo y amable.

—Entonces ¿de qué se trata?

—En realidad es lo mismo que la última vez.

—¿Y qué es?

—Lo de cuando lo vi escribiendo en aquella hoja en plena noche. Es que hay algo que me da mala espina.

—¿Puedes intentar explicármelo?

—Para empezar, Leo tuvo que haberme oído cuando volví del elevador y me quedé mirándolo.

—¿Y por qué tendría que haberte oído?

—Porque sufre de hiperacusia.

—¿De qué?

—De una hipersensibilidad a los sonidos. Oye increíblemente bien, es casi de risa: el menor paso que alguien da, la más pequeña mariposa que revolotea, cualquier mínimo sonido... No sé por qué me había olvidado de eso. Tal vez por algún tipo de consideración inconsciente hacia él. Es que él mismo piensa que es algo *freaky*. Pero cuando hace un rato esa silla se ha arrastrado y él por poco se cae, me he acordado de todo. Bueno, Mikael, ¿nos vamos? Ya no aguanto más todo este rollo de comprar y vender —dijo ella para, acto seguido, tomar hasta el fondo su copa de vino.

Faria Kazi estaba sentada en su celda, esperando a que volvieran a interrogarla, aunque ya no le daba tanto miedo como antes. No sólo porque hubiera hablado ya dos veces de los abusos y las agresiones que se cometían en el módulo, sino también porque había conseguido mentir. Aunque no le había resultado fácil: los policías no cesaban de presionarla para que contara lo que sabía sobre Salander.

¿Por qué estaba Lisbeth allí dentro? ¿Cuál era su papel en aquella historia? Faria habría querido gritar: «¡Fue ella y no Alvar Olsen la que me salvó!». Pero mantuvo su promesa. Creía que era lo mejor para Lisbeth. ¿Cuándo había sido la última vez que alguien había dado la cara por ella? No lo recordaba, y volvió a pensar en ese desayuno en su casa de Sickla con su hermano Bashir al lado jugueteando con su celular.

Había amanecido un día precioso. Afuera, en ese mundo que le estaba vetado, brillaba el sol. Por esa época hacía ya tiempo que la familia no estaba suscrita a ningún periódico matutino, y mucho más todavía que su padre no les permitía escuchar las noticias por el radio. La familia se había aislado de la sociedad.

Bashir estaba tomando té y levantó la vista.

—Sabes por qué Kamar tarda tanto, ¿no? —le dijo.

Ella desvió la mirada a la calle.

—Se pregunta si eres una puta. ¿Eres una puta, Faria?

Ella tampoco contestó a eso. Nunca contestaba a ese tipo de cuestiones.

—Un puto renegado de mierda te ha estado buscando.

Faria no pudo aguantar callada.

—¿Quién?

—Un chico de Daca, algún traidor de la patria —respondió Bashir.

Quizá debería haberse enfadado: Jamal no era ningún traidor, sino un héroe, un hombre que luchaba por un Bangladesh mejor, más democrático. Pero se alegró, y la verdad era que no había nada raro en ello; habían transcurrido meses, y los recuerdos y las emociones se desvanecen, sobre todo si lo único que has hecho con él es pasear.

Que ella pensara en Jamal día y noche no le parecía extraño, pues vivía encerrada y disponía de mucho tiempo. Por el contrario, él era libre, y seguro que no paraba de acudir a recepciones y seminarios. Podría haber conocido a otra mujer mucho más interesante que ella. Pero en ese instante, mientras escuchaba a Bashir escupir sus insultos, Faria comprendió que Jamal quería volver a verla, y eso era fantástico.

En aquel mundo aislado en el que vivía, eso era mejor que cualquier otra cosa. Su mayor deseo en ese momento era retirarse para disfrutar a solas de aquella alegría. Pero no bajó la guardia. Una simple insinuación de sonrojo representaría un peligro de muerte. Una cosa tan banal como un balbuceo o una mirada nerviosa podría delatarla. Por eso mantuvo el temple.

—¿Quién? —inquirió—. ¿Un traidor? ¿Y a mí qué me importa?

Se levantó de la mesa y se dirigió a su cuarto, convencida de haber obtenido una pequeña victoria. Una vez recuperada de la fuerte emoción que le había supuesto haber vuelto a saber de Jamal, se concentró más que nunca en huir. Tenía que conseguir un teléfono. No fue hasta muchos días después cuando se dio cuenta de que había cometido un error: en su pretensión por fingir indiferencia había sobreactuado.

Se obsesionó con la idea de escapar, y seguro que se lo notaron. Bashir y Ahmed empezaron a vigilarla con más ahínco que antes y, como era lógico, no descuidaban los celulares ni dejaban las llaves por ahí. Los días pasaron y llegó el mes de octubre. Un sábado por la tarde, la casa se llenó de vida y de movimiento. Faria tardó en entender lo que estaba sucediendo. Su relación con el resto de la familia era tan extremadamente fría que ni siquiera le informaron que lo que iban a celebrar era su petición de mano. Aunque «celebrar» quizá no fuera la palabra más apropiada, pues nadie parecía muy contento. Kamar no estaba presente. Tenía problemas con el visado. Faltaba también otra gente, personas que habían caído en desgracia o que se habían distanciado de los hermanos por la fe que profesaban. La fiesta puso de manifiesto el creciente aislamiento de la familia. Pero la atención de Faria se centraba en otra cosa: en las caras de los invitados. ¿Podría alguien ayudarla?

No encontró un candidato mejor que Khalil, su hermano pequeño. Tenía dieciséis años y se pasaba la mayor parte del tiempo a su aire, apartado de los demás y mirándola nervioso. Antes, cuando vivían en Vallholmen y compartían habitación, solían quedarse despiertos hablando por las noches; todo lo que pudiera hablarse con Khalil, claro. Por aquel entonces, la madre acababa de fallecer y él aún no había empezado a salir a correr durante horas y horas, pero ya era diferente; era un chico callado al que lo que más le gustaba era coser y dibujar, y que decía a menudo que añoraba su tierra, un país del que difícilmente podía guardar recuerdos.

Faria lo miró y se preguntó si debía pedirle que la ayudara a huir en ese mismo momento, al amparo del bullicio de la fiesta. Pero se puso demasiado nerviosa, por lo que fue al baño. Se sentó a hacer pipí y, a falta de otra cosa, o como parte de su ya constante y habitual búsqueda, comenzó a escudriñarlo todo. En la parte superior del armario de las toallas descubrió un teléfono. Al principio no lo podía creer, pero se trataba realmente de un celular, y no pertenecía a ningún invitado, sino a

Ahmed. Enseguida reconoció la narcisista fotografía del fondo de pantalla en la que Ahmed sonreía con fanfarronería sentado en una moto que ni siquiera era suya. Su corazón palpitó acelerado mientras procuraba recordar —lo había observado con toda minuciosidad— cómo solía mover los dedos para marcar el código. Se parecía a una «L»: quizá 1, 7, 8, 9. Probó con esa combinación. Incorrecta. Lo intentó con otra. Tampoco. El miedo se apoderó de ella: ¿y si el celular se bloqueaba? Oyó pasos y voces al otro lado de la puerta. ¿La estaban esperando? El padre y los hermanos llevaban toda la fiesta vigilándola de cerca. Debería dejar el celular donde lo había encontrado y salir de inmediato. Pero probó con una nueva variante y, de pronto, fue como si una descarga eléctrica recorriera todo su cuerpo. «Clave correcta.» Hacía ya mucho tiempo que no necesitaba la tarjeta de presentación de Jamal: se sabía su número de teléfono tan bien como su propio nombre. Aterrada, se subió a la tina de baño, ya que era el lugar que quedaba más alejado de la puerta. Luego marcó el número.

Le dio la sensación de que los tonos eran señales de socorro lanzadas en medio de un negro océano. Y, de repente, se oyó un ruido en la línea, alguien estaba tomando la llamada. Faria cerró los ojos y afinó el oído por si había alguna persona en el vestíbulo. Ya se disponía a colgar cuando oyó su voz y su nombre, y entonces le susurró:

—Soy yo, Faria Kazi.

—Ah —contestó él.

—No puedo hablar mucho.

—Te escucho —dijo él.

Al oír la voz de Jamal se le hizo un nudo en la garganta. Pensó en pedirle que llamara a la policía, pero no se atrevió. Lo único que acertó a decirle fue:

—Necesito verte.

—Me haría muy feliz que nos viéramos —respondió él. Y entonces ella sólo quiso gritar: «Ha dicho "feliz"... Yo me muero».

Faria contestó:

—No sé cuándo podré.

—Yo estoy en casa casi siempre. Tengo un pequeño departamento en Upplandsgatan. Paso la mayor parte del tiempo leyendo y escribiendo. Ven cuando quieras —dijo Jamal, y le dio la dirección y el código de entrada del portón.

Faria borró la llamada, puso el celular sobre el armario de las toallas, salió y pasó ante todos los familiares y conocidos hasta llegar a su habitación. Allí también había gente. Les pidió que la dejaran sola, y ellos obedecieron mostrando incómodas sonrisas. Luego se metió en la cama y decidió que intentaría huir a cualquier precio. Así fue como empezó la historia más feliz y, a la vez, la más desgraciada de su vida.

Malin y Mikael comenzaron a caminar y pasaron por delante del público y de la mesa de libros de la entrada para, finalmente, salir al exterior. Siguieron caminando frente a los barcos del muelle, contemplando la colina que quedaba al otro lado de la carretera. Permanecieron callados un buen rato. Hacía calor. Mikael se había sacudido la irritación y estaba tranquilo, pero Malin parecía estar de nuevo con la cabeza en otra parte.

—Interesante lo que has comentado de su oído —dijo él.

—¿Ah, sí? —Ella sonó ausente.

—Carl Seger, el psicólogo, el que murió en el bosque por un disparo fortuito hace veinticinco años, escribió su tesis sobre la influencia que tiene el sentido auditivo en nuestra autoestima —continuó Mikael.

Ella lo miró.

—¿Quieres decir que la hizo por Leo?

—No lo sé. Pero no parece un tema de investigación muy normal. ¿Cómo se manifestaba esa hipersensibilidad de Leo?

—Pues mira, en una reunión, por ejemplo, yo lo veía aguzar el oído y no entendía por qué. Y al cabo de un rato entraba alguien. Es que lo percibía todo antes que los demás. Una vez le pregunté acerca de ello, pero eludió la cuestión. Pasado algún tiempo, ya en mis últimos días en la empresa, me contó que su oído lo había atormentado toda su vida. Me confesó que era un desastre en el colegio.

—¡Y yo que pensaba que era una lumbrera!

—Yo también. Pero durante los primeros años no podía estarse quieto, siempre quería salir. Era un problema enorme, y si hubiera sido de otra familia más normal, lo habrían trasladado sin duda a una escuela para niños con necesidades especiales o lo habrían considerado, simplemente, un niño conflictivo. Pero era un Mannheimer, y se pusieron a su disposición todos los recursos imaginables. Se descubrió que poseía una capacidad auditiva extraordinaria. Por eso no soportaba permanecer en el aula, el más mínimo zumbido o chirrido lo alteraba. Se decidió que le dieran clases particulares en casa; supongo que fue entonces cuando se convirtió en ese niño de altísimo coeficiente intelectual sobre el que leíste aquel reportaje.

—De modo que nunca se sintió orgulloso de su oído.

—No me dio esa impresión, pero quizá..., no lo sé, quizá lo que pasaba era que se avergonzaba de ello y que, al mismo tiempo, lo explotaba.

—Debía de ser muy bueno escuchando a escondidas.

—¿Y ese psicólogo escribió algo sobre las personas que tienen un oído extremadamente desarrollado?

—En cierto sentido, sí —dijo Mikael—, aunque aún no he conseguido su tesis. Pero publicó algunos artículos en los que decía que, desde el punto de vista evolutivo, lo que es útil en una época puede suponer una carga en otra. Cuando éramos cazadores, el que oía bien en un bosque silencioso era el que permanecía más alerta y el que tenía mayor probabilidad de llevar alimentos a casa. En estos tiempos donde hay todo tipo de ruidos en las grandes urbes, esa misma persona se expone al riesgo de acabar desorientada y sobrecargada. De ser más receptora que participante.

—¿Lo describió así: «más receptora que participante»?

—Creo que sí.

—Qué triste.

—¿Por qué dices eso?

—Porque es una perfecta descripción de Leo. Él siempre era el observador.

—Excepto aquella semana de diciembre.

—Excepto aquella semana, sí. Hay algo que te da mala espina en ese incidente del bosque, ¿verdad?

Mikael advirtió una nueva curiosidad en la voz de Malin, lo que interpretó como una buena señal. Quizá ella acabara dándole más detalles sobre lo que le había parecido tan raro aquella noche en la que fue al despacho de Leo.

—Como poco, empieza a interesarme —contestó.

Leo nunca olvidó a Carl Seger. Incluso después de alcanzar la edad adulta había martes en los que al cuatro de la tarde —cuando solía acudir al consultorio de Carl— le invadía un repentino e intenso sentimiento de pérdida. En algunas ocasiones hasta llegaba a mantener conversaciones con él, como si fuera un amigo imaginario.

Aun así, las cosas mejoraron y, tal y como Carl había vaticinado, Leo aprendió a enfrentarse al mundo y a los sonidos con mayor eficacia. A menudo, su capacidad auditiva y su oído absoluto eran sólo un privilegio, nada más. Como cuando tocaba. Durante mucho tiempo estuvo tocando sin parar y soñando con llegar a ser pianista de jazz. Hasta que un día, ya al final de su adolescencia, recibió una oferta de Metronome para grabar un disco, una oferta que declinó porque pensó que aún no disponía de un material lo suficientemente bueno.

Su ingreso en la Escuela de Economía de Estocolmo lo consideró un paréntesis en su vida. En cuanto hubiera compuesto mejores temas, grabaría un disco y se consagraría por entero a la música para ser el nuevo Keith Jarrett. Pero ese paréntesis se convirtió en su propia vida, y nunca fue capaz de explicar por qué. ¿Era miedo al fracaso y a decepcionar a sus padres? ¿O eran las depresiones, que le sobrevenían con la misma certeza que llegan las estaciones del año?

Leo permanecía soltero, lo cual tampoco era fácil de entender. Despertaba la curiosidad de la gente. Atraía a las mujeres. Pero él no se sentía atraído por ellas con tanta facilidad. En compañía de otros, extrañaba el silencio y la quietud de su casa. Pero a Madeleine Bard la quiso de verdad.

En realidad, nunca acabó de comprenderlo: no eran demasiado parecidos. Y, sin embargo, tampoco creía que fuera una cosa tan simple como que él hubiera sucumbido a su belleza o a su riqueza. Ella era especial —siempre la vería así—, con esos brillantes ojos azules que parecían esconder un secreto y con esa melancolía que, en alguna ocasión, había aflorado y revelado un deje de oscuridad en su hermoso rostro.

Madeleine y él se comprometieron, y durante un tiempo vivieron juntos en el departamento que Leo tenía en Floragatan. Él acababa de heredar la parte que había tenido su padre en la agencia Alfred Ögren, y los padres de Madeleine —a los que no les faltaba ni una sola de las características propias del esnobismo— lo consideraron un buen partido. La relación no fue nada fácil. Madeleine quería organizar cenas constantemente. Leo se oponía todo lo que podía, y entonces llegaban las peleas. A veces ella se encerraba en la recámara y no paraba de llorar. Pero eran raras excepciones. Podría haber sido un matrimonio feliz. Leo estaba convencido de ello. Ambos ponían entusiasmo y pasión no sólo cuando hacían el amor, sino también cuando hablaban.

A pesar de todo, sobrevino la tragedia, lo que confirmó, sin lugar a dudas, que él había estado engañándose al ver una afinidad que no existía. Sucedió en agosto, en una cangrejada en casa de los Mörner, en Värmdö. Ya desde un primer momento se respiraba tensión en el ambiente. Él estaba triste y melancólico, y pensaba que los invitados eran de lo más convencional y ruidosos. Además, se mostraba reservado y callado, lo que provocó que Madeleine desplegara toda su forzada y exagerada simpatía. Paseaba entre la gente diciendo que la fiesta era «fantástica y maravillosa», o cosas como «no puedo creer con qué buen gusto han decorado todo. ¡Y el jardín es increíble! ¡Estoy taaaan impresionada! Es que nos dan ganas de venirnos a vivir aquí, pero ¡ahora mismo!». En realidad no era para tanto, ella tan sólo representaba su papel en aquel teatro que era la vida.

Hacia la medianoche, Leo se olvidó por completo de la fiesta y se sentó a leer en una apartada habitación *Really the Blues*, de Mezz Mezzrow, un libro que encontró —no sin cierta sorpresa— en uno de los libreros de la sala. Así que, a pesar de todo, no se la estaba pasando tan mal. Enfrascado en su lectura, se imaginó a sí mismo en los clubes de jazz de Nueva Orleans y Chicago de los años treinta. Poco le importaban ya las canciones que acompañaban a los tragos de aguardiente y todo aquel jolgorio de la casa.

Al cabo de un par de horas, Ivar Ögren entró en la habitación borracho como una cuba —como siempre que había una fiesta—, vestido con un traje marrón que le apretaba la cintura y tocado con un ridículo sombrero negro. Leo se tapó los oídos por si Ivar tenía intención de gritar o de armar un escándalo como era su costumbre. Ivar dijo:

—Me voy a llevar a tu novia a dar una vuelta en barca.

Leo protestó: «Ni hablar. Has bebido». No le sirvió de nada, exceptuando el hecho de que Ivar, a modo de concesión, le pusiera un chaleco salvavidas rojo a Madeleine. Leo salió a la terraza y se quedó mirando fijamente el rojo chaleco mientras veía cómo se alejaba mar adentro.

El agua estaba como un espejo. Era una noche de verano de cielos claros y se apreciaban algunas estrellas. Ivar y Madeleine hablaban en voz baja, pero daba lo mismo: Leo pudo oír cada una de las palabras de su conversación. No se trataba más que de tonterías y estupideces seguidas de risitas. A Leo se le reveló una nueva Madeleine, más vulgar, cosa que le dolió. Luego la barca se adentró cada vez más hasta que Leo ya no fue capaz de percibir lo que decían. Estuvieron fuera unas cuantas horas.

Cuando regresaron, los otros invitados ya se habían ido. Estaba amaneciendo, y Leo los esperaba en la orilla con un nudo en la garganta. Vio cómo subían la barca a tierra y cómo Madeleine caminaba hacia él. De camino a casa en el taxi, una muralla se alzó entre los dos y Leo no necesitó más para entender lo que Ivar le había dicho a ella. Nueve días después, Madeleine hizo sus maletas y lo abandonó. El 21 de noviembre de ese mismo año, cuando la nieve ya caía sobre Estocolmo y la oscuridad se había instalado en el país, ella se comprometió con Ivar Ögren.

Leo cayó enfermo de algo que su médico describió como parálisis parcial.

Una vez recuperado, volvió al trabajo, puso buena cara y felicitó a Ivar con un fraternal abrazo. Asistió a su despedida de soltero y a la boda, y saludaba amablemente a Madeleine siempre que la veía. Mantuvo las apariencias cada maldito día, fingiendo que entre Ivar y él existían fuertes lazos de amistad desde la infancia que sobrevivían a cualquier adversidad. Pero en su fuero interno pensaba de forma bien diferente: planeaba su venganza.

Ivar Ögren, por su parte, sintió que sólo había obtenido una victoria parcial. Leo Mannheimer aún constituía una amenaza y un rival en la lucha por el liderazgo de la empresa. Había que destruirlo por completo, y ya tenía un plan.

Malin no mencionó nada más de su encuentro con Leo. De pronto, se detuvo en Hornsgatan —en la parte antigua que quedaba en un lateral por encima de la actual calle— sin que Mikael comprendiera por qué. Hacía demasiado calor y bochorno como para permanecer allí parados a pleno sol. Pero allí estaban, vacilantes, como dudando qué hacer, mientras la gente pasaba y a lo lejos se oía el claxon de algunos coches. Malin miró hacia la plaza de Mariatorget.

—Oye —dijo ella—, tengo que irme.

Besó a Mikael algo ensimismada y bajó apresurada la escalera de piedra para cruzar la calle y dirigirse a Mariatorget. Mikael no se movió, se encontraba igual de desconcertado que hacía un momento. Luego sacó su celular y llamó a Erika

Berger, su íntima amiga y la redactora jefe de *Millennium*.

Le comentó que estaría un par de días sin aparecer por la redacción. No pasaba nada. Acababan de enviar el número de julio a la imprenta. Pronto sería *Midsommar* y, por primera vez en muchos años, habían podido permitirse contratar a dos sustitutos de verano que aliviarían su carga de trabajo.

—Te noto triste. ¿Ha ocurrido algo? —preguntó Erika.

—Ayer hubo una pelea en el módulo de Lisbeth y una interna sufrió graves lesiones.

—¡Vaya! ¿Y quién es la víctima?

—Una gánster, una auténtica mafiosa; es una historia bastante desagradable. Lisbeth se encontraba presente.

—Bueno, ella suele arreglárselas muy bien.

—Esperemos que esta vez también. Oye..., ¿podrías echarme una mano en otro asunto?

—Sí, claro; ¿qué quieres?

—¿Puedes pedirle a alguien de la redacción, preferiblemente a Sofie, que vaya mañana al Archivo Municipal para sacar los expedientes de tres personas? Dile que se acoja al derecho al anonimato.

Le pasó los nombres y los números de identificación personal que había anotado en su celular.

—El viejo Mannheimer —murmuró Erika—. Estará muerto y enterrado, ¿no?

—Desde hace seis años.

—De pequeña me crucé con él un par de veces.

Mi padre lo conocía un poco. ¿Tiene que ver con Lisbeth?

—Tal vez —respondió Mikael.

—¿En qué sentido?

—La verdad es que no lo sé muy bien... ¿Cómo era?

—¿Mannheimer? Uf, qué difícil de explicar. Además, yo era muy pequeña. Pero tenía fama de ser un viejo diablillo. Aun así, lo recuerdo como alguien bastante amable. Me preguntó por la música que me gustaba. Y me acuerdo de que sabía silbar muy bien. ¿Por qué te interesa Mannheimer?

—Luego te lo cuento —le contestó Mikael.

—Bueno, como quieras —dijo Erika para, acto seguido, comentarle algo referente al próximo número de la revista y de los anuncios publicitarios que habían entrado.

A Mikael le costó prestarle atención. Terminó la llamada de forma bastante abrupta y se dirigió a Bellmansgatan. Pasó frente al pub Bishops Arms, bajó por la cuesta de adoquines de la calle, entró en su portal y subió hasta su ático, donde se sentó ante la computadora y continuó con sus investigaciones mientras se tomaba un par de cervezas Pilsner Urquell. Se centró sobre todo en el desgraciado incidente de la cacería de Östhammar, pero no le aportó nada nuevo. Siempre resultaba problemático buscar información sobre viejos casos criminales; lo sabía por propia experiencia.

No había archivos digitales en los que indagar

—más que nada para proteger la integridad de las personas— y, encima, en el Archivo Nacional, según la normativa de selección y eliminación de documentos, todo lo referente a la instrucción de la causa se destruía al cabo de cinco años. Por eso decidió acercarse a Uppsala al día siguiente, para ir a los juzgados y hojear los viejos libros de actas de juicios. Después tal vez podría pasar por la jefatura de policía o visitar a algún viejo inspector jubilado que aún se acordara del caso. Ya lo vería.

También llamó a Ellenor Hjort, la prometida de Carl Seger. No tardó en advertir que era un asunto que ella había borrado por completo de su mente. No quería hablar de Carl. Era cierto que se mostró educada y amable en todo momento, pero ya no tenía fuerzas —le confesó— para seguir removiendo el tema. «Espero que lo entiendas», se disculpó. Aun así, consiguió que cambiara de opinión y que accediera a verlo al día siguiente, cosa que no se debió al viejo encanto periodístico de Mikael ni tampoco a haber logrado despertar la curiosidad de Ellenor por lo que realmente estaba investigando, sino al hecho de que Mikael, en un último intento, lanzado al aire, mencionó el nombre de Leo Mannheimer.

—¡Leo! —exclamó ella—. ¡Madre mía! Hace muchísimo tiempo que no sé nada de él. ¿Cómo está?

Mikael contestó que no lo sabía.

—¿Tenían una buena relación con él? —preguntó.

—¡Ay, sí! Carl y yo lo queríamos mucho.

Tras colgar, se dirigió a la cocina para recogerla un poco y se preguntó si no debería llamar a Malin para intentar averiguar qué era exactamente lo que tanta zozobra le producía. Sin embargo, optó por darse un baño y cambiarse de ropa. A las 17.55 horas salió de casa con dirección al restaurante Pane Vino de Zinkensdamm para encontrarse con su hermana.

Capítulo 9

Ella se encargaría, dijo. No hacía falta que Martin se preocupara. Era la tercera o cuarta vez que hablaban en lo que llevaban de día, y tampoco en esa ocasión ella perdió la paciencia. Pero al colgar, y antes de comprobar que tenía todo lo que le había encargado a Benjamin, murmuró: «Cobarde».

Rakel Greitz era psicoanalista y profesora universitaria de psiquiatría, y se le conocía por una serie de cosas, pero sobre todo, quizá, por su sentido del orden. Trabajaba con una enorme eficacia, una actitud que no había cambiado desde que le diagnosticaron cáncer de estómago y la higiene se convirtió en algo primordial para ella. Por eso se le veía tan obsesionada en los últimos tiempos: la más mínima mota de polvo desaparecía como por arte de magia, y no había mesa ni fregadero más limpios que los que habían pasado por sus manos. Tenía setenta años y se hallaba enferma, pero se mantenía constantemente ocupada.

Ese día había estado inmersa en una actividad

febril y las horas se le habían pasado volando. Eran las 18.30, muy tarde en realidad. Debería haber actuado de inmediato, pero siempre sucedía lo mismo con Martin Steinberg; era una persona nerviosa en exceso. Rakel se felicitó por haber ignorado sus protestas y haberse aprovechado —esa misma mañana— de sus contactos en las compañías telefónicas y en la atención sanitaria. Sin embargo, no estaba segura de que eso bastara: desde entonces podrían haber ocurrido muchas cosas. Ese viejo loco podría haber recibido la visita de alguien al que le habría revelado lo que sabía o sospechaba. La operación conllevaba un alto riesgo, pero era la única alternativa. Había demasiado en juego, y demasiadas cosas habían ido ya mal en ese asunto del que ella era la máxima responsable.

Se limpió las manos con gel hidroalcohólico y entró en el baño. Se sonrió en el espejo, más que nada para confirmar que todavía era capaz de mostrar alegría. Desde su punto de vista, lo que había sucedido no sólo era malo. Llevaba tanto tiempo viviendo en un túnel de enfermedad y dolor que la empresa que debía acometer ahora le proporcionaba a su vida una elevada e intensa sensación de vivir el momento, una nueva solemnidad. A Rakel Greitz siempre le había atraído la idea de sentirse llamada por una vocación y de ponerse al servicio de una causa superior. Vivía sola en un departamento de ciento ocho metros cuadrados de Karlbergsvägen, en el centro de Estocolmo.

Acababa de terminar un tratamiento de quimioterapia y se encontraba relativamente bien. Había perdido pelo y, como era lógico, lo tenía más fino, pero aún conservaba buena parte de él. El gorro hipotérmico que había utilizado durante el tratamiento había resultado eficaz. Seguía siendo una mujer elegante, de suaves facciones, alta y esbelta, de espalda recta, y con esa indiscutible autoridad que irradiaba desde que se graduó en medicina en el Instituto Karolinska.

Tenía aquella mancha roja en el cuello, sí. Y aunque esa marca de nacimiento hubiera sido motivo de preocupación durante su juventud, lo cierto era que aprendió a quererla y que ahora la lucía con orgullo; que acostumbrara a ponerse suéteres de cuello de tortuga no tenía nada que ver con que fuera tímida o con que le diera vergüenza enseñarla. Esos suéteres combinaban a la perfección con la imagen sobria y seria que ella desprendía: de un estilo sencillo y refinado, y en absoluto ostentoso. Rakel aún llevaba vestidos y trajes que se había hecho a medida en su juventud y que nunca necesitó modificar. Aunque había algo frío y severo en su carácter, la verdad era que, en su presencia, todo el mundo se esforzaba por hacer bien su trabajo. Era competente y rápida, y sabía apreciar la lealtad no sólo a las personas, sino también a las ideas. Jamás se le fue la lengua, ni siquiera con Erik, su difunto esposo.

Salió al balcón y contempló la plaza de Odenplan. Apoyó la mano derecha sobre el barandal, una mano que no temblaba. Volvió a entrar en la vivienda y se puso a limpiar por aquí y por allá. De un clóset que había en el vestíbulo sacó un maletín de médico de cuero marrón. Metió lo que Benjamin —su leal amigo y asistente— le había conseguido durante el día y entró de nuevo en el baño, donde se maquilló de forma inusualmente descuidada y eligió una peluca negra de bastante mal gusto. Por un momento volvió a sonreír. O puede que tan sólo se tratara de un temblor nervioso. Incluso ella, con toda su experiencia, fue invadida por una repentina inquietud.

Mikael y su hermana se hallaban en la terraza del restaurante Pane Vino, en Brännkyrkagatan. Pidieron pasta con salsa de trufa y chianti, hablaron del tiempo y comentaron, brevemente, sus planes veraniegos. Luego, Annika hizo una rápida y sucinta descripción de cómo estaban las cosas en Flodberga, y así entró en el verdadero tema que había motivado el encuentro.

—Parece mentira, Mikael, que los policías puedan ser a veces tan idiotas —empezó diciendo—. ¿Conoces la situación de Bangladesh?

—Un poco.

—Bangladesh tiene el islam como religión oficial del Estado. Al mismo tiempo, según la Constitución, es un país secular con garantías de libertad de expresión y de prensa, lo que, por supuesto, no es una combinación imposible.

—Pero no les va muy bien.

—El gobierno está presionado por islamistas y

se ha visto obligado a aprobar leyes que prohíben expresar cualquier opinión que pueda herir sentimientos religiosos. Que *pueda* herir, dicen. Es evidente que, por poco que se quiera, siempre habrá algo por lo que uno pueda sentirse herido. Y, en efecto, las leyes se interpretan con severidad y una gran cantidad de periodistas han sido condenados a largas penas de cárcel. Pero eso no es lo peor.

—No, lo peor es que la ley legitima los abusos.

—Eso es. La ley les ha dado alas a los islamistas. Los yihadistas y los terroristas han empezado, sistemáticamente, a amenazar, a acosar y a asesinar a disidentes y, sin embargo, muy pocos de los autores de esos crímenes son llevados a juicio. Unos de los que más han sufrido han sido los de la página web Mukto-Mona, que trabajan por la libertad de expresión y de información y por conseguir una sociedad abierta y secular. Muchos de sus colaboradores han sido asesinados, pero son muchos más aún los que han sido amenazados y los que han acabado apareciendo en las listas de la muerte. Entre ellos, Jamal Chowdhury, un joven biólogo que de vez en cuando escribía en Mukto-Mona sobre la teoría de la evolución. Jamal fue condenado a muerte por el movimiento islamista del país, pero logró huir a Suecia con ayuda de la PEN sueca.* Parecía que por fin podría respirar

* La PEN de Suecia es la sección sueca del PEN Club Internacional, una asociación mundial de escritores que promueve la amistad y la cooperación entre escritores de

tranquilo. Al menos durante un tiempo. Estaba deprimido, aunque fue mejorando poco a poco, y un día acudió —aquí, en Estocolmo— a un debate sobre la represión de la mujer que se celebró en la Casa de la Cultura.

—Y ahí conoció a Faria Kazi.

—Bien, veo que has hecho la tarea —continuó Annika—. Faria se encontraba sentada al fondo de la sala. Es —y no te exagero— una chica guapísima; Jamal no podía dejar de mirarla, así que al terminar el debate se acercó a ella. Ése fue el inicio no sólo de una gran historia de amor, sino también de una tragedia, una versión moderna de *Romeo y Julieta*.

—¿A qué te refieres exactamente?

—Pues a que es igual. Como en *Romeo y Julieta*, las familias de Faria y Jamal pertenecían a bandos opuestos del conflicto. Jamal luchaba por un Bangladesh abierto y libre, mientras que el padre y los hermanos de Faria se manifestaban a favor de los islamistas del país, sobre todo desde que a Faria, en contra de su voluntad, la comprometieron con Kamar Fatali.

—¿Y ése quién es?

—Un señor gordo de unos cuarenta y cinco años que vive en Daca, en una casa enorme con un montón de criados. No sólo es el propietario de un pequeño grupo de empresas textiles, también financia varias *kaumis* del país.

---

todo el mundo, y que lucha por la libertad de expresión *(N. de los t.)*

—¿*Kaumis*?

—Escuelas coránicas que se hallan al margen del control del gobierno y en las que se instruye ideológicamente a los jóvenes yihadistas. Kamar Fatali ya tiene una esposa de su edad, pero se quedó embelesado con las fotografías de Faria Kazi y quiso convertirla en su segunda esposa. Sin embargo, como puedes imaginar, no le resultaba fácil obtener un visado para entrar en Suecia, por lo que su frustración fue en aumento.

—Y encima aparece en escena Jamal Chowdhury.

—Exacto, apareció Jamal, así que Kamar y los hermanos Kazi ya tenían dos razones, como mínimo, para matarlo.

—O sea, que Jamal no se suicidó. ¿Es eso lo que quieres decir?

—Yo todavía no digo nada, Mikael. Sólo te estoy haciendo un resumen de la historia, una breve descripción de lo que hablamos Lisbeth y yo. Jamal se convirtió en el gran enemigo, un Montesco. Él era musulmán y creyente, pero mucho más liberal y, al igual que sus padres —profesores universitarios los dos—, consideraba que toda sociedad ha de tener garantizados los derechos humanos. Esa simple circunstancia ya lo convirtió en enemigo de Kamar y, por consiguiente, de la familia Kazi. Pero su amor por Faria constituía, por otra parte, una amenaza directa, más personal, no sólo contra el honor del padre y de los hermanos, sino también contra su economía. Había claros motivos para quitarlo de en medio; Jamal comprendió pronto que estaba jugando con fuego. Pero no podía hacer nada. Escribió sobre eso en su diario, que aparece en el expediente porque la policía lo mandó traducir del bengalí. ¿Te leo un poco?

—Sí, por favor.

Mikael tomó un trago de su chianti mientras Annika se agachaba para sacar el expediente de su maletín y buscar entre las hojas.

—Aquí —dijo—. Escucha.

Ella leyó:

Desde que vi morir a mis amigos y tuve que abandonar mi tierra tengo la sensación de que el mundo se ha cubierto de ceniza. Todo lo que contemplo ha sido despojado de sus colores, y ya no le veo ningún sentido a continuar viviendo.

—Esta última frase es la que se ha alegado a favor de la idea de que se suicidó en el metro —se interrumpió Annika—. Pero el texto sigue:

Aun así, intento mantenerme ocupado. En junio asistí a un debate sobre la represión religiosa. No esperaba nada. Lo que antes me importaba tanto me provoca ahora indiferencia; ni siquiera pude entender que el imán que intervenía considerara que todavía había muchas cosas por las que luchar. Yo ya me había rendido. Yacía ya en mi propia tumba. Creía que a mí también me habían matado.

—Sí, ya sé que se pone un poco melodramático —se disculpó Annika.

—No, en absoluto. Era joven. Todos hemos escrito así. Me recuerda a mi pobre colega Andrei. ¡Sigue!

Creía que estaba muerto y fuera de este mundo. Pero de repente, sentada al fondo de la sala, descubrí a una chica joven que llevaba un vestido negro. Tenía lágrimas en los ojos y era tan bella que me dolió verla así. Desperté de nuevo a la vida. Sentí como una descarga eléctrica y comprendí que debía acercarme a ella. De alguna manera supe en ese preciso instante que nos pertenecíamos y que era yo y nadie más quien debía consolarla. Me acerqué y le dije alguna tontería; creía que había metido la pata. Pero ella sonrió y salimos juntos de allí, como si siempre hubiésemos sabido que eso sucedería, y luego continuamos andando por una calle peatonal que pasaba por el Parlamento.

—Bueno, creo que es suficiente. Hasta ese momento, Jamal nunca había tenido fuerzas para hablar de lo que les ocurrió a sus amigos de Mukto-Mona. Sin embargo con Faria las palabras le salen a borbotones. Lo cuenta todo, queda muy claro en el diario, y cuando Faria, tras apenas haber caminado medio kilómetro, le dice que tiene que irse, él le da su tarjeta de presentación y ella le promete que lo llamará pronto. Pero no lo hace. Jamal espera y desespera. Encuentra el número de celular de Faria en Internet, la llama y le deja un mensaje. Deja cuatro, cinco, seis mensajes. Pero ella no le devuelve las llamadas. En cambio, un hombre lo telefonea y le suelta que no la llame nunca más. «Faria te desprecia, eres un mierda», le dice el hombre, y Jamal queda destrozado. Hasta que poco a poco empieza a sospechar que allí hay algo raro e investiga el tema. No lo entiende todo, claro, como el hecho de que el padre y los hermanos hayan confiscado el teléfono y la computadora de Faria, por ejemplo, o que lean todos sus correos, controlen todas las llamadas y la tengan prisionera en su propia casa. Pero entiende que algo está mal, muy mal, por lo que se dirige al imán Ferdousi, que también afirma estar preocupado. Juntos contactan con las autoridades, aunque, como es natural, no reciben ningún tipo de apoyo. Éstas no hacen nada, no mueven ni un solo dedo, de modo que Ferdousi decide visitar a la familia, pero lo echan de casa. Jamal ya está a punto de remover cielo y tierra cuando de repente...

—¿Qué?

—... Faria lo llama, desde otro número, y le dice que quiere verlo. Por aquel entonces Jamal ha rentado, en secreto, un departamento en Upplandsgatan que la editorial Norstedts le ha ayudado a encontrar. Lo que ocurre a continuación no ha quedado del todo claro. Sólo sabemos que el hermano pequeño de la familia, Khalil, ayuda a huir a Faria, y que ella va directamente a Upplandsgatan. Fue un encuentro como el que sucede en las películas o en los sueños. Hacen el amor y hablan día y noche. Incluso Faria, que guardó silencio durante los interrogatorios, ha llegado a confirmarlo. Deciden ponerse en contacto con la policía y con la PEN de Suecia para que los ayuden a esconderse. Pero luego... Es tan triste. Faria quiere despedirse, y confía en su hermano pequeño. Queda de verse con él en un café de Norra Bantorget. Es un día frío de otoño. Ella lleva puestos unos *jeans*, unas botas de lluvia negras y la chamarra azul de plumas de Jamal, que tiene una capucha con la que se cubre la cabeza. Sin embargo el encuentro no llega a producirse.

—Se trataba de una emboscada, ¿verdad?

—Sin duda. Hay un par de testigos. Pero ni Lisbeth ni yo pensamos que Khalil la engañara. Más bien sospechamos que los hermanos mayores lo estuvieron vigilando y lo siguieron. Esperan a Faria en un Honda Civic rojo en Barnhusgatan, y en una rapidísima operación la introducen en el coche y se la llevan a su casa, a Sickla. Al parecer, los hermanos sopesan la idea de enviarla a Daca. Pero seguro que desisten al ver los muchos riesgos que corren. ¿Cómo se supone que la van a mantener tranquila en el aeropuerto y en el avión? Tendrían que drogarla.

—De modo que deciden que ella escriba una carta.

—Exacto. Pero esa carta, Mikael, no vale nada. Es cierto que la letra es de Faria, aunque se nota que los hermanos o el padre le han dictado cada frase. No obstante, Faria introduce mensajes secretos. Escribe: «Ya sabes que siempre te he dicho que no te quiero». Eso es, indudablemente, un mensaje secreto. Jamal describe en su diario cómo todas las noches y todas las mañanas se declaraban su amor una y otra vez.

—Supongo que Jamal acudió a la policía para denunciarlo al ver que Faria no regresaba del encuentro con su hermano.

—Claro que sí. Pero la policía fue idiota. Dos agentes dieron una rutinaria vuelta por Sickla, y cuando el padre, en la puerta de la casa, les aseguró que todo estaba bien, aparte del hecho de que Faria hubiera pescado una gripe, se fueron. Pero Jamal no se rindió. Llamó a todas partes, y creo que la familia fue consciente de que había que actuar con rapidez.

—Eso no suena muy bien —dijo Mikael.

—Pues no. Es lunes, 9 de octubre. Jamal escribe en su diario —o en ese extenso relato que se encontró tras morir— que se ha despertado con una sensación de muerte en el cuerpo. Luego la policía, como es obvio, le otorgó mucha importancia a ese detalle. Pero yo no lo veo en absoluto como una resignación. Es la manera que tiene Jamal de expresarse. Se ha partido en dos y ha empezado a desangrarse. No puede dormir, ni pensar, apenas es persona. «Avanzo a tropezones», escribe, grita su «desesperación» al mundo. Es su forma de manifestar lo que siente. Yo creo que los investigadores lo malinterpretan. Ésa es mi opinión. Leyendo entre líneas, lo que se deduce es más bien que quiere luchar y recuperar lo que ha perdido y, sobre todo, que está muy preocupado. «¿Qué hará

Faria ahora?», escribe. «¿Le estarán haciendo daño?» Tampoco menciona la carta de Faria, ni una palabra, a pesar de estar abierta sobre la mesa de la cocina. Probablemente se ha dado cuenta de las pretensiones de esa carta desde el primer momento. Sabemos que intenta ponerse en contacto con Ferdousi, quien se halla en Londres en un congreso. Llama a Fredrik Lodalen, un profesor universitario de biología de Estocolmo del que Jamal se ha hecho amigo. Lodalen lo invita a ir a su casa de Hornsbruksgatan, donde vive con su mujer y sus dos hijos. Jamal se queda mucho tiempo. Los niños se duermen. La mujer se duerme, y Fredrik Lodalen se encuentra cada vez más incómodo. Siente una gran simpatía por Jamal, pero tiene que madrugar y, como muchos de los que están atravesando una crisis, Jamal se repite e insiste una y otra vez en lo mismo y, pasada la medianoche, Lodalen le pide que se vaya. Le promete que al día siguiente contactará con la policía y con el refugio para mujeres maltratadas. De camino al metro, Jamal llama al escritor Klas Fröberg, al que ha conocido a través de la PEN de Suecia. Klas no contesta, y Jamal entra en la estación de metro de Hornstull. Son las 00.17 horas de la madrugada del martes 10 de octubre. El viento arrecia y amenaza tormenta. Llueve.

—O sea, que no hay mucha gente en la calle.

—En el andén hay tan sólo una mujer, una bibliotecaria. La cámara de videovigilancia graba a Jamal justo cuando pasa frente a ella: se le ve extremadamente triste. Pero lo raro sería que no lo estuviera. Apenas ha dormido desde que desapareció Faria y se siente abandonado por todos. Y, aun así, Mikael, aun así... Jamal no dejaría sola a Faria sabiendo que ella lo necesita más que nunca. Una de las cámaras del andén está descompuesta, y puede que sea una circunstancia desafortunada, está bien. Pero no creo que sea una casualidad que un joven se dirija a la bibliotecaria —en inglés— en el mismo momento en el que el tren entra en la estación y Jamal cae a la vía. La mujer no ve lo que ocurre. Ella no tiene ni idea de si Jamal ha sido empujado o se ha tirado, y el joven con el que ha hablado no ha podido ser identificado.

—¿Y qué dice el conductor del tren?

—Se llama Stefan Robertsson y su testimonio ha sido decisivo para que el juez haya desestimado el caso y lo haya considerado suicidio. Robertsson asegura que Jamal se tiró, aunque el pobre hombre se hallaba en estado de *shock*, y yo incluso me atrevería a decir que le hicieron preguntas capciosas.

—¿En qué sentido?

—En realidad, el que dirigía el interrogatorio no parecía querer ver ninguna otra posibilidad. En el primer testimonio de Robertsson —antes de que su cerebro creara un relato más coherente— habla de unos exagerados aspavientos, como si Jamal tuviera muchos brazos y piernas. Pero no ha vuelto a mencionarlos, y su memoria —qué curioso— va mejorando conforme pasa el tiempo.

—¿Y los empleados de las taquillas de la entrada? Alguien debería haber visto al posible autor del crimen bajar y subir.

—El taquillero, que estaba viendo una película en su iPad, dice que pasaron algunas personas. Pero no se fijó en nadie en particular, cree que la mayoría era gente que se bajó en esa estación. Tampoco tiene muy clara la hora.

—¿Allí arriba también hay cámaras?

—Sí, las hay; de hecho, he encontrado una cosa. Nada extraordinario, pero se ha podido identificar a la mayor parte —prácticamente a todos— de los que suben, a excepción de un hombre joven, según parece, y larguirucho. Llevaba agachada la cabeza, por lo que no se le ve la cara. Pero actúa de forma nerviosa y esquiva; es una vergüenza que no se hayan dedicado más esfuerzos a identificarlo, más que nada porque sus movimientos son muy bruscos y peculiares.

—Entiendo. Le echaré un vistazo —aseguró Mikael.

—Y luego tenemos el crimen de Faria, el que la llevó a prisión —continuó Annika. Iba a empezar a contarlo cuando les sirvieron la comida. Por un instante perdieron la concentración, no sólo debido al mesero y a sus atenciones con los platos y el queso parmesano, sino también porque pasó una pandilla de ruidosos jóvenes que se dirigían a la colina rocosa de Skinnarvik por Yttersta Tvärgränd.

Holger Palmgren estaba pensando en la guerra de Siria y en todo tipo de desgracias: en el dolor de sus caderas, que era como si le clavaran cuchillos, en la estúpida llamada que hizo la noche anterior y en la terrible sed que tenía. No había bebido casi nada, y tampoco había comido gran cosa. Por si fuera poco, Lulu tardaría en llegar para ayudarle con los rituales nocturnos. Si es que llegaba.

Ese día nada parecía funcionar. Los teléfonos estaban descompuestos, y no se había presentado ninguna de las cuidadoras, ni siquiera Marita. Se había pasado todo el día acostado, enojado, y alterándose cada vez más. A decir verdad, debería pulsar el botón de alarma que llevaba colgado del cuello con un cordón; aunque no le gustaba utilizarlo, le dio la sensación de que ya era hora. Tenía tanta sed que apenas si podía pensar. Además, hacía mucho calor. Nadie había acudido a abrir una sola ventana en todo el día. Nadie había acudido a hacer nada de nada, y al borde de la desesperación aguzó el oído. ¿No era el elevador lo que se oía a lo lejos? Bueno, el elevador se oía siempre. La gente salía y entraba. Pero a su casa no iba ni un alma. Maldijo su suerte y se removió en la cama mientras sufría y se atormentaba, sobre todo por una cosa. En lugar de haber llamado a Martin Steinberg —un perfecto canalla, sin duda—, debería haber contactado con esa psicóloga a la que también mencionaban en esas anotaciones secretas, esa tal Hilda von Kanterborg, de la que se decía que había violado el secreto profesional para hablarle del registro a la madre de Lisbeth. Ella podría haberlo ayudado, ¡y no el responsable de todo aquel maldito proyecto! ¡Qué tonto había sido! ¡Y qué sed tenía! Pensó en pedir ayuda a gritos, vociferar con todas sus fuerzas hacia la escalera. Quizá alguno de los vecinos lo oyera. Aunque... Un momento... Volvió a percibir unos pasos que se encaminaban hacia su puerta. Una amplia sonrisa se dibujó en su cara. Debía de ser Lulu, su maravillosa Lulu.

—¡Hola, hola. Bueno, Lulu, cuéntame ya cómo te fue en Västerhaninge con... ¿Cómo se llamaba ese tipo?! —gritó con todas sus fuerzas mientras la puerta se abría y se cerraba y unos zapatos se limpiaban en el tapete de entrada. No hubo respuesta, y entonces advirtió que los pasos eran más ligeros que los de Lulu, más rítmicos y enérgicos. Buscó con la mirada algo con que defenderse. Luego respiró aliviado. Por la puerta se asomó una mujer alta y esbelta que vestía un suéter negro de cuello de tortuga y que le dedicaba una amplia sonrisa. Rondaría los sesenta años, quizá los setenta, y tenía unas facciones finas y afiladas. Su mirada irradiaba una discreta calidez. Llevaba un maletín de médico que parecía ser de otra época y caminaba con la espalda erguida. Había una dignidad natural en su persona y tenía una sonrisa muy refinada.

—Buenas tardes, señor Palmgren —saludó—. Lulu le pide disculpas por no poder venir hoy.

—Espero que no le haya pasado nada.

—Ah, no, tranquilo; motivos personales, nada

serio —dijo la mujer. Holger sintió una punzada de decepción.

Y también otra cosa. Pero no supo muy bien qué. Estaba demasiado aturdido y sediento.

—¿Podría traerme un vaso de agua? —preguntó. Y entonces la mujer le respondió: «Por el amor de Dios, pobrecito mío», las mismas palabras que solía decirle su anciana madre.

Acto seguido, ella se puso un par de guantes de plástico y desapareció para volver enseguida con dos vasos. El agua lo devolvió a tierra firme. Bebió con manos temblorosas y tuvo la sensación de que el mundo recuperaba los colores claros. Después levantó la vista y miró a la mujer. Sus ojos seguían resultándole cálidos y afectuosos. Pero no le gustaban esos guantes de plástico, ni tampoco su cabello; era espeso y negro, y desentonaba con el resto de su persona. ¿Llevaba peluca?

—Ahora se siente mejor, ¿verdad? —dijo ella.

—¡Mucho mejor! ¿La llaman a usted cuando hay que hacer sustituciones? —inquirió él.

—Hago pequeñas salidas de emergencia de vez en cuando. Pero tengo setenta años, de modo que van siendo menos los días que me llaman —contestó la mujer, que empezó a desabotonar la pijama que estaba empapada de sudor tras el largo día de cama.

Ella sacó un parche de morfina del maletín marrón, elevó el respaldo de la cama y, con una bola de algodón, procedió a limpiar un punto concreto de la parte superior de la espalda de Holger.

Sus movimientos eran precisos y atentos. Era eficiente, de eso no cabía duda. Estaba en buenas manos. No había ni rastro de esas pequeñas torpezas que cometían las demás cuidadoras. Pero eso también hizo que Holger se sintiera desamparado, a merced de ella, como si la profesionalidad de la mujer lo hiciera sentirse pequeño.

—No tan deprisa —dijo.

—No, no se preocupe, tendré cuidado. He leído su historial y sé que le duele. Debe de ser terrible.

—Bueno, ahí la voy llevando —contestó Holger pensativo.

—¿La va llevando? —repitió ella—. Nada de eso. La vida debe ser algo más que irla tirando. Hoy le pondré una dosis un poco más fuerte. Creo que han sido un poco tacaños.

—Lulu... —empezó.

—Lulu es una chica estupenda. Pero no es ella la que decide la dosis de morfina. Eso no entra dentro de sus competencias —le interrumpió la mujer y, con sus diestras manos y su indiscutible autoridad, le aplicó el parche.

A Holger le pareció que la morfina empezaba a hacerle efecto en el acto.

—Usted es médica, ¿verdad?

—No, no llegué a tanto. Fui enfermera oftalmológica en Sophiahemmet durante muchos años.

—¿Ah, sí? ¿De verdad? —inquirió Holger, y advirtió algo nervioso en ella, un espasmo en torno a la boca. Pero quizá no resultara tan extraño.

Intentó convencerse de ello. Aun así, no podía

dejar de examinar su rostro con más detenimiento. Se veía una mujer con mucha clase, ¿no? No desentonaría en los salones más sofisticados. Lo que no tenía mucha clase, sin embargo, era su peinado. Ni las cejas: el color no le quedaba, ni el estilo tampoco, y ambas cosas parecían como puestas a toda prisa. Holger pensó en el extraño día que había pasado y en la conversación de la noche anterior. Miró el suéter de la mujer. Había algo raro, ¿no? No entendía muy bien qué, hacía demasiado calor y bochorno. Sin apenas ser consciente de sus movimientos, se llevó la mano al colguije de emergencia.

—¿Podría abrir una ventana? —pidió.

Ella no respondió. Le acarició el cuello con un gesto suave y decidido. Luego le quitó el colguije y le dijo con una sonrisa:

—Las ventanas permanecerán cerradas.

—¿Qué?

La contundencia del comentario le resultó tan desagradable que le costó asimilarlo. Se limitó a mirarla fijamente con ojos perplejos, mientras pensaba qué hacer. Pero no era fácil. Ella le había quitado el pulsador. Él estaba acostado, y ella tenía su maletín médico y toda su eficacia profesional. Además, le pasaba algo muy raro. La mujer le parecía borrosa, como desenfocada. De repente lo comprendió: veía borrosa toda la habitación.

Se estaba yendo. Se iba adentrando en un estado de inconsciencia. Y entonces empezó a luchar con todas sus fuerzas. Sacudió la cabeza, agitó la mano buena, aceleró la respiración. Pero lo único que eso produjo fue que la mujer sonriera aún más. Se le veía sonreír triunfante mientras aplicaba otro parche de morfina en la espalda de Holger. Luego le puso la pijama, le acomodó la cabeza en la almohada y bajó el respaldo de la cama. Lo acarició y lo mimó, como si ahora quisiera mostrarse el doble de amable. Como una especie de perversa compensación.

—Vas a morir, Holger Palmgren —dijo—. ¿No te parece que ya va siendo hora?

Annika y Mikael bebieron de sus copas de vino al tiempo que miraban callados en dirección a la colina de Skinnarvik.

—Sin lugar a dudas, Faria Kazi temía más por su propia vida que por la de Jamal —continuó Annika—. Pero los días pasaban y nada ocurría. Es cierto que sabemos muy poco de lo que sucedía en el domicilio familiar. Faria permaneció la mayor parte de los interrogatorios sin abrir la boca, mientras que el padre y los hermanos ofrecieron un relato tan coincidente, coherente y tan adornado que no podía ser más que falso. Pero está claro que en el departamento debía de haber mucha tensión: los rumores se extendían y las denuncias policiales se sucedían, y seguro que no fue ningún juego de niños mantener controlada a Faria. Los hermanos se darían cuenta de que debían actuar con toda rapidez.

—Entiendo —dijo Mikael reflexivo.

—Sólo sabemos un par de cosas con certeza —prosiguió Annika—. Sabemos que Ahmed, el hermano mayor, se encuentra frente a los grandes ventanales de la sala, poco antes de las siete de la tarde, un día después de que Jamal ha sido arrollado por el tren. La casa se encuentra en un cuarto piso. Faria se acerca a su hermano. Intercambian unas frases. Parecen mantener una breve conversación, y de repente, de buenas a primeras, Faria se vuelve loca. Se abalanza sobre Ahmed y lo tira por la ventana. ¿Por qué? ¿Porque él le ha contado que Jamal está muerto?

—Tiene sentido.

—Sí, cierto. Pero ¿se ha enterado de algo más, algo que hace que vuelque toda su rabia y toda su desesperación contra su hermano?

—Ésa es una buena pregunta, sí.

—Y, sobre todo, ¿por qué no habla de ello después? Tendría todas las de ganar si lo contara. Aun así, se calla como un muerto tanto en los interrogatorios policiales como en el juicio.

—Como Lisbeth.

—Sí, como Lisbeth, pero de otra manera. Faria se encierra en una profunda y silenciosa tristeza, se niega a relacionarse con el mundo y no reacciona ante ninguna de las acusaciones.

—Resulta fácil entender por qué a Lisbeth no le gusta que se metan con esa chica —constató Mikael.

—Ya lo sé, y eso me preocupa.

—¿Lisbeth ha tenido acceso a una computadora en Flodberga?

—¿Qué? No, no —dijo Annika—. En ese aspecto son muy estrictos. Nada de computadoras, ni celulares. Registran a todos los visitantes meticulosamente. ¿Por qué lo preguntas?

—Tengo la sensación de que Lisbeth se ha enterado de más cosas de su infancia. Aunque a lo mejor se las ha contado Holger.

—Pues tendrás que preguntárselo. ¿A qué hora has quedado de verlo?

—A las nueve.

—Me ha estado llamando esta mañana.

—Sí, me lo dijiste antes.

—He intentado devolverle la llamada. Pero tenía algún problema con sus teléfonos.

—¿Con *sus teléfonos*?

—Sí, lo he llamado al celular y al fijo. Ninguno de los dos funcionaba.

—¿El fijo tampoco? ¿A qué hora lo has llamado? —inquirió Mikael pensativo.

—Sobre la una más o menos.

Mikael se levantó y elevó la mirada hacia la colina. Algo ausente, le dijo:

—¿Te importaría pagar la cuenta esta vez, Annika? Creo que debo irme.

Desapareció escaleras abajo por la boca del metro de Zinkensdamm.

Holger Palmgren vio a través de una creciente niebla cómo la mujer tomaba su celular y los documentos de Lisbeth que estaban en el buró y los introducía en su maletín. La oyó hurgar por cómodas y cajones. Pero fue incapaz de moverse. Tenía la sensación de que se hundía en un negro mar, y por un momento creyó que se le iba a otorgar la gracia de que tan sólo lo dejaran sumergirse en aquel sopor.

Sin embargo, de pronto se sobresaltó, presa del pánico, como si el aire se hubiera vuelto tóxico. Su cuerpo se arqueó. Luego ya no pudo respirar más. El mar volvió a abrazarlo y él se fue hundiendo, y pensó que todo se había acabado. A pesar de ello, percibió algo como en nebulosa. Un hombre, alguien que le resultaba familiar, le arrancó la camisa de la pijama y los parches de la espalda, y entonces Holger reaccionó. Se concentró profundamente y, desesperado, luchó como si fuese un buceador que se encontraba en el fondo del mar y que debía subir a la superficie antes de que fuera demasiado tarde. Teniendo en cuenta el veneno que llevaba en el cuerpo y su dificultad respiratoria, eso suponía una asombrosa hazaña.

Abrió los ojos y consiguió pronunciar cinco palabras que deberían haber sido seis, pero que aun así constituían un dato muy importante.

—Habla con...

—¡¿Con quién? ¿Con quién?! —gritó el hombre.

—Con Hilda von...

Mikael había subido corriendo por la escalera y había encontrado la puerta abierta. Cuando entró en el departamento y notó aquel aire viciado y bochornoso, sospechó que algo estaba mal. Se precipitó hacia la recámara pasando por encima de unos documentos que había en el suelo del vestíbulo. El cuerpo de Holger Palmgren yacía en la cama en una posición antinatural, torcida, con una manta marrón cubriéndole la cadera. Tenía la mano derecha casi en el cuello, con los dedos separados, como presos por un calambre. Su cara mostraba un color ceniciento y su boca se encontraba abierta, petrificada en un gesto de desesperación. El pobre hombre daba la impresión de estar muerto. Parecía haber sufrido una muerte terrible, y por un momento Mikael se quedó parado, paralizado, en estado de *shock*. Luego vio algo, un brillo en lo más profundo de sus ojos, creyó, que le hizo reaccionar y llamar al servicio de emergencias. Acto seguido, sacudió a Holger mientras observaba su tórax y su boca. Intuía que el viejo se había quedado sin aire, de modo que no lo dudó ni un instante: le tapó la nariz y le insufló aire por la boca enérgica y regularmente. Los labios del viejo estaban azules y fríos, y durante mucho tiempo Mikael pensó que no serviría de nada. Aunque se negó a rendirse; habría seguido intentándolo hasta que llegara la ambulancia si no fuera porque, de repente, Holger se revolvió y empezó a mover la mano.

Al principio, Mikael lo interpretó como un espasmo, un movimiento brusco que lo acompañaba a la vuelta a la vida, y se le abrió un resquicio de esperanza. Pero luego le pareció raro. ¿Quería decirle algo? Movía la mano como en dirección al hombro, y Mikael le arrancó la camisa de la pijama y descubrió dos parches en la espalda. Se los quitó rápidamente y los miró. ¿Qué decía? ¿Qué diablos decía? Se le nublaba la vista.

Sustancia activa: fentanilo.

¿Eso qué era? Miró a Holger y vaciló un momento. ¿A qué debía darle prioridad? Sacó su celular y buscó en Wikipedia. «El fentanilo —leyó— es un opioide sintético... Puede llegar a tener una potencia cien veces superior a la morfina.

»Algunos efectos secundarios comunes son la dificultad respiratoria, calambres en la musculatura de la laringe... Como antídoto se administra la naloxona.»

—¡Mierda! ¡Mierda!

Volvió a llamar a emergencias. Se presentó de nuevo, explicó que acababa de telefonear y, casi a gritos, les dijo:

—Tienen que traer naloxona, ¿me oyen? Necesita inyecciones de naloxona. Sufre una profunda crisis respiratoria.

Colgó. Ya estaba a punto de continuar con la respiración artificial cuando Holger intentó decirle algo.

—Luego —le susurró Mikael—. Guárdate las fuerzas.

Holger sacudió la cabeza y murmuró algo. Resultaba imposible entenderle. Se trataba de un ronco y casi afónico graznido, terrible de oír. Mikael se mordió el labio, y ya se disponía a insuflarle aire al viejo hombre cuando, a pesar de todo, le pareció distinguir algo, dos palabras:

—Habla con...

—¿Con quién? ¿Con quién? —Y entonces Holger berreó con sus últimas fuerzas algo que sonó como «Hilda con...».

»¿Hilda qué?

—Con Hilda *von*... —susurró Holger.

Debía de ser algo muy importante, algo decisivo.

—¿Von qué? ¿Essen? ¿Rosen? ¿Qué?

Holger le lanzó una mirada de desesperación. Luego le pasó algo en los ojos. Las pupilas se dilataron. La mandíbula se relajó. Su estado empeoró dramáticamente, y Mikael hizo todo lo que estuvo en sus manos: respiración artificial, reanimación cardiopulmonar, todo todo, y por un instante se convenció de que había vuelto a dar resultado. La mano de Holger se alzó. Hubo algo majestuoso en el movimiento. Sus torcidos dedos se cerraron en un puño. El viejo hombre lo levantó, como en un gesto de rebeldía, unos veinte centímetros por encima de la cama. Acto seguido, la mano volvió a caer contra el edredón. Abrió los ojos como platos.

Su cuerpo tembló, y después sucedió lo inevitable. Mikael lo entendió instintivamente. Sin embargo, no cejó en su empeño. Presionó sus manos contra el tórax de Holger con más fuerza aún y de nuevo le insufló aire por la boca. Le abofeteó las mejillas y le gritó que continuara viviendo y respirando. Al final tuvo que admitir que todo aquello resultaba inútil. Ya no tenía pulso, ni respiración, ni nada. Con la mano cerrada, golpeó el buró de noche con tanta fuerza que el frasco de pastillas salió volando y las pastillas se esparcieron por el suelo. Miró por la ventana en dirección a Liljeholmen. Eran cerca de las nueve, faltaban quince minutos. En la plaza se oían las risas de unas chicas.

Olía ligeramente a comida. Mikael cerró los párpados del viejo hombre, lo tapó con el edredón y se quedó contemplando su rostro. No se podía decir nada positivo de ni uno solo de sus rasgos faciales; toda su cara se veía ajada, arrugada y vieja. Aun así, desprendía una enorme dignidad. Ésa fue, al menos, su impresión. Mikael sintió un nudo en la garganta y pensó en Lisbeth y en la visita que Holger le había hecho, y en todo y en nada. Era como si de repente el mundo se hubiese convertido en un lugar peor.

Poco después llegaron los de la ambulancia, dos chicos que rondarían la treintena. Mikael les explicó lo ocurrido con toda la precisión que pudo. Les dijo lo del fentanilo. Comentó que era más que probable que se le hubiera suministrado una sobredosis y que tampoco se podía descartar la posibilidad de que se hubiera realizado de forma ilegal, razón por la cual había que avisar a la policía. Se topó con gestos de cansancio y de una resignada dejadez que le produjeron unas enormes ganas de gritar, protestar y montar un escándalo allí mismo. Pero se controló y se limitó a asentir con los dientes apretados cuando los chicos cubrieron a Holger con una sábana y lo dejaron en la cama en espera de que acudiera un médico para firmar el acta de defunción. Mikael se quedó en el departamento. Recogió las pastillas del suelo, abrió las ventanas y la puerta del balcón y se sentó en el sillón negro que había junto a la cama para intentar ordenar sus pensamientos. Sin mucho éxito; demasiadas cosas rondaban por su cabeza. Y entonces se acordó de los documentos que había visto en el suelo del vestíbulo al entrar.

Se levantó y fue por ellos. Los recogió y los leyó allí mismo, junto a la puerta principal. Aunque en un primer momento no entendió de qué se trataba aquello, se fijó enseguida en uno de los nombres: Peter Teleborian. Éste era el psiquiatra que había redactado un informe falso cuando Lisbeth, a la edad de doce años, se vengó de su padre tirándole una bomba incendiaria en Lundagatan. Teleborian era el hombre que había afirmado querer cuidar de Lisbeth y curarla para que volviera a llevar una vida normal, pero que en realidad la torturó a conciencia —día tras día y hora tras hora—, la inmovilizó con correas y la sometió a una serie de abusos sexuales y de todo tipo. ¿Qué diablos hacían esos documentos en la entrada de la casa de Holger Palmgren?

Tras echarles un vistazo, Mikael se convenció de que no contenían nada nuevo. Parecían fotocopias de las mismas frías y desagradables anotaciones médicas que más tarde conducirían a que Peter Teleborian fuera condenado por prevaricación y perdiera su licencia médica. Pero también resultaba evidente que los documentos no casaban entre sí, que no eran correlativos. Una hoja terminaba a mitad de frase y la siguiente empezaba con una frase distinta. Era obvio que faltaba algo. ¿Estaría en el departamento? ¿Se lo habría llevado alguien?

Mikael se preguntó si debería buscar en cajones y clósets. Decidió no interferir en la investigación policial que, sin duda, no tardaría en iniciarse y llamó al comisario Jan Bublanski para contarle lo sucedido. Luego marcó el número del módulo de seguridad de la cárcel de Flodberga. Un hombre que dijo llamarse Fred tomó la llamada. La voz tenía un deje perezoso y arrogante, y Mikael estuvo a punto de perder los nervios, especialmente cuando contempló la cama donde se perfilaban los contornos del cuerpo de Holger bajo la sábana blanca. No obstante, se controló y explicó con toda su autoridad que había fallecido un familiar de Lisbeth Salander, y entonces pudo, por fin, hablar con ella.

Fue una de esas conversaciones que habría preferido no tener.

Lisbeth colgó y, acompañada de dos guardias, regresó a su celda a través del largo pasillo. No advirtió ni un ápice de la profunda hostilidad que irradiaba la cara del guardia, Fred Strömmer.

No se dio cuenta de nada de lo que estaba ocurriendo a su alrededor, y no reveló ni con el más mínimo gesto lo que sentía. Por supuesto, ignoró la pregunta «¿Ha muerto alguien?». Ni siquiera levantó la vista. Se limitó a seguir caminando y a escuchar sus propios pasos y su respiración, nada más, y no entendió por qué los guardias la acompañaban hasta el interior de la celda. Y es que, como no podía ser de otra manera, querían molestarla un poco. Tras la pelea con Benito, aprovecharon todas las oportunidades que se les presentaron para amargarle la vida, y ahora, al parecer, tenían previsto volver a registrar su celda. No porque creyeran que iban a encontrar algo, sino porque era una ocasión perfecta para ponerlo todo patas arriba y tirarle el colchón al suelo. Quizá esperaran que Lisbeth estallara y que se enzarzara de veras en una pelea con ellos. Estuvieron a punto de conseguirlo, pero Lisbeth se armó de paciencia y se controló. Cuando salieron, ni siquiera los miró.

Después levantó el colchón del suelo, se sentó en el borde de la cama y se concentró en lo que Mikael acababa de comunicarle. Pensó en los parches de morfina que él había arrancado de la espalda de Holger, en esos documentos esparcidos en el suelo de la entrada y en las palabras «Hilda von». Se detuvo especialmente en ellas, pero no logró atar los cabos sueltos. Luego se levantó y dio un golpe sobre la mesa con el puño cerrado y les pegó sendas patadas al armario y al lavabo.

Por un vertiginoso instante pareció capaz de matar a alguien. Acto seguido, se serenó y pensó que tenía que hacer las cosas una por una y en orden. Primero había que averiguar la verdad. Y luego vengarse.

Capítulo 10

20 de junio

El comisario de la policía criminal, Jan Bublanski,
soltaba a menudo largas peroratas filosóficas. Pero
de momento no dijo nada. Vestía una camisa azul,
pantalones grises de lino y calzaba unos sencillos
mocasines. Eran las 15.20, hacía calor y bochorno,
y el grupo que lideraba llevaba todo el día trabajando duro. Ahora estaban reunidos en una sala
del quinto piso de la jefatura de policía, sita en
Bergsgatan.

A sus años, Bublanski tenía muchos miedos.
Pero quizá fuera la ausencia de duda lo que más
temía. Era un hombre creyente al que las convic-
ciones demasiado fuertes, así como las explicaciones demasiado simples, lo ponían enfermo. Por
eso siempre formulaba contraargumentos e hipó-
tesis alternativas. Nada resultaba tan seguro como
para no poder ser cuestionado de nuevo. Ese comportamiento se traducía en cierta lentitud a la hora
de actuar, aunque, por otra parte, también le evitaba cometer muchas equivocaciones. En ese mo-

mento sintió la necesidad de hacer que sus colaboradores se tranquilizaran. Sin embargo, no sabía por dónde empezar.

Bublanski era, en muchos aspectos, un hombre feliz. Vivía con su nueva pareja, la catedrática Farah Sharif, que —a tenor de lo que solía decir Bublanski— era mucho más guapa e inteligente de lo que él se merecía. La pareja acababa de instalarse en un departamento de dos habitaciones cercano a la plaza de Nytorget. Habían comprado un perro labrador y a menudo salían a cenar y acudían a ver muchas exposiciones. Ahora bien, esa felicidad no le impedía pensar que el mundo estaba loco; ésa era su opinión. La mentira y la estupidez se extendían más que nunca por doquier. Los demagogos y los psicópatas dominaban la escena política, y los prejuicios y la intolerancia envenenaban el mundo; envenenaban, incluso, los razonamientos de su —por lo general— tan sensato grupo de trabajo. Sonja Modig —de todos sus colegas, la persona con la que más confianza tenía— brillaba, ciertamente, como el sol y, según los rumores, estaba enamorada de alguien. Pero eso sólo incomodaba a Jerker Holmberg y a Curt Svensson, quienes la interrumpían y se peleaban con ella cada dos por tres; la situación tampoco mejoraba cuando Amanda Flod, la más joven del grupo, se ponía de parte de Sonja y decía, la mayoría de las veces, cosas muy prudentes. Quizá Svensson y Holmberg sintieran amenazada la autoridad que habían ganado a fuerza de experiencia. Bublanski probó con mostrarles sonrisas de ánimo.

—Viéndolo con detenimiento —dijo Jerker Holmberg.

—Ver con detenimiento las cosas siempre es bueno —le interrumpió Bublanski.

—Viéndolo con detenimiento, ¿por qué iba a invertir alguien tanto esfuerzo en matar a un anciano de noventa años? —continuó Jerker.

—Ochenta y nueve —le corrigió Bublanski.

—Eso es, un anciano de ochenta y nueve años que apenas era capaz de salir de su casa y que, de todos modos, podría haber muerto en cualquier instante.

—Sea como sea, eso es lo que parece haber ocurrido, ¿no? Sonja, ¿puedes resumir lo que tenemos de momento?

Ella sonrió y mostró una cara tan radiante de felicidad que hasta Bublanski deseó que fuera más discreta, aunque sólo fuese por mantener la paz y la tranquilidad del grupo.

—Tenemos a Lulu Magoro —dijo Sonja Modig.

—¿No hemos hablado ya lo suficiente de esa mujer? —se quejó Curt Svensson.

—No, no lo hemos hecho —terció Bublanski con un tono de voz bastante severo—. Necesitamos repasarlo todo para obtener una visión general.

—En realidad, no sólo contamos con Lulu —continuó Sonja—. También con toda la empresa Sofia Care, la encargada del cuidado de Holger Palmgren. Ayer por la mañana, sus responsables recibieron el aviso de que Holger Palmgren había sido internado de urgencia en el hospital de Ersta aquejado de graves dolores de cadera. Nadie vio motivo alguno para cuestionar la autenticidad de esa información. La persona que llamó se presentó como Mona Landin y dijo ser médica jefe y traumatóloga. La consideraron digna de crédito, por lo que le proporcionaron información relativa a la medicación y al estado general de Holger. Luego cancelaron todas las visitas a casa de Palmgren. Lulu Magoro, que tenía una relación especialmente cercana con Holger, quiso ir a verlo al hospital. Intentó localizarlo llamando al conmutador de Ersta, pero, por motivos lógicos —ya que Palmgren no se encontraba allí—, no lo consiguió. Esa tarde, sin embargo, contactó con ella la mismísima Mona Landin, que a todas luces era un nombre falso. Le aseguró que Holger se encontraba bien, pero que en ese momento estaba anestesiado, pues se le había practicado una intervención quirúrgica menor, y no debían molestarlo. Lulu lo llamó por la noche a su celular, pero estaba... apagado. Ninguna persona de su compañía telefónica, Telia, ha podido explicar lo ocurrido. Esa misma mañana, el teléfono había sido dado de baja, pero se ignora quién realizó la gestión. Por lo visto, alguien con conocimientos informáticos y buenos contactos quiso mantener incomunicado a Holger Palmgren.

—Pero ¿por qué invertir tanto esfuerzo? —preguntó Jerker.

—Hay una circunstancia que merece la pena considerar —respondió Bublanski—. Como ya les he comentado, Holger Palmgren visitó a Lisbeth Salander en la cárcel de Flodberga hace unos días, y ya que sabemos que Salander está amenazada, es razonable preguntarse si Palmgren no se vería implicado en su problema; quizá porque se enteró de algo, o porque, simplemente, deseaba ayudarla. Lulu ha contado que el sábado pasado le buscó un montón de documentos relacionados con Salander y que Holger leyó, con enorme atención, unos papeles que, según parece, le dio unas semanas antes una mujer que había tenido algo que ver con Lisbeth.

—¿Quién?

—Aún no lo hemos averiguado. Lulu ignora su nombre y Lisbeth no quiere contarnos nada, pero tenemos un hilo del que jalar.

—¿Cuál?

—Como ya saben, Mikael Blomkvist encontró unos documentos en la entrada del departamento, quizá porque se le cayeron a Holger o al autor del crimen. Parecen ser historiales médicos de la clínica de psiquiatría infantil Sankt Stefan, donde Salander estuvo internada de pequeña, y en ellos figura el nombre de Peter Teleborian.

—¡Tremendo sinvergüenza!

—Tremendo hijo de puta, más bien —le corrigió Sonja Modig.

—¿Se le ha tomado declaración?

—Amanda ha hablado hoy con él. Vive lujosamente en Amiralsgatan con su mujer y su perro, un pastor alemán, y ha dicho que siente mucho lo de Palmgren, pero que no sabe nada. No ha querido decir nada más. Tampoco conocía a ninguna Hilda von... lo que sea.

—Supongo que habrá motivos para volver a hablar con él —dijo Bublanski—. Mientras tanto, hay que revisar los papeles y las pertenencias de Holger Palmgren. Pero sigue hablándonos de Lulu Magoro, Sonja.

—Lulu Magoro era la encargada de todo el ritual nocturno de Holger cuatro o cinco días por semana —continuó ella—. Cada noche le ponía un parche analgésico de la marca Norspan que contiene una sustancia activa que se llama... Ayúdame, Jerker.

«Muy bien —pensó Bublanski—. ¡Involúcralos! Haz que se sientan expertos.»

—Buprenorfina —contestó Jerker—. Es un opioide que se extrae de la amapola real y que se encuentra, entre otros, en el Subutex que se administra a los heroinómanos, pero que también se usa en geriatría como analgésico común.

—Eso es, y a Holger, por lo general, se le administraba una dosis bastante discreta —apostilló Sonja Modig—. Pero lo que Mikael Blomkvist le arrancó anoche de su espalda fue una cosa bien distinta: dos parches de la marca Fentanilo Actavis que constituían una dosis mortal; ¿verdad, Jerker?

—Sin duda. Podría haber matado a un caballo.

—Exacto. Es increíble que Holger aguantara tanto tiempo y que incluso lograra pronunciar algunas palabras.

—Unas palabras que son muy interesantes —intervino Bublanski.

—Lo son, aunque debemos mantener cierto escepticismo respecto a lo que un hombre gravemente aturdido pueda decir en un momento así. Las palabras, como ya saben, fueron «Hilda von» o, mejor dicho, «Habla con Hilda von». Según Mikael Blomkvist, Holger parecía que quería comunicarle algo importante con ellas. Como es obvio, podemos especular con la idea de que se trate del nombre de la autora del crimen. Todos están al corriente de que hay testigos que hablan de una mujer morena, con lentes de sol, esbelta y de una indeterminada edad que, anoche, bajó a toda prisa por la escalera con un maletín marrón en la mano. Pero, por lo demás, las descripciones son muy pobres, así que de momento es imposible calibrar su verdadero valor. Además, dudo mucho que Palmgren dijera «Habla con» para referirse a la persona que acababa de atentar contra su vida. Más bien suena como si «Hilda von lo que sea» fuera alguien en posesión de una información importante o también, claro está, una persona del todo irrelevante que se le vino a la mente en el momento de su muerte.

—Podría ser, desde luego. No obstante, ¿qué hemos averiguado de ese nombre?

—Al principio parecía muy prometedor —dijo Sonja—. En Suecia, el uso de «von» se asocia a apellidos de la nobleza; teniendo eso en cuenta, el círculo se reduce notablemente. Pero resulta que «Hilda» también es un nombre muy común en Alemania, y allí «von» no es más que una preposición que significa «de», por lo que, si incluimos también al mundo germánico, el grupo se amplía de forma considerable. Jan y yo estamos de acuerdo en que debemos esperar antes de proceder a interrogar a todas las señoras de la aristocracia que se llamen Hilda. Pero seguimos, como es natural, con nuestras pesquisas y comprobaciones.

—¿Y qué dice Lisbeth Salander? —preguntó Curt Svensson.

—No mucho, por desgracia.

—Carajo, esa chica no cambia.

—Bueno... Sí, puede que sea verdad —continuó Sonja—. Pero todavía no hemos hablado directamente con ella; nos hemos limitado a pedir ayuda a nuestros colegas de Örebro, que acababan de tomarle declaración en relación con otro incidente, unas graves lesiones que se le han ocasionado a una tal Beatrice Andersson en la cárcel de Flodberga.

—¿Quién carajo ha tenido agallas de darle una golpiza a Benito? —exclamó Jerker asombrado.

—El jefe de los guardias de su módulo, Alvar Olsen. Dice que se vio obligado a ello. Ahora les cuento.

—Pues espero que el señor Alvar Olsen tenga muchos guardaespaldas —soltó Jerker.

—Han reforzado la seguridad de la unidad, y Benito va a ser trasladada a otro centro una vez que se haya recuperado. De momento se encuentra internada en el hospital de Örebro.

—Eso no servirá de nada, te lo aseguro —dijo Jerker—. ¿Tienes la más mínima idea del tipo de persona que es esa Benito? ¿Alguna vez has visto a sus víctimas? Créeme, no parará hasta que le haya cortado el cuello, poco a poco, a ese Alvar Olsen.

—Tanto nosotros como la dirección del centro penitenciario somos conscientes de que la situación es grave —prosiguió Sonja, ligeramente irritada ya—. Pero de momento no vemos ningún peligro inminente. ¿Puedo continuar? Bien. Nuestros colegas de Örebro, como ya les expliqué, no consiguieron sacarle gran cosa a Salander. Esperemos que Bublanski —que le inspira cierta confianza— tenga más suerte. Creo que todos nosotros intuimos que Salander es una persona clave en este asunto. ¿Me equivoco? Según Mikael Blomkvist, Palmgren dijo que estaba preocupado por ella y que, debido a eso, había metido la pata o cometido alguna imprudencia o tontería, lo cual, como es lógico, resulta interesante. ¿Qué sería? Y, dicho sea de paso, ¿qué tipo de imprudencia es capaz de cometer una persona tan mayor y que apenas podía moverse?

—Supongo que realizar alguna llamada telefónica o alguna búsqueda por Internet —comentó Amanda Flod.

—¡Exacto! Pero en ese frente no hemos dado con nada que valga la pena; claro que lo cierto es que ni siquiera hemos encontrado su celular.

—Eso ya de por sí resulta sospechoso —añadió Amanda.

—Sin duda. Luego hay otra cosa, relacionada con este tema, que creo que debemos tratar. Es mejor que ahora sigas tú, Jan —propuso Sonja.

Bublanski se removió en su silla como si hubiera preferido no hablar. Acto seguido, contó la historia de Faria Kazi, de la que había sido informado esa misma mañana.

—Bueno, como ya han escuchado, Salander no quiso referirle a la policía de Örebro su encuentro con Holger Palmgren —explicó—. Tampoco quiso comentar mucho sobre las lesiones de Benito. Pero hubo una cosa de la que sí quiso hablar: de la investigación que se llevó a cabo a raíz de la muerte de Jamal Chowdhury. La considera extremadamente mal realizada, y me temo que me veo obligado a coincidir con ella.

—¿Y qué te lleva a decir eso?

—Las prisas por establecerla como suicidio. Si hubiese sido uno de los numerosos casos de esos pobres diablos que se arrojan delante del tren en el metro, quizá lo habría entendido. Pero aquél no fue un suceso normal. Existía una fetua contra Chowdhury, un hecho que no debemos tomar a la ligera. En Estocolmo tenemos un pequeño grupo que se ha ido radicalizando bajo la influencia de fuerzas extremistas de Bangladesh y que parece dispuesto a matar por el más mínimo motivo. Si, cuando llegó a Suecia, Jamal se hubiera caído por pisar una cáscara de plátano, ya deberíamos haber sospechado. Pero es que encima se enamora de Faria Kazi, cuyos hermanos quieren casarla con un adinerado islamista de Daca. Seguro que pueden imaginarse la rabia de éstos cuando Faria huye del domicilio familiar y, de entre todas las casas del mundo, va y se refugia en la de Jamal. El chico no sólo se convierte en el hombre que mancilla el honor de la familia, sino también en un enemigo religioso y político y, de buenas a primeras muere en el metro atropellado por un tren, y entonces ¿qué hacen nuestros colegas? Cierran el caso y lo consideran suicidio con la misma rapidez con la que atienden un robo en un chalé de Vällingby, y eso que hay un cúmulo de extrañas circunstancias en el desarrollo de los acontecimientos. Pero la cosa no queda ahí. ¿Qué pasa al día siguiente de la muerte de Jamal? A Faria Kazi le da ese arrebato de furia que le hace empujar a su hermano Ahmed por la ventana. Me cuesta mucho creer que no tenga nada que ver con el incidente del metro.

—Bueno, ya entiendo. Parece extraño. Pero ¿qué relación tiene eso con la muerte de Holger Palmgren? —preguntó Curt Svensson.

—Quizá ninguna, pero lo cierto es que Faria Kazi también acaba en la unidad de seguridad de

Flodberga y, al igual que le sucede a Salander, es objeto de graves amenazas. Existe el temor bien fundado de que los hermanos quieran vengarse, y justo hoy hemos recibido la confirmación de la Säpo de que éstos han estado en contacto, precisamente, con Benito. Los hermanos dicen ser ortodoxos, pero tienen más puntos en común con Benito que con los musulmanes en general, y si pretenden vengarse de Faria, Benito es el arma perfecta.

—Ya me lo imagino —dijo Jerker.

—Pues sí, y resulta que Benito se ha interesado tanto por Faria Kazi como por Lisbeth Salander.

—¿Cómo lo sabemos?

—Gracias a la investigación que se ha abierto en el centro para averiguar cómo consiguió Benito un estilete. Lo han registrado todo, absolutamente todo, hasta la basura del pabellón de visitantes del edificio H... En uno de los botes de basura se ha encontrado un papelito arrugado con la letra de Benito en el que había una información muy comprometedora. En el papel no sólo se lee la dirección del colegio al que fue trasladada la hija de Alvar Olsen, de nueve años de edad, hace unos meses. También hay datos sobre la tía de Faria, Fatima, la única de la familia con la que la joven seguía manteniendo una estrecha relación, y, sobre todo —cosa que nos resulta particularmente llamativa—, información sobre personas cercanas a Lisbeth Salander: Mikael Blomkvist, un abogado de Gibraltar llamado Je-

remy MacMillan —no, todavía no sé quién es—
y Holger Palmgren.

—¿En serio? —dijo Amanda Flod.

—Por desgracia, sí. Es un poco espeluznante
verlo y saber que ha sido escrito antes de su muerte. Junto a su nombre figura la dirección, el código
de entrada del portón y su número de teléfono.

—Mal asunto —comentó Jerker Holmberg.

—Pues sí. Evidentemente no tiene por qué estar relacionado con el asesinato —si es que se trata
en realidad de un asesinato—, pero resulta llamativo, ¿verdad?

—Resulta llamativo —repitió Sonja Modig.

Mikael Blomkvist caminaba por Hantverkarga-
tan, en el barrio de Kungsholmen, cuando le sonó
el teléfono. Era Sofie Melker desde la redacción de
Millennium. Quería saber cómo estaba. Él contestó
«así, así», y con eso pensó que bastaría. Sofie era la
octava persona que lo llamaba en lo que iba de día
para darle el pésame y mostrarle su afecto. Por supuesto que no había nada malo en ello, pero no lo
disfrutaba; tan sólo quería sobreponerse al duro
golpe tal y como solía hacer en ese tipo de situaciones: trabajando duro.

Esa mañana había estado en Uppsala para
leer la sentencia dictada contra el director financiero de Rosvik, quien había sido acusado del disparo fortuito que mató al psicólogo Carl Seger.
En ese instante se dirigía al domicilio de Ellenor

Hjort, la mujer que estuvo prometida con Seger en aquella época.

—Gracias, Sofie —dijo—. Hablamos más tarde. Es que ahora voy a ver a una persona.

—De acuerdo, entonces luego te lo comento.

—¿De qué se trata?

—De una cosa que me pidió Erika que te consiguiera.

—¡Es verdad! ¿Has podido averiguar algo?

—Eso depende —respondió.

—¿De qué? —le preguntó él.

—En los expedientes personales de Herman y Viveka Mannheimer no hay nada extraño.

—Ya me lo imaginaba. Me interesa más el de Leo. Si fue adoptado o si hay algún asunto espinoso o destacable en su pasado.

—Sí, lo entiendo. Su expediente es normal, todo está correcto. Se hace constar claramente que nació en Västerled y que en esa época sus padres pertenecían a ese distrito. En la columna 20, donde dice «Anotaciones acerca de padres adoptivos y niños adoptivos, etcétera», no figura ningún dato. Tampoco hay nada tachado ni clasificado como confidencial. Todo parece de lo más normal. Cada uno de los distritos a los que perteneció durante su infancia y su juventud están anotados pulcramente, no he visto ninguna irregularidad.

—No obstante, te he oído decir «depende».

—Sí, déjame que te lo explique. Como estaba en el Archivo Municipal y todo eso del censo y el padrón despertó mi curiosidad, decidí solicitar mi expediente por un coste de ocho coronas, un gasto que he decidido no cobrar a *Millennium*; pago yo.

—Qué generosa.

—¿Sabes? Yo sólo tengo tres años más que Leo. Pero mi expediente es completamente diferente —comentó ella.

—¿En qué sentido?

—Pues en que no es tan bonito. Me sentí vieja cuando lo leí. Hay una columna en esos expedientes, la 19, donde aparecen las fechas y otra información de cuando me cambié de domicilio y me registré en otro distrito. No sé quién anotaría esos datos, algún funcionario, supongo. Pero se ven algo sucios y descuidados: unas veces han sido escritos a máquina, otras a mano. En alguna ocasión aparecen como en diagonal, un poco por aquí y por allá, como si fuese difícil seguir una línea recta. Otros tienen sello... Pero en el expediente de Leo todo está perfecto, todo unificado y escrito con la misma máquina. O con la misma computadora.

—¿Como si lo hubieran cambiado a posteriori?

—Bueno... —dijo Sofie—, si otra persona me lo hubiera pedido, o si tan sólo le hubiera echado un vistazo a ese expediente por casualidad, esa idea ni se me habría ocurrido. Pero tú nos vuelves un poco paranoicos, ya lo sabes, Mikael. Contigo todo empieza a oler a podrido. De modo que sí, yo diría que no se puede excluir que alguien haya reescrito el expediente a posteriori. ¿De qué se trata todo esto?

—Aún no lo sé con certeza. Sofie, supongo que no has dado tu nombre...

—Siguiendo las instrucciones de Erika y aprovechándome de que, por suerte, no soy una persona famosa como tú, me acogí al derecho al anonimato que da la ley.

—Qué bien. ¡Cuídate, y muchas gracias!

Colgó y miró con tristeza la plaza de Kungsholmen. Era un día radiante, lo que lo entristeció todavía más. Continuó bajando hacia la dirección indicada: Norr Mälarstrand, 32, donde Ellenor Hjort, la antigua novia de Carl Seger, vivía con su hija, de quince años. En la actualidad, Ellenor trabajaba como curadora de las subastas de arte de Bukowski y tenía cincuenta y dos años, estaba divorciada desde hacía tres y era miembro activo de una serie de asociaciones sin ánimo de lucro. Además, también entrenaba al equipo de basquetbol de su hija. A todas luces, una mujer incansable.

Mikael contempló las tranquilas aguas del Mälaren y luego miró en dirección a su casa, al otro lado de la bahía. Hacía un calor sofocante, se sentía sudado y pesado cuando marcó el código del portón. Después tomó el elevador hasta el ático y, una vez allí, tocó la puerta. No tuvo que esperar mucho antes de que le abrieran.

Ellenor Hjort presentaba un aspecto sorprendentemente joven. Llevaba el cabello corto y vestía un saco negro y unos pantalones grises. Tenía unos bonitos ojos de color café oscuro y una pequeña cicatriz junto al nacimiento del pelo. La casa estaba llena de libros y cuadros. Lo invitó a tomar té y unos panecillos de mantequilla. Parecía nerviosa: las tazas temblaron cuando las colocó sobre los platitos. Mikael y ella se sentaron en un sillón azul claro sobre el que colgaba un óleo de Venecia de relucientes colores.

—Debo admitir que me ha sorprendido que venga con esa vieja historia después de tantos años —dijo Ellenor.

—Lo entiendo, y lo siento mucho si estoy abriendo viejas heridas. Pero me gustaría saber más cosas de Carl.

—¿Por qué, de repente, resulta tan interesante?

Mikael dudó antes de decir con sinceridad:

—Ojalá pudiera responder a eso. Pero creo que detrás de su muerte se esconde una historia que aún no conocemos. Tengo la sensación de que hay algo que no cuadra.

—¿En qué está pensando concretamente?

—Sigue siendo tan sólo una sensación. Acabo de estar en Uppsala leyendo todos los testimonios, y la verdad es que no hay nada fuera de lo normal en ellos, aparte del hecho de que *no hay* nada fuera de lo normal. Si algo he aprendido a lo largo de los años es que a veces la verdad resulta un poco inesperada, o incluso algo ilógica, ya que los seres humanos no somos del todo racionales. Mientras que, por regla general, la mentira es —en especial si los mentirosos son torpes— demasiado homogénea y muy vaga, y cae con frecuencia en el cliché.

—¿Me está diciendo que la investigación de la muerte de Carl es una mentira? —preguntó ella.

—Todas las piezas encajan demasiado bien —contestó Mikael—. No hay muchas incongruencias ni detalles que llamen la atención.

—¿Tiene alguna otra cosa que contarme a la que yo no le haya dado ya vueltas?

Las palabras de Ellenor Hjort rayaron el sarcasmo.

—También podría decirle que el supuesto autor del disparo, Per Fält... —empezó él.

Ellenor lo interrumpió, explicándole que respetaba su profesión y su capacidad de observación, pero que por lo que concernía a esa investigación él no le llegaba a ella ni a la suela del zapato.

—La he leído cientos de veces —indicó—. Y he sentido todo eso que me comenta como puñaladas en la espalda. ¿Usted cree que no les grité a Herman y a Alfred Ögren «¡¿Qué es lo que me ocultan, cabrones?!»? ¿Cree que no lo hice?

—¿Y qué le dijeron?

—Me respondieron con condescendientes sonrisas y amables palabras: «Entendemos que no es fácil. Lo lamentamos de verdad, pobrecita». Y, cuando vieron que no me daba por vencida, empezaron a amenazarme: que debería tener más cuidado, que se trataba de hombres poderosos y que mis insinuaciones no eran más que mentiras y calumnias, que si conocían a los mejores abogados y blablablá... A esas alturas yo ya me sentía demasiado débil y triste como para seguir luchando. Carl había sido mi vida. Estaba completamente destrozada y no podía estudiar, ni trabajar, ni nada. Ni siquiera tenía fuerzas para realizar las tareas más cotidianas.

—Entiendo.

—Pero lo raro era —y es por eso también por lo que, a pesar de todo, estoy aquí con usted— que... ¿Quién cree que me consolaba más que nadie, más que mi padre, mi madre, mis hermanos y mis amigos?

—¿Leo?

—Exacto. El pequeño y maravilloso Leo. Él se sentía tan desconsolado como yo. Un día estábamos los dos en el departamento de Grönviksvägen llorando y maldiciendo al mundo y a esos viejos cabrones del bosque, y cuando yo, entre sollozos, grité «¡Me destrozaron la vida!», él dijo lo mismo. Era tan sólo un niño. Pero nos unimos en la pena.

—¿Por qué era Carl tan importante para él?

—Se veían todas las semanas en el consultorio que Carl tenía en nuestra casa. Pero no sólo por eso, claro. Veía a Carl como un terapeuta a la vez que como un amigo, quizá el único en todo el mundo que lo entendía, mientras que Carl, por su parte, quería....

—¿Qué?

—Quería ayudar a Leo y hacerle entender que era una persona extremadamente dotada con unas oportunidades fantásticas. Aunque, bueno..., tampoco voy a negar, por supuesto, que Leo era importante para su investigación, su tesis doctoral.

—Leo tenía hiperacusia.

Ellenor lo miró sorprendida y le dijo pensativa:

—Sí, eso fue un componente importante. A Carl le interesaba ver si aquello contribuía al aislamiento del chico y si Leo contemplaba el mundo de una manera distinta de como lo hacían los demás. Pero Carl no era un cínico, no crea. Había una unión muy especial entre los dos que ni yo misma entendía.

Mikael decidió arriesgarse:

—Leo era adoptado, ¿verdad?

Ellenor apuró su taza de té mientras dirigía la mirada hacia el balcón, que quedaba a su izquierda.

—Quizá —contestó.

—¿Quizá?

—Es que a veces me daba la sensación de que había algo muy delicado en su pasado.

Mikael decidió arriesgarse de nuevo:

—¿Tenía Leo raíces romaníes? ¿Pertenecía a algún pueblo nómada?

Ellenor levantó la vista y lo miró pensativa.

—Qué curioso que lo pregunte —respondió.

—¿Por qué?

—Porque a veces me acuerdo de...

—¿De qué?

—De una comida a la que nos invitó Carl en Drottningholm.

—¿Y qué pasó?

—Nada en realidad, pero aun así la recuerdo. Carl y yo nos queríamos de verdad. Aunque me daba la impresión de que tenía alguno que otro secreto conmigo —aparte de los relacionados con su trabajo de psicólogo, claro—, y creo que eso me ponía celosa en algunas ocasiones. Esa comida fue una de ellas.

—¿Por qué?

—Leo se encontraba triste porque alguien lo había llamado «gitanucho de mierda», y Carl, en vez de enojarse y soltar algún comentario del tipo «¿Qué idiota te ha dicho semejante cosa?», se limitó a contar de forma un poco pedagógica que «gitano», utilizado como insulto, era una palabra racista que procedía de una época oscura de la historia. Leo asentía con la cabeza como si ya lo hubiera oído con anterioridad. Por aquel entonces era muy joven. No obstante, conocía a la comunidad romaní y a los pueblos nómadas relacionados con ella, así como todos los abusos que se habían cometido contra ellos: esterilizaciones forzadas, lobotomías e, incluso, limpiezas étnicas en determinadas localidades. No sé, me pareció... raro para un niño como él.

—¿Y qué pasó?

—No pasó nada; nada de nada —dijo—. Carl se limitó a callar cuando se lo pregunté después. Evidentemente, podría deberse a algo tan sencillo como que no quería hablar de ello por lo del secreto profesional, pero, aun así, me dio la sensación de que me ocultaba alguna historia. Todavía tengo una espina clavada con respecto a ese día.

—¿Fue uno de los hijos de Alfred Ögren el que lo insultó?

—Sí, Ivar, el menor de los hermanos. Se llevaba muchos años con ellos, pero resultó ser el único que siguió los pasos del padre. ¿Lo conoce?

—Un poco —dijo—. Era mala persona, ¿verdad?

—Terriblemente mala.

—¿Por qué?

—Bueno, ésa es la pregunta de siempre, ¿no? Pero es que allí hubo desde muy pronto una rivalidad, no sólo entre los muchachos, sino también entre los padres. Herman y Alfred lanzaban a sus hijos a verdaderas peleas de gallos, y cada uno intentaba que su propio hijo saliera victorioso y demostrara quién hacía mejor las cosas y quién tenía más arrojo. Aunque Ivar ganaba todas aquellas disciplinas que requerían brutalidad y fuerza muscular, Leo era superior a nivel intelectual, cosa que, sin duda, provocó bastante envidia. Ivar conocía la hiperacusia de Leo, pero en lugar de tener consideración con él, podía hacer cosas como despertarlo por las mañanas, cuando veraneaban en Falsterbo, poniendo música a un volumen demencial. O como aquella vez que compró una bolsa de globos que, tras inflarlos, le explotó por detrás junto al oído. Cuando Carl se enteró, agarró a Ivar y le dio unas cuantas bofetadas. Fue un escándalo, como comprenderá. Alfred Ögren se volvió completamente loco.

—¿Y hubo hostilidad contra Carl?

—Seguramente. Pero debo decir que los padres de Leo siempre dieron la cara por Carl. Sabían lo importante que él era para el chico. Por eso he acabado reconciliándome —o al menos lo he intentado— con la idea de que aquello fue un accidente, un disparo fortuito, a pesar de todo. Herman Mannheimer nunca mataría al mejor amigo de su hijo.

—¿Cómo llegó Carl a contactar con la familia?

—A través de la universidad. Apareció en el momento justo. Hasta entonces, a los niños superdotados no se les prestaba ninguna atención. Se consideraba que iba en contra de la idea de igualdad que existía en la sociedad sueca de esos años. Tampoco se tenían los conocimientos necesarios para identificar y entender a esos muchachos. A muchos de esos alumnos inteligentes se les estimuló tan poco en el colegio que se volvieron hiperactivos y, como daban mucha guerra, acabaron metidos en grupos especiales donde estaban los que no podían seguir el plan de estudios normal. Se decía que había una sobrerrepresentación de superdotados dentro de la atención psiquiátrica. Carl odiaba eso y luchaba por esos niños y esas niñas. Unos años antes lo habrían tachado de elitista. Pero por aquel entonces se le invitaba a participar en comités estatales, y fue así como, a través de la directora de su tesis, Hilda von Kanterborg, contactó con Herman Mannheimer.

Mikael se sobresaltó.

—¿Quién es Hilda von Kanterborg?

—Una profesora del Departamento de Psicología que dirigía las tesis de dos o tres doctorandos

—contestó Ellenor Hjort—. Era joven, no mucho mayor que Carl, y se le consideraba una gran promesa. Por eso resulta tan trágico que...

—¿Está muerta? —la interrumpió Mikael preocupado.

—No, que yo sepa no. Pero se vio envuelta en un escándalo, y he oído que se encuentra bastante alcoholizada.

—¿Qué escándalo?

Por un momento, Ellenor Hjort pareció estar ausente. Después le lanzó a Mikael una intensa mirada.

—Sucedió tras la muerte de Carl, así que no tengo mucha información. Pero mi sensación es que fue algo injusto.

—¿En qué sentido?

—No creo que Hilda von Kanterborg fuera peor que cualquier otro profesor universitario que va pavoneándose por ahí. Carl y yo coincidimos con ella en un par de ocasiones; la verdad es que tenía mucho carisma. Sus ojos te hechizaban, y al parecer siempre andaba metida en aventuras amorosas. Creo que también se acostaba con dos o tres de sus estudiantes, lo que, claro, no estaba muy bien. Pero todos eran adultos, y ella una mujer muy apreciada e inteligente, así que a nadie le importaba lo que hiciera. Al menos, al principio. Hilda tenía mucho apetito, nada más. Apetito de vida, de conocimiento y... de hombres. No era en absoluto manipuladora o malvada. Simplemente no se detenía.

—¿Y qué pasó?

—La verdad es que lo ignoro. Sólo sé que la dirección del departamento buscó a un par de alumnos suyos que afirmaron, o más bien insinuaron de un modo extraordinariamente evasivo, que Hilda les había vendido su cuerpo. Todo resultó muy mezquino, como si no se les hubiera ocurrido nada mejor que convertirla en puta... ¿Qué haces?

Mikael, sin apenas ser consciente de ello, se había levantado y estaba realizando una búsqueda en su celular.

—Me aparece una Hilda von Kanterborg en Rutger Fuchsgatan; ¿puede ser ella? ¿Sabe si vive en esa calle? —preguntó.

—No creo que haya muchas personas con ese nombre. ¿Por qué le interesa?

—Porque... —empezó a decir Mikael, pero no acabó la frase—. Bueno, es una historia algo complicada... Ha sido muy valioso hablar con usted.

—Vaya, veo que tiene que irse.

—Sí, debo darme prisa. Tengo la sensación de que...

Tampoco terminó esa frase, porque Malin lo telefoneó en ese momento. Sonaba igual de acelerada —si no más— que él, a pesar de ello le dijo que la llamaría más tarde. Mikael estrechó la mano de Ellenor Hjort, le dio las gracias una vez más y bajó corriendo por la escalera. Ya en la calle marcó el número de Hilda von Kanterborg.

Diciembre, un año y medio antes

¿Qué puede perdonarse y qué no? Leo y Carl habían hablado mucho sobre ello. La pregunta era importante para ambos, pero de diferentes maneras. Por lo general, adoptaban una actitud generosa: la mayor parte de las cosas podían perdonarse, hasta los abusos de Ivar. Hubo un tiempo, incluso, en el que Leo se reconcilió con él. Llegó a verlo como a alguien incapaz de ser mejor, una persona malvada, igual que hay otras que son tímidas o que no tienen oído para la música. Ivar comprendía los sentimientos ajenos tan mal como un negado para la música comprende armonías y melodías. Leo lo trataba con indulgencia, y de vez en cuando Ivar le correspondía con un poco de amabilidad, una palmadita en el hombro, una mirada cómplice; con cierta asiduidad le pedía consejo, quizá por interés propio, pero aun así... A veces hasta le obsequiaba con un cumplido:

—¡En el fondo no eres tan mal tipo, Leo!

El matrimonio de Ivar y Madeleine Bard echó a perder todo eso, y Leo se vio envuelto en una espiral de odio que ninguna terapia del mundo podía curar ni controlar. Leo no opuso resistencia. Lo aceptó sin más, como se acepta una fiebre o un vendaval. Lo peor eran las noches o justo antes del amanecer, cuando la rabia y el deseo de venganza le palpitaban en las sienes y el pecho. Fantaseaba con disparos fortuitos, accidentes, humillaciones sociales, enfermedades y repulsivas erupciones de piel. Incluso se dedicaba a agujerear fotografías y a intentar provocar, con su poder mental, que Ivar se cayera de un balcón o de una terraza. Estaba al borde de la locura. Pero no sucedió nada, excepto que Ivar se volvió inquieto y se mantenía siempre alerta; era posible, incluso, que también él tramara algo. El tiempo pasaba y unas veces las cosas mejoraban y otras empeoraban. Hasta ese mes de diciembre de hacía ya año y medio.

Nevaba y hacía mucho frío. La madre de Leo estaba agonizando. Él acudía a verla tres veces por semana e intentaba ser un buen hijo y consolarla, pero no era fácil. La enfermedad no mejoraba su carácter. La morfina le había arrancado una capa más de autocensura; hasta el punto de que ella lo llamó «débil» en dos ocasiones.

—Siempre has sido una decepción, Leo —le dijo.

Él no contestó. Nunca contestaba cuando su madre hacía ese tipo de comentarios. Pero soñaba con huir del país para siempre; exceptuando a Malin Frode, no se relacionaba mucho con otra gente. Malin estaba divorciándose y a punto de dejar la empresa. A pesar de que Leo nunca había creído que ella estuviera enamorada de él, le gustaba su compañía. Se ayudaban mutuamente a pasar esa época difícil y se reían juntos, aunque ni siquiera así desaparecía la rabia ni las retorcidas fantasías de Leo. A veces le tenía verdadero miedo a Ivar Ögren, hasta se imaginaba que alguien lo perseguía, tal vez un espía enviado por Ivar. Ya no albergaba ninguna ilusión con respecto a él. Se esperaba cualquier cosa de su persona.

Como también se la esperaba de él mismo. Quizá un día se abalanzaría sobre Ivar y lo haría pedazos. O, si no, quizá alguien atacaría a Leo por la espalda. Aunque pensaba que eso no eran más que paranoias y tonterías, e intentaba evitarlas. Sin embargo, no cesaban. Oía pasos tras de sí y sentía miradas que lo vigilaban furtivamente. Se imaginaba sombras de misteriosas figuras persiguiéndolo por esquinas y callejones, y un par de veces, cerca del parque de Humlegården, hasta llegó a darse la vuelta a toda prisa. Pero nunca descubrió nada raro.

El viernes 15 de diciembre nevaba aún más. Las calles y los escaparates de Estocolmo relucían con sus decoraciones navideñas. Se fue pronto a casa, se cambió de ropa —se vistió con unos *jeans* y un suéter de lana— y se sirvió una copa de vino tinto que puso sobre el piano de cola. Era un Bösendorfer Imperial de noventa y siete teclas. Lo afinaba él mismo todos los lunes. La silla del piano era una Jansen de cuero negro. Leo se sentó para interpretar una nueva composición en la que partía de una escala dórica y aterrizaba en el sexto tono —de forma casi compulsiva, al final de cada frase— produciendo un timbre que resultaba no sólo melancólico, sino también agorero. Estuvo tocando durante bastante tiempo, tan inmerso y concentrado en la música que ni siquiera oyó unos pasos que se aproximaban por la escalera. Hasta que reparó en algo tan extraño que durante un minuto pensó que era fruto de su excitado cerebro y su hipersensibilidad acústica. Pero es que realmente sonaba como si alguien lo acompañara a la guitarra. Dejó de tocar y se acercó a la puerta. ¿De-

bía abrirla? Pensó en gritar por la ranura del buzón: «¿Quién anda ahí?».

No obstante, descorrió el cerrojo, abrió la puerta y, acto seguido, fue como si se desprendiera de la
realidad.

Capítulo 11

20 de junio

Las internas habían terminado de cenar y abandonado el comedor. Algunas estaban en el gimnasio.
Dos o tres fumaban y chismorreaban en el patio.
Otras veían una película, *Ocean's Eleven,* al parecer. Las demás deambulaban por el pasillo y por
las diferentes salas equipadas para el tiempo libre
o cuchicheaban en sus celdas con las puertas abiertas de par en par. Podría haber sido un día cualquiera. Pero nada era lo que parecía. Allí dentro,
ya nada volvería a ser lo mismo.

No sólo había más guardias de lo habitual; nadie tenía derecho a recibir visitas o llamadas telefónicas, y hacía un calor aún más sofocante que de
costumbre. El propio director del centro, Rikard
Fager, se encontraba presente, cosa que producía
nerviosismo entre los guardias, que ya acusaban
cierto malestar a causa del ambiente que reinaba
entre las presas.

No obstante, se respiraba un aire de liberación.
Una nueva sensación de libertad se intuía en los

pasos y en las sonrisas, y en los murmullos que siempre habían estado cargados de un inquietante estremecimiento de amenaza y temor, pero que ahora sonaban más leves y más excitados, como después de haber derrocado a un tirano. Por otra parte, al igual que ocurre tras la caída del tirano, había señales de un vacío de poder y de cierta zozobra. Algunas de las reclusas, como Tine Grönlund, parecían temer un ataque por la espalda, y por todas partes, constantemente, se hablaba de lo que había ocurrido y de lo que iba a pasar.

Aunque gran parte de lo que se comentaba no eran más que mitos y mentiras, las presas sabían mucho más que los guardias y la policía. Todas estaban al corriente de que era Lisbeth la que había destrozado la mandíbula de Benito, al igual que ninguna de ellas ignoraba que su vida corría peligro. Se rumoreaba que los familiares de Lisbeth ya habían empezado a ser asesinados y que la venganza sería terrible, sobre todo desde que —se decía— la cara de Benito había quedado desfigurada de por vida. Todas sabían también que se le había puesto precio a la cabeza de Faria Kazi, y circulaba el rumor de que eran ricos islamistas y jeques árabes los que se hallaban detrás de la recompensa.

Todas eran conscientes de que Benito sería trasladada a otra prisión en cuanto la dieran de alta en el hospital y de que se esperaban grandes cambios. El mero hecho de que el director del centro se encontrara allí ya constituía una señal. Rikard Fager era la persona más odiada de toda la cárcel, si se exceptuaba a un par de mujeres del edificio C que habían matado a sus propios hijos. No obstante, por una vez, las reclusas lo miraban —aparte de con la habitual hostilidad— con cierta dosis de esperanza. ¿Quién sabía si, ahora que Benito no estaba, las normas serían menos estrictas?

Rikard Fager consultó la hora en su reloj y, con un gesto de mano, apartó a una de las presas, que se le había acercado para quejarse del calor. Rikard Fager contaba cuarenta y nueve años de edad y era un hombre bastante elegante, si bien era cierto que tenía una mirada algo rígida y vacía. Llevaba un traje gris, una corbata roja y unos zapatos nuevos de la marca Alden. Aunque la dirección del centro penitenciario solía vestirse de forma más informal para no provocar a las internas, él acostumbraba hacer todo lo contrario para demostrar su autoridad. Pero ese día estaba más que arrepentido. El sudor le chorreaba por la frente y el saco le molestaba tanto o más que los pantalones, que se le pegaban a los muslos. Lo llamaron por el radiotransmisor.

Al terminar la conversación asintió con semblante serio y fue a buscar a la jefa de los guardias en funciones, Harriet Lindfors, a la que le susurró algo al oído. Acto seguido, comenzaron a caminar en dirección a la celda número siete, donde Lisbeth Salander se encontraba aislada desde la noche anterior.

Lisbeth Salander se hallaba sentada frente a su mesa y hacía cálculos centrados en un determinado aspecto de los llamados lazos de Wilson —que se habían hecho cada vez más importantes en sus intentos de crear una gravedad cuántica de lazos— cuando Rikard Fager y Harriet Lindfors entraron en la celda. Sin embargo, Lisbeth no vio motivo alguno para levantar la vista o interrumpir su actividad. Por eso tampoco se percató de que el director le daba un pequeño empujón a Harriet para exhortarla a anunciar su presencia.

—El director ha venido a hablar contigo —dijo Harriet con voz tajante pero desganada. Fue entonces cuando Lisbeth se dio la vuelta y advirtió que Rikard Fager se estaba sacudiendo las mangas del saco con la mano, como si temiera ensuciárselas.

Sus labios se movían imperceptiblemente y los ojos se le entornaban. Daba la sensación de que estaba reprimiendo una mueca. No parecía que Lisbeth le cayera muy bien, lo cual era práctico. Porque ella tampoco le profesaba una excesiva simpatía; había leído demasiados correos suyos.

—Traigo buenas noticias —empezó diciendo el director.

Ella permaneció callada.

—Buenas noticias —repitió él.

Lisbeth tampoco respondió, y entonces Rikard Fager se irritó.

—¿Estás sorda o qué te pasa? —le profirió.

—No.

Ella miraba al suelo.

—Bien, menos mal —continuó él—. Bueno, te quedan nueve días de condena. Pero te soltaremos mañana por la mañana. Dentro de un rato serás interrogada por el comisario Jan Bublanski, de Estocolmo, y deseamos que colabores.

—Entonces ¿ya no me quieren aquí?

—Bueno, no es que no te queramos aquí, pero cumplimos órdenes, y además el personal ha asegurado...

A Rikard Fager pareció costarle la vida pronunciarlo.

—... que has tenido un buen comportamiento, y eso es suficiente para que te liberemos antes de tiempo —continuó.

—Yo no he tenido un buen comportamiento —repuso Lisbeth.

—¿No? Pues los informes dicen...

—Una mierda barroca y pomposa, sin duda. Al igual que los tuyos.

—¿Qué sabes tú de *mis* informes?

Lisbeth seguía con la cabeza agachada mientras contestaba objetiva y rápidamente, como si estuviera leyendo:

—Sé que están mal redactados y que son demasiado prolijos. A menudo utilizas mal las preposiciones y tu estilo es torpe, pero sobre todo son zalameros, manifiestan tu ignorancia y a veces los llenas de mentiras. Te callas información que puede demostrarse que has recibido. Te has encargado de que los de la Dirección General del Sistema

Penitenciario piensen que este módulo es un sitio perfecto, y eso es serio, Rikard. Has contribuido a que el tiempo que ha pasado Faria Kazi aquí se haya convertido en un infierno. Por poco le cuesta la vida, lo que me encabrona mucho.

Rikard Fager no respondió. Se había quedado boquiabierto y le temblaban las comisuras de los labios. Se puso blanco. Hizo un esfuerzo por aclararse la voz y dijo de forma inconexa:

—¿De qué hablas, chica? ¿Qué quieres decir? ¿Has leído mis informes? Supongo que te referirás a algún documento público...

—Bueno, puede que alguno de los informes fuera también público.

Rikard Fager apenas parecía ser consciente de las palabras que pronunciaba:

—¡Mientes!

—Yo no miento. Los he leído y no tienes por qué preocuparte de cómo lo he hecho.

Un temblor le recorrió el cuerpo.

—Eres...

—¿Qué?

Rikard Fager no encontró una palabra lo bastante fuerte. Para contrarrestarlo, lo único que se le ocurrió fue soltarle:

—Te recuerdo que tu liberación puede suspenderse de inmediato.

—Pues adelante, suspéndela. A mí sólo me interesa una cosa.

Unas gotas de sudor surgieron por encima de los labios de Fager.

—¿Y cuál es? —preguntó algo desganado.

—Que Faria Kazi reciba apoyo y ayuda y que se le traslade a un lugar perfectamente seguro hasta que su abogada, Annika Giannini, consiga sacarla de aquí. Luego deberá integrarse al programa de protección de testigos.

Rikard Fager rugió:

—¡No estás en posición de pedir nada en absoluto!

—Te equivocas. Y, ya que hablamos de posiciones, tú no deberías ocupar ninguna —contestó ella—. Eres un mentiroso y un hipócrita que ha dejado que una matona asuma el control de la unidad más importante de tu prisión.

—No sabes de lo que hablas —la reprendió.

—Me da igual lo que digas, tengo pruebas contra ti. Sólo quiero saber qué va a pasar con Faria Kazi.

La mirada de Rikard Fager erró descontroladamente.

—De eso ya nos encargaremos nosotros, no te preocupes —refunfuñó.

Pareció avergonzarse de sus palabras, de modo que añadió con voz intimidadora:

—Quizá debería agregar que Faria Kazi no es la única interna que ha sido amenazada.

—Sal de aquí —le soltó ella.

—Te advierto que... No voy a tolerar...

—¡Fuera!

A Rikard Fager le tembló la mano derecha. También los labios, y durante un instante se quedó petrificado. Se veía que quería agregar algo más, pero optó por dar media vuelta y, tras ordenarle a Harriet que se encargara de cerrar la puerta con llave, dio un portazo. Sus pasos resonaron alejándose por el pasillo.

Faria Kazi oyó los pasos y pensó en Lisbeth Salander. No se le iba de la cabeza el ataque de Lisbeth a Benito, ni cómo ésta se había desplomado sobre el suelo de concreto. Faria apenas era capaz de concentrarse en otra cosa. La escena se repetía una y otra vez en su mente. En alguna que otra ocasión, creaba asociaciones que conducían a otros recuerdos, a todo aquello que la había llevado hasta la cárcel.

Rememoró, por ejemplo, que unos días después de la conversación que mantuvo con Jamal estuvo recostada en la cama de su habitación leyendo los poemas de Tagore. Bashir se asomó a eso de las tres de la tarde y le espetó que las mujeres no debían leer porque entonces se volvían unas putas y unas renegadas, y le dio una bofetada. Pero, por una vez, ella ni se enojó ni se sintió humillada. Más bien se nutrió de la fuerza del golpe y se levantó y se puso a deambular por la casa siguiendo con la mirada a su hermano menor, Khalil.

Esa tarde estuvo cambiando de planes continuamente. Pensó en pedirle a Khalil que la dejara salir cuando sus otros hermanos tuvieran un momento de descuido. Pensó en pedirle que llamara a los servicios sociales, a la policía, a su antiguo colegio. Se aseguraría de que contactara con un periodista, con el imán Ferdousi o con su tía Fatima. Le diría que se cortaría las venas si no la ayudaba.

No hizo nada de eso. Poco antes de las 17.00, abrió su clóset. En el interior ya no había mucho más que velos y ropa de andar por casa; hacía tiempo que le habían roto y tirado los vestidos y las faldas. Pero todavía guardaba unos *jeans* y una blusa negra. Se vistió con ello y, tras calzarse unos tenis, se dirigió a la cocina, donde Bashir, que se hallaba sentado con Ahmed, le lanzó una airada mirada. Faria quiso gritar y destrozar todos los vasos y los platos que había allí dentro. Sin embargo, se quedó parada aguzando el oído, y de pronto, fuera, oyó unos pasos que se acercaban a la puerta principal: los de Khalil. Entonces actuó rápido, como envuelta en una niebla de prisas y sensación de irrealidad. Sacó un cuchillo de cortar carne de un cajón de la cocina, lo escondió bajo la blusa y se dirigió a la sala.

Pero Khalil, vestido con su sudadera azul, ya había entrado en el departamento algo desorientado y con una facha lamentable. Sin duda había oído los pasos de su hermana, porque se apresuró, torpemente, a introducir la llave en la cerradura. Faria fue hacia él y, jadeando, le dijo:

—¡Déjame salir, Khalil! No puedo vivir así. Antes me quito la vida.

Khalil se dio la vuelta y le dedicó una mirada tan desgraciada que la hizo retroceder. En ese mismo momento ella advirtió cómo Bashir y Ahmed se levantaban de sus sillas, y entonces Faria sacó el cuchillo y pidió en voz baja:

—Finge que te he amenazado, Khalil, o haz lo que sea. Pero ¡déjame salir!

—Me matarán —contestó, y al oírselo decir, ella pensó que todo había terminado.

Eso no. No quería pagar ese precio. Bashir y Ahmed iban acercándose; Faria también oía unas voces en la escalera. Se acabó. Estaba segura de ello. Y, aun así, ocurrió. Khalil abrió la puerta con la misma cara lastimosa de antes y ella soltó el cuchillo, salió al descanso y se echó a correr. Pasó por delante de su padre y de Razan y bajó a toda prisa por la escalera. Al principio no oyó más que su propia respiración y sus pasos. Pero enseguida empezó a percibir cómo, allí arriba, resonaba una algarabía de voces y cómo unos pies pesados y rabiosos iban corriendo tras ella. Todavía recordaba el momento en el que se precipitó al exterior. Tuvo una sensación muy extraña. Hacía meses que no pisaba la calle. Apenas se había movido, por lo que, como era de esperar, estaría en una pésima condición física. Pero le pareció que los vientos otoñales y el refrescante frío la llevaban a cuestas y avanzaban con ella.

Corrió como nunca lo había hecho en su vida. Fue de un lado para otro entre los edificios y bajó hasta Hammarbyhamnen. Siguió por el muelle y subió hasta el puente que conducía a Ringvägen. Allí tomó un autobús que la llevó hasta el barrio de Vasastan, donde continuó corriendo interrumpida tan sólo por una eventual caída. Le sangraban los codos cuando entró por el portón de Upplandsgatan y subió al tercer piso para, acto seguido, llamar a la puerta de la derecha.

Se quedó allí, recordó, mientras oía cómo unos pasos se aproximaban. Rezó y esperó con los ojos cerrados. Luego la puerta se abrió y un miedo atroz se apoderó de ella. Jamal llevaba una bata —a pesar de las horas— y estaba sin afeitar y con el pelo alborotado. Se le veía desorientado y aterrado. Por un momento, Faria pensó que había sido un error ir hasta allí. Pero Jamal sólo se encontraba en estado de *shock*. Apenas si podía asimilar la situación. Hasta que dijo:

—¡Gracias a Dios!

Ella, temblorosa, cayó en sus brazos y no quiso soltarse. Él la condujo dentro y cerró la puerta con la doble cerradura de seguridad que también tenía; con la diferencia de que a Faria esas cerraduras sí le daban tranquilidad. Permanecieron callados durante un buen rato. Se limitaron a fundirse en un abrazo en la estrecha cama de Jamal. Las horas transcurrieron y poco a poco empezaron a hablar y a besarse y a llorar, hasta que, finalmente, hicieron el amor. Faria fue aliviando la presión de su pecho. El miedo se desvaneció y ella y Jamal se unieron de una forma que ella nunca había experimentado con nadie. Pero lo que Faria no sabía —y tampoco quería saberlo— era que un cambio se había producido en su casa de Sickla. La familia se había granjeado un nuevo enemigo, y ése no era otro que su hermano menor: Khalil.

A Mikael le costaba entender lo que Malin Frode le estaba contando por teléfono. Claro que, por otra parte, se hallaba tan concentrado en intentar contactar con Hilda von Kanterborg que apenas la escuchaba. Se encontraba en un taxi en el puente de Västerbron, camino de Rutger Fuchsgatan, en Skanstull. Por debajo del puente, en el parque, se veía gente tomando el sol. Unas lanchas motoras surcaban las aguas de la bahía de Riddarfjärden.

—Escúchame, Micke —dijo ella—. Te lo pido por favor. Fuiste tú el que me metió en este lío.

—Sí, ya lo sé, lo siento. Es que estoy un poco distraído. Vayamos por partes. Me hablabas de esa noche en la que Leo estaba escribiendo en su despacho, ¿verdad?

—Eso es, ahí había algo raro.

—Pensaste que estaba redactando su testamento.

—Lo que me inquieta no es el *qué*, sino el *cómo*.

—Explícate, Malin.

—Es que Leo era zurdo, Mikael. Siempre lo ha sido. De repente me acordé: yo lo vi escribiendo con la mano izquierda. Y, sí, él cogía las manzanas o las naranjas o lo que fuera con la izquierda... ¡Y ahora resulta que es diestro!

—Qué raro.

—Y no por eso menos cierto. Es posible que ya

pensara en ello de forma inconsciente cuando, hace un tiempo, vi a Leo en la tele. Estaba mostrando unas imágenes en un PowerPoint y sostenía el control con la mano derecha.

—Perdona, Malin, pero eso no significa nada. No me convence.

—Aún no he terminado. Yo tampoco le di demasiada importancia; creo que ni siquiera me percaté de eso de modo consciente, aunque algo había empezado a roerme por dentro y por eso estudié a Leo con especial atención en el Museo Fotográfico. Ya sabes que durante los últimos meses que pasé en Alfred Ögren llegamos a tener una relación muy estrecha, y entonces reparé en todo tipo de detalles, como con qué mano agarraba los objetos y cosas así.

—Entiendo.

—Pero en el museo hizo todo a la inversa. Como todos los diestros, agarró la botella con la mano derecha, desenroscó el tapón con la izquierda y se sirvió el agua en un vaso que también agarró con la derecha. Fue en ese momento cuando me asaltó la idea por primera vez. Después me acerqué a saludarlo.

—Y fue una conversación fracasada.

—Totalmente. Él sólo quería deshacerse de mí, y luego tomó la copa de vino de la barra con la mano derecha. Eso me produjo escalofríos, la verdad.

—¿Puede ser algo neurológico?

—Eso es más o menos lo que él dice.

—¿Qué? ¿Se lo comentaste?

—No, yo no. Pero después me sentí como si me hubiera vuelto loca. Me negué a creer lo que había comprobado con mis propios ojos. Me puse a ver todos los videos que encontré en Internet y llamé a viejos colegas; sin embargo, todo parecía confirmar que yo estaba loca. Nadie había advertido nada raro. Nadie registra nunca nada, ¿has pensado en eso? Luego hablé con Nina West. Es agente de divisas y una tipa bastante lista, y también se había dado cuenta. Imagínate el alivio que me produjo oír eso. Ella había llegado incluso a preguntárselo a Leo.

—¿Y qué le contestó él?

—Estaba incómodo y empezó a murmurar. Luego le salió con que era ambidiestro.

—¿Y eso qué significa?

—Que tiene la misma habilidad con las dos manos. Lo he buscado. Aproximadamente un uno por ciento de la población mundial lo es. Ha habido algunos deportistas famosos ambidiestros, Jimmy Connors, por ejemplo; no sé si te acuerdas de él.

—Hombre, claro que sí.

—Leo dijo que después de la muerte de su madre cambió de mano, que fue algo que formó parte de su proceso de liberación. Que sintió la necesidad de intentar buscar nuevas formas de vivir.

—¿Y eso no te parece una buena explicación?

—No sé. ¿Hiperacusia y ambidexteridad a la vez? Para mí es mucha coincidencia.

Mikael se quedó callado un momento mientras miraba hacia Zinkensdamm.

—Sí, puede tener dos características muy poco frecuentes, pero... —Reflexionó un poco más—. Quizá tengas razón en que hay algo en esta historia que huele a podrido. Nos vemos pronto, ¿está bien?

—Por supuesto —respondió ella.

Colgaron y él continuó hacia Skanstull, rumbo a la casa de Hilda von Kanterborg.

Con los años, Jan Bublanski sentía mucha simpatía por Lisbeth Salander, pero no se sentía cómodo en su presencia. Sabía que a ella no le gustaban las fuerzas del orden, y aunque fuera comprensible teniendo en cuenta su pasado, a él le disgustaban todas las generalizaciones.

—A la larga tendrás que empezar a confiar en la gente, Lisbeth, incluidos los policías. Si no, la vas a pasar muy mal —sentenció.

—Lo intentaré —respondió Lisbeth seca.

Estaba sentado frente a ella en la sala de visitas del edificio H removiéndose incómodo en su silla. Ella tenía un aspecto extrañamente joven, pensó. Intuyó restos de mechas rojas en su negro pelo.

—Primero quiero expresar mi profundo pesar por el fallecimiento de Holger Palmgren. Debe de haber sido un golpe muy duro para ti. Aún recuerdo cuando perdí a mi mujer...

—¡Córtale, córtale! —le interrumpió Lisbeth.

—Bueno. Vayamos al grano. ¿Se te ocurre por qué querría alguien matar a Palmgren?

Lisbeth Salander se llevó la mano al hombro, un poco por encima del pecho, donde tenía una vieja lesión causada por una bala. Luego empezó a hablar con una extraña frialdad que incomodó aún más a Bublanski, pero lo que dijo tenía la ventaja de ser conciso y exacto; en cierta manera, el sueño de cualquier interrogador.

—Hace un par de semanas, Holger recibió la visita de una señora mayor llamada Maj-Britt Torell, que trabajó de secretaria para el profesor Johannes Caldin, antiguo director de la clínica de psiquiatría infantil Sankt Stefan de Uppsala.

—¿Donde tú estuviste internada?

—Me había visto en los periódicos y le entregó una serie de documentos que Holger, al principio, no pensó que contuvieran nada nuevo, pero que resultaron confirmar lo que de hecho siempre hemos sabido, aunque no en toda su extensión: que cuando yo era niña hubo serias intenciones de darme en adopción. Yo siempre he creído que esas intenciones estaban motivadas por una benevolencia mal entendida debido a la situación que vivíamos con el cerdo de mi padre. Pero en realidad formaban parte de un experimento científico llevado a cabo por una entidad estatal llamada Registro para el Estudio de la Genética y el Entorno. Es una institución secreta y no conseguí averiguar los nombres de los responsables. Eso me enojó mucho, así que llamé a Holger para pedirle que echara un vistazo a esos papeles. No tengo ni idea de lo que pudo haber encontrado. Sólo sé que Blomkvist me llamó y me dijo que Holger había muerto, quizá asesinado. Así que mi consejo es que contacten con Maj-Britt Torell. Vive en Aspudden. Puede que tenga copias o un *backup* de los documentos. Por cierto, creo que no le vendría mal que la vigilaran.

—Gracias —dijo Bublanski—. Ha sido una información muy valiosa. ¿A qué se dedicaba esa entidad?

—Creo que el nombre lo dice todo.

—A veces los nombres despistan.

—Hay un hijo de puta que se llama Peter Teleborian.

—Ya le hemos tomado su declaración.

—Vuelve a hacerlo.

—¿Tienes alguna idea de qué es lo que estamos buscando?

—Intenta presionar a los jefes del Centro de Genética de Uppsala, aunque dudo mucho que les saques algo.

—¿Podrías ser un poco más explícita, Lisbeth? ¿De qué se trata todo esto?

—De ciencia —o más bien pseudociencia— y de unos idiotas que se convencieron de que se puede averiguar algo acerca de cómo nos afecta el entorno social y la herencia genética mediante la entrega de niños en adopción.

—Mal asunto.

—Un análisis muy correcto por tu parte —contestó ella.

—¿Y no hay más pistas?

—No.

Bublanski no supo si creerle o no.

—Seguramente sabes que las últimas palabras de Holger fueron «Habla con Hilda von...». ¿Te dicen algo?

Sí, claro que le decían algo. Ya lo habían hecho el día anterior cuando llamó Mikael. Pero eso, de momento, se lo guardaría para ella. Tenía sus razones. Tampoco le comentaría nada de Leo Mannheimer ni de la mujer con la mancha de nacimiento. Ya sólo contestó de forma escueta a las preguntas de Bublanski. Luego se despidió y fue conducida a su celda. A las nueve de la mañana agarraría sus cosas y se largaría de Flodberga. Suponía que Rikard Fager todavía quería perderla de vista.

Capítulo 12

20 de junio

Como ya iba siendo habitual, Rakel Greitz no estaba contenta con la limpieza. Debería haber sido más severa con las sirvientas. Ahora ella se vería obligada a pasar la escoba y el trapeador, regar las plantas y recoger y ordenar los libros, las copas y las tazas. Daba lo mismo que se sintiera mareada y que se le cayeran algunos mechones de pelo. Apretó los dientes y aguantó. Tenía mucho que hacer, y de nuevo leyó los documentos que se había llevado de la casa de Holger Palmgren. No resultaba particularmente difícil entender cuáles habían sido las anotaciones que lo habían conducido a llamar a Martin Steinberg.

Las anotaciones en sí no la preocupaban demasiado, sobre todo porque Teleborian había tenido el detalle de referirse a ella con una sola letra. No se describía en absoluto la actividad realizada y tampoco se mencionaba el nombre de otros niños. Pero eso no era lo inquietante; lo inquietante era que Holger Palmgren los hubiera leído precisamente ahora, después de tantos años.

Era cierto que podría tratarse de una simple casualidad. Era lo que pensaba Martin Steinberg. Era posible que los documentos llevaran muchos años en posesión de Holger y que, de pronto, al viejo se le hubiera ocurrido echarles un vistazo y hubiera encontrado determinados datos que habrían despertado su curiosidad, pero a los que no habría concedido demasiada importancia. Si eso fuera así, la operación que ella acababa de llevar a cabo tendría que considerarse un error demencial. Pero Rakel Greitz no creía en las casualidades, y menos ahora que tantas cosas se hallaban al borde del precipicio y que sabía que hacía poco tiempo que Holger Palmgren había visitado a Lisbeth Salander en el centro penitenciario femenino de Flodberga.

Rakel Greitz no pensaba volver a cometer el error de subestimar a Lisbeth Salander nunca más, sobre todo cuando se mencionaba a Hilda von Kanterborg en los documentos. Hilda era el único vínculo que podría conducir a Lisbeth Salander hasta ella. Era cierto que Rakel Greitz estaba bastante segura de que a Hilda no se le había ido la lengua desde los días de su lamentable amistad con Agneta Salander. Pero no pondría la mano en el fuego por ella y, además, no resultaba imposible que circularan copias de los documentos. Por eso era de primordial importancia que ella averiguara cómo habían ido a parar esos papeles a manos de

Palmgren. ¿Había sido a raíz de la investigación que se le hizo a Teleborian o los recibió más tarde? En tal caso, ¿de quién? Rakel estaba convencida de que habían destruido toda la documentación comprometedora de la clínica de psiquiatría infantil Sankt Stefan, pero quizá... Se sumió en sus pensamientos y, de repente, le vino a la mente un nombre: Johannes Caldin, el director de la clínica. Caldin siempre había sido un terrible dolor de cabeza para ellos. ¿Podría Caldin haberle entregado los documentos a alguien antes de morir? ¿O lo había hecho alguna otra persona cercana a él, como su...?

Rakel se maldijo y, acto seguido, exclamó:

—¡Claro, esa bruja!

Se dirigió a la cocina y se tomó dos analgésicos con un vaso de agua con limón. Luego telefoneó a Martin Steinberg —ese cobarde también tendría que hacer algo— y le pidió que contactara inmediatamente con Maj-Britt Tourette, tal y como Rakel, de forma más o menos intencionada, haciendo alusión al síndrome, la llamaba.

—Pero ¡ya! —exigió—. ¡Inmediatamente!

Después se comió una ensalada de arúgula con nueces y jitomate y se puso a limpiar el baño. Eran las 17.30. Hacía calor allí dentro, a pesar de que la puerta del balcón se encontraba abierta. Estaba ansiosa por quitarse el suéter de cuello de tortuga y ponerse una camisa de lino. Resistió la tentación y volvió a pensar en Hilda. La despreciaba. Hilda era una alcohólica y una zorra. Aun así, hubo un tiempo en el que Rakel le tuvo envidia. Los hombres se sentían atraídos por Hilda —a decir verdad, hasta las mujeres y los niños—, y encima era una persona que pensaba con libertad y sin prejuicios en esos viejos y gloriosos tiempos en los que todo el mundo tenía puestas tantas esperanzas en el futuro.

Su proyecto, en realidad, no era original. Estaba inspirado en uno de Nueva York. Pero Martin y ella lo llevaron más lejos, y a pesar de que los resultados unas veces los sorprendieron y otras los decepcionaron, Rakel nunca pensó que el coste hubiera sido demasiado elevado. A algunos niños les tocó una vida peor que a otros, cierto. Pero al fin y al cabo así era la lotería de la vida.

El Proyecto 9 constituía, en el fondo, algo noble e importante; ella lo veía así. Podía hacer que el mundo entendiera cómo podemos crear individuos más fuertes y equilibrados, y por eso le había jodido tanto que L. M. y D. B. lo hubieran puesto todo en peligro obligándola a semejantes excesos. Las transgresiones en sí no la atormentaban demasiado, cosa que hasta a ella le parecía extraño a veces. A pesar de ello, a Rakel Greitz no le faltaba autoconocimiento. Sabía que carecía de predisposición para el arrepentimiento. Pero le preocupaban las consecuencias.

Fuera, en Karlbergsvägen, se oían gritos lejanos y risas. Desde la cocina y la sala le llegaba el olor a detergente y a alcohol de hospital. Volvió a mirar su reloj y fue a buscar otro maletín médico

—uno negro y más moderno— y una peluca discreta, otros lentes de sol y un par de jeringas y ampolletas, así como un frasquito con un líquido de color azul claro. Sacó del armario un bastón con la empuñadura de plata y tomó un sombrero gris de uno de los estantes del vestíbulo. Salió a la calle y esperó a que Benjamin pasara a recogerla y la llevara hasta Skanstull.

Hilda von Kanterborg se sirvió una copa de vino blanco. Bebió lentamente. Era, sin duda, una alcohólica. Aunque no bebía tanto como muchos creían. Exageraba su consumo de la misma manera que exageraba sus otros defectos. Hilda von Kanterborg no era ninguna sofisticada señora de la aristocracia venida a menos, como pensaban algunos. Tampoco era una mujer que se pasara la vida emborrachándose por ahí. Todavía publicaba artículos de psicología bajo el pseudónimo de Leonard Bark.

Su padre se llamaba Wilmer Karlsson y fue una mezcla de emprendedor y timador, hasta que los juzgados de Sundsvall lo declararon culpable de cometer graves fraudes fiscales. Después se cruzó en su camino el nombre de un tal Johan Fredrik Kanterberg, un joven teniente de caballería que había puesto fin a su linaje al haber muerto en un duelo en 1787. Mediante una serie de negociaciones y artimañas, Wilmer Karlsson, a pesar de las estrictas reglas de la Casa de la Nobleza, consiguió cambiar de apellido, no a Kanterberg, sino a Kanterborg y, por iniciativa propia, añadió un «von» que poco a poco logró introducir en los registros oficiales.

A Hilda el nombre le parecía artificial y pretencioso, en especial desde que su padre se fue de la casa y la madre y las dos niñas tuvieron que mudarse al pueblo de Timrå, a un sótano de una sola recámara. En ese entorno, el apellido Von Kanterborg sonaba absolutamente fuera de lugar, tanto como se habría sentido ella si hubiera entrado en el mismísimo palacio de la Casa de la Nobleza; era posible que parte de su personalidad se forjara para mostrar su rebeldía contra ese nombre. Durante su adolescencia experimentó con las drogas y anduvo con la banda de motociclistas del pueblo.

Y, aunque era una rebelde sin causa, sacaba buenas calificaciones en el colegio, y al terminar la preparatoria estudió psicología en la Universidad de Estocolmo. Era verdad que al principio no hacía más que ir de fiesta, pero pronto llamó la atención de sus profesores. Poseía belleza e inteligencia y una forma de pensar muy creativa e innovadora. También resultaba ser una chica de fuertes principios morales, aunque eso no quería decir que fuese como se esperaba que fueran las chicas en esa época. No era una mujer trofeo, ni recatada, ni callada. Odiaba las injusticias y nunca jamás faltaba a su palabra.

Poco después de defender su tesis se cruzó por casualidad con el catedrático de sociología Martin

Steinberg en un pequeño restaurante de Rörstrands-gatan, en el barrio de Vasastan. Como todos los doctorandos, conocía a Martin. Era alto y atractivo, con un bigote bien cuidado y cierto parecido a David Niven. No obstante, estaba casado con una mujer bajita y regordeta llamada Gertrud, de quien la gente pensaba, a veces, que era su madre. Gertrud le llevaba catorce años y era una mujer extrañamente insignificante, sobre todo teniendo en cuenta el carisma de su marido.

Se llegó a rumorear que Martin Steinberg veía a otras mujeres. Se decía que era un auténtico pez gordo con un poder más grande de lo que su currículum vitae mostraba, y eso que el currículum no era poca cosa. Había sido decano de la Facultad de Ciencias Sociales y responsable de varias comisiones estatales. Aunque ya en esa época Hilda lo consideraba una persona demasiado dogmática y obtusa, se sentía atraída por sus encantos, y no sólo por su aspecto físico o por el aura que desprendía, sino porque ella también lo contemplaba como un misterio que había que resolver.

Por eso se sobresaltó cuando lo vio en el restaurante con una mujer de un porte muy distinto del de su esposa. La mujer tenía el pelo castaño y corto, unos bonitos ojos de resoluta mirada, un cuerpo esbelto, la elegancia de una reina y unas largas y finas manos con las uñas pintadas de rojo. Hilda no estaba segura de que aquello se tratara de un encuentro amoroso, si bien Martin Steinberg se sintió algo incómodo al verla. La verdad era que allí no había nada raro, pero Hilda creyó intuir esa vida secreta que siempre se había imaginado que Martin Steinberg llevaba, y rápidamente salió del restaurante.

Durante los días y las semanas siguientes, Martin Steinberg la miró con curiosidad, y una tarde le pidió que lo acompañara a dar un paseo por los senderos del bosque que había cerca de la facultad. Ese día el cielo estaba oscuro. Martin permaneció callado durante mucho tiempo, como si estuviese preparándose para confesarle algún secreto importante. Pero rompió el silencio con una pregunta que la dejó perpleja por su banalidad:

—¿Alguna vez, Hilda, has reflexionado sobre por qué eres como eres?

Ella contestó con educación:

—Sí, Martin, lo he hecho.

—Es una de las grandes preguntas, no sólo para tu historia o la mía, sino también para nuestro futuro —continuó él.

Fue así como empezó todo. Ella fue implicándose en el Proyecto 9, y durante mucho tiempo todo le pareció de lo más inocente: no tenía nada de extraño que un grupo de niños que vivían en casas hogar participaran en una serie de test y evaluaciones desde su más tierna infancia. Algunos eran muy inteligentes. Otros no. Pero ninguno de los resultados se hizo público y, además, ella no veía ningún signo de cinismo ni de explotación. Todo lo contrario: allí había una consideración, un respeto, y en algunos campos de investigación podrían obtenerse nuevos, aunque quizá no revolucionarios, hallazgos.

Aun así, con el tiempo surgieron una serie de cuestiones: ¿cómo habían sido seleccionados los niños? ¿Y por qué muchos de ellos habían acabado en entornos tan dispares? Poco a poco, Hilda comprendió la verdadera naturaleza del proyecto. Aunque, cuando lo hizo, resultó que, por una parte, la puerta para abandonarlo ya estaba cerrada y, por otra, todavía lo consideraba aceptable. Aún era capaz de verlo tanto en su conjunto como separando cada caso bajo una luz reconciliadora.

Pero luego llegó el otoño y le dieron la noticia de que Carl Seger había muerto de un disparo accidental durante una cacería de alces. Entonces ella se asustó de verdad. Decidió abandonar aquello como fuera. Martin y Rakel Greitz lo intuyeron enseguida. Le dieron la oportunidad de hacer el bien, y eso la retuvo un tiempo más. Debía salvar a una niña que participaba en el proyecto. La niña vivía con su hermana gemela en un auténtico infierno, en una casa de Lundagatan, Estocolmo. A pesar de la terrible situación, las autoridades no hacían nada, por lo que Hilda debería buscar una solución y una familia adoptiva temporal.

Sin embargo, nada resultó tan sencillo como le habían dicho, y eso que ella llegó a tener una íntima relación con la madre y la niña. Las defendía, algo que le costó su carrera profesional y casi la vida. Había momentos en los que se arrepentía de ello. Pero la mayoría de las veces se sentía orgullosa y lo veía como lo mejor que había hecho durante todo el tiempo que había permanecido en el registro.

Estaba anocheciendo. Hilda bebía una copa de chardonnay mientras miraba por la ventana. La gente paseaba por todas partes y parecía feliz. ¿Debería salir y sentarse en alguna terraza a leer? Algo interrumpió sus pensamientos. Al fondo de la calle divisó la imagen de una persona que se estaba bajando de un Renault negro. Era Rakel Greitz, cosa que en sí misma no tenía nada de raro: Rakel iba a verla con cierta frecuencia y se deshacía en halagos y amabilidades. Pero últimamente le daba la sensación de que le pasaba algo. Rakel sonaba tensa y nerviosa por teléfono, e incluso la había amenazado, como en los viejos tiempos.

Ahora que Rakel ya se encontraba en la banqueta, Hilda vio que iba disfrazada, pero incluso así resultaba inconfundible. Junto a ella estaba Benjamin. Benjamin Fors era el «milusos» de Rakel; no sólo le realizaba cualquier gestión, sino que también lo llamaba cuando hacía falta fuerza bruta o adoptar medidas coercitivas. Hilda se sintió atrapada por el miedo y tomó una rápida y drástica decisión.

Agarró la bolsa, el abrigo y el celular, que estaba en modo silencio sobre la mesa. Luego salió y cerró la puerta con llave. Pero había sido demasiado lenta. Abajo, en la entrada, ya resonaban los pasos. Hilda fue presa del pánico y bajó corriendo, consciente de que podía cruzarse con ellos. Afortunadamente, estaban esperando el elevador, lo que le permitió salir al patio trasero, el único camino que podía tomar si quería evitar el portón de la calle. En el patio había un muro amarillo por el que era posible saltar con sólo acercar una mesa de jardín que había allí. La mesa rechinó cuando la arrastró por las baldosas. Hilda pasó por encima del muro, como una torpe niña, y, tras dar un salto y aterrizar en el patio vecino, fue a dar a Bohusgatan. Luego giró y bajó hasta las albercas de Eriksdalsbadet, que quedaban junto a la bahía de Årstaviken. Caminaba con pasos apresurados, a pesar de que el pie izquierdo le dolía a causa del salto y de que no estaba del todo sobria.

Una vez allí, al lado del gimnasio al aire libre que se hallaba junto a la bahía, sacó su celular. Alguien la había estado llamando varias veces, y cuando escuchó su buzón de voz se quedó helada. Se dio cuenta de que su intuición no le había fallado: algo estaba mal. El periodista Mikael Blomkvist quería contactar con ella y, aunque pedía perdón con educación por molestarla, había algo acelerado en su voz, en especial cuando al final del segundo mensaje que le había dejado añadió que ahora que había muerto Holger Palmgren «era de suma urgencia que hablaran».

«Holger Palmgren —murmuró Hilda—. Holger Palmgren...» ¿Por qué le sonaba ese nombre? Lo supo tras realizar una rápida búsqueda en el celular: Holger Palmgren había sido el tutor legal de Lisbeth Salander. Resultaba evidente que algo estaba a punto de estallar; nada bueno, por cierto. Si los medios de comunicación andaban investigando, ella era el eslabón más débil.

Aceleró el paso mientras desviaba la vista hacia la bahía y los árboles y toda esa gente que se encontraba paseando por la zona o se había sentado en el césped a disfrutar de su picnic. Justo después del gimnasio, en la explanada aledaña al puerto deportivo, había tres chavos recostados en una manta que bebían cerveza con una actitud fanfarrona e insolente. Ella se detuvo y miró el teléfono. Hilda von Kanterborg no era particularmente hábil en asuntos técnicos, pero sabía que podían rastrearla con el celular. Por eso hizo una última llamada a su hermana, de la que se arrepintió en cuanto colgó. Cada una de las conversaciones que mantenía con ella le dejaba un mal sabor de boca y un sentimiento de culpa, como si su hermana la acusara de algo. Luego se acercó a aquellos chicos y eligió a uno que tenía una larga y lacia melena y una deshilachada chamarra de mezclilla. Le dio su teléfono.

—Toma —le dijo—. Es un iPhone nuevecito. Te lo regalo. Puedes cambiar la tarjeta SIM o lo que quieras.

—¿Y por qué diablos me lo das?

—Porque me pareces muy simpático. Buena suerte, no compres drogas —le aconsejó, antes de marcharse con pasos apresurados bajo el sol de la tarde.

Treinta minutos más tarde, con el cuerpo empapado en sudor, sacó tres mil coronas de un cajero automático de Hornstull y se dirigió a la estación central. Se disponía a tomar un tren con destino a Nyköping para refugiarse en el mismo pequeño y apartado hotel donde se escondió aquella vez —hacía ya mucho tiempo— en la que sus compañeros de universidad la acusaron de ser una zorra.

Mikael Blomkvist se topó con una señora mayor saliendo justo en ese momento del portón. Llevaba sombrero y bastón, y parecía huraña. La seguía un hombre corpulento de una edad similar a la de ella que medía por lo menos dos metros y que tenía unos ojos pequeños y unos brazos muy fuertes. Mikael no les prestó mucha atención. Lo importante era que, gracias a ellos, había podido adentrarse en el inmueble. Subió la escalera hasta la casa de Hilda von Kanterborg y tocó el timbre. Allí no parecía haber nadie.

Salió a la calle y caminó en dirección al Clarion Hotel de Skanstull mientras intentaba localizarla por teléfono. Contestó un chico bastante arrogante, quizá uno de sus hijos.

—¡Hola!

—¡Hola! —dijo Mikael—. ¿Está Hilda?

—Aquí no hay ninguna maldita Hilda. Ahora este celular es mío.

—¿Qué quieres decir?

—Que me lo ha regalado una vieja loca y borracha.

—¿Cuándo?

—Hace un rato.

—¿Cómo estaba?

—No sé... La he visto nerviosa y mal de la cabeza.

—¿Dónde estás?

—Eso a ti no te importa —soltó el chico y colgó.

Mikael maldijo su suerte. A falta de una idea mejor, entró en el bar del Clarion Hotel y pidió una Guinness.

Necesitaba pensar, por lo que se sentó en uno de los sillones que se encontraban junto a las ventanas panorámicas que daban a Ringvägen. A su espalda, en la recepción, un señor mayor y calvo discutía indignado por su factura, y cerca, en la parte derecha del bar, dos chicas sentadas cuchicheaban algo.

Los pensamientos se le agolparon en la cabeza. Pensó en Lisbeth. Ella había hablado de listas de nombres y de Leo Mannheimer, cuyo psicólogo, Carl Seger, había muerto de un sospechoso disparo accidental hacía veinticinco años. No sería una teoría demasiado descabellada que la historia se remontara a un tiempo más lejano, sobre todo tras la muerte de Holger Palmgren y el descubrimiento de esos documentos en su departamento.

«Habla con Hilda von...»

¿Podría haberse referido a otra persona distinta de Hilda von Kanterborg? Era posible, pero no verosímil, y hacía un momento Hilda estaba nerviosa y le había regalado el celular a un adolescente. Le sirvieron la Guinness y Mikael miró de nuevo a las dos chicas. Ahora parecían comentar algo sobre él. Sacó el celular y buscó en Google el nombre de Hilda von Kanterborg. Supuso que lo que buscaba no aparecería precisamente entre los primeros resultados, hasta era probable que ni siquiera se hallara en Internet. Pero quizá pudiera intuir algo entre líneas. Nunca se sabía. A veces las pistas se ocultaban en las respuestas evasivas o en lo más banal de las entrevistas, o incluso en la elección de los temas y de los intereses de los entrevistados.

No descubrió nada relevante. Hilda von Kanterborg había sido una autora bastante prolífica de artículos científicos hasta que perdió su empleo en la Universidad de Estocolmo. Luego no había rastro de ella, y en el viejo material Mikael no encontró ningún hilo conductor, nada que pareciera confidencial o sospechoso, o que tuviera que ver con niños entregados en adopción, ni tampoco con chicos que sufrieran hiperacusia y que hubieran pasado de ser zurdos a ser diestros.

En cambio, la mujer daba la impresión de ser aguda y sensata cuando argumentaba contra esos planes secretamente racistas que, aún en esa época, aparecían cuando se investigaba la importancia que tiene la genética en la inteligencia, y luego había escrito un breve ensayo en el *Journal of Applied Psychology* acerca del llamado efecto Flynn, que demuestra que la inteligencia humana medible ha crecido a un ritmo constante desde el año 1930, tal vez porque nuestro cerebro recibe cada vez más estímulos.

No averiguó nada más. Miró hacia la calle y pidió otra Guinness. Pensó en la posibilidad de llamar a alguien que la conociera y buscó en los artículos los nombres de los coautores y de otros colegas. Luego se centró en el apellido Von Kanterborg y tan sólo localizó a una persona más que todavía estuviera viva. Se trataba de una mujer, seis años más joven que Hilda, que se llamaba Charlotta y que vivía en Renstiernas Gata, a pocas manzanas de donde él se encontraba. Por los datos que halló, dedujo que era peluquera y que tenía su propia sala en Götgatan. Mikael buscó fotografías de Hilda y Charlotta von Kanterborg en Google y vio el parecido: debían de ser hermanas. Sin pensarlo dos veces, marcó el número de Charlotta.

—Lotta —contestó.

—Me llamo Mikael Blomkvist y soy periodista de la revista *Millennium* —dijo, y advirtió en el acto que ella se inquietaba.

Una reacción que, por otra parte, no era nada rara. A menudo lo lamentaba y solía bromear comentando que debería escribir más artículos positivos para que la gente no se asustara cuando él llamaba por teléfono. Sin embargo, en esa ocasión había algo más que la habitual reacción.

—Siento molestarla. Necesitaría contactar con Hilda von Kanterborg —explicó.

—¿Qué le pasó?

No preguntó «¿Le ha pasado algo?», sino «¿Qué le...?».

—¿Cuándo fue la última vez que habló con ella? —preguntó.

—Hace tan sólo una hora.

—¿Y dónde estaba?

—¿Puedo saber a qué se deben todas estas preguntas? Quiero decir...

Ella dudó.

—¿Qué?

—Bueno, no es que últimamente los periodistas la busquen mucho.

Mikael le notó una respiración pesada.

—No era mi intención preocuparla —se excusó.

—Hilda parecía nerviosa y asustada. ¿Qué está pasando?

—Para serle sincero, no lo sé —contestó él—. Pero un hombre mayor que se llamaba Holger Palmgren ha sido asesinado. Estuve con él justo antes de que muriera, y lo último que dijo fue que debía hablar con Hilda. Creo que ella posee una información muy importante.

—¿Y de qué se trata?

—Eso es lo que trato de averiguar. Quiero ayudarla. Quiero que nos ayudemos mutuamente.

—¿En serio?

Mikael respondió con una sorprendente sinceridad.

—Bueno, en mi profesión no es fácil prometer nada. La verdad —si es que logro encontrarla— podría hacer daño incluso a aquellas personas a las que sólo les deseo lo mejor. Pero a la mayoría de

nosotros suele aliviarnos hablar de lo que nos ator-
menta.

—Está fatal —dijo Lotta.

—Vaya.

—Es cierto que lleva ya veinte años así, pero
hoy me ha dado la impresión de que está peor que
nunca.

—¿Por qué cree eso?

Mikael advirtió un deje de duda en la voz de la
mujer, momento que aprovechó para tirar a matar:

—¿Podría ir un ratito a verla? He visto que
vive usted muy cerca de donde yo me encuentro.

Lotta von Kanterborg pareció inquietarse todavía más. Aun así, Mikael estaba bastante seguro
de que acabaría cediendo e invitándolo a su casa.
Por eso se sorprendió cuando, con un tono severo
y firme, le respondió: «¡No!».

—No quiero meterme en problemas —añadió.

—¿En qué problemas?

—Es que...

Ella se calló. Mikael oyó su pesada respiración
y se percató de que era un momento en el que todo
pendía de un hilo; aquello era una moneda al aire.
Lo había vivido muchas veces como periodista.
Las personas llegan a un punto en el que se cues-
tionan si deben hablar o no. En esos instantes suelen detenerse, profundamente concentrados,
mientras intentan sopesar las consecuencias. Él sabía que, por lo general, acababan hablando. La
propia duda los hace vulnerables y desata las fuerzas del subconsciente. Pero no había ninguna ga-

rantía de que eso se produjera, por lo que intentó no sonar demasiado ansioso.

—¿Hay algo que quiera contarme?

—Hilda a veces escribe con el pseudónimo de Leonard Bark —contestó Lotta von Kanterborg.

—¿Qué? ¿Es ella?

—¿Lo conoces?

—Puede que no sea más que un viejo reportero, pero estoy al tanto de lo que se escribe en las páginas de cultura. Ese tipo me gusta, o, mejor dicho, esa tipa me gusta. ¿Por qué me lo dice?

—Porque hará unos tres años que escribió un artículo en *Svenska Dagbladet* titulado «Nacidos juntos, crecidos separados». Y lo firmaba Leonard Bark.

—Okey.

—Hablaba de una investigación científica que se llevó a cabo con gente de la Universidad de Minnesota. No es que haya nada raro, pero ese artículo era muy importante para ella; se le notaba cuando hablaba de él.

—Muy bien —dijo Mikael—. ¿Y qué quiere decirme con eso?

—Nada en realidad. Sólo que me di cuenta de que ahí había algo que la atormentaba.

—¿Podría concretar un poco más?

—Bueno, no sé mucho más. Nunca he tenido ganas de seguir indagando en ello, y Hilda jamás me explicó nada por mucho que yo insistiera. Pero, si lees el artículo, supongo que sacarás las mismas conclusiones que yo.

—Muchas gracias. Lo leeré.

—Prométeme que no escribirás nada demasiado malo sobre ella.

—Creo que en esta historia los malos son otros —comentó Mikael.

Se despidieron, y acto seguido él pagó sus cervezas y salió del Clarion Hotel. Se dirigió hasta Götgatan y continuó hasta Medborgarplatsen y Sankt Paulsgatan. Sorteó a conocidos y a desconocidos que querían pararse a hablar con él. No estaba de humor para socializar. Sólo deseaba leer el artículo. Aun así, esperó a llegar a casa para buscarlo en su computadora.

Lo leyó tres veces, y después consultó una serie de ensayos sobre el mismo tema y realizó un par de llamadas. Le dieron las doce y media de la noche. Entonces se tomó una copa de barolo y se preguntó si, a pesar de todo, habría empezado a comprender un poco lo que había pasado, aunque todavía no le quedaba muy claro qué papel desempeñaba Lisbeth en toda aquella historia.

Debía hablar con ella, pensó, dijera lo que dijese la dirección de la cárcel.

Segunda parte

Timbres inquietantes

21 de junio

Un acorde de sexta menor se basa en la nota tónica, la tercera menor, la quinta y la sexta menor de la escala menor melódica.

En el jazz y en el pop estadounidenses, no obstante, es la séptima menor el acorde menor más frecuente. Se le considera elegante y bonito.

La sexta menor se usa raramente. De su timbre se dice que es áspero y de mal agüero.

Capítulo 13

21 de junio

Lisbeth Salander había abandonado la sección. Ahora se hallaba en la garita de seguridad de la cárcel de Flodberga, donde un chico de más o menos su misma edad, de pelo rapado, una piel salpicada de manchas rojas y unos pequeños pero arrogantes ojos la examinaba de arriba abajo con la mirada.

—Te llamó Mikael Blomkvist —dijo él.

Lisbeth ni siquiera levantó la vista e ignoró por completo la información. Eran las 9.30 y sólo deseaba salir de allí. La exasperaba toda aquella burocracia que aún le faltaba y garabateó un par de ilegibles líneas en los formularios que le fueron proporcionando. Finalmente le entregaron su lap-top y el celular. Luego la pusieron en libertad.

Cruzó la reja y las vías del tren y se sentó en una descarapelada banca de color rojo que había junto a la carretera para esperar el autobús 113, que iba a Örebro. Era una mañana calurosa, de viento calmo y cielos despejados; un par de moscas zumbaban a su alrededor. Aunque elevó la cara hacia el sol y pareció disfrutar del tiempo, lo cierto era que no sintió una gran alegría por verse libre.

Estaba —eso sí— muy contenta de haber recuperado su lap-top. Sentada en aquel banco, vestida con unos *jeans* negros que se le pegaban a las piernas, se puso la computadora sobre las rodillas, la abrió e inició la sesión. Vio que Annika Giannini —tal y como le había prometido— le había enviado el expediente policial de la muerte de Jamal Chowdhury a su correo. La documentación se encontraba en la bandeja de entrada, lo cual estaba muy bien. Lisbeth la estudiaría de camino a casa.

Annika Giannini tenía una teoría, una sospecha basada en parte en el extraño hecho de que Faria Kazi hubiera guardado silencio durante todos los interrogatorios policiales, pero también en una pequeña secuencia grabada en video en el metro de Hornstull; al parecer, Annika la había comentado con un imán de Botkyrka llamado Hassan Ferdousi. El imán consideraba que Annika iba bien encaminada. Ahora la idea era que Lisbeth, con sus conocimientos informáticos, también le echara un vistazo a la grabación. Pero antes de examinarla con detenimiento, levantó la mirada hacia la carretera y los amarillentos campos y pensó en Holger Palmgren. Se había pasado prácticamente toda la noche pensando en él. «Habla con Hilda von...»

La única «Hilda von» que Lisbeth conocía era

Hilda von Kanterborg, la vieja Hilda de gestos amplios y exagerados que se pasaba horas y horas sentada en la cocina de su casa de Lundagatan cuando Lisbeth era pequeña y que había sido una de las pocas amigas de su madre cuando todo se fue desmoronando a su alrededor. Hilda había sido un apoyo, pero nada más; no era una persona que poseyera secretos. O, al menos, eso era lo que Lisbeth creía. Había sido también ese apoyo que Hilda le había brindado a su madre el causante de que Lisbeth —hacía ahora diez años— la visitara un día. Estuvieron toda la noche bebiendo vino rosado barato porque Lisbeth quería saber más sobre su madre. Hilda, en efecto, contribuyó a que la conociera mejor, y Lisbeth, por su parte, también le contó alguna que otra cosa; llegó incluso a confiarle secretos que ni siquiera había compartido con Holger. Fue una larga noche, y brindaron por Agneta y por todas las mujeres cuyas vidas habían sido destruidas por auténticos cabrones e hijos de puta.

Pero Hilda jamás reveló que supiera algo del registro. Ni una maldita palabra. ¿Le había ocultado lo más importante? Al principio, Lisbeth se negó a creerlo. Solía intuir dónde había gato encerrado. No obstante, toda esa deslucida fachada de Hilda podría haberla engañado perfectamente. Se acordó de los archivos que consiguió con la computadora de Alvar, y entonces acudieron a su mente un par de iniciales que aparecían en los documentos: H. K. ¿Podrían referirse a Hilda von Kanterborg? La buscó en Internet y se dio cuenta de que Hilda había sido una psicóloga más influyente de lo que Lisbeth creía. Fuera como fuese, decidió esperar a emitir un dictamen definitivo sobre el asunto.

El autobús 113, que la llevaría a la estación de tren; iba acercándose por la carretera y levantaba una nube de polvo y grava. Lisbeth pagó al conductor y se sentó al fondo. Allí, se puso a mirar la secuencia de los torniquetes del metro de Hornstull grabada en video en los primeros minutos del 10 de octubre de hacía ya casi dos años. A fuerza de verla repetidas veces, se fijó en un pequeño detalle: un extraño movimiento en una de las manos del sospechoso. ¿Podía haber algo ahí? No estaba segura.

La identificación por pautas de movimiento era —ya lo sabía— una ciencia en pañales. No le cabía la menor duda de que todos tenemos una huella digital matemática grabada en nuestros gestos. Pero seguía siendo algo muy difícil de establecer. Cada pequeño movimiento contiene miles de datos informativos y es no determinista. Cada vez que nos rascamos la cabeza lo hacemos de distinta forma. Gesticulamos siempre de una manera similar, pero nunca idéntica. Se necesitan sensores, procesadores de señales, giroscopios, acelerómetros, algoritmos de seguimiento, análisis de Fourier y mediciones de frecuencia y de distancia para poder describir y comparar movimientos con exactitud. En Internet había una buena cantidad de programas listos para descargar, sí, pero no confiaba mucho en ellos. Además, le llevaría demasiado tiempo. Se le ocurrió una idea mejor.

Pensó en sus amigos de *Hacker Republic* y en esa red neuronal profunda en la que Plague y Trinity llevaban ya bastante tiempo trabajando. ¿Serviría? No daba la impresión de ser muy descabellado. Era verdad que necesitaría buscar un registro mayor de movimientos de manos que los algoritmos podrían estudiar y luego aprender de ellos mismos, pero no debería resultar imposible.

Trabajó mucho en el tren y, al final, se le ocurrió una idea descabellada. A los de la Dirección General del Sistema Penitenciario no les gustaría nada, sobre todo teniendo en cuenta que se trataba de su primer día de libertad. Pero eso le daba igual. Se bajó en la estación central de Estocolmo y tomó un taxi hasta su casa de Fiskargatan, donde continuó con su tarea.

Dan Brody dejó la guitarra —una Ramírez recién adquirida— en la mesita que había junto al sillón y se dirigió a la cocina a prepararse un *espresso* doble que se tomó tan deprisa que se quemó la lengua. Eran las 9.10. Se le había pasado el tiempo volando. Se había quedado atrapado en *Recuerdos de la Alhambra* e iba a llegar tarde al trabajo. Y no era que alguien fuera a preocuparse por ello, pero no quería parecer un informal. Por eso, entró en la recámara, se acercó al clóset y lo abrió. Eligió una camisa blanca, un traje oscuro y unos zapatos negros de Church. Luego bajó por la escalera a toda velocidad y, al salir a la calle, descubrió que ya hacía un calor sofocante. El verano se había instalado con todas sus fuerzas, cosa que a él no le alegraba demasiado.

El traje le resultaba poco adecuado para la estación. A la luz del sol, le pareció que su ropa, en general, era demasiado sobria y que desprendía inseguridad. Apenas había andado unos cuantos metros y ya le sudaban la espalda y las axilas; todo ello reforzó su sensación de alienación. Miró a los jardineros que trabajaban en el parque de Humlegården y que lo torturaban con el ruido de las podadoras. Luego continuó a un ritmo acelerado hacia Stureplan y, aunque no había abandonado esa impresión de inseguridad y preocupación, advirtió con cierta satisfacción que otros hombres trajeados también mostraban una cara pálida y ligeramente atormentada. El calor había llegado de forma repentina tras un largo período de lluvias. Más allá, en Birger Jarlsgatan, había una ambulancia, lo que le hizo pensar en su madre.

Ésta había fallecido de sobreparto. Su padre había sido un músico que viajaba por todo el mundo, que nunca se preocupó por él y que murió joven, de cirrosis hepática, tras una larga etapa de abuso alcohólico.

Daniel Brolin —ése era su verdadero nombre, el de nacimiento— pasó sus primeros años de vida en un orfanato de Gävle, y cuando cumplió los seis fue uno de los cuatro niños que fueron trasladados a una granja situada al norte de Hudiksvall. Desde muy joven tuvo que trabajar duro con los animales, en la cosecha y en la limpieza del establo, así como en la matanza y el destazado de los cerdos. Sten, el granjero y padre adoptivo temporal, no ocultaba que había aceptado a esos niños —chicos todos— con el fin de obtener mano de obra. Cuando llegaron allí, Sten estaba casado con una mujer regordeta y pelirroja que se llamaba Kristina. Pero Kristina los abandonó pronto, y nunca se supo nada más de ella. Corría el rumor de que se había ido a vivir a Noruega, y la verdad era que nadie que conociera a Sten se sorprendía especialmente de que ella se hubiera cansado. Sten no era un hombre feo; era alto y fuerte, y tenía una barba bien cuidada que le empezó a encanecer antes de tiempo. Pero había algo arisco en torno a su boca y su frente que infundía miedo a la gente. Rara vez se le veía sonreír, y no le gustaba ni socializar ni las palabras superfluas. Asimismo, odiaba la pretenciosidad y ese tipo de tonterías.

Siempre decía: «No se dan aires de grandeza. No se crean tan importantes». Cuando los chicos, en un arrebato de entusiasmo y espontaneidad, comentaban que de mayores querían ser jugadores de futbol o abogados o millonarios, él siempre les soltaba: «¡Cada uno tiene que ocupar el lugar que le corresponde!». Era parco dando ánimos y haciendo elogios, y tacaño con el dinero. Bebía alcohol de fabricación casera, comía la carne de los animales que él mismo había cazado o matado y llevaba su casa de manera prácticamente autosuficiente. No compraba nada que no se vendiera saldado o casi regalado, o que no estuviera de oferta. Los muebles los había adquirido en tianguis o habían sido heredados de familiares o vecinos. La casa estaba pintada de un color amarillo chillón que nadie entendía, hasta que se reveló que Sten había conseguido gratis la pintura en una tienda con sobre *stock*.

Sten carecía de sentido estético y nunca leía libros ni periódicos. Pero eso a Daniel no le molestaba. Él tenía su biblioteca en el colegio. Peor llevaba la aversión de Sten por toda música que no fuera forzadamente alegre y sueca. El padre de Daniel no le había dejado más legado que su apellido y una guitarra Levin de cuerdas de nylon que durante mucho tiempo crio polvo en el desván, pero que Daniel agarró cuando tenía once años y la llegó a adorar. No sólo porque el instrumento parecía haber estado siempre allí esperándolo, sino también porque tuvo la sensación de que él había nacido para tocar.

Enseguida aprendió las armonías y los acordes más básicos, y se dio cuenta de que era capaz de interpretar canciones del radio escuchándolas una sola vez. Durante un largo período se limitó a tocar el repertorio habitual de alguien de su generación: *Tush*, de ZZ Top, la balada *Still Loving You,* de Scorpions, *Money for Nothing,* de Dire Straits y algún que otro clásico más del rock. Pero de pronto ocurrió algo. Un frío día de otoño salió a escondidas del establo. Tenía catorce años y el colegio se le antojaba un infierno. Aprendía con facilidad, pero no conseguía prestar atención a los profesores. Le molestaban los ruidos y el relajo que había a su alrededor, de modo que —por mucho que odiara su trabajo y aquellas largas jornadas— deseaba volver a la paz y al silencio de la granja. Solía eludir sus faenas lo mejor que podía para encontrar tiempo para sí mismo.

Aquel día —debían de ser poco más de las cinco y media— entró en la cocina y encendió el radio, en el que sonaba algo empalagoso y banal. Al cambiar de estación se topó con la P2. No la conocía. Creyó que sería más bien para viejos, y lo que oyó no hizo sino confirmar sus prejuicios: sonaba un enervante solo de clarinete que le recordó a una abeja o a una alarma.

Aun así, siguió escuchando, y entonces sucedió algo: entró un tímido y lúdico punteo de guitarra. Su cuerpo se estremeció y algo nuevo inundó la estancia, como si el aire se condensara y se llenara de un sentimiento de devoción. Todo lo demás dejó de existir y él se sintió completamente cautivado por el momento. No percibió ningún otro sonido; no oyó las discusiones ni las maldiciones de sus hermanos adoptivos, ni los pájaros, ni los tractores, ni los coches que pasaban a lo lejos; ni siquiera unos pasos que se iban acercando. Tan sólo se quedó allí parado, envuelto en una felicidad repentina e inesperada, intentando comprender por qué esos tonos se diferenciaban de todos los que había oído con anterioridad, y por qué le emocionaban tanto. Luego experimentó un profundo dolor en el cuero cabelludo y la nuca.

—¡Tú, pedazo de vago! ¡Serás cabrón! ¿Crees que no me doy cuenta de cómo te escapas siempre?

Era Sten. Le jalaba el pelo entre gritos e insultos. No obstante, a Daniel apenas le importó. Sólo estaba concentrado en una cosa: ¡poder seguir escuchando esa música! Esa música parecía descubrirle un camino que lo conducía a algo nuevo y desconocido, algo que era más rico y más grande que todo lo que había vivido hasta ese momento. Aunque no pudo averiguar quién estaba tocando, se fijó en el viejo reloj de cocina que colgaba de la antigua estufa de azulejos mientras Sten lo sacaba a rastras de allí. Sabía que la hora exacta era importante, así que al día siguiente pidió utilizar el teléfono del colegio para llamar a la radio nacional de Suecia.

Nunca antes había hecho nada similar. Carecía de esa capacidad de iniciativa y de esa confianza en sí mismo. Era un chico que ni siquiera levantaba la mano en el salón de clases a pesar de saber la respuesta, y que siempre se había sentido insignificante y miserable ante la gente de la ciudad, especialmente, claro, si trabajaban en algo tan glamuroso como el radio o la televisión. Aun así, se armó de valor e hizo la llamada. Lo comunicaron con un tal Kjell Brander, de la redacción de jazz. Con una voz temblorosa a punto de fallarle, preguntó por el título del tema que habían puesto poco después de las cinco y media de la tarde del día anterior. Para facilitarle la labor se lo tareó un poco. Eso le ahorró a Kjell Brander cualquier esfuerzo de búsqueda.

—¡Vaya! Así que te gusta ese tema...

—Sí —contestó.

—Pues tienes muy buen gusto, jovencito. Es *Nuages*, de Django Reinhardt.

Daniel, al que nunca lo habían llamado «jovencito», pidió que se lo deletreara y, acto seguido, preguntó, aún más nervioso:

—¿Y quién es?

—Yo diría que uno de los mejores guitarristas del mundo. Y eso que tocaba con sólo dos dedos.

En la actualidad, Daniel ya no recordaba con exactitud qué era lo que Kjell Brander le contó en aquella ocasión y qué fue lo que él aprendió con el tiempo. Pero poco a poco se dio cuenta de que detrás de ese músico existía una historia que no hacía sino aumentar el valor de lo que había escuchado. Django había sido pobre, y se había criado en Liberchies, Bélgica, y en más de una ocasión había tenido que robar pollos para sobrevivir. De niño tocaba la guitarra y el violín, y se le veía como una gran promesa. A los dieciocho años, sin embargo, tiró accidentalmente una vela al suelo de la caravana en la que vivía, y las flores de papel de su esposa —que se dedicaba a venderlas— prendieron fuego y todo empezó a arder. Django sufrió graves quemaduras, y durante mucho tiempo nadie creyó que consiguiera volver a tocar la guitarra, sobre todo teniendo en cuenta que tres de los dedos de su mano izquierda habían quedado inutilizados. Aun así, con la ayuda de una nueva técnica, pudo continuar y desarrollar sus habilidades hasta lograr fama mundial y convertirse en un personaje de culto.

Pero lo más importante era que Django resultó ser gitano, o romaní, como se dice hoy en día. Y Daniel también lo era; pertenecía a un grupo nómada romaní. Se había enterado de ello de la manera más cruel posible: sintiendo el dolor de la exclusión social y el de ser insultado aludiendo a su etnia. Ni por un instante le pasó por la cabeza que eso pudiera suponer otra cosa distinta de una profunda vergüenza. Django hizo que él llevara sus orígenes con un nuevo orgullo, y empezó a pensar: «Quizá sea diferente, pero seguro que soy capaz de transformarlo en algo bueno». Si Django había logrado ser el mejor del mundo con una mano quemada, Daniel también podría ser alguien especial.

Después de haberle pedido prestado algo de dinero a una chica de su salón, compró un disco recopilatorio de las canciones de Django Reinhardt y se aprendió todos sus temas clásicos: *Minor Swing*, *Daphne*, *Belleville*, *Djangology*..., todos, y en muy poco tiempo su forma de tocar la guitarra cambió. Abandonó sus escalas de blues y comenzó a tocar acordes menores con sexta en arpegio y solos con escalas disminuidas, y día a día su pasión fue creciendo. Practicaba hasta que le salían callos en las yemas de los dedos. Practicaba con un incesante frenesí que nunca remitía, ni siquiera cuando dormía. Soñaba con tocar. No pensaba en otra cosa, y en cuanto tenía oportunidad se adentraba en el bosque para sentarse en una piedra o en un tronco cortado e improvisar hora tras hora. No cejaba en su empeño de absorber conocimientos y nuevas influencias, no sólo de Django, sino también de John Scofield, Pat Metheny, Mike Stern y todos los grandes guitarristas del jazz.

Su relación con Sten empeoraba al mismo ritmo que mejoraban sus habilidades musicales. «Te crees muy importante, ¿eh? Pero no eres más que una mierda —le espetaba Sten a todas horas, para continuar diciéndole—: Siempre has ido por ahí dándote aires de grandeza.» Para Daniel, que siempre se había sentido inferior e insignificante, esas palabras eran incomprensibles. Intentaba complacer a su padre adoptivo lo mejor que sabía, pero no quería, ni podía, dejar de tocar la guitarra. No tardó en recibir bofetadas. Y también puñetazos; en algunas ocasiones, hasta los hermanos participaban. Le pegaban en el estómago y en los brazos y lo asustaban con ruidos fuertes, como cuando hacían chocar un metal contra otro o golpeaban tapas de cacerolas entre sí. Daniel empezó a odiar las faenas agrícolas con una violenta pasión, especialmente en verano, cuando no tenía escapatoria y había que arar, rastrillar, abonar y sembrar.

En verano, los chicos solían trabajar de sol a sol. Daniel se afanaba en sus quehaceres diarios con todas sus ganas para que volvieran a quererlo y a aceptarlo, y a veces lo conseguía. Por la noche tocaba para sus hermanos adoptivos los temas que éstos le pedían, y de cuando en cuando le aplaudían y obtenía cierto reconocimiento. A pesar de ello, sabía que a menudo era una carga. Siempre que podía, se apartaba de los demás.

Una tarde que el sol le achicharraba la nuca se oyó un mirlo a lo lejos. Tenía dieciséis años. En otoño comenzaría el segundo año de preparatoria; soñaba con el día en el que cumpliera los dieciocho y fuera mayor de edad para poder irse lejos de allí. Su idea era solicitar plaza en el conservatorio o intentar buscarse un empleo como músico de jazz; se aplicaría mucho y pondría tanto empeño que llegaría a grabar un disco. Los ecos de esos sueños resonaban día y noche en su interior. Pero otras veces oía algo en la naturaleza que hacía nacer en su cabeza una melodía que lo transportaba lejos del campo. Aquella tarde fue una de ellas.

Le silbó una respuesta al mirlo, una variación del canto del pájaro que se convirtió en una melodía en su mente. Sus dedos se movieron como por una guitarra invisible y, de repente, un excitado escalofrío le recorrió el cuerpo. De adulto, a menudo sentiría nostalgia de aquellos instantes en los que le daba la sensación de que algo se perdería irremediablemente dentro de él si no se sentaba de inmediato a componer. En momentos así, nada en el mundo podía impedirle que entrara a escondidas en la casa para agarrar su guitarra. Daniel todavía se acordaba de la emoción que sintió en el pecho cuando, descalzo y con los holgados pantalones de su overol de trabajo, fue corriendo hasta el lago de Blackåstjärnen y, guitarra en mano, se sentó en el desvencijado embarcadero para sacar la melodía que acababa de silbar y darle un acompañamiento. Fueron unos minutos maravillosos. Siempre los recordaría así.

Pero no duraron mucho. Alguno de los chicos debió de notar que no estaba trabajando y dio el pitazo. Sten apareció, en pantalones cortos y con el torso desnudo, hecho una furia. Daniel, que no sabía si intentar disculparse o salir corriendo, dudó demasiado. Sten agarró el brazo de la guitarra y se la arrancó de las manos con tanta fuerza que se cayó de espaldas y se lastimó el codo. No fue una caída muy grave, más bien resultó cómico verlo agitar los brazos como si fuera un pájaro. Sin embargo, Sten perdió el control por completo. Se levantó con la cara roja de rabia y golpeó la guitarra contra el embarcadero. Después se quedó perplejo, como si no entendiera muy bien lo que acababa de hacer. Pero daba igual.

Para Daniel era como si le hubiesen arrancado un órgano vital de su cuerpo. Se puso a gritarle y a llamarlo «cerdo» e «idiota», palabras que nunca antes había usado contra Sten. Luego se echó a correr a través de los prados y entró precipitadamente en la casa para recoger rápidamente sus discos y un poco de ropa. Lo metió todo en una mochila y se marchó.

Subió hasta la E4 y caminó horas y horas por la

orilla hasta que paró un camión que lo dejó en Gävle. Continuó hacia el sur. Durmió en el bosque y se alimentó de las manzanas y las ciruelas que robó y de las bayas que fue encontrando. Una señora mayor que lo llevó a Södertälje le dio un sándwich de jamón. Allí, un hombre joven lo invitó a almorzar y luego lo acercó hasta Jönköping, desde donde pudo llegar por fin a Gotemburgo la noche del 22 de julio. Unos días después consiguió un trabajo mal pagado y sin contrato en el puerto. Al cabo de seis semanas en las que vivió prácticamente del aire y tuvo que dormir alguna que otra noche en los portones de las casas, se compró una nueva guitarra, no una Selmer Maccaferri —la guitarra de sus sueños, la que usaba Django—, sino una Ibanez de segunda mano.

Decidió enlistarse en un barco e irse a Nueva York. Sin embargo, nada resultó tan fácil como imaginaba. No tenía ni pasaporte ni visado, de modo que no podía enlistarse en ningún barco, ni siquiera como limpiador, pero una noche, al terminar su jornada laboral, vio que una mujer lo estaba esperando en el muelle. Se llamaba Ann-Catrine Lidholm. Se trataba de una persona obesa, vestida de rosa y con una dulce mirada. Era trabajadora social y había recibido una llamada en la que le habían informado de su caso; fue en ese momento cuando él supo que habían denunciado su desaparición y que lo habían estado buscando. A regañadientes, accedió a acompañarla hasta la oficina de los servicios sociales de Järntorget.

Ann-Catrine le explicó que había hablado con Sten por teléfono y que le había causado una buena impresión, cosa que no hizo más que aumentar la suspicacia de Daniel.

—Te extraña —dijo.

Daniel contestó «¡Una mierda!», y le comunicó que no pensaba volver. Sten le daría una golpiza. Su vida se convertiría en un infierno. Entonces Ann-Catrine lo dejó contar su historia. Después le ofreció diferentes alternativas, pero a Daniel ninguna le pareció buena. Le dijo que se las arreglaba solo perfectamente, que no hacía falta que ella se preocupara por él. Ann-Catrine respondió que él era demasiado joven, que necesitaba apoyo y orientación en la vida. En ese instante acudieron a su mente «los de Estocolmo», como él los llamaba en secreto. «Los de Estocolmo» eran psicólogos y médicos que lo habían visitado cada año durante su infancia. Lo habían medido, pesado y entrevistado, siempre tomando notas, y lo habían sometido a muchos test, a todo tipo de test.

Nunca le cayeron demasiado bien. Hubo veces en las que, tras las visitas, llegó a llorar y a sentirse solo y examinado; pensaba en su madre y en la vida que nunca pudo tener con ella. Por otra parte, tampoco era que los odiara. Siempre le sonreían y lo animaban, y hasta lo elogiaban diciéndole que era listo y muy buen chico. En realidad, ninguno de ellos le había dirigido ni una sola palabra negativa. Tampoco le pareció que las visitas fueran particularmente extrañas. Consideró algo normal que las autoridades quisieran saber cómo le iba con su familia adoptiva; para él no representaba ningún problema que se redactaran historiales y actas con acontecimientos de su vida. Más bien lo veía como un signo de que él, a pesar de todo, era importante. A veces, dependiendo de quién acudiera, veía las visitas como una más que agradable manera de interrumpir su trabajo en la granja, especialmente durante los últimos años, cuando los de Estocolmo se interesaron por su música y lo grabaron en video tocando la guitarra. En alguna que otra ocasión, cuando le parecía que se quedaban asombrados y los oía hablar entre sí, soñaba con que esas grabaciones se divulgaran y acabaran llegando a manos de agentes o directores de compañías discográficas.

Los psicólogos y los médicos —a menudo eran personas diferentes— no se presentaron más que con sus nombres de pila, por lo que no sabía nada de ellos; exceptuando a una mujer que un día, quizá por error, le dio la mano y le dijo su nombre completo. Pero eso no era lo único que recordaba de ella. Él se había quedado hechizado no sólo por sus curvas, su pelirroja y larga melena y sus altos tacones —nada adecuados para aquellos blandos caminos que había frente a la casa—, sino también porque aquella mujer le había sonreído como si él le cayera bien de verdad. Se llamaba Hilda von Kanterborg. Llevaba blusas y vestidos con escote, y tenía unos grandes ojos y unos labios rojos y carnosos que él había soñado con besar.

Fue en ella en quien pensó en la oficina de los servicios sociales de Gotemburgo cuando dijo que quería hacer una llamada. Le dieron una guía telefónica de Estocolmo y se puso a hojearla con nerviosismo. Durante un par de minutos se convenció de que su nombre no había sido más que una tapadera, momento en el que también, por primera vez, acarició la idea de que «los de Estocolmo» no fueran sólo funcionarios normales y corrientes de los servicios sociales suecos de asistencia infantil. Sin embargo, acabó encontrando su nombre en la guía y marcó su número. No respondió nadie, pero él dejó un mensaje.

Cuando volvió al día siguiente, después de haber pasado la noche en el albergue de Stadsmissionen, le dijeron que ella había devuelto la llamada y había dejado otro número. Ahí sí contestó. Pareció alegrarse de tener noticias suyas. Daniel comprendió enseguida que ella sabía que se había escapado de la granja. Dijo que «lo sentía mucho» y que era un chico con «un extraordinario talento». Daniel se sintió insoportablemente solo y tuvo que esforzarse para reprimir las ganas de llorar.

—Pues ayúdame —le rogó.

Ella le contestó:

—Querido Daniel: haría cualquier cosa por ayudarte, pero nuestro trabajo consiste en estudiar, no en intervenir.

En los años venideros, Daniel recordaría esas palabras una y otra vez; de hecho, contribuirían de forma significativa a que él adoptara una nueva identidad que protegería con todas sus fuerzas. Pero en aquel momento sólo le invadió un profundo malestar que lo llevó a preguntar: «¿Cómo? ¿Qué quieres decir?». Hilda se puso nerviosa y empezó a hablar de otras cosas: de que debía terminar el bachillerato y de que no había que tomar decisiones precipitadas. Él respondió que sólo deseaba tocar la guitarra. Hilda von Kanterborg le señaló que ya tendría tiempo de estudiar música. Él dijo que quería enlistarse en un barco y viajar a Nueva York para tocar en los clubes de jazz. Ella se lo desaconsejó rotundamente: «¡No, Daniel! ¿A tu edad? ¿Y con tu inteligencia?».

Tras darle muchas vueltas y discutirlo largamente —hasta que Ann-Catrine y sus compañeros se impacientaron—, él prometió que lo pensaría. Dijo que esperaba poder verla. Y ella le contestó: «Y yo a ti». Pero jamás llegó a ser realidad. No la vería nunca más, y tampoco tendría tiempo para pensar en su futuro como le había prometido.

Le había comentado que quería enlistarse en un barco y tocar jazz en Nueva York, y sin entender muy bien cómo, de repente aparecieron unas personas que lo ayudaron a conseguir un pasaporte, el visado y un empleo como mesero y ayudante de cocina en un carguero de la compañía naviera Wallenius. El buque lo llevaría no a Nueva York, sino a Boston. En un papel, sujeto con un clip al contrato de trabajo, alguien había escrito: «Berklee College of Music, Boston, Massachusetts. ¡Buena suerte! H».

Su vida ya nunca volvería a ser la misma. Se convertiría en ciudadano estadounidense y adoptaría el nombre de Dan Brody; viviría muchas cosas maravillosas y emocionantes, pero siempre, en lo más profundo de su corazón, se sentiría solo y traicionado. Era cierto que al principio de su carrera profesional estuvo a punto de triunfar. Un día en el que, con sólo dieciocho años, participó en una *jam session* en el club de jazz Ryles de Hampshire Street, de Boston, e improvisó un solo que estaba inspirado en Django pero que, a la vez, aportaba algo diferente, nuevo, se oyó en la sala un murmullo general. Poco a poco se empezó a hablar de él y consiguió reunirse con representantes y directivos de varias compañías discográficas. No obstante, siempre argumentaban que le faltaba algo, coraje quizá, y confianza en sí mismo; en la última fase de las negociaciones siempre fallaba algo. A lo largo de su vida llegaría a ver cómo era superado por gente con mucho menos talento pero con más agallas. Tendría que contentarse con una vida en la sombra, con convertirse en el músico que se encontraba detrás de la estrella. Siempre le faltaría algo y extrañaría, cada vez más, la pasión que tenía cuando tocaba en el pequeño embarcadero del lago de Blackåstjärnen.

Lisbeth había encontrado varios archivos importantes de movimientos de manos —archivos que se utilizaban para la investigación médica y para el desarrollo de robots— y los introdujo en la red neuronal profunda de *Hacker Republic*. Había trabajado tanto que hasta se le había olvidado comer y beber, a pesar del calor. Cuando cayó en la cuenta, levantó la vista de la pantalla y se tomó un trago, pero no de agua, que era lo que necesitaba, sino de whisky: un Tullamore Dew.

Había extrañado el alcohol. Y el sexo, la luz del sol, la comida chatarra, el olor a mar, el murmullo de los bares y la sensación de libertad. Pero de momento se contentó con el whisky. No le iría mal apestar un poco a borracha, pensó. Nadie espera gran cosa de una borrachales. Miró hacia la bahía de Riddarfjärden y cerró los ojos. Los volvió a abrir, estiró la espalda y dejó que los algoritmos de la red neuronal siguieran trabajando y mejorándose a sí mismos mientras se dirigía a la cocina para meter una pizza en el microondas. Luego llamó a Annika Giannini.

Annika no se quedó demasiado contenta al oír sus planes. Los desaconsejó rotundamente, pero al ver que su oposición no tenía demasiado efecto en Lisbeth, le dijo que, cuando mucho, podría grabar al sospechoso, pero nada más. Le recomendó que contactara con el imán Hassan Ferdousi. Él la ayudaría con «los aspectos más humanos del asunto». Lisbeth no siguió su consejo, cosa que tampoco tuvo mucha importancia: Annika contactó con él en su lugar y le pidió que también fuera a Vallholmen.

Lisbeth se comió la pizza y continuó bebiendo whisky mientras entraba en la computadora de Mikael. Escribió:

> En casa. Liberada hoy.
> «Hilda von» es Hilda von Kanterborg. Encuéntrala.
> Investiga también a Daniel Brolin. Es guitarrista, muy bueno. Tengo otras cosas que hacer. Estaremos en contacto.

Cuando Mikael vio el mensaje de Lisbeth se alegró de que la hubieran liberado y la llamó. No le respondió. Se molestó y reflexionó sobre sus palabras. ¿De modo que ella también sabía que «Hilda von» era Hilda von Kanterborg? ¿Y eso qué significaba? ¿Que la conocía? ¿O es que había encontrado esa información *hackeando*? Mikael no tenía ni idea. Pero una cosa era cierta: no necesitaba que Lisbeth le pidiera que buscara a Hilda von Kanterborg. Ya llevaba mucho tiempo siguiéndole la pista.

Sin embargo, no le quedaba muy claro qué tenía que ver ese tal Daniel Brolin en toda esa historia. En la red dio con un montón de hombres que se llamaban así, pero ninguno era guitarrista, ni siquiera músico. Tal vez no le hubiera dedicado el esfuerzo que esa labor requería; estaba demasiado centrado en las otras pistas.

Había empezado la noche anterior con el artículo que le había recomendado la hermana de Hilda von Kanterborg. El texto no tenía nada raro. En una primera lectura, el enfoque le pareció demasiado general como para poder contener algo exclusivo o explosivo. El tema era el mismo de siempre: la herencia y el entorno. ¿Qué es lo que nos condiciona?

Hilda von Kanterborg había escrito —bajo el pseudónimo de Leonard Bark— lo que Mikael ya sabía de sobra: que hace mucho tiempo que ese asunto está politizado. La izquierda postula, como es lógico, que son sobre todo los factores sociales los que determinan las oportunidades que tendremos en la vida, mientras que la derecha aboga, más bien, por el peso de la genética.

A Von Kanterborg le parecía desafortunada esa politización y señalaba que la ciencia siempre perderá el norte si se rige por ideas políticas o se deja llevar por ilusiones y deseos. Se notaba en el inicio del artículo que había cierta ansiedad, como si se estuviera a punto de formular algo impactante. Pero el resto era muy complaciente, aunque entraba en polémica con los marxistas y los psicoanalistas de la vieja escuela y demostraba que los factores hereditarios conforman nuestra personalidad mucho más de lo que los investigadores y la gente en general imaginaban en los años sesenta y setenta.

En cambio, no había nada determinista en el artículo, nada que dijera que nuestros genes nos predestinan a una u otra vida; tan sólo mencionaba que algunas cualidades, como nuestra inteligencia —nuestra capacidad cognitiva—, poseen un fuerte componente hereditario, sobre todo en la edad adulta. Pero, en general, afirmaba que tanto los factores genéticos como los medioambientales nos influyen a partes iguales, lo cual, más o menos, era lo que Mikael esperaba.

Aun así, hubo una cosa que le sorprendió. Los factores medioambientales que, según el artículo, más nos condicionan no eran los que él imaginaba, es decir: el entorno de nuestra infancia, la forma de ser de nuestros padres y la educación que recibimos. Hilda von Kanterborg escribía que tanto las madres como los padres están a menudo convencidos de que han tenido una importancia decisiva en el desarrollo de sus hijos, «pero se sobreestiman».

Lo que decide nuestro destino es más bien, según Von Kanterborg, lo que ella llamaba «nuestro entorno singular», el que no compartimos con nadie, ni siquiera con nuestros hermanos. Es el mundo que buscamos y que creamos para nosotros mismos cuando, por ejemplo, encontramos algo que nos divierte o nos fascina y que nos empuja en una dirección determinada; un poco quizá como cuando él mismo, de joven, vio la película *Todos los hombres del presidente* y fue asaltado por un intenso deseo de ser periodista.

La herencia y el entorno interactúan siempre, había escrito Von Kanterborg. Buscamos acontecimientos y actividades que estimulen nuestros genes y que los hagan florecer, y huimos de otras cosas que nos intimidan o nos incomodan. Es eso, más que unas específicas condiciones medioambientales, lo que define nuestra personalidad, sentenciaba el artículo. Nuestros condicionamientos culturales y económicos nos aportan, evidentemente, distintas posibilidades de desarrollar nuestros talentos y, como es natural, heredamos valores y formas de pensar de nuestro entorno. Sin embargo, lo que sobre todo nos forma son las experiencias que no compartimos con nadie más y que en la superficie pueden ser invisibles pero que, a largo plazo, adquieren una importancia decisiva y nos hacen avanzar, paso a paso, en la vida.

Para extraer esas conclusiones, Von Kanterborg se había inspirado en una serie de estudios, entre otros, el MISTRA *(Minnesota Study of Twins Reared Apart)* y los realizados por el Registro de Gemelos del Instituto Karolinska. Los gemelos univitelinos, también llamados monocigóticos, tienen un genoma prácticamente idéntico. Por eso son ideales como objeto de estudio si queremos analizar la influencia de los factores hereditarios y medioambientales.

En el mundo hay miles de gemelos univitelinos que se han criado separados, bien porque uno de ellos ha sido entregado en adopción o bien porque en algunos desafortunados casos han sido confundidos en la unidad de maternidad del hospital. A menudo se ha tratado de desgarradoras historias. Pero en algunas ocasiones, dichas historias han ofrecido a los investigadores unas posibilidades únicas para estudiar la importancia que adquieren la herencia y el entorno en nuestro desarrollo.

Los grupos de gemelos univitelinos que han sido separados al nacer han sido comparados con los gemelos que se han criado juntos y con los gemelos bivitelinos —que comparten la mitad de su ADN— que también han sido separados en la infancia o que se han criado juntos. Todos los estudios han llegado, más o menos, a la misma conclusión, escribía Von Kanterborg: la interacción de los factores hereditarios con nuestro entorno singular es lo que, sobre todo, configura nuestra personalidad.

A Mikael no le supuso demasiado esfuerzo contraargumentar los resultados, ni tampoco ver los problemas que había a la hora de establecer cómo debía interpretarse el material de la investigación. No obstante, en general, le pareció interesante; además, le dio la oportunidad de leer, entre otras cosas, alguna que otra historia más o menos fantástica sobre gemelos univitelinos que se habían criado en familias diferentes y que no se conocieron hasta que fueron adultos, momento en el que se sorprendieron de lo similares que eran, no sólo físicamente, sino también en la forma de ser. Leyó el relato de los así llamados «Gemelos Jim» de Ohio, Estados Unidos, quienes, ignorantes ambos de su condición de gemelos, se volvieron fumadores empedernidos de cigarrillos de la marca Salem, se mordían las uñas, sufrían de intensos dolores de cabeza, habían instalado un taller de carpintería en el *garage*, tenían un perro llamado *Toy*, se habían casado dos veces con mujeres que se llamaban de la misma manera, habían bautizado a su hijo con el nombre de James-Allen, y sabrá Dios qué más.

Mikael entendió que la prensa sensacionalista se había entusiasmado con la historia. Sin embargo, él no le concedió demasiada importancia. Era consciente de lo fácil que resultaba obsesionarse con las similitudes y las coincidencias, y sabía que lo extraordinario y lo llamativo siempre permanece y destaca a costa de lo ordinario, que tal vez, precisamente por su supuesta insignificancia, nos dice algo más importante acerca de la realidad.

Aun así, Mikael comprendió que todos esos estudios de los gemelos han supuesto un cambio de paradigma en la ciencia epidemiológica. La comunidad científica ha empezado a creer más en el poder que ejercen los genes sobre nosotros y en su intrincada interacción con el entorno. Antes, en especial en los años sesenta y setenta, había una mayor fe en la importancia que tienen los factores sociales a la hora de formar nuestra personalidad. Muchos investigadores se encontraban bajo la influencia de las grandes ideologías de aquellos tiempos, convencidos de que podríamos convertirnos en lo que deseáramos sin tener en cuenta la genética. Circulaban una serie de ideas más o menos mecánicas sobre el ser humano. Se pensaba que criarse en ciertos medios o con determinados métodos de educación contribuiría, casi como por ley natural, a crear un tipo específico de individuos, y muchos soñaban con poder confirmarlo científicamente para, de este modo, saber cómo obtener seres humanos mejores y más felices. Ése fue uno de los motivos por los que, en aquella época, se llevaron a cabo tantos proyectos de investigación de gemelos, incluso los que Hilda von Kanterborg, empleando unas palabras formuladas de manera evasiva, describía como «tendenciosos y radicales».

Más o menos a esas alturas de su lectura, Mikael tuvo un impulso y se animó a seguir profundizando en el tema. Ignoraba si iba bien encaminado o no, pero continuó con sus indagaciones combinando en su búsqueda las palabras «tendenciosos y radicales», entre otras, con las de «experimentos con gemelos». Fue así como se topó con el nombre de Roger Stafford.

Stafford era un psicoanalista y psiquiatra estadounidense que había ejercido la docencia en la Universidad de Yale. Había tenido una íntima relación profesional con la hija de Freud, Anna y, al parecer, se trataba de una persona carismática y encantadora. Había fotografías suyas con Jane Fonda, Henry Kissinger y Gerald Ford. Se codeaba con lo más selecto de la sociedad y parecía un poco una estrella de cine.

Pero lo que le había dado más fama era algo menos halagador y tenía que ver, precisamente, con las palabras «tendencioso y radical». En el mes de septiembre de 1989, *The Washington Post* reveló que, a finales de los años sesenta, Stafford había mantenido una estrecha relación con cinco directoras de agencias de adopción de Nueva York y Boston. Tres de ellas eran psicólogas y las otras dos habían estado, al parecer, relacionadas sentimentalmente con Stafford. Era muy posible que las hubiera engatusado para obtener lo que quería, cosa que, por otra parte, y a decir verdad, no habría sido necesaria: Stafford era una gran autoridad en su campo. Varios de sus libros se encontraban en las bibliotecas de las agencias de adopción. En uno de ellos, *El niño egoísta*, postulaba que los gemelos univitelinos son más felices y se vuelven más independientes si se crían por separado. Luego, esa conclusión resultó carecer de cualquier fundamento, pero en aquella época llegó a extenderse y a establecerse entre los terapeutas de la Costa Este de Estados Unidos, por lo que las directoras de las agencias de adopción se convencieron de que había motivos más que de sobra para depositarle su confianza.

Acordaron que contactarían con él si aparecían gemelos que hubiera que dar en adopción. Luego, el destino de esos hermanos se decidiría conjuntamente. Se trataba de un total de cuarenta y seis niños, de los cuales veintiocho eran gemelos univitelinos y dieciocho, bivitelinos. A ninguna de las familias se le informaba que la criatura adoptada era gemela de otra ni de que en algún sitio había un hermano o una hermana. Los padres, sin embargo, estaban obligados a dejar que Stafford y sus colaboradores examinaran cada año a sus hijos y los sometieran a una serie de test de personalidad. Se decía que era para el bien de los niños.

La selección de los padres se hacía —aseguraban— con gran meticulosidad. Se afirmaban todo tipo de cosas positivas. Pero, por supuesto, había otros intereses ocultos. A una de las directoras —una mujer llamada Rita Bernard— le resultó extraño que Stafford se empeñara en dar gemelos en adopción a padres con niveles muy diferentes de estatus, cultura, creencia religiosa, temperamento, personalidad, etnia o modo de educar. En lugar de mirar por el bien de los hermanos, Stafford parecía desear llevar a cabo experimentos relacionados con la herencia y el entorno, comentó ella.

Stafford no negó que hubiera realizado estudios científicos ni que hubiese anotado los resultados. Lo veía como una excelente oportunidad para saber más sobre cómo nos formamos como individuos. En un arrebato de soberbia y autodefensa se atrevió a sostener que su trabajo se convertiría en un «recurso científico de incalculable valor». Pero desmintió rotundamente que no antepusiera el bien del niño a todo lo demás, al tiempo que se negaba, «para proteger la integridad del menor», a hacer público su material. Lo donó todo al Centro de Estudios Infantiles de Yale con la condición de que no viera la luz ni se les entregara a los investigadores antes del año 2078, cuando todos los implicados estuvieran muertos. No quería, dijo, explotar las vidas de los gemelos.

Sonaba noble, cómo no, pero no faltaron críticos que opinaban que Stafford había clasificado el material como confidencial porque no había respondido a sus expectativas. La mayoría coincidía en que el experimento iba en contra de la ética, y que Stafford había privado a los gemelos de la felicidad de poder criarse juntos. Un psiquiatra de Harvard llegó incluso a comparar lo que hacía Stafford con los experimentos con gemelos que había realizado Joseph Mengele en Auschwitz. Stafford contraatacó, violenta y orgullosamente, con la ayuda de dos o tres abogados, y poco tiempo después se acabó el debate. Roger Stafford fue enterrado en 2001 en una ceremonia no exenta de cierta dosis de pompa y solemnidad, y en presencia de varias celebridades. Se le dedicaron elogiosas necrológicas tanto en los periódicos como en las revistas especializadas. De modo que no se permitió que el experimento manchara lo más mínimo su reputación, quizá porque los niños que de forma tan brutal habían sido separados de sus hermanos gemelos provenían de las capas inferiores de la sociedad.

Era algo muy frecuente en aquella época, eso ya lo sabía Mikael desde hacía tiempo. En el nombre de la ciencia y por el bien de la sociedad, se podía someter a las minorías étnicas y de otra índole a una serie de abusos y luego salir indemne. Por esa razón, Mikael se negaba —como tantos otros— a tratar los experimentos de Stafford como un hecho aislado. Quería ir hasta el fondo de la historia y tomó buena nota de que Roger Stafford había visitado Suecia en los años setenta y ochenta. Había fotografías suyas con los más destacados psicoanalistas y sociólogos del momento: Lars Malm, Birgitta Edberg, Liselotte Ceder, Martin Steinberg...

Por aquel entonces no había noticia alguna de los experimentos con gemelos de Stafford, de modo que quizá su visita a Suecia se debiera a otros motivos. Pero Mikael continuó indagando en el asunto, pensando constantemente, claro estaba, en Lisbeth. Ella también era gemela, gemela bivitelina de una pesadilla: su hermana Camilla. Él sabía que unos funcionarios públicos habían intentado someterla a todo tipo de pruebas cuando era pequeña y que ella odiaba eso con todas sus fuerzas. También pensó en Leo Mannheimer, en los excelentes resultados de su test de inteligencia y en lo que le había dicho Ellenor Hjort acerca de la posible pertenencia de Leo al pueblo romaní, así como en las palabras de Malin, lo de que Leo ya no era zurdo. Ya no lo tachaba de absurdo, todo lo contrario.

Buscó fenómenos médicos que pudieran explicar el cambio y se sumergió en un artículo de *Nature* que hablaba de por qué se divide un óvulo fecundado en el útero y da origen a gemelos univitelinos. Después se levantó de la mesa y se quedó como paralizado durante un par de minutos murmurando para sí. Luego volvió a llamar a Lotta von Kanterborg y le contó lo que creía. O más bien: se arriesgó. Presentó su nueva y atrevida sospecha como un hecho.

—Eso es un auténtico disparate —dijo ella.

—Ya lo sé. Pero ¿me hace el favor de comunicárselo a Hilda si la llama? Dígale que la situación es crítica.

—Te prometo que lo haré —le contestó Lotta von Kanterborg.

Mikael se fue a la cama y dejó el celular en el buró. Y, aunque nadie lo llamó en toda la noche, apenas consiguió cerrar ojo. Por la mañana se sentó de nuevo ante la computadora. Se dedicó a investigar a las personas que Roger Stafford había visitado en Suecia, y entonces, para su gran asombro, se topó con el nombre de Holger Palmgren. Holger y el catedrático de sociología Martin Steinberg habían colaborado en un caso criminal hacía más de dos décadas. Mikael no creyó que eso significara nada, al fin y al cabo, Estocolmo era una ciudad pequeña; tarde o temprano, todos se encontraban.

Apuntó, de todas maneras, el número de teléfono y la dirección de Lidingö de Martin Steinberg y continuó indagando en su pasado. Pero ya no se le notaba tan concentrado, se sentía como si dos voluntades opuestas tiraran de él al mismo tiempo. ¿Debía enviarle un correo encriptado a Lisbeth para contarle todo lo que había averiguado? ¿Debía hablar con Leo Mannheimer para intentar dilucidar si iba bien encaminado? Le dio otro sorbo al *espresso* que se había preparado y, de pronto, extraño a Malin. En muy poco tiempo había entrado en su vida con una indiscutible fuerza.

Fue al baño y se pesó. Había subido de peso y decidió hacer algo al respecto. Y también tenía que cortarse el pelo; se vio todo desgreñado e intentó acomodarse el flequillo con la mano. Pero acto seguido soltó un «¡Bah, paso!» y regresó a su mesa, desde donde procuró contactar con Lisbeth por teléfono, correo y sms y, además, le escribió en el archivo especial que ella tenía en la computadora:

¡Llámame! ¡Creo que he encontrado algo!

Se quedó mirando lo que acababa de redactar. No le convencía. Y era, naturalmente, por la palabra «creo». A Lisbeth no le gustaban mucho las medias tintas. Lo corrigió y en su lugar escribió «He encontrado algo», lo cual esperaba que fuera verdad. Luego se dirigió al clóset, se puso una camisa de algodón planchada y salió a Bellmansgatan para continuar hacia el metro de Mariatorget.

En el andén, sacó las notas que había tomado la noche anterior y las repasó una vez más. Se quedó contemplando sus signos de interrogación y sus atrevidas especulaciones. ¿Se había vuelto loco? Levantó la mirada hacia el panel digital que había por encima de su cabeza y advirtió que el tren estaba a punto de entrar. Justo en ese instante sonó su celular. Era Lotta von Kanterborg, que respiraba con dificultad.

—Me llamó —le anunció.

—¿Hilda?

—Ha dicho que lo que dices de Leo Mannheimer es absurdo, que es imposible que sea verdad.

—Entiendo.

—Pero quiere verte —continuó—. Quiere contarte lo que sabe. Creo que realmente es así. Ahora está... Quizá no debería decírtelo por teléfono.

—Pues no. Mejor no.

Mikael propuso quedar en el Kaffebar de Sankt Paulsgatan en ese mismo momento, por lo que dio media vuelta y subió la escalera corriendo.

Capítulo 14

21 de junio

Jan Bublanski estaba en un departamento de Aspudden, amueblado muy a la antigua, hablando
con Maj-Britt Torell, la mujer que, según Lisbeth
Salander, había visitado a Holger Palmgren un par
de semanas antes. Maj-Britt era, sin lugar a dudas
—creyó Bublanski—, una señora con buenas intenciones. Pero había algo raro en ella. No sólo le
tembló la mano cuando le sirvió con gran torpeza
unos bollos de pan vienés que le ofreció, sino que
también se mostró extrañamente olvidadiza y des-
pistada, algo que le chocó teniendo en cuenta su di-
latada vida profesional como secretaria médica.

—No sé con exactitud lo que le di —dijo—. Es
que había oído tantas cosas de esa pobre chica que
me pareció que era hora de que Holger se enterara
de todo, de lo terriblemente mal que la habían tratado.

—¿De modo que usted le dio los documentos
originales a Palmgren?

—Sí, supongo que sí. Es que la clínica cerró

hace tiempo, e ignoro lo que pasaría con los historiales. Pero yo guardaba algunos papeles que el profesor Caldin me dio en confianza.

—¿Quiere decir en secreto?

—Bueno, es también una manera de expresarlo.

—Unos documentos importantes, supongo.

—Probablemente.

—¿Y no debería haber hecho usted unas copias o haberlos escaneado y guardado en una computadora?

—Puede que sí, pero yo...

Bublanski permaneció callado —le pareció un buen momento para hacerlo—, lo que provocó que Maj-Britt aprovechara para tomar su bollo, que se le desmenuzó entre las manos y dejó migajas por todas partes. Entonces intervino Bublanski.

—¿No será que...? —comenzó a preguntar.

—¿Qué?

—¿Que alguien la ha visitado o le ha telefoneado a causa de esa documentación y que por eso está inquieta?

—No, no, en absoluto —contestó Maj-Britt no sólo demasiado rápido, sino también demasiado nerviosa. Bublanski se levantó.

Consideró que ya iba siendo hora. La miró con la más melancólica de sus sonrisas, que sabía que podía causar una profunda impresión en aquellas personas que luchaban contra su conciencia, y le dijo:

—En tal caso, no la molestaré más.

—¿Ah, no?

—Por seguridad le llamaré un taxi para que la lleve a un agradable café del centro. Esto es un asunto tan importante y tan serio que creo que lo que usted necesita es un poco de tiempo para pensar, ¿no es así, señora Torell?

Luego le dio su tarjeta de presentación y, tras salir de la casa, fue en busca de su coche.

Diciembre, un año y medio antes

Ese día, Dan Brody —o Daniel Brolin, como se llamaba con anterioridad— tocaba en el club de jazz A-Trane de Berlín con el quinteto de Klaus Ganz. Los años habían pasado. Él ya tenía treinta y cinco y se había cortado la larga melena y quitado el arete de la oreja al tiempo que había empezado a llevar trajes grises. Parecía un funcionario, y estaba a gusto con ello. Sin lugar a dudas, eso debía ser sinónimo de que se hallaba atravesando una especie de crisis existencial, creía él.

Ya estaba cansado de esa vida de giras y viajes. Pero no le quedaba más remedio. No tenía ahorros. No poseía nada de valor —ni casa, ni coche, ni nada—, y la oportunidad de triunfar y de hacerse rico y famoso había desaparecido, a todas luces, hacía ya mucho tiempo. Parecía condenado a permanecer en un segundo plano, a pesar de ser, a menudo, el mejor músico de cuantos se encontraban en el escenario y de verse constantemente solicitado, aunque con honorarios cada vez más reducidos. Los tiempos eran así. Resultaba difícil sobrevivir como músico de jazz, y quizá ya no tocara con la misma pasión de antes.

Ni siquiera ensayaba gran cosa. Qué importaba, si al final siempre salía airoso... Además, a menudo se sentía muy poco estimulado, en especial durante todo ese tiempo muerto de sus viajes. En lugar de aprovecharlo para practicar, como antes, leía. Devoraba libros y se mantenía apartado de todo. No soportaba esas típicas charlas vacías, sin ningún sentido, y menos aún el ruido y el murmullo de los bares. Se sentía claramente mejor si bebía menos y estudiaba más. Se había vuelto aburrido. Así de simple. Y extrañaba, cada vez con mayor deseo, una vida normal: una mujer y un hogar, un trabajo al que ir a diario, cierta seguridad.

A lo largo de su vida había probado todas las drogas imaginables y había tenido su buena dosis de relaciones amorosas, así como algún que otro ligue ocasional. Sin embargo, siempre le daba la sensación de que le faltaba algo, de modo que se refugiaba en la soledad y la música. La música había sido su único consuelo. Pero ahora ya no le servía; había empezado a preguntarse si no habría elegido mal su camino. Quizá debería haber sido profesor. Había tenido una experiencia impactante en su antigua universidad, el Berklee College of Music de Boston: le habían pedido que impartiera un taller sobre Django Reinhardt, lo que le produjo un miedo terrible.

Pensaba que era incapaz de hablar delante del público, que ése era, además, uno de los motivos por los que las discográficas no habían apostado por él, porque le faltaba presencia en el escenario.

Y, a pesar de ello, aceptó la propuesta y lo preparó todo con una minuciosidad desmedida. Se convenció de que sobreviviría mientras no se saliera del guión y se dedicara a tocar más que a hablar. Pero cuando se vio ante doscientos estudiantes, su estrategia resultó ser insuficiente. Empezaron a temblarle las piernas. No era capaz de articular palabra, y hasta pasada una eternidad consiguió decir:

—Aquí soñé yo con ser el chico triunfador que vuelve a su antigua universidad, y aquí estoy, como un tonto.

Su intención no había sido, ni mucho menos, parecer gracioso, sino más bien expresar una verdad llena de desesperación. Pero los estudiantes se rieron y él comenzó a hablar de Django y de Stéphane Grappelli y de su Quinteto del Hot Club de France, y del alcoholismo y de la falta de fuentes escritas de su música. Tocó *Minor Swing* y *Nuages*, y las variaciones de los solos y de los *riffs* se volvieron cada vez más atrevidas. Tuvo algunas ocurrencias, tanto cómicas como serias, y continuó hablando de cómo Django se había visto condenado a una muerte segura. Durante los años de Hitler, vivió con el miedo de que lo mandaran a un campo de concentración y de que lo exterminaran como a todos los romaníes, pero fue salvado por nada más y nada menos que un nazi, un oficial de la Luftwaffe al que le encantaba su música. Consiguió así sobrevivir, y no murió hasta el 16 de mayo de 1953, tras sufrir una hemorragia cerebral mientras volvía a su casa desde la estación de trenes de Avon, en Francia. «Fue un gran hombre», dijo Dan. «Cambió mi vida», sentenció. Luego se hizo el silencio sin que Dan supiera muy bien lo que le esperaba a continuación.

Unos segundos después, la sala prorrumpió en atronadores aplausos. Los estudiantes se pusieron de pie y comenzaron incluso a corearlo, y Dan regresó a su casa feliz y emocionado.

Era un recuerdo que guardaba en su interior. Por eso a veces —como ahora, durante su gira por Alemania— pronunciaba unas palabras entre cada tema, contando una anécdota que hacía que la gente se riera, a pesar de no ser él la estrella. A menudo eso lo alegraba más que sus solos, quizá porque constituía algo nuevo.

Pero el hecho de que la universidad no hubiera vuelto a contar con él lo decepcionó. Se había imaginado a los profesores diciendo de él: «Ahí tenemos realmente a alguien que puede entusiasmar a los estudiantes». Muy a su pesar, nunca le propusieron nada más, y él era demasiado orgulloso —al tiempo que cobarde— como para ponerse en contacto con ellos y expresarles sus ganas de volver. Ni siquiera entendía que ése fuera uno de sus problemas: que carecía de espíritu emprendedor en un país en el que eso era el mismísimo motor de la sociedad, su clave. El silencio de la universidad lo atormentaba, por lo que llevaba una temporada en la que se mostraba mustio e introvertido y tocando sin mucho entusiasmo.

Ahora eran las 21.20. Era viernes, 8 de diciembre, y el lugar estaba lleno. Se veía un público más elegante de lo habitual, mejor vestido y un poco esnob, y quizá también más indiferente y desinteresado. «Será gente del mundo de las finanzas», pensó. Le dio la sensación de que allí había mucho dinero, cosa que le incomodaba. Había tenido épocas en las que no estaba del todo mal lo que ganaba. Tras sus primeros años en fuga nunca pasó hambre. Pero incluso cuando tenía dinero se le escurría de las manos. En ese aspecto, nunca ejerció ningún control. Su experiencia con los financieros tampoco había sido nada del otro mundo: se había topado con tipos de Wall Street que lo habían tratado como a un criado. ¡Que se fueran a la mierda!

Decidió ignorar al público y concentrarse en la música, aunque lo cierto era que, en un principio, tocó más que nada por rutina. Pero luego llegó *Stella by Starlight*, un tema que había interpretado miles de veces y con el que tendría la oportunidad de brillar. Inició su solo en penúltimo lugar, justo antes de Klaus, y cerró los ojos. El tema iba en si bemol, pero en lugar de seguir las progresiones dos-cinco-uno, se movió jugando casi por completo al margen de la clave. En realidad, no era un solo especialmente brillante, al menos para lo que él acostumbraba, pero tampoco era malo. Nada más empezar oyó unos espontáneos aplausos. Y al levantar la mirada para mostrar su agradecimiento vio algo raro.

Una joven mujer que lucía un elegante vestido rojo y una resplandeciente joya verde en el cuello lo contemplaba con intensidad. Era rubia, esbelta y guapa, de rasgos afilados. Daba la impresión de ser rica. Sin duda pertenecía al mundo de las finanzas. Pero en ella no había ni indiferencia ni desinterés.

Estaba entusiasmada. Daniel no recordaba que una mujer lo hubiera mirado antes así, al menos una mujer a la que nunca hubiera visto previamente, y mucho menos una belleza de las altas esferas de la sociedad. Pero no fue su modo de mirarlo lo que más le extrañó; fue la sensación de intimidad y de proximidad que le asaltó, una sensación familiar y al mismo tiempo excitante. La mujer no parecía estar contemplando a un guitarrista desconocido, sino a un querido amigo al que veía hacer algo que jamás podría haber imaginado. Se le antojó emocionada y embelesada, como hechizada, y hacia el final del solo ella abrió la boca y movió los labios como si exclamara algo efusivo y fantástico, como si lo conociera. Le sonrió con todo su rostro al tiempo que, incrédula, meneaba la cabeza. Tenía lágrimas en los ojos.

Después del concierto, se le acercó. Y entonces se mostró más tímida. Era probable que él la hubiera herido al no devolverle las miradas. Ella se toqueteaba con nerviosismo la joya mientras observaba sus manos y su guitarra. Tenía una arruga de preocupación en el entrecejo y daba la impresión de hallarse ansiosa y llena de curiosidad. Él sintió una repentina simpatía por ella, como un instinto protector. Se bajó del escenario y le sonrió. Ella le puso una mano en el hombro y le dijo en sueco:

—Has estado increíble. Sabía que tocabas el piano, pero esto... ha sido mágico. Ha sido tremendo, Leo.

—Yo no me llamo Leo —contestó él.

Lisbeth Salander sabía que ella y su hermana Camilla figuraban en una lista del Registro para el Estudio de la Genética y el Entorno. La existencia de ese organismo se consideraba secreta y poca gente lo conocía, pero dependía del Departamento de Genética Médica de la Universidad de Uppsala, que hasta el año 1958 se llamó Instituto Estatal de Biología Racial.

En dicha lista había otras dieciséis personas, casi todas mayores que ella y Camilla, y a las que se las describía con las siglas MCA y DCA. Lisbeth comprendió en el acto que MC significaba «monocigótico» y que se refería a los gemelos originados a partir de un solo óvulo. DC quería decir «dicigótico». Con la letra A se aludía a la palabra inglesa *apart*, de *reared apart*, «criado por separado».

A Lisbeth no le resultó difícil deducir que esas personas eran gemelos univitelinos y bivitelinos que se habían criado separados, según un plan preestablecido, especialmente al ver que a Camilla y a ella, a diferencia de los demás, se les etiquetaba como *DC-failed A*, «proyecto fallido». Por lo demás, la distribución estaba equilibrada. Eran ocho gemelos monocigóticos y ocho dicigóticos que habían sido separados a una edad muy temprana. Por debajo de los nombres se recogían los resultados de una serie de test de inteligencia y de personalidad.

Una de las parejas de niños destacó muy pronto: Leo Mannheimer y Daniel Brolin. Se les describía como gemelos espejo y excepcionales. Sus resultados eran relativamente coincidentes y, en una serie de puntos, extraordinarios. Se decía que pertenecían a un pueblo nómada, a alguno de los grupos romaníes. En una nota, firmada por M. S., ponía:

Muy inteligentes y excepcionalmente dotados para la música. Algo de niños prodigio. Pero con falta de iniciativa. Tendencia a dudas y depresión, quizá también a psicosis. Los dos han sufrido de paracusia, alucinaciones acústicas. Solitarios, aunque con una relación ambivalente para con su aislamiento. Lo buscan, pero al mismo tiempo dan testimonios de «un fuerte sentimiento de ausencia» y de «una intensa soledad». Empáticos, e inhibidos en la agresión, quitando unos pocos arrebatos de rabia producidos por ruidos fuertes. Resultados destacables también en los test de creatividad. Capacidad verbal alta. Aun así, autoestima débil, un poco mejor, por motivos evidentes, en L., pero no tanto como cabría esperar. Puede tener su origen en su problemática relación con la madre, que no ha respondido de la manera que esperábamos.

«Que no ha respondido de la manera que esperábamos...»

Lisbeth sentía verdadero asco por ese tipo de formulaciones, y tampoco daba mucha credibilidad al resto de las descripciones, sobre todo teniendo en cuenta toda la mierda que habían escrito sobre ella y su hermana. Camilla, por ejemplo, era —en teoría— «muy guapa, aunque un poco fría y narcisista». ¿«*Un poco* fría y narcisista»? ¿«*Un poco*»? «¡Menuda imbecilidad!» Lisbeth recordó cómo Camilla miraba fijamente a los psicólogos con sus cautivadores ojos de ciervo y cómo, por supuesto, también les comía el coco. De todos modos, sacando un poco de aquí y otro poco de allá, en el material figuraban algunos datos que podían serle útiles y que la ayudarían a jalar la hebra. Había, entre otras cosas, unas palabras que hablaban de «circunstancias desafortunadas» que habían obligado a las autoridades a «informar a los padres de Leo a cambio de una absoluta confidencialidad». No especificaba de qué tipo de información se trataba. Pero no era imposible que se refiriera a la actividad del registro, y era evidente que eso, resultaría interesante.

La documentación sobre los gemelos la había conseguido Lisbeth *hackeando* el sistema informático del Departamento de Genética Médica de la Universidad de Uppsala y creando un puente entre la red del servidor y la intranet del REGE, el Registro para el Estudio de la Genética y el Entorno. Se trataba de una operación muy complicada que le había llevado horas de ardua labor. Sabía perfectamente que muy poca gente sería capaz de acometer un ataque cibernético de tales características, sobre todo con tan poco tiempo de preparación.

Por eso esperaba obtener mejores frutos de su trabajo. Pero los implicados debían de haber actuado con una extraordinaria cautela. No pudo dar con un solo nombre de las personas responsables; tan sólo se topó con iniciales, como H. K. y M. S. No había manera. Al final llegó a considerar los archivos sobre Daniel y Leo como su más grande esperanza, aunque no estaban completos. Resultaba obvio que faltaban la mayor parte de los informes y que sin duda se habían archivado de otra manera. Sin embargo, el material despertó su interés porque junto al nombre de Leo se había escrito un signo de interrogación que luego alguien, con torpeza, había intentado borrar.

Al parecer, Daniel Brolin había emigrado y soñaba con convertirse en guitarrista profesional. Estudió un año en el Berklee College of Music de Boston con la ayuda de una beca, y después nunca más se pudo contactar con él. Con toda probabilidad, había cambiado de nombre. Leo había estudiado en la Escuela de Economía de Estocolmo. En una anotación de unos años más tarde se leía: «Se encuentra profundamente amargado tras separarse de una mujer de su misma clase social, y por primera vez ha soñado con recurrir a la violencia. ¿Peligroso? ¿Nuevos ataques de paracusia?».

Luego, era muy posible que no hiciera mucho tiempo, se anunció la decisión —firmada de nuevo por M. S.— de cerrar oficialmente el registro: «El Proyecto 9 ha finalizado. Preocupantes factores en Mannheimer».

Lisbeth no sabía lo que significaba eso, y como cuando se encontraba en prisión no había podido buscar personalmente a Leo ni a nadie de su entorno, le había pedido a Mikael que le siguiera la pista. Mikael llevaba un tiempo de latoso jugando a ser papá y preocupándose por ella. A veces le habían dado ganas de arrancarle la ropa y tirarlo sobre el colchón de la cama que tenía en la cárcel tan sólo para que se callara. Pero era un hombre que no se daba por vencido con facilidad, y en ocasiones —reconoció Lisbeth a regañadientes— descubría cosas que a ella se le habían pasado por alto. Por eso, consciente de ello, le había ocultado información: para que Mikael investigara por su cuenta sin ideas preconcebidas y se forjara una visión más clara del tema. Dentro de poco lo llamaría. Dentro de poco retomaría todo aquello.

Lisbeth se encontraba en el barrio de Vallholmen, sentada en una banca de Flöjtvägen con su lap-top —que estaba conectada a su celular— y con la mirada levantada hacia los altos edificios de departamentos cuyas fachadas verdes grisáceas cambiaban de color según la luz del sol. Hacía un calor sofocante, y su ropa era la menos adecuada. Llevaba una chamora de piel y unos *jeans* negros. A Vallholmen solían describirlo como una especie de gueto. Por las noches se quemaban coches, y bandas juveniles peinaban las calles en busca de gente a la que robar. Un violador andaba suelto y a menudo se hablaba en la prensa de un barrio donde nadie se atrevía a hablar con la policía.

Pero en ese mismo momento Vallholmen le parecía un lugar idílico. En el césped, frente a los edificios, había un par de mujeres con velo sentadas junto a una cesta de picnic. Unos chicos jugaban al futbol. Delante del portón que quedaba a la izquierda, dos hombres se echaban agua con una manguera y se reían como niños. Lisbeth se secó una gota de sudor de la frente antes de continuar trabajando en su red neuronal profunda.

Resultaba difícil, como cabía esperar. La secuencia de imágenes del metro de Hornstull era demasiado breve y borrosa, y gran parte de aquel cuerpo se ocultaba detrás de otros viajeros que habían subido desde el andén y que salían por los torniquetes. Tampoco se le veía la cara. El muchacho —se trataba de un hombre joven— llevaba gorra y lentes de sol. La cabeza agachada. Lisbeth ni siquiera había conseguido medir la distancia que había entre sus hombros.

Lo único que había logrado obtener era un significativo movimiento de un dedo que sobresalía y una gestualidad espasmódica y disimétrica en la mano derecha. No sabía hasta qué punto sería algo característico del joven. Quizá sólo se tratara de una reacción nerviosa, de una anomalía dentro de su pauta normal de movimientos. Pero le pareció especial, estaba marcado por una irregularidad espasmódica que ahora se activaba en los nodos de su red y que comparó con una secuencia que ella misma le había grabado a un chico que había pasado haciendo *footing* cuarenta minutos antes.

Existían ciertas correspondencias en las pautas de movimiento, y eso le resultaba esperanzador. Pero no bastaba. Necesitaba pescar al corredor en una situación que se asemejara más a la del metro. Por eso, de vez en cuando, Lisbeth levantaba la vista hacia el césped y el camino peatonal asfaltado por donde el chico se había alejado. Aún no se acercaba nadie, de modo que se dedicó a consultar el correo y a mirar sus mensajes.

Mikael le había escrito: había encontrado algo. Y de nuevo pensó en que debía llamarlo. Pero ahora resultaría catastrófico perder la concentración. Tenía que estar preparada. Permaneció sentada con el programa de la red neuronal abierto mientras, de vez en cuando, miraba de reojo el camino. Al cabo de quince minutos divisó al joven, a lo lejos, apareciendo por una cuesta. Era alto y corría con una buena técnica, como un profesional, aunque era tan delgado que parecía anoréxico. Pero eso a Lisbeth le daba igual, tan sólo le interesaba el brazo derecho: la irregularidad del movimiento cuando lo llevaba hacia arriba y el movimiento del dedo que sobresalía. Ahora lo estaba grabando con el celular y tuvo respuesta inmediatamente. La correlación se había reducido, tal vez como consecuencia del cansancio del chico, o quizá porque nunca había sido lo suficientemente alta. Volvió a dudar.

Se trataba de una apuesta muy arriesgada, de una posibilidad muy remota, pero aun así le parecía una suposición razonable. El hombre que se veía en la grabación de video era uno de los pocos que no se habían podido identificar de entre los que habían subido desde el andén tras la muerte de

Jamal Chowdhury, y el que, definitivamente, se comportaba de forma más esquiva. Y existía un parecido obvio con el chico que iba corriendo por allí. Si las sospechas resultaban ciertas, sería fácil explicarse también el silencio de Faria en los interrogatorios. Sin embargo, no tenía por qué tratarse de la persona que buscaban. Incluso para las suposiciones erróneas buscamos explicaciones que nos parecen aclaradoras.

Lisbeth necesitaba más material visual, por lo que metió su computadora en la bolsa, se levantó de la banca y empezó a gritarle. El joven fue frenando el ritmo de sus pasos mientras entornaba los ojos. Ella sacó su anforita del bolsillo y, tras echarse un trago de whisky, fingió dar un paso en falso. El chico no pareció preocuparse; se limitó a detenerse un momento para recobrar el aliento. Lisbeth no olvidó simular un balbuceo al hablar.

—¡Vaya, cómo corres!

Él no dijo nada. Se veía que sólo pretendía deshacerse de ella para desaparecer de allí y entrar en su edificio, pero ella no se rindió tan fácilmente.

—¿Puedes hacer esto? —preguntó al tiempo que efectuaba un movimiento con la mano.

—¿Por qué?

Lisbeth no supo qué responder, de modo que dio un paso y se acercó a él.

—¿Porque yo lo quiero?

—¿Estás mal de la cabeza?

Ella no contestó. Se limitó a mirarlo fijamente con sus ojos negros. Él pareció asustarse, momento que ella aprovechó para aproximarse aún más de forma intimidatoria y caminando como un pato.

—¡Vamos! —le espetó, y entonces el chico movió la mano, bien porque le entró miedo o bien porque deseaba quitársela de encima. Luego desapareció por el portón sin ni siquiera darse cuenta de que ella lo estaba grabando con el celular.

Lisbeth se quedó parada contemplando en la computadora cómo se activaban los nodos de su red. De repente, lo vio claro. Había acertado: existía una correspondencia en la dismetría de los dedos. Nada que constituyera una prueba en un juicio, pero suficiente para convencerla a ella.

Se dirigió hacia el portón. No sabía cómo entrar, aunque fue fácil; se limitó a pegarle a la puerta un fuerte empujón y accedió a una destartalada escalera donde todo le pareció deteriorado o descompuesto. Olía a orines y a tabaco, y el elevador no funcionaba. En el primer piso pudo percibir, gracias a la luz del sol que se colaba por el portón, que las paredes eran grises y se hallaban llenas de grafitti, pero en el segundo apenas se alcanzaba a ver algo. La escalera carecía de ventanas y muy pocos eran los focos que no estaban fundidos. Se respiraba un aire sofocante y viciado, y por todas partes había basura en el suelo.

Lisbeth subió despacio, concentrada en su laptop. La llevaba ante sí, sostenida por la mano izquierda. Al llegar al tercer piso, se detuvo un instante para enviarles el análisis gestual a Bublanski y a su novia, Farah Sharif, que era catedrática de tecnología informática. También se lo mandó a Annika Giannini. Ya en el cuarto piso, introdujo la lap-top en su bolsa y empezó a mirar los letreros de las puertas. Al fondo, en la parte izquierda, había uno en el que ponía K. KAZI, Khalil Kazi a todas luces. Irguió la espalda y se preparó. Khalil no le preocupaba en absoluto pero, según Annika, sus dos hermanos mayores lo visitaban a menudo. Lisbeth tocó el timbre. Se oyeron unos pasos y, acto seguido, la puerta se abrió. Khalil le clavó la mirada, desprovista ya del miedo que había mostrado hacía tan sólo un momento. Lisbeth saludó:

—Hola.

—¿Tú otra vez? ¿Qué quieres?

—Enseñarte una cosa. Una película.

—¿Qué tipo de película?

—Ya la verás —contestó. Él la dejó entrar.

«Ha sido demasiado fácil», se dijo, y pronto comprendió por qué.

En efecto, Khalil no estaba solo en casa. Bashir Kazi —lo reconoció por su investigación— la miró fijamente lleno de desprecio. Lisbeth dedujo que aquello iba a ser casi tan complicado como desde un principio temía.

Diciembre, un año y medio antes

Dan Brody estaba desconcertado. La mujer se negaba a creer que él no fuera ese tal Leo. Se toque-

360

teaba la joya y se pasaba la mano por el pelo mientras le decía que entendía que deseara mantener su anonimato y le comentaba que siempre había pensado que él se merecía algo mejor.

—Tú no te das cuenta de lo genial que eres, Leo —sentenció ella—. Nunca lo hiciste. Ni nadie de Alfred Ögren. Por no hablar de Madeleine.

—¿Madeleine? —inquirió asombrado.

—Madeleine es idiota. Elegir a Ivar en vez de a ti. ¡Es que es un escándalo! Ivar es un cabrón y un imbécil de mierda.

La mujer se expresaba de forma infantil, pensó. Pero quizá se debiera a que había perdido el contacto con el sueco moderno. También se notaba nerviosa. Desprendía ansiedad. Había mucho bullicio alrededor. La gente se abría paso para llegar a la barra del bar. Klaus y el resto de la banda se acercaron para preguntarle si quería acompañarlos a cenar. Dan contestó que no con la cabeza y volvió a mirar a la mujer. Se hallaba tan extrañamente cerca... Vio cómo su pecho subía y bajaba al respirar, y sintió el aroma de su perfume. Era muy guapa. Todo le parecía un sueño, un sueño bueno, creía, aunque no se encontraba seguro del todo. Estaba aturdido.

Al fondo de la sala se oyó un vaso romperse. Un hombre joven gritó estrepitosamente y la cara de Dan se torció en una mueca.

—Perdón —dijo la mujer—. Quizá Ivar y tú sean amigos todavía.

—No conozco a ningún Ivar —respondió él con un tono severo.

La mujer lo contempló con tanta pena que Dan

se arrepintió enseguida y quiso decirle cualquier cosa para complacerla: que se llamaba Leo y que conocía a Madeleine, y que pensaba que Ivar era un idiota, lo que fuera necesario... Ya no deseaba decepcionarla más. Deseaba que estuviera tan contenta y emocionada como durante su solo de guitarra.

—Perdón —le pidió.

—No pasa nada —contestó ella.

Le acarició el pelo, a pesar de que nunca solía acariciarle el pelo a una desconocida. Era tímido y reservado por naturaleza. Pero ya no. Sentía ganas de fingir, aunque sólo fuera por un instante. Quería que la cara de la mujer volviera a iluminarse, y por eso le dio la razón: él era Leo. O, mejor dicho, ya no lo desmintió. Metió la guitarra en la funda y le propuso ir a tomar una copa a un sitio más tranquilo. Ella accedió: «Sí, con mucho gusto».

Bajaron por Pestalozzistrasse. Le costó mantener una conversación, porque cada una de las palabras que pronunciaba podía delatarlo. En algún momento llegó a pensar que ella lo había descubierto. Y en otros pensaba que también *ella* hacía teatro: ¿no estaba mirando crítica e inquisitivamente su traje y sus zapatos? Y, entonces, ese traje que antes consideraba elegante ahora se le parecía a Dan barato y que le quedaba mal. ¿Estaría jugando con él? Claro que, por otra parte, ella sabía que era sueco. No había ya casi nadie que conociera su verdadera procedencia.

Entraron en un pequeño bar situado más abajo, en esa misma calle, y pidieron dos margaritas. Él la dejó hablar, lo que le fue dando algunas pistas. Todavía no sabía cómo se llamaba, no se atrevía a preguntárselo. Pero era la responsable —al menos, en parte— de un fondo de inversión farmacéutica de Deutsche Bank.

—Imagínate qué cambio comparado con esa mierda que Ivar me obligaba a hacer.

Ivar —Dan tomó nota—; Ivar, que quizá se apellidara Ögren, como Alfred Ögren, la casa de bolsa donde la mujer le había dicho que había trabajado hasta no hacía mucho y donde también había una tal Malin Frode, a la que ella parecía ver como competidora.

—Me enteré de que Malin y tú han empezado a salir —le soltó.

Él respondió de forma evasiva:

—Bueno, no exactamente; en realidad no hay nada.

Contestaba más o menos así a todo, aunque sí le habló con sinceridad sobre cómo llegó a tocar con Klaus Ganz. Contactos, argumentó. Recomendaciones de Till Brönner y Chet Harold.

—Toqué con ellos en Nueva York. Klaus se arriesgó y apostó por mí —comentó.

Decir que se habían arriesgado al contratarlo quedaba bien en la conversación, pero era una estupidez, por supuesto: contratarlo a él no suponía ningún riesgo para ninguna banda de jazz, pues, a pesar de todo, era consciente de su valía.

—Pero ¿guitarra, Leo? Eres increíble. Debes de haber practicado una barbaridad. ¿Cuándo empezaste?

—En la adolescencia —respondió.

—Y yo que creía que tan sólo el piano de cola

y el violín eran lo suficientemente buenos para Viveka.

—Toqué a escondidas —dijo.

—Pero el piano debe de haberte ayudado un montón. Me sonaban un poco las armonías cuando hiciste tu solo, y no soy precisamente una experta, ni muchísimo menos. Aún recuerdo cuando te oí tocar en casa de Thomas e Irene, y hoy he tenido la misma sensación. Las mismas vibraciones.

¿«La misma sensación»? ¿«El piano»? ¿Qué quería decir? ¿Qué significaba eso? Quiso preguntárselo, obtener más pistas. Pero no se atrevió. La mayor parte del tiempo permanecía callado o se limitaba a sonreír y a asentir. A veces intervenía con algo que no lo comprometía o hablaba de cosas que había leído. Por ejemplo —y sin duda debió de haber algún motivo que lo llevara a hablar de eso—, de que el tiburón boreal puede llegar a los cuatrocientos años porque vive su vida en cámara lenta.

—Qué vida más aburrida —comentó ella.

—Pero larga —apostilló él arrastrando y alargando cómicamente la voz, ante lo que ella se rio.

No hacía falta gran cosa para divertirla, así que fue envalentonándose. Incluso se atrevió a pronosticar la evolución de la bolsa «ahora que las valoraciones son tan justas y los intereses tan bajos».

—Sube —dijo—. O baja.

Cosa que, en apariencia, también resultaba divertida. Tuvo la sensación de que acababa de caer en algo: que le gustaba meterse en un nuevo papel, que eso le añadía carácter a su personalidad y le otorgaba un marco más amplio de libertad. Experimentó momentos de liberación. El papel le ayu-

dó a entrar en un mundo que siempre le había sido
vetado, un mundo de dinero y posibilidades. Puede que fueran las copas. O tal vez la forma que ella
tenía de mirarlo. Lo cierto, en cualquier caso, fue
que continuó hablando cada vez más, y hasta llegaron a gustarle sus propias asociaciones y ocurrencias.

Sobre todo, deseaba que lo vieran con ella. Le
encantaba esa indescriptible sofisticación que ella
poseía y que, en absoluto, podía reducirse a la ropa,
a las joyas o al calzado. Residía en sus gestos y en
sus pequeñas expresiones, en esa exquisita manera
de pronunciar las eses y en la naturalidad con la
que se dirigía al mesero y con la que contemplaba
el mundo. Con la mera fuerza de su forma de ser,
ella le otorgaba dignidad. Él observaba sus caderas,
sus piernas y sus pechos, y sentía que la deseaba. La
besó en medio de una frase. Mostró más arrojo del
que habría tenido siendo Dan Brody. Ya en la calle, frente al bar, apretó su sexo contra el cuerpo de
aquella mujer.

Fueron hasta el hotel de ella —el Adlon Kem-
pinski, junto a la Puerta de Brandeburgo— y le
hizo el amor con muchas ganas y osadía. Ya no era
un amante inhibido; al terminar, ella le dijo cosas
maravillosas. Él le correspondió y se sintió feliz,
feliz como un impostor que terminaba de llevar a
cabo, con éxito, un golpe muy atrevido, pero feliz
a pesar de todo. Quizá asimismo enamorado, no
sólo de ella, sino también de su nuevo yo. Aun así,
no podía conciliar el sueño. Quería buscar en Google esos nombres a los que ella había aludido para
comprenderlo todo. Sin embargo, esperó; deseaba

encontrarse solo cuando lo hiciera. Sopesó la idea de escapar al amanecer, pero no podía mostrarse tan insensible hacia ella. Era tan bella cuando dormía, tan pura y clara...; como si también, mientras soñaba, perteneciera a una clase más distinguida. Tenía una mancha roja en el hombro. Le encantaba cada pequeña marca de su cuerpo.

Poco antes de las seis de la madrugada, volvió a rodearla con sus brazos y le susurró un «gracias» al oído, para decirle, acto seguido, que debía irse. A una reunión, argumentó. Ella le respondió que lo entendía y le dio su tarjeta de presentación. Se llamaba Julia Damberg. Él prometió telefonearla «pronto, muy pronto». Se vistió y salió a la calle para tomar un taxi.

En el mismo trayecto hasta su hotel, buscó la agencia Alfred Ögren en el celular. El director ejecutivo de la empresa resultó ser, precisamente, Ivar Ögren. Y la verdad era que sí, que parecía un auténtico idiota: se le intuía un aire de arrogancia, y tenía papada y unos pequeños ojos acuosos. No obstante, aquello no fue nada, tan sólo una minucia comparado con lo que le esperaba. Porque un poco más abajo había una foto del socio y jefe de análisis, Leo Mannheimer, y esa fotografía... lo dejó KO.

Pasó un buen rato negándose a creerlo. Era un disparate demasiado absurdo. Pero aquel de la foto era él. Aunque, por supuesto, no era él. Sin embargo, se parecía tanto que le dio vértigo; se quitó el cinturón de seguridad y se inclinó hacia delante para verse la cara en el espejo retrovisor.

Eso no hizo más que empeorar las cosas. No le

costó mucho esfuerzo sonreír exactamente igual que el jefe de análisis de Alfred Ögren. Reconoció esas arrugas en torno a la boca, así como las de la frente, y luego esa mirada, su nariz, los rizos del pelo, todo todo, incluso la postura, aunque el hombre de la fotografía parecía más elegante. El traje era, sin lugar a dudas, mucho más caro.

Continuó con sus pesquisas en la habitación del hotel. Se olvidó de la hora y de dónde se encontraba y no hacía más que soltar improperios y mover la cabeza con incredulidad; se hallaba fuera de sí. Eran tremendamente parecidos. Sólo el marco difería. Leo Mannheimer pertenecía a otro mundo, a otra clase. Estaba a años luz de él y, al mismo tiempo, no lo estaba. Resultaba incomprensible, pero lo más desconcertante era lo de la música. Dan dio con una antigua grabación realizada en la Konserthuset de Estocolmo. Leo debía de tener unos veinte o veintiún años y se le veía tenso y con una solemne expresión en el rostro ante una sala abarrotada; se trataba de un acto semioficial en el que Leo era el artista invitado.

Desde luego, en esa época nadie los habría confundido como ocurrió la noche anterior. Dan era un bohemio de pelo largo que se vestía con *jeans* y suéteres, mientras que Leo ya se había convertido en ese hombre elegante que aparecía en la fotografía de la página web de Alfred Ögren, con la diferencia de que se le veía un poco más joven, aunque con el mismo peinado y con un traje similar, hecho a la medida. Tan sólo le faltaba la corbata.

Pero todo eso no significaba nada. Cuando Dan vio el video, las lágrimas acudieron a sus ojos. Lloró no sólo por caer en la cuenta de que tenía un gemelo, sino también por su propia vida: su infancia en la granja, los golpes y las exigencias de Sten, el duro trabajo del campo, aquella guitarra destrozada contra el embarcadero, su huida y su viaje a Boston, y aquellos primeros meses de miseria. Lloró por no haberlo sabido y por esa ausencia que siempre había sentido. Pero, sobre todo, lloró por lo que oyó. Luego sacó su guitarra y acompañó a ese piano. A distancia. Y quince años después.

No sólo le emocionó aquella melancólica pieza que parecía una composición propia. También lo hicieron el timbre y las armonías. Los triples arpegios de Leo Mannheimer eran los mismos con los que Dan tocaba antes: cuando terminaba sus progresiones dos-cinco-uno subía medio tono sobre la tónica. Y, al igual que Dan, utilizaba los antiguos acordes de quinta disminuida en lugar de séptima menor, quinta menor y novena menor, como hacía la mayoría, para acabar a menudo en el sexto tono de la escala dórica.

Cuando Dan descubrió a Django se creyó único, y de ese modo encontró su propio camino, tan alejado de todos los de su generación, que se dedicaban al rock, al pop y al hip hop. Y ahora resultaba que, por aquella época, en Estocolmo, en un mundo completamente distinto, había un chico con su mismo aspecto que había encontrado las mismas armonías y escalas. Apenas si podía asimilarlo; eran muchos los sentimientos que afloraban desde su interior: añoranza, esperanza y tal vez incluso amor. Pero sobre todo estupefacción. Tenía un hermano.

Tenía un hermano que había acabado en una familia rica de Estocolmo. En ese hecho no sólo había algo tremendo, sino también muy injusto. Tal y como recordaría después, el enfado y la rabia no tardarían en emerger, y lo harían con una descomunal fuerza en medio de todos los demás sentimientos. Evidentemente, Dan todavía no entendía qué podía haber ocurrido, aunque lo intuía. Se le vino a la mente aquella gente de Estocolmo con sus test, sus preguntas y sus grabaciones. ¿Ellos lo sabían?

¡Claro que sí! Empezó a sumar una cosa con la otra y la ira lo hizo arrojar un vaso contra la pared. Luego buscó el número de Hilda von Kanterborg y la llamó. Era aún de mañana, si bien era cierto que las horas habían pasado con más rapidez de lo que él pensaba; pero Hilda von Kanterborg no parecía estar sobria. Ya sonaba borracha o, cuando menos, bajo la influencia del alcohol, y eso lo irritó.

—Soy Daniel Brolin —dijo—. ¿Te acuerdas de mí?

—¿Cómo has dicho que te llamas?

—Daniel Brolin.

Oyó una respiración pesada y, quizá —aunque no podía asegurarlo—, miedo, auténtico miedo.

—¡Querido Daniel! —le respondió—. ¡Claro que me acuerdo! ¿Cómo estás? Estábamos tan preocupados... No sabíamos nada de ti.

—¿Sabías que tenía un gemelo? ¿Lo sabías?

Su voz se quebró, y en la línea se hizo el silencio. Ella se sirvió algo en una copa, y ese silencio y el sonido del líquido al caer fueron suficientes para él. Comprendió que ella lo sabía, que ése era el motivo por el que le había hecho todas esas visitas a la granja y también el de sus extrañas palabras: «Nuestro trabajo consiste en estudiar, no en intervenir».

—¿Por qué no me dijiste nada?

Ella continuó callada, y él lo repitió, esta vez de forma más agresiva.

—No podía —susurró Hilda—. Había firmado un documento de confidencialidad.

—¿Así que un papel era más importante que mi vida?

—Lo hice mal, Daniel, ¡muy mal! Lo sé. Pero yo ya no pertenezco a ese organismo. Me despidieron. Protesté demasiado.

—O sea, que encima se trataba de una puta organización.

Dan perdió los estribos. Ya no era consciente ni de lo que decía. Con el tiempo, sólo recordaría una pregunta que le hizo Hilda:

—¿Se han visto Leo y tú?

Eso lo destrozó por completo. Al principio no entendió por qué esa pregunta lo alteró tanto. Probablemente se debiera a la manera tan familiar con la que Hilda se refirió a ellos, como si para ella fuese algo ya arraigado, algo del pasado, ya asumido, mientras que a él le produjo un auténtico terremoto.

—¿Él lo sabe?

—¿Leo?

—¡Sí, claro!

—No creo, Daniel. No lo creo. No puedo contarte nada más. De verdad. Ya te he dicho demasiado.

—¿Demasiado? Te llamé cuando estaba muy mal, cuando no tenía nada. ¿Y qué me dijiste entonces? Ni una palabra. Dejaste que pasara toda mi vida sin saber lo más importante. Me has robado la...

No encontraba las palabras. No había palabras capaces de hacerles justicia a sus sentimientos.

—Lo siento, Daniel, lo siento —balbuceó.

Él le gritó y le soltó un insulto, luego colgó y llamó al *room service* para pedir cervezas. Muchas cervezas. Tenía que calmarse y ordenar sus pensamientos, porque desde ese mismo momento tuvo claro que debía contactar con Leo. Verlo. Pero ¿cómo? ¿Escribiéndole, llamándolo o simplemente presentándose un día frente a su puerta? Leo Mannheimer era rico. Diferente; seguro que era un tipo mucho más feliz y mucho más duro que él. Hasta resultaba posible —Hilda lo había insinuado— que supiera de la existencia de Daniel y que hubiera preferido no contactar con él. Quizá se avergonzara de su hermano pobre y pisoteado. No parecía del todo improbable.

Dan volvió a la página web de Alfred Ögren y miró de nuevo la foto de Leo. ¿No había en sus ojos un aire de inseguridad? Dan creyó verlo, cosa que le infundió algo más de coraje. A lo mejor Leo no era un tipo tan duro, a pesar de todo. Pensó en la facilidad con la que había hablado con Julia la noche anterior y se sumió en un instante de sueños e ilusiones. Sintió cómo su rabia se iba apaciguando al tiempo que volvían las lágrimas.

¿Qué debía hacer? Se buscó en Google para dar con grabaciones de sus conciertos. Y se topó con un video grabado hacía tan sólo unos seis meses en un club de jazz de San Francisco; acababa de cortarse el pelo y llevaba su traje gris, y tocaba el solo de *All the Things You Are* utilizando la misma tonalidad melódica que había empleado Leo en la Konserthuset. Adjuntó el video y se puso a escribir un largo correo. Todavía recordaba su comienzo:

Querido Leo, querido hermano gemelo:
Me llamo Dan Brody y soy guitarrista de jazz. Hasta esta misma mañana no tenía ni idea de tu existencia, y estoy tan emocionado y aturdido que apenas soy capaz de escribir.

No es mi intención, en absoluto, molestarte o incomodarte. No te pido nada, ni siquiera una respuesta. Sólo quiero decirte que saber que existes y que pareces tocar el mismo tipo de música que yo será para siempre lo más importante que me ha pasado jamás.

No tengo ni idea de si te interesará mi vida, aunque yo muero por saber de la tuya. Aun así, quiero contarte algo. ¿Llegaste a conocer a nuestro padre? Era un borracho y un desastre de persona, pero tenía un excepcional talento musical. Nuestra madre murió a consecuencia del parto. Debió de resultar muy complicado, quizá porque dio a luz a gemelos. Yo nunca me enteré de eso...

Dan escribió veintidós páginas. Pero nunca envió el correo. No se atrevió. En cambio, llamó a Klaus Ganz y le dijo que había fallecido un familiar. A continuación compró un boleto de avión a Estocolmo para la mañana siguiente.

Era la primera vez en dieciocho años que pisaba Suecia. Soplaba un viento gélido. Nevaba. Era 10 de diciembre y el día de la entrega del Premio Nobel. La iluminación navideña alegraba las calles, y Daniel miraba maravillado a su alrededor. Estocolmo era esa bonita ciudad de su infancia que le quedaba tan lejos en el tiempo. Estaba nervioso y con el pulso acelerado, pero también excitado como un niño pequeño. Aun así, tardaría cinco días en reunir el coraje suficiente para ponerse en contacto con su hermano. Durante unos días vivió como la sombra de Leo Mannheimer, su invisible perseguidor.

Capítulo 15

21 de junio

Bashir Kazi tenía una barba larga y descuidada y estaba vestido con unos pantalones militares y un chaleco claro de cazador. Sus brazos eran fuertes y musculosos; presentaba un aspecto físico impactante. Ahora se hallaba recostado en un sillón de piel, viendo la televisión, y, tras inspeccionar a Lisbeth con una despectiva mirada, la ignoró. Con un poco de suerte era posible que estuviera fumado. Ella, por si acaso, para interpretar bien su papel, se tambaleó un poco y le dio un trago a la anforita. Bashir sonrió burlonamente y se volvió hacia Khalil.

—¿Quién es esta puta que has traído?

—No la he visto en mi vida. Se ha presentado en la puerta y me ha dicho que quiere enseñarme una película. ¡Sácala de aquí!

Khalil le tenía miedo. Eso resultaba obvio. Pero temía aún más a su hermano, cosa que ayudaría a Lisbeth a lograr su objetivo. Ella dejó la bolsa con la computadora en una cómoda gris que había junto a la puerta.

—Bueno, ¿y tú quién eres, nena? —preguntó Bashir.

—Nadie en particular —contestó Lisbeth, un comentario que tampoco ocasionó ninguna reacción especial.

Sin embargo, Bashir se levantó y bostezó, probablemente con el fin de dejar claro hasta qué punto estaba harto de tipas que se hacían las interesantes.

—¿Cómo has podido volver a este barrio? —le preguntó Bashir a Khalil—. Aquí no hay más que putas e idiotas.

Lisbeth examinó la vivienda. Era un estudio con una pequeña cocina a la derecha. Había pocos muebles y ropa tirada por doquier; todo estaba muy desordenado. Tenía una cama elevada, tipo loft, el sillón de piel y una pequeña mesa de centro. Junto a la cómoda, había un palo de *hockey* apoyado contra la pared.

—Una generalización muy poco precisa —intervino ella.

—¿Qué dijiste?

—Que tu modo de expresarte es excesivamente estereotipado, ¿no te parece, Bashir?

—¿Cómo sabes mi nombre?

—Acabo de salir de la carcel y tu amiga Benito te manda muchos saludos.

Era una apuesta arriesgada. Se había arriesgado. O quizá no; estaba bastante segura de que había una conexión entre los dos, y, en efecto, Bashir reaccionó. Benito no era un nombre desconocido para él. Una especie de chispa brilló en sus turbios ojos.

—¿Y qué tipo de saludos se supone que son ésos?

—Son saludos en forma de video. ¿Quieres verlo?

—Pues depende.

—Creo que te va a gustar; es muy entretenido —dijo Lisbeth mientras sacaba su celular y fingía tener problemas para encenderlo. En realidad, lo que hizo fue escribir un par de comandos y conectarse a esa infraestructura que *Hacker Republic* mantenía actualizada a diario.

Luego dio un paso hacia delante y le clavó la mirada a Bashir.

—A Benito, como bien sabes, no le importa hacerles favores a sus amigos. Pero hay algunos aspectos sobre los que debemos hablar.

—¿Como cuáles?

—Es una cárcel, cosa que, ya de por sí, plantea unos cuantos problemas. Has demostrado una gran habilidad metiendo una navaja en el módulo. Te felicito.

—Al grano.

—El grano se llama Faria.

—¿Y qué le pasa?

—¿Cómo han podido tratarla tan mal?

—¿Qué?

—Se han comportado como unos auténticos cerdos.

Bashir parecía desconcertado.

—¿Qué carajos estás diciendo?

—Cerdos. Hijos de puta. Cabrones de mierda... Hay muchas palabras, y todas se quedan cortas teniendo en cuenta las circunstancias. Deberían ser castigados, ¿no te parece?

Lisbeth esperaba una reacción. Pero subestimó la fuerza con la que llegó ese repentino arrebato de ira que siguió al desconcierto inicial. Sin dudarlo ni un instante, Bashir le propinó un puñetazo en toda la barbilla. Ella consiguió mantener el equilibrio a duras penas y se concentró en sujetar firmemente el celular con la mano derecha y sostenerlo pegado a la cadera y con la pantalla dirigida hacia la cara de Bashir.

—Uy, te enojaste —dijo ella.

—¡No sabes cuánto!

Lisbeth recibió otro golpe, que también la hizo tambalearse, pero continuó sin realizar ni un solo ademán para defenderse; ni siquiera levantó la mano para protegerse. Bashir la miró con unos ojos en los que cabían tanto la rabia como el asombro. Lisbeth tenía sangre en la boca. Se arriesgó y se la jugó otra vez:

—Quizá no fuera muy inteligente matar a Jamal.

Bashir golpeó de nuevo, pero en esta ocasión a Lisbeth le resultó muchísimo más difícil mantener el equilibrio. Se mareó y sacudió la cabeza con la esperanza de verlo todo más nítido, y entonces, justo a su lado, contempló los asustados ojos de Khalil. ¿Él también pensaba atacarla? No estaba segura, no era fácil entender a ese chico. Pero confió en que se quedara quieto y paralizado. Su delgada figura daba, más que nada, lástima.

—No fue muy inteligente de tu parte —dijo Lisbeth mientras miraba a Bashir de la manera más cáustica que pudo.

Él perdió los nervios y la cabeza, justo lo que ella esperaba.

—Fue más inteligente de lo que tú serás capaz de comprender en toda tu puta vida, esúpida de mierda.

—¿Ah, sí? Pues explícamelo.

—¡Convirtió a Faria en una puta! —gritó Bashir—. ¡Una puta! Deshonró a la familia.

Lisbeth recibió otro puñetazo, y esta vez no supo si había conseguido mantener el teléfono recto.

—Claro, y por eso Faria también debe morir, ¿verdad? —acertó a decir.

—Como una rata, como una cerda. No nos rendiremos hasta que arda en el infierno.

—Bien —contestó Lisbeth—. Ya nos estamos entendiendo. ¿Quieres ver mi video?

—¿Y por qué diablos iba a querer verlo?

—Porque, si no lo haces, Benito se va a llevar una gran decepción, y eso no es bueno. Pensaba que a estas alturas ya te había quedado claro.

Bashir dudó, se le notaba en los ojos y en el tembloroso brazo. Pero eso no cambiaba nada; seguía furioso, fuera de sí, y ella no aguantaría muchos más golpes. Lisbeth se hizo una rápida visión de conjunto, midió las distancias con los ojos, lo calculó todo y analizó las consecuencias. ¿Debía darle un cabezazo? ¿O un rodillazo entre las piernas? ¿Devolverle los puñetazos? Decidió aguantar un poco más y jugar a fingirse destrozada y vencida. El siguiente golpe llegó de lado y fue más fuerte que todos los demás. Le abrió el labio superior y provocó que su cabeza retumbara. Volvió a tambalearse.

—Vamos, enséñamelo ya —le espetó Bashir.

Lisbeth se limpió los labios, tosió, escupió sangre y se desplomó en el sillón de piel.

—Lo tengo en el celular —dijo.

—Bueno, pues enséñamelo —le ordenó Bashir al tiempo que se sentaba junto a ella. Lisbeth manipuló torpemente el teléfono intentando dar la sensación de hallarse desorientada y mareada.

Khalil también se acercó, lo cual estaba bien, pensó ella. Sin demasiada diligencia y sin mostrar excesiva destreza con las manos, introdujo sus comandos, y los códigos de los programas aparecieron en la pantalla. Se notaba que los hermanos se iban poniendo cada vez más nerviosos.

—¿Qué carajos pasa? —Bashir preguntó inquieto—. ¿Está descompuesto? ¿O es un puto teléfono de mierda?

—No, no —aclaró ella—. Es normal. La grabación está entrando en una cosa llamada *botnet*, ¿lo ven? Ahora le doy un nombre al archivo, pulso *Command* y *Control* y lo subo a la red.

—¿Qué mierda estás diciendo?

Lisbeth percibió un agrio olor a sudor.

—Te lo voy a explicar —continuó—. Un *botnet* es una red de computadoras *hackeados* que han sido infectados con virus, con troyanos. Es algo ilegal, pero resulta práctico. Antes de contarte más, creo que debemos ver el video. Yo tampoco lo he visto. Aún no está editado. Espera un momento... ¡Ahí está!

En la pantalla apareció la cara de Bashir. Se le veía desconcertado, como un niño que no acaba de entender una pregunta difícil.

—¿Qué carajos es eso? —preguntó Bashir.

—Pues tú, ¿no te ves? Sin afeitar y algo desaseado, aunque he de reconocer que la imagen está desenfocada. Es que no es fácil grabar desde la cadera. Pero la película se pondrá mejor. Se hará más emocionante. Mira aquí lo bien que pegas, y ahora... ¡Escucha! Vaya, parece que estás confesando el asesinato de Jamal Chowdhury.

—Pero ¿qué mierda...?

Bashir pudo oírse chillando que Faria tenía que morir como una rata y una cerda y arder en el infierno. Luego la cámara tembló y se oyeron más palabras seguidas de nuevos golpes difíciles de apreciar. Más que nada, lo que se veía era un conjunto de imágenes del techo y de las paredes.

—¡¿Qué mierda has hecho?! —gritó, dando un golpe en la mesa con el puño cerrado.

—Tranquilo, hombre, tranquilo —contestó Lisbeth—. Aún no hay ningún motivo para ponerse histérico.

—¿Qué quieres decir? ¡Contéstame, carajo, hija de puta!

Su voz se quebró.

—Todavía hay una considerable parte de la población mundial que no ha recibido el archivo —prosiguió Lisbeth—. Yo diría que no son más que unos cien millones los que ya lo tienen, aunque muchos de ellos, sin duda, lo considerarán *spam* y lo borrarán directamente. Pero también debo informarte que me ha dado tiempo de ponerle nombre al archivo. Lo he llamado «Bashir Kazi». De modo que es probable que tus amigos quieran verlo, y luego la policía, claro, y la Säpo, y los amigos de tus amigos, y fulanito y menganito, y vete tú a saber quién más. Quizá se haga viral en YouTube. No hay manera de controlar ese tipo de cosas. Es que Internet es tan raro... La verdad es que yo nunca he entendido demasiado bien cómo funciona.

Bashir se estaba volviendo loco. Sacudía la cabeza espasmódicamente.

—Comprendo que te resulte difícil —dijo Lisbeth—. Ser un personaje público no es fácil de asimilar. Aún recuerdo las primeras veces que aparecí en las portadas de los periódicos. Si he de serte sincera, todavía no me he recuperado del todo. Pero la buena noticia es que existe una salida.

—¿Qué?

—Ahora te cuento. Sólo voy a...

Se aprovechó de la perplejidad y la desesperación de Bashir, y con un movimiento rápido como un rayo agarró su cabeza y se la estampó dos veces contra la mesa. Acto seguido, se levantó.

—Puedes huir, Bashir —le dijo—. Puedes correr tan rápido que la vergüenza no te alcance.

Bashir la miraba paralizado y aturdido. Su brazo derecho temblaba. Se llevó la mano a la frente.

—Quizá funcione —continuó Lisbeth—. Pero es posible que no por mucho tiempo. Puedes correr y correr, como tu hermano; claro que a lo mejor no eres capaz de hacerlo tan rápidamente, porque has empezado a engordar, ¿verdad? Pero seguro que consigues avanzar de una u otra manera, aunque sea dando tumbos.

—¡Te voy a matar! —gruñó Bashir, y se levantó como si estuviera a punto de abalanzarse sobre ella. Sin embargo, ni él mismo lo creía. No hacía más que dirigir la mirada, nervioso, hacia la puerta y las ventanas.

—Date prisa —lo incitó Lisbeth—. Creo que tendrás que largarte rápidamente.

—¡Te encontraré! —sentenció.

—Muy bien, entonces volveremos a vernos.

La voz de Lisbeth sonó fría e indiferente. Se encaminó hacia la cómoda dándole la espalda y ofreciéndole así todas las oportunidades del mundo para que él se le abalanzara. A pesar de eso, Bashir permaneció tan perplejo e incapaz de moverse como ella esperaba. Además, en ese momento sonó su celular.

—Seguro te llama alguien que ha visto ya la película. Pero no pasa nada, ¿verdad? Basta con no contestar y con bajar la mirada cuando salgas a la calle —comentó Lisbeth.

Bashir masculló una amenaza y avanzó hacia ella. No le dio tiempo de hacer nada más: Lisbeth agarró el palo de *hockey* que estaba apoyado contra la pared y le propinó un golpe en el cuello, otro en la mejilla y uno más en el estómago.

—Éste es de parte de Faria —dijo.

Bashir se dobló y recibió un último golpe, pero consiguió levantarse. Huyó por la puerta dando tumbos, bajó por la escalera y salió a la calle.

Lisbeth aún sujetaba el palo de *hockey*. Khalil Kazi —boquiabierto y con unos ojos que no paraban de ir de un lado a otro— se encontraba junto al sillón, por detrás de ella, con su ropa de hacer *footing* y sus tenis rojos. Seguía siendo un adolescente, y tenía un cuerpo muy delgado y nervudo. Su mirada denotaba pánico. Difícilmente constituiría un peligro. Pero podría huir y perder los estribos; Annika había hablado, incluso, de riesgo de suicidio. Sin perder de vista la puerta, Lisbeth consultó su reloj.

Eran las 16.20. Miró el correo. Ni Bublanski ni Farah Sharif habían contestado todavía. Annika había escrito: «Brillante, parece muy prometedor. ¡Vete a casa ahora mismo!».

Khalil respiraba con esfuerzo y Lisbeth lo observó. Parecía querer decirle algo.

—Eres tú, ¿verdad? —inquirió él.

—¿Quién?

—La de los periódicos.

Ella asintió con la cabeza.

—Tú y yo tenemos que ver otra película, aunque no es tan emocionante —dijo Lisbeth—; ésta trata sobre todo de movimientos de manos.

Volvió a apoyar el palo de *hockey* contra la pared, agarró su bolsa y le pidió que se sentara en el sillón. Se le veía pálido, y sus piernas apenas lo sostenían, pero obedeció y se sentó.

Ella le habló, breve y fríamente, del reconocimiento de movimientos y de las redes neuronales profundas, de su *footing* de hacía un rato y de la secuencia grabada en el metro. Se dio cuenta enseguida de que él sabía por dónde iban los tiros. Khalil se quedó petrificado y murmuró algo inaudible. A continuación, ella se acomodó a su lado y abrió los archivos. Le enseñó las grabaciones mientras intentaba explicárselas, pero él no parecía asimilar nada de lo que estaba viendo y se limitó a dirigir una vacía mirada a la pantalla. Le sonó el teléfono. Se miraron.

—Adelante, contesta —le instó Lisbeth.

Khalil contestó. Por la rígida veneración que se desprendía de su voz, ella advirtió de inmediato que quien llamaba era alguien al que él profesaba un gran respeto. Era su imán, y se hallaba en el barrio; debía de ser obra de Annika. Al parecer, el imán le preguntaba si podía subir a verlo. «¿Por qué no?», pensó Lisbeth, de modo que asintió con la cabeza. Las confesiones eran seguramente un campo que controlaba mejor el imán y, además, Annika había hablado muy bien de él.

Al rato, llamaron a la puerta. Un señor alto, elegante y de unos cincuenta años entró en la vivienda. Tenía unos ojos pequeños y una larga barba, y llevaba puesto un turbante rojo. Saludó a Lisbeth con un movimiento de cabeza y luego se dirigió a Khalil con una melancólica sonrisa.

—Hola, amigo mío —dijo—. ¿Hay algo que quieras contarme?

Había un dejo de tristeza en sus palabras, y por un momento los tres permanecieron en silencio. De repente, Lisbeth se sintió incómoda y sin saber qué hacer. Optó por levantarse.

—No creo que éste sea un lugar seguro —sentenció—. Yo les propondría que salieran de aquí y que se fueran a la mezquita.

Los dejó solos sin ni siquiera despedirse y, tras cruzar la puerta de la entrada, desapareció por la oscura escalera con su bolsa y su lap-top.

Diciembre, un año y medio antes

Dan Brody se hallaba sentado en una banca de Norrmalmstorg. Era el mismo día de su llegada a Estocolmo. Ya no nevaba. El cielo estaba despejado y hacía frío, y él llevaba un abrigo negro, lentes de sol y una gorra gris de lana metida hasta las cejas. Leía un libro que trataba del derrumbamiento de Lehman Brothers. Quería aprender cosas del mundo de su hermano.

Se había alojado en el Af Chapman de Skeppsholmen, un antiguo barco que había sido reconvertido en hotel. Una habitación costaba seiscientas noventa coronas, más o menos lo que podía permitirse. De camino hasta allí, ya había recibido un par de miradas de reconocimiento, cosa que le dolió porque lo interpretó como si no fuera él, sino una copia más pobre de otro. Él, que venía de ser un músico y todo un hombre de mundo, volvió a ser aquel chico humilde de Hälsingland, alguien inferior a los ojos de los estocolmenses. Fue en Birger Jarlsgatan donde entró en una tienda y se compró los lentes de sol y la gorra gris para intentar pasar desapercibido.

No paraba de darle vueltas a cómo actuar. A pesar de todo, debía mandar un correo, enviar un enlace de video, o quizá llamar por teléfono. No se atrevía. Primero quería ver a Leo. Por eso se había sentado en aquella plaza, frente la casa de bolsa Alfred Ögren. Para esperarlo.

Ivar Ögren salió con paso firme y un aire irritado, se metió en un BMW negro con los cristales polarizados y se marchó de allí como un hombre de Estado, un dignatario.

Pero Leo seguía sin aparecer. Estaba todavía allí arriba, en el edificio de ladrillo rojo. Dan había llamado y preguntado por él en inglés, y le habían informado de que se hallaba reunido. Terminaría en breve, le dijeron. Cada vez que la puerta principal se abría, Dan pegaba un salto. Pero aún tardaría. Ya hacía un buen rato que la noche había caído sobre Estocolmo. Desde la bahía de Nybroviken soplaba un viento cortante, y el frío era demasiado intenso como para quedarse allí sentado leyendo.

Se levantó y se puso a deambular de un lado a otro de la plaza mientras se masajeaba las yemas de los dedos bajo los guantes de piel. Seguía sin ocurrir nada. El tráfico de la hora pico empezaba a disminuir. Miró hacia el restaurante de grandes ventanales. Los clientes sonreían y hablaban, y él se sintió excluido. La vida parecía desarrollarse lejos de él; la percibía sólo como si fuera el murmullo de una fiesta a la que no había sido invitado, y entonces pensó que siempre había estado apartado de todo. ¿No era así?

En ese momento apareció Leo. Dan nunca lo olvidaría. De pronto, fue como si el tiempo se detuviera; el campo de visión se le redujo y todos los ruidos cesaron. Pero no sólo se trataba de una experiencia feliz, al menos en aquel preciso instante, con aquel frío y a la luz de aquel restaurante. Ver a Leo no hizo más que incrementar su dolor. Se le asemejaba abrumadoramente. Andaba del mismo modo, sonreía igual que él, movía las manos de idéntica manera y tenía las mismas líneas de expresión en las mejillas y bajo los ojos. Todo era igual, pero, aun así, fue como verse a sí mismo en un espejo dorado. Ese hombre *era él* y, al mismo tiempo, *no era él*.

Leo Mannheimer era la persona que Dan podría haber sido, y cuanto más lo miraba, más diferencias descubría. No sólo se trataba del abrigo, ni de los zapatos, ni del caro traje que había por debajo. Eran esos pasos decididos y ese brillo en la mirada. Leo Mannheimer irradiaba una confianza en sí mismo que Dan nunca había tenido. Sintió una punzada en el pecho y le costó respirar.

El corazón le latía a toda velocidad. Miró a la mujer que caminaba junto a Leo rodeándolo por la cintura. Rezumaba inteligencia y sofisticación, y parecía enamorada de él. Se reía. Se reían los dos, y Dan entendió que la mujer debía de ser esa Malin Frode de la que Julia había hablado con un deje de celos. Se quedó paralizado. No se atrevió a acercarse y los vio desaparecer mientras se dirigían rumbo a Biblioteksgatan. Los siguió sin entender del todo por qué. Caminó despacio manteniendo la distancia.

Aunque el riesgo de que lo descubrieran era nulo. Estaban completamente ocupados entre sí. Se dirigieron al parque de Humlegården y volvieron a reírse. Sus desenfadadas risas surcaron el aire. Dan se sintió pesado, como si la ligereza y la fugacidad de esa alegría provocaran que el suelo jalara su cuerpo hacia abajo. Dejó de perseguirlos y regresó a su hotel sin que por un instante se le pasara por la mente ni la facilidad con la que las apariencias engañan ni mucho menos aún las veces en las que, con toda seguridad, a él lo habrían visto de la misma manera, como alguien muy afortunado.

Con frecuencia, la vida es más bella a distancia. Pero en aquel momento no se dio cuenta.

Mikael se disponía a viajar a Nyköping. Llevaba una mochila con un bloc de notas, una grabadora y tres botellas de vino rosado. Lotta von Kanterborg le había aconsejado que las comprara. Su hermana Hilda se alojaba —supuestamente, bajo el nombre falso de Fredrika Nord— en el hotel Forsen, a orillas del Nyköpingsån. Estaría dispuesta a hablar en caso de que se satisficieran ciertas condiciones. Las botellas de vino constituían una de ellas.

Otra era la máxima prudencia. Hilda se sentía perseguida, y después de lo que Mikael le había contado, nada había mejorado. Era, había dicho Lotta, como si la información facilitada por Mikael hubiese hecho que Hilda perdiera la cabeza por completo. Por eso Mikael no le había explicado a nadie adónde iba, ni siquiera a Erika.

Ahora estaba sentado en un café, junto al anillo del vestíbulo principal de la estación central de Estocolmo, esperando a Malin. Le parecía importante hablar con ella. Era necesario no dejar ningún rincón sin revisar y examinar a fondo cada una de sus teorías para saber si su historia tenía fisuras o no. Malin se presentó diez minutos tarde. Llevaba *jeans* y una blusa azul. Iba guapísima, a pesar de que, como media ciudad, estaba toda sudorosa.

—Perdón —dijo—. He tenido que dejar a Love con mi madre.

—Podrías haberlo traído. Yo sólo quería hacerte un par de preguntas.

—Ya lo sé, pero es que luego tengo otra cosa.

Mikael le dio un apresurado beso y fue directo al grano.

—Cuando viste a Leo en el Museo Fotográfico, ¿hubo algo más que te llamara la atención, alguna otra diferencia aparte de que ya no era zurdo?

—¿Como qué?

Mikael le echó un vistazo al reloj de la estación.

—Como que, por ejemplo, un lunar se hubiera desplazado de un lado de su cara al otro, o que un remolino de su pelo apuntara en otra dirección. Tiene tantos rizos...

—Me estás asustando, Mikael. ¿Qué es lo que quieres decirme?

—Estoy trabajando en una historia de gemelos univitelinos que han sido separados al nacer. De momento es todo lo que puedo explicarte, pero no se lo cuentes a nadie, ¿me lo prometes?

Un miedo atroz pareció invadir a Malin, que agarró el brazo de Mikael.

—¿Me estás diciendo que...?

—No te estoy diciendo nada, Malin, todavía no —contestó él—. Pero me pregunto... —Dudó antes de continuar—. Los gemelos univitelinos son genéticamente idénticos, o prácticamente idénticos. Porque todos sufrimos ciertos cambios genéticos, pequeñas mutaciones.

—Al grano.

—Antes debo darte unos datos; si no, no entenderás nada. Los gemelos univitelinos proceden de un solo óvulo que, una vez fecundado en el útero, se divide con suma rapidez. Lo interesante aquí es «cómo de rápido». Si el óvulo se divide cuatro días después de la fecundación, los gemelos tendrán una placenta común, lo cual aumenta los riesgos del feto. Pero, si el óvulo se divide más tarde —al cabo de una semana, o incluso más tarde todavía, digamos doce días—, los niños son, a menudo, gemelos espejo. El veinte por ciento de los gemelos univitelinos son gemelos espejo.

—¿Y eso qué significa?

—Que son idénticos, pero como si uno fuera el reflejo del otro. Uno es zurdo y el otro diestro, por ejemplo. Incluso pueden llegar a tener el corazón en distinto lado.

—¿Insinúas que...?

Se le agolparon las palabras y Mikael le acarició la mejilla para calmarla.

—Puede que toda esta idea sea un disparate —contestó—. Y, aunque no lo sea, aunque realmente fuera el gemelo especular de Leo a quien viste en el Museo Fotográfico, no tiene por qué haberse cometido ningún crimen, ninguna suplantación de la identidad al estilo de *El talentoso Mr. Ripley*. Quizá sólo hayan intercambiado papeles para divertirse un poco y probar algo nuevo. ¿Me acompañas al tren, Malin? Debo darme prisa.

Por un momento, ella se quedó petrificada. Luego se levantó y lo acompañó hasta la planta baja, donde pasaron por el pasillo de tiendas hasta la vía once. Mikael le comentó que iba a Linköping por un asunto de trabajo; quería dejar el menor número posible de pistas. Continuó:

—He leído un montón acerca de gemelos univitelinos que ignoran la existencia del otro y que no se conocen hasta que son adultos. Esos encuentros, Malin, son descritos casi siempre como fantásticos. Dicen que no existen encuentros más explosivos. ¡Imagínate! Piensas que estás solo, que no hay otro como tú, y de repente aparece alguien más. Dicen que los gemelos univitelinos que se conocen siendo ya mayores no quieren dejar de hablar nunca. Lo repasan todo: sus talentos, sus carencias, sus costumbres, sus gestos, sus recuerdos... Todo, absolutamente todo. Se curan, crecen. Se vuelven más felices de lo que eran. Muchos de esos testimonios me han emocionado, Malin, y tú hablaste de que Leo estuvo durante un tiempo eufórico por completo.

—Sí, pero luego se le pasó.

—Es verdad.

—Se fue de viaje y perdimos el contacto.

—Exacto —dijo Mikael—. También he pensado en eso. ¿Se te ocurre que pueda haber algo —en su aspecto físico o en alguna otra cosa— que me ayude a entender lo sucedido?

Se detuvieron. Habían llegado a la vía. El tren ya estaba allí.

—No lo sé —respondió ella.

—¡Piensa!

—Sí, quizá una cosa. ¿Te acuerdas que te conté que se había comprometido con Julia Damberg?

—Sí, eso te entristeció un poco, ¿verdad?

—En realidad, no.

Mikael no acabó de creerle.

—Más que nada, me sorprendió —explicó—. Julia trabajaba con nosotros. Luego se mudó a Frankfurt y nadie supo nada de ella durante bastante tiempo. Pero, en mi última época en Alfred Ögren, ella llamó un día para hablar con Leo. No creo que él le devolviera la llamada. Más bien pareció incomodarle. Pero Julia comentó algo muy raro.

—¿Qué?

—Me preguntó si sabía que Leo tocaba aún mejor la guitarra que el piano. Un auténtico virtuoso, afirmó. Como yo no tenía ni idea de que fuera así, se lo pregunté a Leo.

—¿Y qué te contestó?

—Nada. Se sonrojó y se limitó a reírse. Fue durante esa época en la que brillaba como el sol.

—Vaya —dijo Mikael distraído sin prestarle mucha atención a la continuación de la historia.

Las palabras «virtuoso de la guitarra» resonaban fuertemente en sus oídos con un timbre inquietante. Se hallaba absorto en sus pensamientos cuando se despidió de Malin y se subió al tren.

Diciembre, un año y medio antes

Dan se mantuvo apartado un par de días. Estaba preocupado. Se quedaba leyendo en su habitación o daba rápidos y nerviosos paseos por Skeppsholmen y Djurgården. A veces se ponía su pants gris y salía a correr. Por las noches bebía más de lo habitual en el bar del barco. Dormía mal, y a menudo se sentaba a escribir sobre su vida en un cuaderno que tenía las tapas de piel rojas.

La tarde del miércoles 13 de diciembre, regresó

a Norrmalmstorg. Tampoco en esa ocasión se atrevió a acercarse a Leo. El viernes agarró su guitarra y se sentó en la banca que había junto al restaurante de la plaza. La nieve caía de nuevo y hacía frío. Las temperaturas habían bajado considerablemente y el abrigo que llevaba ya no le abrigaba lo suficiente. Pero no podía comprarse otro. No le quedaba mucho dinero, y no tenía ganas de tocar en diferentes grupos de jazz para buscarse la vida. No podía pensar en otra cosa que no fuera Leo. Todo lo demás carecía de importancia.

Ese viernes, Leo salió pronto de la oficina. Llevaba un abrigo azul marino de cachemir y una bufanda blanca, y caminaba apresurado. Dan empezó a ir tras él, esta vez más cerca, lo que fue un error. Delante del cine Park, Leo se volvió y miró a su alrededor, como si sospechara que alguien lo seguía. Aun así, no descubrió a Dan. La calle se hallaba llena de gente y Dan llevaba su gorra y sus lentes de sol, y enseguida desvió la mirada a Stureplan. Leo continuó andando y cruzó Karlavägen.

Dan se detuvo en Floragatan, frente a la embajada de Malasia, y dejó que Leo entrara en el portón de su edificio. La puerta se cerró con un ruido sordo. Dan se quedó esperando en la calle, muerto de frío. No era la primera vez que lo hacía, de modo que imaginaba que tenía para rato. Al cabo de un par de minutos, una luz se encendió en el ático.

Una luz que le pareció el destello de otro mundo más bello. A veces oía los tonos de un piano, y a menudo reconocía las armonías mientras sus ojos se llenaban de lágrimas. Tenía frío, y se maldijo en voz baja. Soplaba un viento cortante. A lo lejos percibió el sonido de una sirena. Se aproximó al edificio y se quitó los lentes. Oyó unos pasos a su espalda: se trataba de una mujer y un perro. Una señora mayor con un sombrero negro y un abrigo verde claro lo pasó acompañada de un pequeño salchicha sujeto por una correa. La señora le dirigió una amable mirada.

—¿Hoy no tienes ganas de subir a casa, Leo?

Durante un breve instante la miró asustado. Acto seguido, sonrió, como si las palabras le resultaran muy graciosas y acertadas.

—A veces uno no sabe lo que quiere —respondió.

—Eso es verdad. Pero vamos, entra. Hace demasiado frío como para que te quedes aquí filosofando.

Ella marcó el código, entraron juntos y se acercaron al elevador. Ella volvió a mirarlo y le preguntó con una divertida sonrisa:

—¿Y ese viejo abrigo que te has puesto?

Sintió una profunda zozobra en su interior.

—Ya ves, un viejo trapo —contestó.

La mujer se rio.

—¿Un viejo trapo? Eso es lo que yo digo cuando me pongo el vestido más caro que tengo para que me dediquen algún piropo.

Dan intentó reírse también de eso. No le salió muy bien, y entonces la señora se mordió el labio y se quedó seria. Dan estaba seguro de que ella lo había descubierto, que sabía que era un impostor, como si no sólo la ropa sino también sus torpes gestos hubiesen evidenciado su falta de clase y de estilo. La mujer dijo:

—Lo siento, Leo. Imagino que la estás pasando mal. ¿Cómo se encuentra Viveka?

Comprendió por su tono de voz que «bien» no sería una respuesta adecuada para esa pregunta.

—Así así —contestó.

—Esperemos que no sufra demasiado.

—Esperemos —convino Dan, y sintió que no sería capaz de subir con esa señora en el elevador.

—¿Sabes?, necesito un poco de ejercicio. Voy a subir por la escalera —añadió.

—Tonterías, Leo. Te ves muy bien; tienes un físico... Dale un abrazo a Viveka de mi parte. Dile que me acuerdo mucho de ella.

—Se lo daré. De tu parte —respondió mientras se perdía por la escalera con la guitarra en la mano.

A medida que se fue acercando al departamento de Leo, ralentizó el paso. Si Leo oía tan sólo la mitad de bien que él, debía ser más silencioso que un ratoncito. El último trecho lo subió con el máximo sigilo. El departamento de Leo era el único que había en el último piso, apartado de todos los demás, cosa que estaba muy bien. Sin hacer el menor ruido, se sentó en el descanso con la espalda apoyada contra la pared. ¿Y ahora qué debía hacer? El corazón se le quería salir del pecho. Tenía la boca seca.

El descanso olía a limpio, como a suelo recién trapeado, y Dan levantó la mirada y se fijó en una pintura del techo que representaba un cielo azul. ¿Quién pinta cielos en el techo de un descanso de escalera? Más abajo oyó unos pasos, unos pies arrastrándose, sonidos procedentes de varias televisiones..., y en el interior del departamento de Leo, como una silla que se movía, una tapa que se abría y una tecla que se pulsaba: la.

Sólo se oían unas titubeantes notas graves, como si Leo no supiera si ponerse a tocar de verdad. Luego empezó. Improvisó, o quizá no. Repitió una y otra vez una melodía melancólica y ligeramente inquietante, y, al igual que en aquella grabación de la Konserthuset, Leo siempre recurría al sexto tono de la escala menor, ahora de forma más bien maníaca o ritual, aunque también más refinada y madura. En cierto modo, consiguió evocar un sentimiento de algo quebrado y perdido o, al menos, eso fue lo que Dan interpretó, cosa que lo estremeció.

Fue incapaz de explicarse del todo por qué, pero de pronto se le llenaron los ojos de lágrimas y comenzó a temblar, y no sólo por escuchar aquella música. Era también por cómo se semejaban aquellas armonías a las suyas y por el mero hecho de que Leo interpretara con semejante dolor, como si, a pesar de no ser músico, fuera capaz de darle forma a la tristeza de los dos mejor que Dan.

«¿La tristeza de los dos?»

Fue un pensamiento raro, pero en ese instante le resultó auténtico. Hacía un momento, Leo le había parecido un completo extraño, alguien de una categoría distinta y más feliz. Sin embargo, ahora Dan se vio reflejado en él y se levantó con piernas temblorosas. Había pensado en tocar el timbre. Optó, no obstante, por sacar la guitarra de la funda, afinarla deprisa y ponerse a acompañar al piano. No le resultó difícil encontrar los acordes y unirse a los tonos de la melodía. La manera que tenía Leo de alargar un poco las síncopas y cambiar el fraseo de tresillos por corcheas regulares se parecía a la suya. Se sintió... en casa. No podía explicarlo de otro modo. Era como si hubiera tocado con él en numerosas ocasiones, y siguió haciéndolo durante un buen rato, varios minutos tal vez. Quizá Leo no tuviera un oído tan sensible como el suyo. Quizá se hallara demasiado inmerso en su propia música. Difícil determinarlo.

De pronto Leo se paró en medio del tema, en un fa sostenido, o un mi suave. Pero Dan no percibió ningún paso, ni un solo movimiento. Leo debía de haberse quedado completamente quieto. Entonces él también se detuvo y aguardó. ¿Qué ocurría? Oyó una respiración muy profunda proveniente de la otra parte de la casa y continuó tocando la melodía de antes, sólo que ahora un poco más rápida y con un añadido, con una nueva variante. Acto seguido, la silla del piano se arrastró contra el suelo y Dan percibió cómo unos pasos se dirigían hacia la puerta. Allí estaba él, guitarra en mano, sintiéndose como un mendigo, como un músico callejero que se había colado en unos elegantes salones y que esperaba ser aceptado. Pero, claro..., también experimentaba otros muchos sentimientos. En su interior ardían la esperanza y la añoranza, y cerró los ojos mientras oía cómo unas manos que parecían torpes deslizaban la cadena de seguridad.

La puerta se abrió y Leo lo miró. No pareció entender nada. Luego se quedó atónito. Abrió la boca y un gesto de miedo y *shock* recorrió su rostro.

—¿Quién eres?—Fueron sus primeras palabras.

¿Qué debía responder a eso? ¿Qué debería decirle?

—Me llamo... —empezó.

Se calló.

—Dan Brody —continuó—. Soy guitarrista de jazz. Creo que soy tu hermano gemelo.

Leo no contestó. Se quedó pálido. Y dio la sensación de estar a punto de caer de rodillas...

—Yo...

Fue incapaz de decir nada más. Dan tampoco podía hablar: el corazón le palpitaba a toda velocidad y las palabras se le atragantaron en la garganta. Luego intentó comenzar también con un «Yo».

—Yo...

—¿Qué?

Hubo una desesperación en la voz de Leo que Dan apenas pudo aguantar, por lo que tuvo que luchar por refrenar el impulso de salir corriendo. Al final, acabó diciendo:

—Cuando te estaba oyendo tocar el piano...

—¿Sí?

—... he pensado que toda mi vida me he sentido como incompleto. Como si me faltara una mitad, y que ahora por fin...

No supo cómo seguir; ni siquiera sabía si las palabras eran verdaderas, o al menos medias verdades, o si tan sólo se trataba de palabras y frases que salían por sí mismas.

—Es que me supera, no puedo entenderlo —comentó Leo—. ¿Cuánto tiempo hace que lo sabes?

Le temblaban las manos.

—Unos cuantos días.

—No puedo entenderlo —repitió.

—Ya lo sé. Es difícil. Es irreal.

Leo le tendió la mano, lo que le resultó extrañamente formal teniendo en cuenta las circunstancias.

—Yo siempre... —dijo.

—¿Qué?

Se mordió el labio. Las manos no dejaban de temblarle.

—... he sentido lo mismo. ¿Quieres pasar?

Dan asintió y entró en la casa más elegante que había visto en toda su vida.

TERCERA PARTE

Gemelo desaparecido

Del 21 al 30 de junio

Uno de cada ocho embarazos puede ser un embarazo gemelar, aunque la mayoría de las veces uno de los fetos muere pronto a causa del síndrome del gemelo evanescente.

Otros pierden a su gemelo después de nacer debido a que los niños son adoptados o bien confundidos en el hospital. Algunos no se conocen hasta que son adultos, otros nunca. Los gemelos univitelinos Jack Yufe y Oskar Stohr se vieron por primera vez en 1954 en una estación de tren de la Alemania Occidental. Jack Yufe había vivido en un kibutz y había sido soldado del ejército israelí. Oskar Stohr había sido miembro activo de las Juventudes Hitlerianas.

Son muchos los que echan de menos a alguien.

Capítulo 16

Mikael caminaba a lo largo del paseo fluvial en dirección al hotel Forsen de Nyköping. Era un edificio sencillo de madera marrón y tejas rojas, un albergue más que un hotel. Pero estaba situado en un lugar privilegiado, junto al río. En la entrada había una maqueta de un molino, y de las paredes colgaban fotografías de pescadores deportivos con botas de plástico.

Una chica rubia muy joven atendía la recepción, una sustituta de verano, supuso Mikael. No debía de tener más de diecisiete años. Llevaba *jeans* y una camisa roja, y hablaba por el celular. Mikael tuvo miedo de que pudiera reconocerlo y de que publicara en Internet alguna foto suya o información de su visita. La mirada de indiferencia que ella le dedicó lo tranquilizó. Subió dos pisos y llamó a una puerta gris que tenía el número 214. Eran las 20.30. En el interior se oyó una voz golpeada:

—¿Quién es?

Mikael se presentó y ella abrió. Durante un instante, contuvo la respiración: Hilda von Kanterborg presentaba un aspecto salvaje. Su desgreñado pelo apuntaba en todas direcciones, y sus ojos, nerviosos, no paraban de moverse, como los de un animal acorralado. Era generosa de pecho y ancha de hombros y de caderas. El vestido azul claro que llevaba apenas le bastaba, y de su frente y su cuello caían gotas de sudor. Su piel estaba llena de pigmentaciones. Parecía una persona que acababa de ser recogida de la calle.

—Muchas gracias por recibirme, muy amable de su parte —dijo Mikael.

—¿Amable? Tengo miedo. Lo que le explicaste a Lotta me pareció un auténtico disparate.

Mikael no pidió que se lo aclarara. Pretendía que primero se calmara y respirara con normalidad.

Sacó las botellas de vino rosado de su bolsa y las dejó encima de la mesa redonda de roble que había junto a una ventana abierta.

—Me temo que ya no están muy frías —señaló.

—He vivido cosas peores.

Hilda entró en el baño y regresó con dos vasos que puso sobre la mesa.

—¿Te vas a mantener sobrio y sensato o vas a beber conmigo?

—Lo que la haga sentir más cómoda —contestó Mikael.

—Todos los borrachos quieren compañía, así que es mejor que bebas. Considéralo una estrategia periodística. Y tutéame, por favor.

Ella le llenó el vaso hasta arriba y él bebió un buen trago para demostrarle que iba en serio. Mikael dirigió la mirada hacia el río y el cielo. Fuera ya estaba oscureciendo.

—Sólo quiero garantizar... —comenzó.

—No garantices nada —lo interrumpió ella—. No puedes hacerlo, y tampoco quiero oír ninguna perorata solemne sobre la protección de fuentes. Yo te diré lo que tenga que decirte porque no quiero estar más tiempo callada.

Hilda von Kanterborg apuró su vaso de un trago y miró a Mikael a los ojos. En cierto sentido, era una mujer atractiva; en su forma de ser había algo temerario, a la vez que tolerante, que resultaba liberador.

—De acuerdo, entendido. Y lo siento si te he preocupado. ¿Empezamos ya?

Ella asintió, y él sacó su grabadora y la encendió.

—Supongo que conoces el Instituto Estatal de Biología Racial —dijo ella.

—Sí, por supuesto —contestó él—. Qué horror de institución.

—Sí, es verdad, pero tranquilo, señor reportero estrella, tampoco es tan interesante como parece. A ese tipo de viejos biólogos raciales ya no los encuentras hoy en día en Suecia, y la preparatoria se cerró en 1958, como quizá sepas. Te lo menciono únicamente porque ahí hay un pasado y una línea de continuidad. Aunque al principio yo no tenía ni idea de todo aquello; cuando empecé en el registro sólo sabía que iba a trabajar con niños superdotados. En realidad...

Se sirvió más vino y bebió un sorbo.

—... no sé por dónde empezar.

—No te preocupes, sigue hablando —la tranquilizó él—. Ya llegaremos.

Ella apuró el vaso, encendió un cigarro, un Gauloises, y se quedó observándolo.

—Está prohibido fumar aquí dentro —dijo—. Y la verdad es que esta historia podría empezar precisamente con eso, con el tabaco, con la sospecha de que fumar era peligroso. En los años cincuenta incluso había investigadores que aseguraban que el tabaco podía causar cáncer de pulmón. ¿Te lo imaginas?

—¡Increíble!

—Sí, desde luego, y, como comprenderás, se toparon con una oposición masiva. Bueno —se decía—, es posible que los fumadores acaben con cáncer de pulmón, pero ello no tiene por qué estar relacionado con el tabaco. Igual podría deberse a que comen demasiada verdura. No podía demostrarse nada. «Los médicos fuman Camel» era un eslogan publicitario muy conocido en aquella época. Se presentaba a Humphrey Bogart y a Lauren Bacall como fuertes argumentos para afirmar que se trataba de una actividad de lo más *cool*. Pero aun así... la sospecha arraigó, y el asunto no fue, precisamente, cualquier cosa. El Ministerio de Sanidad de Reino Unido descubrió que la mortalidad producida por el cáncer de pulmón se había multiplicado por quince en sólo dos décadas, y en el Instituto Karolinska de Estocolmo, un grupo de médicos decidió investigar el asunto recurriendo a hermanos gemelos. Es que los gemelos son ideales para ese tipo de estudios porque su ADN es idéntico, de modo que durante dos años se creó un registro con más de once mil gemelos. Se les preguntó sobre su consumo de tabaco y alcohol, y aquello llegó a ser una importante contribución al triste conocimiento de que, a pesar de todo, fumar y beber no son cosas tan sanas.

Hilda se rio con cierta tristeza antes de darle una profunda fumada al cigarro y tomarse otro vaso de rosado a temperatura ambiente.

—Pero la cosa no quedó ahí —prosiguió—. Las listas del registro se ampliaron. Se incorporaron nuevos gemelos, incluso muchos que no se habían criado juntos. En Suecia, en los años treinta, centenares de gemelos fueron separados al nacer, sobre todo a consecuencia de la pobreza. Muchos no se conocieron hasta que fueron adultos. Aquello aportó un material científico de incalculable valor, y los investigadores empezaron no sólo a estudiar nuevas enfermedades y las causas de éstas, sino también a hacerse la ya clásica pregunta: ¿qué es lo que determina a un ser humano? ¿Cuánto es herencia y cuánto es entorno?

—He leído algo sobre ello —dijo Mikael—, y conozco el Registro de Gemelos de Suecia. Pero lo que ahí se hace es del todo legítimo, ¿verdad?

—Sí, totalmente; en ese registro se realiza una

investigación de gran valor e importancia, sólo intento ponerte en antecedentes. Mientras el Registro de Gemelos se iba creando, el Instituto Estatal de Biología Racial cambió su nombre por el de Instituto de Genética Médica, y llegó a depender de la Universidad de Uppsala. El último director del antiguo instituto, Jan Arvid Böök, pasó a ser catedrático de genética médica en lugar de catedrático de biología racial. Y la verdad es que no sólo fue una cuestión de términos y semántica. Poco a poco, esos señores empezaron a dedicarse a algo que al menos parecía científico. Aquellas antiguas mediciones de cabezas y todas las tonterías que se decían sobre la superioridad de la raza sueco-germana fueron desechándose.

—¿Y también se conservaron los viejos registros de romaníes y otras minorías étnicas?

—Sí, pero sobre todo se conservó algo muchísimo peor.

—¿Qué?

—La concepción que se tenía del ser humano. Tal vez no existiera una raza que fuera mejor que las otras. Tal vez ni siquiera existieran razas humanas. Pero, aun así..., algunos suecos de pura cepa se mostraban más trabajadores y honrados que otros. ¿Por qué? Porque era posible que hubieran recibido una buena y sólida educación sueca. ¿Podríamos averiguar, incluso, qué es lo que hay que hacer para crear un buen sueco, uno que no fume Gauloises y que no se emborrache con vino rosado?

—No me gusta nada cómo suena eso...

—No, el espíritu de los tiempos había cambiado mucho, y las personas que en su día fueron fanáticas de una cosa luego se volvieron fácilmente fanáticas de otra bien distinta, ¿verdad? Esa pandilla de Uppsala pronto empezó a creer en Freud y en Marx de la misma manera que antes creyó en los biólogos raciales. No obstante, aquello era el Instituto de Genética Médica, de modo que no prescindieron de la importancia de la herencia, en absoluto. Aunque sobre todo se apostó por los factores sociales y materiales. No hay nada malo en ello, claro, en especial hoy en día, cuando las barreras que existen entre las clases son, a menudo, murallas impenetrables.

»Pero los de aquel grupo —cuyo líder era el catedrático de sociología Martin Steinberg— consideraron que nos formamos por las circunstancias de un modo más o menos determinista. Cierto tipo de madre y ciertos tipos de factores sociales y culturales crearían supuestamente, de manera más o menos automática, un determinado tipo de persona. Y eso no es así, claro; ni de lejos. El ser humano es muchísimo más complejo. Sin embargo, aquellos señores querían hacer experimentos para intentar establecer qué tipo de educación y qué tipo de infancia pueden crear a un buen sueco, serio y honrado. Establecieron relaciones provechosas con el Registro de Gemelos, siguiendo la investigación que allí se realizaba, y se entrevistaron con Roger Stafford, el psicoanalista estadounidense.

—Sí, he leído algunas cosas sobre él.

—Sí, ya lo sé. Pero no llegaste a conocerlo, ¿verdad? Era un hombre increíblemente carismático. Podía iluminar cualquier estancia con su sola presencia, pero sobre todo causó una profunda impresión en una de las mujeres del grupo: Rakel Greitz. Es psiquiatra y psicoanalista y, bueno... Podría contarte muchas cosas de ella. No sólo cayó rendida ante los encantos de Roger Stafford, sino que también se obsesionó con su trabajo y quiso ir más lejos. En algún momento —no sé a ciencia cierta cuándo—, ella y el grupo tomaron la decisión de separar a algunos gemelos, tanto univitelinos como bivitelinos, y colocarlos en familias del todo dispares. Pero como, desde un principio, el objetivo era elitista —crear distinguidos y honrados ciudadanos suecos—, el grupo tuvo mucho cuidado a la hora de seleccionar a los candidatos. Se buscó por todas partes, hasta debajo de las piedras. Se acudió, entre otros sitios, a los viejos registros de romaníes y de población nómada y sami —y a no sé qué más— para dar con gente que los biólogos raciales ni siquiera habían considerado para la esterilización forzosa. Se buscaban padres altamente dotados que hubieran tenido gemelos. Querían —para expresarlo de forma cínica— contar con un material de estudio de primera clase.

Mikael volvió a pensar en el virtuoso de la guitarra al que había mencionado Lisbeth.

—¿Y una de esas parejas de gemelos eran Leo Mannheimer y Daniel Brolin?

Hilda von Kanterborg permaneció callada y miró por la ventana.

—Sí, y supongo que es por eso por lo que estamos aquí hoy, ¿verdad? —dijo—. Parecía una locura lo que le contaste a Lotta: que Leo ya no era Leo. Pero, si te soy sincera, no lo creo. Es que no me entra en la cabeza. ¿Sabes?, Anders y Daniel Brolin, como se llamaban entonces, pertenecían a un grupo nómada romaní. Y procedían de una familia extraordinariamente musical. La madre, Rosanna, era una cantante fantástica. Se conserva una grabación de ella. Rosanna canta *Strange Fruit,* de Billie Holiday, de una forma que te parte el corazón. Murió a los pocos días del parto a causa de la fiebre puerperal. No llegó a ir a la preparatoria, pero en las notas del colegio que se hallaron había obtenido la máxima calificación en todas las asignaturas. El padre se llamaba Kenneth y era un hombre maníaco-depresivo, aunque un genio de la guitarra; y no es que fuera en absoluto malvado o frío, sino más bien un auténtico neurótico incapaz de ocuparse de los gemelos. Por eso a los hermanos se les trasladó a un orfanato de Gävle, y fue allí donde Rakel Greitz los encontró y donde los separó casi de inmediato. No quiero ni imaginarme cómo hicieron ella y Martin Steinberg para buscarles familias adoptivas a todos esos niños. Pero pensé que lo de Daniel y Anders, o Leo, como se llamaría a partir de entonces, era especialmente terrible.

—¿Por qué lo dices?

—Es que fue tan injusto... Daniel se quedó unos años en el orfanato. Y luego acabó en casa de un granjero malvado y bruto de las afueras de Hudiksvall que, más que otra cosa, quería mano de obra para su granja. Bueno, a decir verdad, al principio allí también vivía una mujer, aunque desapareció pronto; a partir de ese momento es cuando comenzó realmente la explotación infantil. Daniel y sus hermanos adoptivos tenían que trabajar duro, de sol a sol; a menudo ni siquiera los dejaban ir al colegio. Pero Leo, en cambio... Leo fue a dar con una familia adinerada e influyente de Nockeby.

—Herman y Viveka Mannheimer.

—Exacto, y Herman, aparte de ser un pez gordo, era un tipo duro que dominó por completo a Martin Steinberg. Lo más importante de todo era que los padres adoptivos no supieran nada acerca del origen de los niños, y mucho menos del hecho de que fueran gemelos, pero Herman Mannheimer insistió en saberlo todo. Seguramente era consciente de su poder, o puede que incluso tuviera un arma de presión que podría utilizar contra el grupo. Fuera como fuese, lo cierto es que Martin se doblegó, se hundió, y puso a Herman al corriente de todo haciéndolo prometer una absoluta confidencialidad, lo que, ya de por sí, estuvo mal. Pero las cosas irían peor. Herman empezó a dudar. Nunca le habían gustado los «gitanos» ni la «gente de mal vivir», como él los denominaba, y sin informar a Rakel ni a Martin le pidió consejo a Alfred Ögren, su socio.

—Entiendo —dijo Mikael—. Y luego su hijo Ivar también se enteró.

—Sí, pero eso pasó mucho después, y por aquel entonces Ivar ya llevaba años teniendo envidia de Leo, al que todos consideraban mucho más prometedor e inteligente. E Ivar —no lo olvidemos— siempre hacía prácticamente cualquier cosa para mostrarse superior a Leo y ponerlo en evidencia. Había un verdadero campo de minas entre las dos familias, por lo que llamaron a mi colega Carl Seger para intentar resolver el conflicto.

—Pero si Herman Mannheimer era un idiota tan lleno de prejuicios, ¿por qué aceptó al niño?

—Supongo que Herman no era más que un viejo reaccionario, y no creo que en realidad fuese tan despiadado, a pesar de lo que pasó con Carl. Pero Alfred Ögren..., ése sí que era un cerdo y un racista. Él sí que le desaconsejó que recibiera al chico, de modo que todo habría quedado ahí si no hubiera sido porque fueron llegando informes que decían que el chico estaba desarrollando su motricidad y no sé qué más de forma extremadamente precoz, lo que hizo que la balanza se inclinara a favor de la adopción. Viveka se encariñó mucho con él.

—¿De modo que pudo irse con los Mannheimer porque era un niño precoz?

—Imagino que sí. Tenía siete meses y unos bonitos ojos claros. Enseguida depositaron grandes esperanzas en él.

—En su expediente personal dice que es el hijo

biológico de Mannheimer. No comprendo cómo los padres lograron hacer constar eso si la adopción se realizó tan tarde.

—Por supuesto, tanto los amigos más cercanos como los vecinos conocían la verdad. Pero para los Mannheimer era una cuestión de honor. Todo el mundo sabía del dolor de Viveka por no haber podido tener sus propios hijos.

—¿Leo sabía que era adoptado?

—Se enteró con siete u ocho años, cuando los hijos de Ögren empezaron a meterse con él. Viveka se vio obligada a contárselo. Pero le pidió que lo guardara en secreto por el honor de la familia.

—Claro.

—Bueno, aquello no fue nada fácil para la familia.

—Leo sufría de hiperacusia.

—Sí, eso y también lo que hoy en día se describe como hipersensibilidad. Era un chico extraordinariamente sensible. El mundo le resultaba demasiado duro; se aisló de él y se convirtió en un niño muy solitario. A veces creo que Carl era su único amigo de verdad. Al principio, ni Carl, ni yo, ni todos los demás psicólogos jóvenes teníamos una visión global de lo que hacíamos. Pensábamos que sólo estábamos estudiando a un grupo de niños superdotados. Ni siquiera sabíamos que trabajábamos con gemelos. Nos distribuyeron de forma que sólo conociéramos a uno de los hermanos. Pero poco a poco comenzamos a entenderlo todo y aprendimos a aceptarlo; hasta cierto punto, debo añadir. Carl era el que peor asimilaba el hecho de que los gemelos hubieran sido separados intencionalmente, tal vez porque quería mucho a Leo. Los demás niños no parecían experimentar esa sensación de haber sido separados de alguien. Sin embargo, con Leo era diferente. Él tampoco sabía que era gemelo univitelino, tan sólo que había sido adoptado. Pero sospechaba algo y a menudo comentaba que se sentía partido en dos, cosa que para Carl se volvió cada vez más insoportable. «¡No puedo más!», exclamó un día, y empezó a preguntarme continuamente por Daniel: «¿Siente él lo mismo?». Le respondí que él tampoco estaba bien. «Se siente solo», le dije, y le comenté que, a veces, Daniel mostraba síntomas de depresión. «Tenemos que contárselo», afirmó Carl. «No podemos —le contesté—, si lo hacemos estamos perdidos.» Pero Carl insistió y acabó cometiendo el mayor error de su vida. Fue a hablar con Rakel, y ya sabes...

Hilda abrió la segunda botella de vino, a pesar de que la primera aún no se había acabado.

—Rakel Greitz —continuó— puede que parezca una mujer seria y correcta. A Leo lo ha embaucado. Han mantenido el contacto todos estos años. Comidas de Navidad y cosas así. Pero en realidad es una persona fría como el hielo; por su culpa estoy hoy aquí, alojada bajo un nombre falso, temblando y emborrachándome. Durante todo este tiempo me ha tenido controlada halagándome y amenazándome alternadamente. Y vino por mí.

Por eso hui y me refugié aquí. La vi en la calle frente a mi casa.

—Entonces ¿Carl fue a hablar con ella? —preguntó Mikael.

—Se puso bravucón y dijo que iba a contarlo todo, costara lo que costase. Unos días después, ya estaba muerto; le pegaron un tiro en medio del bosque, como si fuera un animal.

—¿Estás diciendo que fue un asesinato?

—No lo sé. Siempre he rechazado la idea y me he negado a creer que yo formaba parte de una organización capaz de matar.

—Pero lo cierto es que siempre has sospechado lo contrario, ¿no es así? —dijo Mikael.

Hilda no contestó. Se limitó a beberse el vino rosado mientras miraba por la ventana.

—Leí el informe de la investigación —continuó él—. Ya entonces me dio mala espina, y ahora me has dado un motivo para sospechar. No veo otra explicación posible que la de que todos estuvieran implicados: Mannheimer, Ögren, Greitz, todos. Se arriesgaban a ser puestos en evidencia y a que se los asociara a una actividad en la que unos hermanos gemelos eran separados intencionadamente, divididos como por... un golpe de espada. Tuvieron que deshacerse de una amenaza que podría manchar su buen nombre.

Hilda von Kanterborg parecía tener miedo, y por un momento se quedó callada.

—De todas maneras, el precio que pagaron fue alto —prosiguió ella—. Leo no se recuperó jamás.

A pesar del dinero y de todo lo que invirtieron en él, nunca fue feliz. Le dejaron la autoestima por los suelos y, contra su voluntad, lo metieron en la empresa familiar, donde se vio atropellado por cretinos como Ivar.

—¿Y su hermano Daniel?

—Él, en cierto modo, era más fuerte, quizá porque no le quedaba otra opción. Todo lo que la familia de Leo le animaba a ser —un chico que leía, culto y aficionado a la música— era algo que Daniel, en la suya, se vio obligado a intentar ser a escondidas y como acto de rebeldía. Aunque él también se las vio duras. Sus hermanos adoptivos lo acosaban y le pegaban, y siempre se sentía raro y marginado.

—¿Qué le ocurrió?

—Huyó de la granja y desapareció del registro. Y a mí me despidieron poco tiempo después, así que no puedo decirte mucho más. Lo último que hice por él fue recomendarle un conservatorio en Boston. Luego no supe nada más hasta...

Mikael advirtió que algo había pasado. Lo vio en cómo Hilda tomó el vaso y en sus erráticos ojos.

—¿Hasta cuándo?

—Hasta una mañana de diciembre de hace año y medio. Yo estaba en mi casa, leyendo el periódico y tomándome una copa. Y de pronto sonó el teléfono. En el registro nos habían dado órdenes muy estrictas de no decir nunca nuestros verdaderos nombres. Pero yo... yo ya había empezado a beber, y supongo que se me pasaría por alto en alguna que otra ocasión, porque Daniel había conseguido dar conmigo mucho antes, y entonces volvió a llamar como surgido de la nada y me dijo que lo sabía.

—¿Que sabía qué?

—Que Leo existía y que eran gemelos.

—Gemelos especulares, ¿no?

—Sí, pero lo de que eran especulares no creo que lo supiera entonces, aunque eso era lo de menos. Lo noté enormemente alterado, y me preguntó si yo estaba al tanto. Dudé un buen rato. Luego le contesté que sí, y se quedó callado. Acto seguido me dijo que nunca me lo perdonaría. Y colgó. Yo quise gritar, caerme muerta allí mismo. Le devolví la llamada al número desde el que me había llamado. Era de un hotel de Berlín, donde nadie conocía a ningún Daniel Brolin. Intenté contactar con él de todas las formas posibles, pero no lo logré.

—¿Crees que ha conocido a Leo?

—La verdad es que no, no lo creo, pese a todo.

—¿Por qué lo dices?

—Porque esas cosas siempre se acaban sabiendo. Varios de nuestros gemelos se han conocido siendo adultos. Hoy en día, en nuestra era digital, es algo inevitable: vemos una foto de alguien en Facebook o Instagram y decimos que se parece a fulanito o a menganito, y luego una cosa lleva a la otra y al final aquello suele acabar en algún medio de comunicación. A los periodistas les encantan esas historias. Pero ninguno de los gemelos llega a enterarse de toda la verdad. Siempre hay explicaciones para todo —explicaciones falsas ya preparadas desde el principio—, y los periódicos sólo se centran en lo fantástico del encuentro. Nadie llega nunca al fondo del asunto. Para serte sincera, no entiendo cómo tú has podido averiguar lo que sabes. Todos han sido tan ridículamente cautelosos con el tema de la confidencialidad...

Mikael también tomó otro trago de vino, a pesar de que no le gustaba, y pensó en cómo expresarse. Decidió mantener su tono compasivo.

—Yo creo que te equivocas, Hilda. A mí me parece que hay muchos indicios que apuntan al hecho de que *sí* se han conocido. Hay cosas que no cuadran. Tengo un amigo —convirtió a Malin en hombre por si acaso— que conoce muy bien a Leo. Lo ha estudiado con detenimiento. Y está del todo convencido de que Leo, de pronto, ha pasado de ser zurdo a ser diestro, tal y como le comenté a tu hermana. Además, el hombre, de un día para otro, ha aprendido a tocar la guitarra con un virtuosismo impresionante.

—¡Así que también ha cambiado de instrumento!

Hilda, visiblemente nerviosa, se encogió en la silla.

—¿Insinúas que...? —continuó ella.

—Sólo quiero preguntarte qué conclusiones sacas si intentas no crearte falsas ilusiones.

—En tal caso —si lo que cuentas es verdad—, te diría que Leo y Daniel han intercambiado su identidad.

—¿Por qué?

—Porque... —Hilda buscó las palabras— porque son personas profundamente melancólicas y extraordinariamente dotadas. Les resultaría muy fácil cambiar de entorno, es probable que hasta les supusiera algo nuevo y emocionante. Leo —Carl siempre lo dijo— se sentía con frecuencia preso en un papel que no le gustaba.

—¿Y Daniel?

—Para él..., no sé, supongo que sería fantástico entrar en el mundo de Leo.

—Me has dicho que estaba furioso cuando te llamó, ¿no? —continuó Mikael—. Para él debe de haber sido muy doloroso saber que su hermano gemelo se ha criado en una familia tan rica mientras que él tuvo que trabajar como un esclavo en una granja.

—Sí, pero...

Hilda dirigió la mirada a las botellas de rosado, como si temiera que no duraran mucho más.

—Tienes que entender que esos chicos son enormemente sensibles y empáticos. Carl y yo lo comentábamos a menudo. Pero se sentían solos. Estaban como hechos el uno para el otro, y si de verdad se han conocido, yo diría que sin duda habrá sido un encuentro maravilloso, quizá el momento más bonito y feliz de sus vidas.

—¿Y no ves ninguna posibilidad de que ocurriera algo desagradable?

Ella negó con la cabeza; un movimiento que reflejaba más bien un deseo que una convicción, pensó Mikael.

—¿Le has contado a alguien que Daniel te llamó?

Hilda von Kanterborg dudó un instante de más. Aunque, por otra parte, no resultaba fácil interpretarla. Encendió un nuevo cigarro con la colilla del anterior.

—No —respondió—. Yo ya no tengo ningún contacto con el registro. ¿A quién iba a decírselo?

—Has comentado que Rakel Greitz te visita con regularidad.

—A Rakel nunca le diría nada. Siempre he tenido mucho cuidado con ella.

Mikael se quedó absorto en sus pensamientos un instante y luego continuó con un tono de voz más severo de lo que se había propuesto.

—Hay otra cosa a la que tienes que contestarme —señaló.

—¿Se trata de Lisbeth Salander?

—¿Cómo lo supiste?

—Bueno, no es precisamente un secreto que tienen muy buena relación.

—¿Estaba ella implicada en el proyecto?

—Ella era la persona que más dolores de cabeza le daba a Rakel Greitz, más que todos los demás juntos.

Diciembre, un año y medio antes

Leo Mannheimer entró en su casa acompañado del hombre que se parecía a él. Ese hombre llevaba una gorra, un desgastado abrigo negro con un cuello blanco de piel, unos pantalones grises de vestir y unas botas de un marrón rojizo con pinta de haber recorrido muchos kilómetros. Se quitó la gorra y el abrigo y dejó la guitarra en el suelo. Ese hombre tenía el pelo más salvaje, las patillas más largas y las mejillas más rojas, agrietadas a causa del frío. Pero todo eso no hizo sino acentuar la escalofriante similitud.

Era como verse a sí mismo en otro ser; a Leo le entraron unos sudores fríos y se mareó ligeramente. Se dio cuenta de que hacía tan sólo un momento había estado aterrado y había tenido la sensación de que el suelo se abría bajo sus pies. Sin embargo, las cosas eran más complicadas e iban más allá de un simple terror. Miró las manos y los dedos del hombre y luego los suyos, y deseó tener cerca un espejo. Quería comparar cada rincón y cada arruga de sus rostros. Pero por encima de todo quería preguntar y preguntar y no dejar de preguntar. Pensó en esos tonos que había oído en el descanso de la escalera y en las palabras del hombre cuando le dijo que le faltaba una mitad, justo lo mismo que él había sentido siempre. Tenía un nudo en la garganta.

—¿Cómo es posible? —preguntó.

—Yo creo... —empezó el hombre.

—¿Qué crees?

—Que fuimos parte de un experimento.

Leo apenas fue capaz de asimilar las palabras. Se acordó de Carl y de los pasos de su padre subiendo la escalera aquel día de otoño, y se tambaleó. Se sentó en un sillón rojo que había por debajo de un cuadro de Bror Hjorth. El hombre se instaló en el sillón de al lado, y sólo al ver eso, ese movimiento, ese cuerpo que se dejaba caer en el sillón, reconoció algo espeluznantemente familiar.

—Yo lo sospechaba —dijo Leo—. Sabía que había algo raro.

—¿Tú sabías que eras adoptado?

—Sí, mi madre me lo contó.

—Pero ¿no sabías que yo existía?

—No, en absoluto, pero...

—¿Qué?

—Lo pensé. Lo soñé. Me imaginé todo tipo de cosas. ¿Dónde te criaste?

—En una granja de las afueras de Hudiksvall. Luego me fui a Boston.

—Boston —murmuró Leo.

Oyó palpitar un corazón. Pensó que era el suyo, pero era el del hombre, el de su hermano gemelo.

—¿Quieres beber algo? —preguntó.

—No me vendría mal.

—¿Champaña? ¿Te sirve? Va directo a la sangre.

—Perfecto.

Leo se levantó y se dirigió a la cocina, pero se detuvo sin saber muy bien por qué. Se encontraba demasiado desconcertado y alterado como para entender qué estaba haciendo. Dijo:

—Perdón.

—¿Perdón? ¿Por qué?

—Porque ni siquiera recuerdo cómo te llamas. Es que en la puerta me he quedado en estado de *shock*.

—Dan —respondió el hombre—. Dan Brody.

—¿Dan? —repitió Leo—. Dan.

Luego fue a buscar una botella de Dom Pérignon y dos copas, y quizá no fuera entonces cuando todo empezó. La conversación siguió siendo surrealista e incomprensible durante un buen rato. Desde la calle, donde todavía nevaba, les llegaban los ruidos de un viernes por la tarde: risas, voces y la música de los coches y de las casas. Sonrieron y levantaron las copas, y poco a poco fueron abriendo sus corazones. Un instante después, ya estaban hablando como ninguno de los dos lo había hecho en su vida.

Hablaron de todo, aunque con el tiempo ninguno de los dos sería capaz de dar cuenta del contenido de la conversación y de todos sus recovecos. Cada hilo, cada tema se interrumpía con nuevas preguntas que llevaban la conversación por otros derroteros. Era como si las palabras no bastaran, como si no se pudiera hablar lo suficientemente rápido. Cayó la noche y amaneció otro día en el que continuaron charlando, y sólo muy de vez en cuando se tomaron un respiro para comer algo, dormir un poco o tocar. Tocaron durante horas. Para Leo eso fue lo más grande.

Era un solitario. Se había pasado la vida tocando horas y horas, todos los días, pero siempre solo. Dan había tocado con cientos de personas: aficionados, profesionales, virtuosos, torpes, con los sensibles y atentos, con los que tan sólo dominaban un género, con los que los dominaban todos y con los que con suma facilidad eran capaces de cambiar de tonalidad en medio de un tema y percibir cualquier modificación rítmica, por pequeña que fuese. Y, sin embargo, nunca había tocado con nadie que le entendiera de forma tan intuitiva y directa. No sólo improvisaron juntos, también conversaron e intercambiaron experiencias musicales, y a veces Leo se subía a una silla o a una mesa para proponer un brindis.

—¡Estoy tan orgulloso! ¡Eres tan bueno, tan fantásticamente bueno!

Tocar con su hermano gemelo le ocasionó una alegría de dimensiones tan abrumadoras que su propia capacidad musical aumentó, de modo que se volvió más atrevido y más creativo en sus solos. Aunque, como era evidente, Dan era el mejor de los dos, también recuperó la pasión por su música, y en alguna ocasión tocaron y hablaron al mismo tiempo.

Hablaron de sus vidas como si fuera la primera vez, y descubrieron significados y pautas de comportamiento que ni siquiera habían sospechado que poseían. Dejaron que sus historias confluyeran y se colorearan mutuamente. Era verdad —aunque Dan no lo dijo entonces— que no siempre era recíproco; de cuando en cuando le corroía la envidia y se acordaba del hambre que había pasado de niño. Recordó su huida de la granja y las palabras de Hilda von Kanterborg: «Nuestro trabajo consiste en estudiar, no en intervenir».

Tuvo momentos de rabia, y en alguna ocasión, cuando Leo se quejaba de que no se había atrevido a apostar por su música y de que lo habían obligado a ser socio de Alfred Ögren —¡obligado a ser socio!—, las injusticias le resultaron más impactantes de lo que él mismo pensaba que soportaría. No obstante, fueron momentos aislados. Durante ese fin de semana de diciembre también él vivió envuelto en una enorme y abrumadora alegría.

Se trataba de un milagro tan grande como conocer no sólo a un hermano gemelo, sino también a una persona que pensaba, sentía y oía como él. ¡Cuánto tiempo hablaron sólo de eso! ¡De los sonidos! Se sumergieron en el tema como dos auténticos *freakys*, y resultó vertiginoso poder profundizar, por fin, en aquello que nadie más entendía. Alguna vez también Dan se subió a una silla para proponer un brindis.

Prometieron no dejarse nunca. Juraron mantenerse unidos. Juraron muchas cosas grandiosas y bellas, pero también juraron llegar al fondo de lo que les había ocurrido y por qué. Se refirieron con todo detalle a las personas que los habían examinado durante su infancia y a los test, las grabaciones y las preguntas. Dan habló de Hilda von Kanterborg, y Leo, de Carl Seger y Rakel Greitz, con la que se había mantenido en contacto a lo largo de los años.

—¿Rakel Greitz? —inquirió Dan—. ¿Qué aspecto tiene?

Leo habló de su mancha de nacimiento en el cuello y entonces Dan se quedó petrificado. Se dio cuenta de que él también había conocido a Rakel Greitz. Fue un momento decisivo. Eran las 23.00 horas del domingo 17 de diciembre. En la calle reinaba el silencio y la oscuridad, y ya no nevaba. El único ruido que se oía era el de unas lejanas máquinas quitanieves.

—¿No es Greitz un poco bruja?

—Es bastante fría en el trato —dijo Leo.

—A mí me daba escalofríos.

—Supongo que a mí tampoco me ha caído nunca demasiado bien.

—¿Y aun así has continuado viéndola?

Leo contestó como defendiéndose:

—Creo que nunca he podido llevarle la contraria.

—En algunas ocasiones somos un poco débiles —lo consoló Dan.

—Sí, es posible. Pero Rakel también ha sido mi vínculo con Carl. Ella siempre me ha contado historias bonitas sobre él, justo las que yo quería oír, imagino. Tengo una comida de Navidad con ella la próxima semana.

—¿Alguna vez le has preguntado sobre tus orígenes?

—Miles de veces, pero ella siempre me ha dicho que...

—... que te entregaron en un orfanato de Gävle y que no han podido dar con tus padres biológicos.

—Una vez llamé a ese maldito orfanato y me lo confirmaron.

—¿Y eso cómo cuadra con lo de ser gitano?

—Según ella, no es más que un rumor.

—Miente.

—Evidentemente.

Un apesadumbrado gesto apareció en el rostro de Leo.

—Seguro que Rakel Greitz es la que maneja los hilos de toda esta historia.

—Es probable.

—Deberíamos destaparlo todo y llevarlos a juicio.

Un salvaje deseo de venganza inflamó sus ánimos, y cuando la noche del domingo se convirtió en lunes por la mañana, ya habían acordado ser discretos y no comentar con nadie aquel encuentro. Leo contactaría con Rakel Greitz; anularía la reservación que había hecho en un restaurante para celebrar su comida navideña, pero la invitaría a su casa, donde debería infundirle tranquilidad. Dan se escondería en una habitación contigua. Rakel Greitz se iba a enterar de hasta dónde podían llegar. Los hermanos urdieron un plan.

Hilda von Kanterborg apuraba un vaso tras otro. Aun así, no parecía estar borracha. Pero las manos le temblaban. Y transpiraba mucho. Tenía el cuello y el pecho bañado en sudor.

—Rakel Greitz y Martin Steinberg querían incluir en el estudio —como era habitual— a gemelos univitelinos y bivitelinos. Se necesitaba a ambos grupos para comparar. Los datos de Lisbeth Salander y de su hermana Camilla figuraban en uno de los registros del Instituto de Genética Médica. Eran consideradas perfectas para el proyecto. No es que nadie tuviera una excesiva admiración por la inteligencia de la madre, pero el padre sí que era...

—Un monstruo.

—Un monstruo altamente dotado, debo añadir, lo que convirtió a las niñas en objetos de estudio muy interesantes. Rakel Greitz quería separarlas. Se obsesionó con la idea.

—A pesar de que las niñas tenían un hogar y una madre.

—A pesar de eso. Y no es que desee defender a Rakel, ni por asomo, pero aun así... En esa época no le faltaban argumentos desde un punto de vista humano, pues el padre, Zalachenko, era alcohólico y violento.

—Lo sé. Conozco la historia.

—Ya sé que la sabes. Lo digo sobre todo en nuestra defensa. Era un hogar infernal, Mikael. Y no sólo me estoy refiriendo a las violaciones y a los malos tratos. Es que el padre siempre protegía y favorecía a Camilla, de modo que la convivencia de las hermanas, ya desde un principio, resultó catastrófica. Era como si hubiesen nacido para ser enemigas.

Mikael pensó en Camilla y en el asesinato de su colega Andrei Zander, y agarró fuertemente su vaso. No dijo nada.

—Existían, por lo tanto, motivos más que de sobra —en eso estuve de acuerdo bastante tiempo— para trasladar a Lisbeth a otra familia —continuó Hilda.

—Pero ella quería a su madre.

—Lo sé, créeme. Aprendí muchas cosas de esa familia, y puede que Agneta diera la impresión de estar destrozada después de que Zalachenko pasara por casa para darle una brutal golpiza. Pero con sus hijas fue una auténtica luchadora. Le ofrecieron dinero. La amenazaron. Le enviaron escritos intimidatorios llenos de sellos oficiales. Pero ella se negó a aceptarlo. «Lisbeth se queda conmigo —dijo—. No la abandonaré nunca.» Luchó con uñas y dientes, y el proceso se prolongó tanto tiempo que al final resultó ser demasiado tarde para separar a las niñas, sobre todo considerando las ideas de aquella época. Pero para Rakel aquello era una cuestión de principios, y me llamaron a mí para hacer de mediadora.

—¿Y qué pasó?

—Para empezar, debo decir que Agneta me impresionó cada vez más. Tuvimos muchos encuentros y nos hicimos prácticamente amigas, así que yo comencé a defenderla para que pudiera quedarse con Lisbeth. Te juro que luché por ella con todas mis fuerzas. Pero Rakel no daba su brazo a torcer así como así, y una tarde apareció con su propio matón, Benjamin Fors.

—¿Y ése quién es?

—Comenzó como trabajador social, pero lleva ya una eternidad como empleado de Rakel. Martin Steinberg se aseguró de que ella pudiera disponer de un asistente personal. No es que Benjamin sea exageradamente inteligente, pero es grandote y de una lealtad a prueba de balas. Rakel le ha ayudado en los momentos más difíciles de su vida, como, por ejemplo, cuando perdió a su hijo en un accidente de tráfico, y él, en agradecimiento, hace lo que sea por ella. Ahora tendrá unos cincuenta y cinco años, quizá algo más, pero mide más de dos metros y está en perfecta forma física. Tiene un aspecto más o menos bonachón, con una mirada suave y melancólica y unas cejas muy pobladas que hace que a veces dé una impresión un poco cómica. Pero si Rakel se lo pide puede recurrir a la violencia, y esa tarde, en Lundagatan...

Hilda dudó y se tomó otro trago de vino.

—Adelante.

—Era octubre y hacía frío —continuó—. Fue poco tiempo después de que Carl Seger muriera en la cacería de alces, y yo había ido a un homenaje que se le rendía, cosa que, sin duda, no fue una casualidad. Habían planificado la operación meticulosamente. Camilla se había ido a dormir a casa de una amiga, de modo que allí sólo estaban Agneta y Lisbeth. Lisbeth tenía seis años. Su cumpleaños es en abril, ¿verdad? Estaban en la cocina tomando té y pan tostado. Fuera soplaba un viento muy fuerte.

—¿Cómo puedes saber todas esas cosas?

—Tengo tres fuentes: nuestro propio informe oficial, que, con toda seguridad, es la fuente menos fiable, y luego la versión de Agneta. Hablamos horas y horas de lo que sucedió.

—¿Y la tercera fuente?

—Lisbeth.

Mikael se quedó mirándola asombrado. Sabía lo reservada que era Lisbeth con su vida. Él no sabía nada de ese día, ni siquiera a través de Holger.

—¿Y cómo es que Lisbeth te lo contó?

—Hará unos diez años —dijo Hilda—. Ella se encontraba en una fase de su vida en la que quería saber más de su madre, y yo le conté cosas de ella lo mejor que pude. Le dije que Agneta había sido una persona fuerte e inteligente, y vi que eso la alegraba. Estuvimos mucho tiempo hablando, en mi casa de Skanstull, y al final ella me contó lo que pasó ese día. Me cayó como una patada en el estómago.

—¿Lisbeth sabía que tú eras del registro?

Hilda von Kanterborg abrió la tercera botella de vino.

—No —respondió—. No tenía ni idea. Ni siquiera conocía el nombre de Rakel Greitz. Pensaba que se trataba tan sólo de un asunto de los servicios sociales, una medida de fuerza gestionada por las autoridades sociales. Ella ignoraba lo del estudio de los gemelos, y yo...

Hilda toqueteó su vaso.

—Le ocultaste la verdad.

—Me estaban vigilando, Mikael. Y tenía que guardar el secreto profesional, estaba al corriente de lo que le había pasado a Carl.

—Te entiendo —dijo él, y no sólo como frase hecha; es que realmente la entendía.

No debía de haber sido fácil para Hilda von Kanterborg. Ya era suficiente mérito que estuviera allí contándole lo que sabía. No debía juzgarla más.

—¿Y qué sucedió? —preguntó.

—¿Aquella tarde en Lundagatan?

—Sí.

—Como te decía, soplaba un viento muy intenso. El padre había estado en la casa el día anterior, por lo que Agneta tenía moretones y dolores en el estómago y el bajo vientre. Estaba tomando té con Lisbeth en la cocina. Un momento tranquilo junto a su hija. Entonces sonó el timbre de la puerta y, como te puedes imaginar, se quedaron aterradas. Pensaron que era Zalachenko.

—Pero era Rakel Greitz.

—Rakel Greitz acompañada de Benjamin, lo cual no mejoraba la situación. Con un tono de voz solemne explicaron —en función de no sé qué artículo y de no sé qué ley— que debían llevarse a Lisbeth para protegerla. Luego todo fue cada vez más desagradable.

—¿En qué sentido?

—Seguro que Lisbeth se sintió tremendamente traicionada. Es que era muy pequeña, y al principio, cuando Rakel pasaba a verla para examinarla con diferentes test, Lisbeth confiaba en ella. De Rakel Greitz, ya sabes, pueden decirse muchas cosas, pero tiene carisma, irradia poder y autoridad. Es como si fuera una reina, caminando con su espalda erguida y su mancha de nacimiento en el cuello. Creo que Lisbeth había soñado con que ella las ayudara y se asegurase de que el padre se mantuviera lejos de la casa. Pero luego se dio cuenta de que Rakel era como los demás.

—De que no hizo nada para impedir que los malos tratos y los abusos continuaran.

—De que no hizo nada para impedir que todo continuara igual. Y ahora, para colmo, Rakel pretendía llevarse a Lisbeth para protegerla. ¡A ella!

Rakel llegó incluso a sacar una jeringa para ponerle una inyección de diazepam. Pensaba dormir a la niña para llevársela. Pero entonces Lisbeth se volvió loca. Mordió a Rakel en el dedo y, de un salto, se subió a la mesa que había junto a la ventana de la sala, abrió la ventana y se lanzó. Es cierto que vivían en un primer departamento, pero aun así había unos dos metros y medio hasta el suelo, y Lisbeth era una niña pequeña y delgada. No llevaba zapatos; sólo calcetines, unos *jeans* y un suéter, y fuera soplaba un fuerte viento y también llovía. Aterrizó con los pies, en cuclillas, pero cayó hacia delante y se hizo daño en la cabeza. A pesar de eso, se levantó enseguida y se echó a correr en la oscuridad. No paró de correr de un lado para otro. Fue por Slussen y, tras entrar en Gamla Stan, llegó a la plaza de Mynttorget y al Palacio Real, completamente congelada y mojada hasta los huesos. Creo que esa noche la pasó en el quicio de algún edificio. Estuvo fuera dos días.

Hilda se calló.

—Ay, por favor...

—¿Qué?

—Es que hoy me siento fatal —continuó ella—. ¿Bajarías a la recepción a buscarme unas cervezas frías, por favor? Necesito algo más refrescante que ese té —dijo, apuntando al vino rosado.

Mikael le dirigió una mirada molesta. Sin embargo, acabó por asentir con la cabeza y, tras salir al pasillo, descendió por la escalera hasta la recepción. Para su propio asombro, no sólo compró seis botellas de Carlsberg, sino que también envió un mensaje encriptado, lo que quizá no fuera muy inteligente de su parte. Pero sintió que se lo debía. Escribió:

La mujer con la mancha de nacimiento en el cuello que quería sacarte de casa de pequeña se llama Rakel Greitz. Es psicoanalista y psiquiatra y una de las personas responsables del registro.

Luego subió a la habitación de Hilda von Kanterborg con las cervezas para escuchar la continuación de la historia.

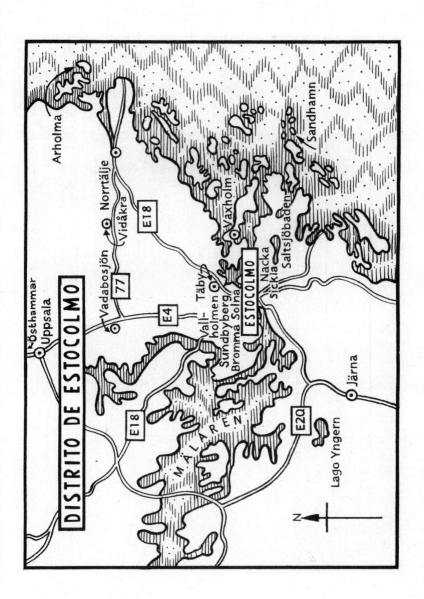

DISTRITO DE ESTOCOLMO

Capítulo 17

21-22 de junio

Lisbeth se encontraba en Operabaren en un intento de celebrar su liberación. Un intento bastante fallido. Una pandilla de chicas jóvenes con guirnaldas en el pelo —probablemente una despedida de soltera— montaban un relajo en una de las mesas que quedaban tras ella. Las estridentes risas le taladraban los oídos. Miró en dirección al parque de Kungsträdgården. Un hombre pasó andando con un perro negro.

Había ido a ese bar por los cócteles, y quizá también por el ambiente, pero no estaba saliendo bien. De cuando en cuando se le iba la mirada un poco más allá del grupo de la despedida de soltera por si se cruzaba con la de alguien a quien llevarse a la cama: un hombre, o tal vez una mujer.

Pensaba en eso —y en nada en particular— mientras, inquieta, consultó su celular. Acababa de recibir un correo de Hanna Balder, la madre de August, el niño autista con memoria fotográfica que fue testigo del asesinato de su padre y al que Lisbeth escondió en una casa de Ingarö.

El chico acababa de regresar a Suecia tras pasar una larga estancia en el extranjero y se encontraba, según la madre, «bien, teniendo en cuenta las circunstancias», lo que sonaba prometedor, aunque Lisbeth no pudo evitar pensar en su mirada, en aquellos ojos vidriosos que no sólo habían visto y registrado en su memoria mucho más de lo que deberían haber hecho a su edad, sino que también parecían refugiarse detrás de un caparazón. Lisbeth constató, no sin dolor, que hay ciertas cosas que a uno se le quedan grabadas para siempre. No hay manera de quitárselas de la cabeza. Hay que aprender a convivir con ellas. Se acordaba de cómo el niño, presa de un violento ataque de frustración, se había dado en la cabeza contra la mesa de la cocina de aquella casa de Ingarö. Por un momento sintió ganas de hacer lo mismo: golpearse la frente contra la barra del bar. Pero se contentó con apretar los dientes, y en ese momento advirtió cómo alguien se le acercaba.

Era un hombre joven, de pelo castaño, con un arrogante gesto en torno a la boca y vestido con un traje azul. Se sentó a su lado. Soltó: «Vaya la cara de enojo que tienes» y, a continuación, le hizo un comentario sobre su labio partido. Craso error. Tanto el primer comentario como el segundo. Sin embargo, a Lisbeth no le dio tiempo ni a lanzarle una mirada asesina, porque en ese instante le entró un mensaje encriptado de Mikael. Lo leyó y se quedó petrificada. Luego se levantó, dejó un par de billetes de cien coronas sobre la barra, le dio un empujón al hombre al pasar junto a él y se marchó.

La ciudad resplandecía. Era una maravillosa noche de verano para quien supiera apreciar ese tipo de cosas. A lo lejos se oía música. No obstante, Lisbeth no le prestó ninguna atención a nada de eso. Parecía querer matar a alguien. Buscó con su celular el nombre que Mikael acababa de mandarle y enseguida advirtió que Rakel Greitz tenía identidad protegida, una circunstancia que a ella no le suponía ningún problema: todos dejamos huellas tras nosotros. Compramos cosas por Internet y, en un acto de imprudencia, damos nuestra dirección para que nos efectúen la entrega. Sin embargo, en ese momento se encontraba cruzando el puente de Strömbron en dirección a Gamla Stan, por lo que no tuvo fuerzas para hacer nada, ni siquiera *hackear* una página web de alguna librería *online* o de algún otro sitio donde Rakel Greitz pudiera haber adquirido algo. Sólo era capaz de pensar en dragones.

Pensó en cómo, siendo niña, atravesó Estocolmo corriendo descalza y en cómo fue a parar al Palacio Real y a una iglesia iluminada en la oscuridad. Era Storkyrkan. Pero eso lo ignoraba en aquel momento. Simplemente se sintió atraída por ella. Estaba congelada y tenía los pies mojados; necesitaba descansar y calentarse. Cruzó una plaza en la que había un obelisco muy alto en el centro y después pasó por un patio antes de acceder a la iglesia. Allí dentro, el techo le pareció tan elevado que parecía tocar el cielo. Se acordaba de que quería llegar hasta el fondo de la iglesia cuanto antes para evitar todas las miradas que iban depositándose sobre ella. Fue entonces cuando descubrió la estatua. Pero tardaría muchos años en saber que se trataba de una estatua muy famosa y que representaba a san Jorge matando a un dragón y salvando a una dama en peligro. Por aquella época, Lisbeth desconocía por completo la historia, pero tampoco le habría interesado si la hubiera conocido. Aquella noche vio algo del todo distinto en la estatua. Vio un abuso. El dragón —lo recordaba todavía con gran nitidez— yacía de espaldas con una lanza atravesándole el cuerpo, mientras que el hombre, con una cara indiferente, inexpresiva, se disponía a atacar al animal con una espada. El dragón estaba indefenso y solo, y Lisbeth pensó en su madre.

La vio representada en el dragón y sintió en cada músculo de su cuerpo que quería salvarla o, aún mejor, ser el dragón y devolver el golpe, y escupir fuego y derribar al caballero de su caballo y matarlo, porque el caballero, naturalmente, era Zala. Era su padre. Era el mal que estaba arruinando su vida. Pero eso no fue todo.

Allí había otra persona, una mujer fácil de pasar por alto, pues se hallaba un poco apartada. Llevaba una corona en la cabeza y extendía las manos hacia delante, como si estuviera leyendo un libro.

Lo más raro de todo era que se la veía muy tranquila, como si más que una matanza estuviera contemplando un prado o el mar. En ese momento Lisbeth no entendió que la mujer representaba a la dama a la que el caballero debía salvar. Le pareció una persona gélida e indiferente, idéntica a la mujer con la mancha de nacimiento de la que acababa de huir y que, al igual que todos los demás, no hacía nada para impedir que los malos tratos y las violaciones continuaran en su casa.

Lisbeth pensó que las cosas eran así. La madre y el dragón no sólo eran torturados, sino también observados por un mundo impasible. Sintió una profunda repugnancia por el caballero y la dama y, temblando de frío y de rabia, salió corriendo a la calle, donde seguía lloviendo y soplando el viento. Hacía ya mucho tiempo de todo aquello, pero aún le resultaba extrañamente presente. Y ahora que, tantos años después, cruzaba aquel puente en dirección a Gamla Stan, de camino a su domicilio, no paró de murmurar aquel nombre: *Rakel Greitz*.

Por fin había encontrado su relación con el registro, la que llevaba buscando desde el día en el que Holger la visitó en la cárcel de Flodberga.

Hilda von Kanterborg abrió una cerveza. El ojo izquierdo le bizqueaba un poco, y a ratos perdía el hilo. En algunas ocasiones parecía atormentada por los remordimientos y otras se mostraba asombrosamente aguda, como si el alcohol sólo tuviera el efecto de agudizar su mente.

—Ignoro lo que haría Lisbeth tras salir de Storkyrkan, lo único que sé es que al día siguiente se puso a pedir dinero en la estación central y que robó un par de zapatos que le quedaban enormes y un abrigo de plumas en Åhléns. Como es lógico, Agneta estaba fuera de sí, y yo... yo estaba furiosa y le dije a Rakel que si continuaba con sus planes lo echaría todo a perder. Al final, cedió. Dejó a Lisbeth en paz. Pero siguió odiándola, y creo que tuvo que ver en la decisión de que encerraran a Lisbeth en Sankt Stefan.

—¿Por qué opinas eso?

—Porque su buen amigo Peter Teleborian trabajaba en esa clínica.

—¿De modo que eran amigos?

—Teleborian era uno de los pacientes que se recostaban en el diván del consultorio de Rakel. Los dos creían en los recuerdos reprimidos y en ese tipo de tonterías, y él siempre le mostró su lealtad. Pero lo interesante es que ella no sólo odiaba a Lisbeth, sino que también le tenía cada vez más miedo. Me parece que Rakel fue consciente, antes que nadie, de lo que Lisbeth era capaz de hacer.

—¿Y piensas que Rakel Greitz tiene algo que ver con la muerte de Holger Palmgren?

Hilda von Kanterborg se miró los tacones. Se oyeron unas voces procedentes del muelle.

—Es una persona despiadada. Si alguien lo sabe, soy yo. La campaña de desprestigio que lanzó contra mí cuando decidí abandonar el registro me destrozó en cierta manera. Pero ¿asesinato...? No sé. Me costaría creerlo. No *quiero* creerlo, y mucho menos...

Una mueca se dibujó en su cara.

—¿Qué? —quiso saber Mikael.

—... me lo creería de Daniel Brolin. Es un chico muy vulnerable e inteligente. Nunca sería capaz de hacerle daño a nadie, y aún menos a su hermano gemelo. Estaban hechos el uno para el otro.

Mikael se planteó comentar que eso es exactamente lo que dice la gente cuando algún amigo o conocido ha cometido un crimen atroz: «No podemos entenderlo», «Imposible», «Me cuesta creerlo de él», «Ella jamás haría algo así». Y, sin embargo, sucede. Alguien a quien considerábamos buena persona es presa de una rabia ciega y ocurre lo impensable. Pero no dijo nada y procuró no sacar conclusiones precipitadas. Había toda una serie de posibilidades. Siguieron hablando un poco más, se pusieron de acuerdo en cómo comunicarse durante los días venideros y repasaron algunos detalles prácticos. Él le pidió que tuviera mucha cautela y que se cuidara. Luego sacó su celular para ver si todavía había algún tren a Estocolmo a esas horas de la noche. Salía uno dentro de quince minutos. Volvió a darle las gracias a Hilda, metió la grabadora en su bolsa y, tras abrazarla, se marchó a toda prisa a la estación. En el camino intentó contactar de nuevo con Salander. Ya era hora de que se vieran, pensó.

En el tren de vuelta vio una grabación de video de imágenes algo movidas que su hermana le había enviado; en ella, un rabioso Bashir Kazi parecía confesar la autoría del asesinato de Jamal Chowdhury.

El video no sólo se había hecho viral, sino que también había provocado mucha actividad en la jefatura de policía de Bergsgatan, sobre todo cuando fue completado por dos complejos análisis de movimientos de manos que le habían enviado al comisario Jan Bublanski, de la brigada de homicidios. La grabación era asimismo la causa de que un joven con cuerpo de corredor estuviera hundido en una silla, con la mirada perdida, en una de las salas de interrogatorios del séptimo piso acompañado de su imán, Hassan Ferdousi.

Bublanski conocía bastante bien a Hassan Ferdousi desde hacía algún tiempo. Hassan no sólo era antiguo compañero de estudios de su novia, Farah Sharif, sino también una de esas personas que, debido al creciente antisemitismo y a la cada vez más acendrada islamofobia que había en el país, intentaba que las comunidades religiosas se acercaran entre sí. Bublanski no siempre estaba de acuerdo con el imán, especialmente por lo que respectaba a la cuestión del Estado de Israel, pero le profesaba un gran respeto y tenía motivos de sobra para saludarlo con una reverencia.

Se había enterado de que el imán los había ayudado a abrir una brecha en la investigación de la muerte de Jamal Chowdhury, algo por lo que, como era natural, le estaba muy agradecido, aunque también era algo que le pesaba, y no sólo porque dejaba en evidencia la profunda incompetencia de sus colegas, sino también porque ya andaba sobrecargado de trabajo. Maj-Britt Torell había contactado finalmente con él para admitir que, en efecto, había recibido una visita con motivo de los documentos que le había entregado a Holger Palmgren. La persona que la había visitado era un catedrático llamado Martin Steinberg; al parecer, un respetado ciudadano que había participado en comités y comisiones por encargo tanto de la Dirección Nacional de Sanidad y Asuntos Sociales como del gobierno. Martin Steinberg le había dicho a Maj-Britt Torell que mucha gente había acabado mal por culpa de esos papeles, y le había hecho jurar por Dios y por el difunto profesor Caldin que nunca más mencionaría los documentos ni tampoco su propia visita, «por la seguridad de los antiguos pacientes». Steinberg se había llevado su copia de seguridad: un *pendrive* USB. Maj-Britt Torell ignoraba lo que podían contener esos documentos, aparte del historial de Lisbeth Salander. Pero a Bublanski le daba mala espina, más que nada porque resultaba imposible contactar con Steinberg. Bublanski habría querido seguir indagando en el caso, pero por el momento debía olvidarse de él, pues le habían pedido que se ocupara del interrogatorio, y eso era lo que iba a hacer, independientemente de que tuviera tiempo o no. No le quedaba otra que hacer de tripas corazón y poner buena cara.

Miró su reloj. Eran las 08.45. Había amanecido otro día radiante. Pero no tendría muchas ocasiones de disfrutar de él. Contempló al joven que estaba sentado y callado al lado del imán y que esperaba la llegada de su abogado de oficio. Se llamaba Khalil Kazi y decían que había confesado haber matado a Jamal Chowdhury a causa del amor que sentía por su hermana. ¿A causa del amor?

Resultaba imposible de entender, pero estaba decidido a intentarlo. Ése era el lamentable destino que le había tocado en suerte a Bublanski en la vida. Las personas cometían crímenes terribles y a él le correspondía tratar de comprender por qué y asegurarse de que fueran juzgados. Miró al imán y luego al joven mientras, por alguna misteriosa razón, pensaba en el mar.

Mikael se despertó en Fiskargatan, en la enorme cama de Lisbeth. No había sido precisamente lo que esperaba. Pero el único culpable era él. Cuando se presentó ante su puerta, ella lo dejó entrar con un silencioso movimiento de cabeza. Era cierto que al principio sólo trabajaron e intercambiaron información. Pero los dos habían tenido un día muy agitado, y al final a Mikael no le quedaron energías para nada. Le limpió la sangre coagulada de los labios y le preguntó por la estatua de san Jorge y el dragón de Storkyrkan. Era la una y media de la noche, y ya estaba saliendo el sol cuando se sentaron en el sillón rojo de Ikea de la sala de Lisbeth.

—¿Fue por eso por lo que te tatuaste un dragón en la espalda? —preguntó.

—No —respondió ella.

Se notaba que no quería hablar de ello, y él tampoco tuvo ganas de presionarla: estaba cansado. Cuando se levantó para marcharse a casa, Lisbeth lo sentó de un empujón y le puso la mano en el pecho.

—Quise hacerme ese tatuaje porque el dragón me ayudó —dijo.

—¿Cómo que te ayudó?

—Pensé en él cuando estaba en Sankt Stefan inmovilizada con las correas.

—¿Y qué pensaste exactamente?

—Que con esa lanza atravesándole el cuerpo tenía las de perder, pero que un día se levantaría, escupiría su fuego y aniquilaría a sus enemigos. Eso pensé. Y por eso resistí.

Sus ojos tenían un brillo oscuro e inquietante, y sus miradas se encontraron. Estuvieron a punto de besarse. Pero no lo hicieron. Lisbeth se quedó absorta en sus pensamientos y se puso a contemplar la ciudad y a seguir con la mirada a un tren que entraba en la estación central. De pronto dijo que había dado con Rakel Greitz. La había encontrado a través de una tienda *online* de productos de desinfección que había en Sollentuna. Mikael respondió que eso estaba bien, aunque también se preocupó. Poco después, contrastando con la pasión de hacía un momento, se le empezó a caer la cabeza de cansancio y le preguntó si podía acostarse un rato en su cama. A Lisbeth le pareció buena idea. Ella se acostó poco tiempo después y se durmió enseguida.

Por la mañana, Mikael oyó ruidos procedentes de la cocina; se levantó arrastrando los pies y puso la cafetera mientras veía cómo Lisbeth sacaba una pizza Hawai del microondas y se sentaba a la mesa. Él, por su parte, rebuscó en el refrigerador algo para desayunar, pero no encontró nada y empezó a soltar groserías. Luego recordó que ella había estado en la cárcel y que, en su primer día de libertad, habría tenido cosas más importantes que hacer que llenar el refrigerador. Se contentó con el café y sintonizó la emisora P1 en el radio. Las noticias de *Ekot* ya estaban acabando, y mencionaron que se estaban batiendo récords de calor en la zona de Estocolmo. Luego saludó a Lisbeth con un «buenos días» y recibió un gruñido por respuesta. Lisbeth llevaba *jeans* y una camiseta negra, estaba sin maquillar y tenía la cara llena de moretones y los labios hinchados. Él le dijo que fuera con cuidado, a lo que ella asintió con la cabeza sin pronunciar palabra. Poco después salieron juntos y comentaron brevemente sus planes para el día. Se despidieron en Slussen.

Él iba a ir a la casa de bolsa Alfred Ögren.

Ella le haría una visita a Rakel Greitz.

El abogado de oficio Harald Nilsson estaba golpeteando la mesa nerviosamente con el bolígrafo mientras Khalil Kazi rendía declaración en la sala de interrogatorios. Había momentos en los que Bublanski apenas era capaz de aguantar lo que oía. A Khalil le esperaba un futuro brillante. Y, en cambio, acababa de arruinar no sólo su propia vida, sino también la de otras personas. Todo había empezado hacía casi dos años, a principios del mes de octubre.

Tras escaparse de casa, Faria en secreto se mantuvo en contacto con Khalil, su hermano pequeño, y le contó que pensaba romper con la familia. Por eso quiso despedirse de él y quedaron de verse en un café de Norra Bantorget. Khalil le juró que no le había dicho ni una palabra a nadie. Pero los hermanos debieron de seguirlo. Agarraron a Faria, la metieron en un coche y la llevaron al departamento de Sickla, donde la trataron como a un animal. Los primeros días la tuvieron amordazada con cinta aislante y con un trozo de cartón pegado al pecho donde podía leerse la palabra PUTA. Bashir y Ahmed la golpearon, le escupieron y dejaron que otros hombres que iban de visita a la casa hicieran lo mismo.

Khalil comprendió que a Faria ya no la consideraban hermana, ni siquiera un ser humano. La habían privado del derecho a su propio cuerpo, y él creía saber lo que le esperaba. La llevarían a algún lugar lejos de la vista de la policía para limpiar el honor de la familia con su sangre. Era cierto que a veces se hablaba de que podría salvarse casándose con Kamar. Pero Khalil no lo creía: ya había sido mancillada y, además, ¿cómo iban a poder sacarla del país y tenerla controlada?

Khalil estaba seguro de que a Faria no le esperaba más destino que el de la muerte. Como a él le habían quitado el teléfono y también lo tenían como a un prisionero, no podía avisar a nadie. Sólo le quedaba desesperarse y confiar en que se produjera un milagro. Y un pequeño milagro se produjo o, al menos, un alivio. Le aflojaron las cuerdas de las manos, le quitaron el cartón y le permitieron que se duchara, que comiera en la cocina y que anduviera libremente por la casa, sin velo. Y se repartieron regalos, como si en lugar de castigarla hubiera que compensarla por su sufrimiento.

Los hermanos le regalaron a Faria un radio y a Khalil una *StairMaster* de segunda mano que había llevado un conocido de Huddinge, un obsequio que lo animó un poco, pues echaba de menos sus sesiones de *footing*. Haber perdido la posibilidad de moverse, de avanzar volando con su paso elástico, había acrecentado su depresión, por lo que ahora no paraba de entrenarse hora tras hora. Volaba sobre su máquina y empezaba a ver una luz al final del túnel, un rayo de esperanza, aunque todavía se temía lo peor. Dos días más tarde,

Bashir y Ahmed entraron en su habitación y se sentaron en su cama. Bashir tenía una pistola en la mano. A pesar de ello, los hermanos no parecían molestos; hasta le sonrieron. Llevaban unas camisas recién planchadas y con la misma tonalidad de azul. Bashir dijo:

—¡Tenemos buenas noticias!

No matarían a Faria. O, mejor dicho, no la matarían si alguien pagaba un precio por su vida. De lo contrario, la furia de Alá se despertaría y el honor familiar no se restituiría, y entonces su pecado se extendería y los envenenaría a todos. Y, tras comentárselo, le dieron a elegir: o morir en ese momento con su hermana o matar a Jamal y salvarse los dos. Al principio no lo comprendió. No quería comprenderlo, dijo. Se limitó a seguir subiendo los escalones de su *StairMaster*. Pero volvieron a planteárselo.

—¿Por qué yo? Soy incapaz de hacerle daño a nadie —contestó fuera de sí.

Bashir le explicó a Khalil que él era el único de ellos que no estaba fichado por la policía y que gozaba de buena reputación, incluso entre los enemigos de la familia. Pero que lo más importante era que por medio de ese acto repararía la traición cometida por Faria contra la familia. Acabó aceptando: mataría a Jamal. Se hallaba en una difícil situación, señaló, y se sentía desesperado.

Por un lado, quería a su hermana, pero por otro, su vida peligraba.

No obstante, había una cosa que Bublanski no

comprendía: ¿por qué no llamó Khalil a la policía cuando lo dejaron salir para cometer el crimen? Khalil respondió que eso era justamente lo que había planeado. Lo contaría todo y buscaría protección. Pero se quedó paralizado y perplejo, explicó, por lo bien que lo habían organizado todo. Había otros implicados, islamistas, que lo vigilaban sin cesar y que aprovechaban cualquier ocasión para comentarle lo despreciable que era Jamal. Se había emitido una *fatwa* contra él. Había sido condenado a muerte por las personas devotas y de buena fe de Bangladesh, y era un ser más ruin que los cerdos, los judíos y las ratas que portaban la peste. Jamal representaba todo lo que fuera terrible e impuro y había mancillado el honor de la familia y el de su hermana. Poco a poco arrastraron a Khalil a la oscuridad y a la niebla y lo incitaron a hacer lo impensable. No era el único autor del crimen. Pero fue él quien se acercó a Jamal en el andén y le dio el empujón.

—Yo lo maté —confesó.

Faria Kazi se encontraba sentada en la sala de visitas del edificio H de la cárcel de mujeres de Flodberga. Delante de ella se sentaban la inspectora Sonja Modig y la abogada Annika Giannini. Se respiraba un ambiente tenso e inseguro. Por segunda vez, Annika mostró el video en el que Bashir parecía admitir que estaba detrás del asesinato de Jamal. Annika comentó cómo debía interpretarse el análisis de movimientos y contó que Khalil había efectuado una detallada explicación de los hechos y había confesado que empujó a Jamal a las vías.

—Khalil creyó que era la única manera de salvarte a ti, Faria, y también de salvarse a sí mismo. Dice que te quiere.

Faria no contestó. Ya sabía todo eso, y lo único que deseaba era gritar: «¡¿Que me quiere?! ¡Pues yo lo odio!». Lo odiaba con todas sus fuerzas. Pero también sabía que ésa no era toda la verdad, razón por la que llevaba tanto tiempo callada. Por mucho dolor que él le hubiera infligido, a ella todavía le quedaba un instinto de protección. En realidad, eso se debía sobre todo a su madre, pensó Faria. Una vez —hacía ya mucho tiempo— le prometió que cuidaría de Khalil. Sin embargo, ¿de qué iba a protegerlo ahora? Se serenó, miró a las mujeres y dijo:

—¿Esa que se oye en el video es Lisbeth Salander?

—Sí, es Lisbeth.

—¿Está bien?

—Está bien. Ha luchado por ti.

Faria tragó saliva, se armó de coraje y empezó a contar su historia. Una tensión solemne surgió en la sala, como ocurre siempre que un testigo o un sospechoso decide hablar tras un largo silencio. Por eso, tanto Annika Giannini como Sonja Modig se sumieron en una profunda concentración y no advirtieron que, en el pasillo, sonaban los intercomunicadores y que los guardias empezaba a hablar cada vez más alterados.

En la sala de visitas hacía un calor insoportable. Sonja Modig se secó el sudor de la frente y repitió lo que Faria Kazi ya les había contado dos veces, en dos versiones que eran prácticamente idénticas. No obstante, tenía la sensación de que no cuadraban del todo.

—De modo que pensaste que todo mejoraría... Creíste que tus hermanos se habían ablandado, que, a pesar de las circunstancias, quizá podrías disfrutar de un poco de libertad.

—No sé lo que creí —reconoció Faria—. Estaba destrozada. Pero Bashir y Ahmed se disculparon —continuó—. Era la primera vez que me pedían perdón. Me dijeron que se habían pasado. Que se avergonzaban. Que sólo deseaban que yo llevara una vida respetable, y que ya me habían castigado lo suficiente. Me regalaron un radio.

—¿No se te ocurrió que podía ser una trampa?

—Pensé en eso constantemente. Había leído cosas sobre otras chicas a las que les infundían una falsa sensación de tranquilidad y que luego...

—Eran asesinadas.

—Sabía que ese riesgo existía. Intenté interpretar el lenguaje corporal de Bashir. Estaba aterrorizada. Apenas me atrevía a dormir. Tenía un nudo en el estómago. Pero es posible que también me creara falsas ilusiones, seguro que lo entienden. Si no, no lo habría soportado. Extrañaba tanto a Jamal que me estaba volviendo loca. Por eso, más que nada, alimenté mi esperanza. Pensé que Jamal estaba allí fuera, en algún sitio, luchando por mí. Así que intenté armarme de paciencia y esperar, convenciéndome de que las cosas se irían arreglando. Era cierto que Khalil estaba un poco trastornado. No paraba de entrenarse en su *stairmaster*. Una auténtica locura. Me pasaba las noches enteras oyendo el ruido de su máquina: *track, track*. Me sacaba de quicio, no entendía cómo podía aguantar tanto. Subía y subía. Sólo de cuando en cuando salía de su cuarto para abrazarme y me pedía perdón centenares de veces. Yo le decía que lo protegería y que me encargaría de que Jamal y sus amigos se ocuparan de los dos, y quizá, no sé... Es difícil de contar.

—Procura explicarte con claridad. Es importante —intervino Sonja Modig con una inusual severidad.

Annika Giannini miró su reloj y se atusó el pelo con un gesto seco para, acto seguido, comentar molesta:

—¡Para! Si Faria no es muy clara es porque la situación ya es poco clara de por sí, y complicada. A mí me parece que se expresa con una admirable claridad teniendo en cuenta las circunstancias.

—Sólo quiero comprenderlo bien —replicó Sonja—. Faria: seguramente te darías cuenta de que algo estaba a punto de suceder. Has mencionado que Khalil parecía muy tenso y obsesionado. Que se estaba quedando en los huesos de tanto entrenarse.

—Se sentía fatal. También estaba preso. Pero aun así creí que comenzaba a encontrarse mejor; fue algo después cuando me fijé en su mirada.

—¿Y cómo era?

—Desesperada. Parecía un animal acorralado. Aunque entonces no quise verlo.

—¿Y no advertiste que tus hermanos dejaron la casa la noche del 9 de octubre?

—Yo estaba durmiendo, o al menos intentando dormir. Pero recuerdo que regresaron en mitad de la noche y que estuvieron hablando en voz baja en la cocina. No pude oír lo que decían. Al día siguiente empezaron a echarme unas miradas extrañas, cosa que yo interpreté como una buena señal. Me dio la impresión de que Jamal estaba cerca. Sentí su presencia. Pero las horas pasaron y el ambiente se volvió cada vez más raro y más tenso. Cayó la noche y vi a Ahmed, tal y como ya les he contado.

—Se encontraba frente a la ventana.

—Había algo agresivo y amenazante en su postura, y respiraba con dificultad. Sentí una presión en el pecho, y entonces Ahmed me dijo que Jamal había muerto. Al principio no supe de quién estaba hablando. «Jamal ha muerto», repitió. En ese instante se me nubló la vista. Creo que caí de rodillas. Pero no acabé de asimilarlo.

—Te quedaste en *shock* —dijo Annika.

—Y, aun así, acto seguido, una enorme fuerza se apoderó de ti —añadió Sonja Modig.

—Pero si eso ya lo he contado...

—Sí, lo ha hecho, es verdad —asintió Annika.

—Me gustaría que me lo contaras una vez más.

—De repente apareció Khalil —dijo Faria—. O puede que ya estuviera allí. Gritó que había sido él quien había matado a Jamal, y entonces todo me resultó aún más incomprensible. Pero continuó gritando y aseguró que lo había hecho por mí. Que si no lo hubiera hecho me habrían matado a mí. Que le habían dado a elegir entre Jamal y yo. Fue en ese momento cuando se apoderó de mí esa fuerza, esa rabia. Perdí la cabeza por completo, estallé y eché a correr hacia Ahmed.

—¿Por qué no hacia Khalil?

—Porque yo...

—¿Porque tú...?

—Porque yo, en medio de todo aquel caos, seguramente comprendí que...

—¿Qué? ¿Que utilizaban el amor que Khalil te tenía como chantaje?

—Que fueron ellos los que lo incitaron a hacerlo, que habían destrozado su vida y también la mía y la de Jamal, y por eso exploté. Me volví loca. ¿Es tan difícil de entender?

—No, la verdad es que no —respondió Sonja—. Pero hay otras cosas que me cuestan más, sobre todo que te callaras en los interrogatorios. Dijiste que querías vengarte. Que te vengaste de Ahmed cuando te lanzaste sobre él. Pero también podrías haberte vengado de Bashir, el peor criminal de todos ellos. Podrías haberlo denunciado por incitación al crimen y nosotros te habríamos ayudado.

—Pero ¿es que no lo comprenden?

La voz de Faria se quebró.

—¿Qué es lo que no comprendemos?

—Que al morir Jamal mi vida ya no tenía sentido, y entonces ¿qué habría ganado con meter también a Khalil en la cárcel? Él era el único de la familia al que...

—¿Al que qué?

—Al que quería.

—Deberías haberlo odiado. Mató al amor de tu vida.

—Lo odiaba. Lo quería. Lo odiaba. ¿Tan difícil es de entender?

Annika Giannini estaba a punto de interrumpir el interrogatorio con el argumento de que la chica necesitaba un descanso, cuando llamaron a la puerta. El director de la cárcel, Rikard Fager, deseaba hablar con Sonja Modig.

Sonja Modig supo enseguida que algo grave había ocurrido y había alterado la autoestima del jefe de la cárcel. A ella la irritaban esos rodeos que él daba a la hora de contar algo. Siempre se perdía en detalles y no llegaba nunca al grano, como si más que explicar lo que había sucedido quisiera pronunciar un alegato de defensa. Dijo que había guardias y vigilancia y detectores de metal, y que Benito estaba en muy mal estado. Tenía lesiones en el cráneo y una conmoción cerebral, y la mandíbula fracturada.

—Y se ha escapado del hospital, ¿es eso lo que quieres decir? —concluyó Sonja.

Eso era. Y, a pesar de todo, él continuó:

—Nadie podía prever que fuera capaz de abandonar el hospital. Todos los visitantes fueron cacheados. O al menos deberían haberlo sido. Pero pasó algo con el sistema informático. Se apagó. Algunos aparatos médicos también dejaron de funcionar. La situación se volvió crítica. Los médicos y las enfermeras corrían de un lado para otro, y en ese instante aparecieron tres hombres trajeados que dijeron que iban a visitar a otro paciente, un ingeniero de la ABB que se hallaba internado en el mismo piso. Luego todo sucedió muy rápidamente. Los hombres iban armados con chacos.

Rikard Fager, el muy idiota, consideró que había tiempo y que era el momento oportuno de ponerse a hablar de los chacos, que —explicó— eran dos palos cortos de madera que se usaban en deportes de lucha como el kárate. Sonja lo interrumpió.

—¿Y qué pasó?

—Los hombres derribaron a los guardias, liberaron a Benito y, acto seguido, desaparecieron en una camioneta gris con matrícula falsa. Se ha podido identificar a uno de ellos como Esbjörn Falk, de Svavelsjö MC, un club criminal de motociclistas.

—Sé lo que es Svavelsjö MC —dijo ella—. ¿Y qué es lo que se ha hecho de momento?

—Se ha emitido una orden de búsqueda y aprehensión de ámbito nacional. Hemos informado a los medios de comunicación. Alvar Olsen está en un lugar seguro.

—¿Y Lisbeth Salander?

—¿Qué le pasa?

—Idiota —murmuró Sonja, y dijo que tenía que irse de inmediato debido a la urgencia de la situación.

Saliendo del centro penitenciario llamó a Bublanski y le informó de la fuga de Benito y del interrogatorio de Faria Kazi. Al terminar su breve resumen de lo que la chica había declarado, Bublanski, por alguna misteriosa razón, citó un refrán judío: «Se puede mirar profundamente a los ojos de alguien, pero no siempre penetrar en su corazón».

Capítulo 18

22 de junio

También ese día Dan Brody llegó tarde al trabajo.
Se sentía inquieto y apático, y perseguido por oscuras reflexiones. Pero iba mejor vestido. Llevaba
un traje de lino azul claro —sin corbata— y una
camiseta, y en vez de unos unos zapatos de piel,
que eran más calurosos, calzaba unos tenis. El sol
apretaba en Birger Jarlsgatan, por donde iba caminando y pensando en Leo. De repente oyó cómo
un coche pegaba un frenazo y soltaba un chirrido,
lo que le hizo dar un traspié, como le había sucedido en el Museo Fotográfico.

Le costó respirar. Aun así, continuó avanzando
mientras los recuerdos volvían a transportarlo lejos de allí. Aquellos días de diciembre que siguieron al primer fin de semana que pasaron juntos
estuvieron llenos de dolor y de envidia, y a pesar
de eso habían sido los días más felices de su vida.
Leo y él hablaron y tocaron sin interrupción. Pero
nunca salieron juntos, sólo de uno en uno. Ya tenían listo su plan. Pondrían contra las cuerdas a

Rakel Greitz y no dejarían que ella sospechara nada. De modo que no pudieran dar lugar a ningún rumor.

Diciembre, un año y medio antes

Leo había cancelado la reservación que había hecho en el restaurante donde iba a celebrar su comida navideña con Greitz, pero, en contrapartida, la invitó a su casa: el sábado 23 de diciembre, a la una. En espera del encuentro, los hermanos jugaron con sus identidades. En la calle, los dos eran Leo, y eso los divertía enormemente. Dan se puso los trajes, las camisas y los zapatos de Leo. Se cortaron el pelo de la misma forma y ensayaron el intercambio de papeles actuando en escenas paródicas y piezas teatrales. Leo siempre decía que Dan hacía de él con más credibilidad de la que él hacía de Dan.

—Es como si mi personaje hubiera sido creado para ti.

Leo sólo trabajaba media jornada en la oficina, y limitaba las tardes en Riche con sus compañeros a una vez por semana. Una de esas tardes regresó temprano a casa y contó que había estado así de cerca —acercó el dedo índice al pulgar para indicar una distancia mínima— de revelarle a Malin Frode su encuentro con Dan.

—Pero no lo has hecho, ¿no?

—No, no; por lo visto, ella cree que estoy enamorado de alguien.

—¿Y se siente herida?

—No mucho, la verdad.

Dan sabía que Leo coqueteaba con Malin, que se hallaba en pleno proceso de divorcio y que pronto iba a irse de Alfred Ögren. Pero Leo siempre comentaba que era muy difícil que ella lo amara, porque creía que estaba enamorada de Mikael Blomkvist, el periodista. Además, Leo tampoco la quería a ella: se trataba más bien de un juego, decía. Aunque puede que no del todo.

Leo y él lo analizaban todo constantemente e intercambiaban pensamientos, recuerdos y chismes. Habían establecido un pacto que nada parecía ser capaz de romper. Dan recordaba la meticulosidad con la que habían preparado el encuentro con Rakel Greitz. Repasaron todo a detalle: primero Dan se escondería y después Leo le haría preguntas a Rakel, al principio con más tacto y luego de forma más agresiva.

Un día antes, el viernes 22 de diciembre, Malin Frode organizaba una fiesta de despedida en su casa de Bondegatan. Al igual que a Dan, a Leo le resultaba difícil estar en una fiesta cuando se celebraba en un departamento pequeño. Demasiado ruido. No tenía ganas de ir, dijo. Su idea era otra: quería enseñarle a Dan su despacho de Alfred Ögren. Seguro que en la oficina no habría nadie, todos estarían en casa de Malin, y aunque no fuera así, dudaba que hicieran horas extras un viernes por la tarde. Además, ya quedaba poco para Navidad. A Dan le pareció una buena idea; sentía mucha curiosidad por el trabajo de Leo.

Salieron de la casa sobre las ocho de la noche con un intervalo de diez minutos; primero Leo con una botella de borgoña y otra de champaña en el maletín, y luego Dan, vestido como Leo pero con un traje más claro y un abrigo más oscuro. Hacía frío. Estaba nevando. Tenían algo que celebrar.

Un día después de su encuentro con Rakel Greitz darían a conocer su historia. Leo le había prometido una considerable suma de dinero a Dan, cosa a la que Dan se oponía. Lo de la desigualdad económica se acabaría, dijo Leo, así como esa tediosa vida en Alfred Ögren. Empezarían a componer música juntos. Estaba siendo una noche maravillosa; habían brindado y bebido, y en el aire flotaba la promesa de un futuro mejor. «Mañana —decían—, mañana.»

Hasta que algo se torció al entrar en el despacho de Leo. Estaba decorado con frescos de ángeles renacentistas pintados en el techo, con óleos decimonónicos colgando de las paredes y jarrones chinos en unas cómodas con jaladeras de oro. Todo era tan ostentoso y vistoso que a Dan le entraron ganas de provocar un poco a su hermano; le lanzó una pulla.

—Los hay que nacen con suerte —sentenció.

Leo asintió:

—Sí, lo sé. Y me da vergüenza. Nunca me ha gustado este despacho, era el de mi padre.

Y entonces Dan llevó el asunto un poco más allá:

—Y, aun así, has querido traerme aquí, ¿verdad? Deseabas pavonearte y restregármelo en la cara.

—No, hombre; no. Perdón —dijo Leo—. Sólo quería enseñarte mi vida. Sé que es injusto.

—¿Injusto?

Dan elevó la voz. Era como si la palabra «injusto» se hubiera quedado muy corta y no valiera. Era más que injusto. Era indecente. Era algo que sobrepasaba cualquier límite. Continuaron discutiendo con altibajos: Dan lanzaba acusaciones, se calmaba, pedía perdón, volvía al ataque... De pronto —imposible determinar en qué preciso instante—, algo pareció romperse irreversiblemente. Aquello que, ya desde un principio, había estado acechando ligeramente escondido en el interior de Dan y que se había mantenido en un segundo plano por la mera y abrumadora felicidad que les supuso conocerse brotó a raudales con una fuerza desmedida, y no sólo abrió una desgarradora herida entre ambos, sino que también pareció arrojar una nueva luz sobre la situación.

—Has tenido todo esto y aun así no haces más que quejarte y lloriquear: «Mi madre no me entendía, mi padre no me hacía caso», «Yo no pude dedicarme a la música. ¡Qué pena, pobre de mí, pobre rico de mí!»... No soporto oír una sola palabra más de eso. ¿Lo entiendes? A mí me daban golpizas y hasta pasaba hambre. No tenía una mierda, nada de nada, y tú...

Estaba tan alterado que le temblaba todo el cuerpo, de modo que ya no supo muy bien qué fue lo que ocurrió a continuación. Ni por qué. Quizá los dos estuvieran demasiado borrachos. Quizá eso contribuyera al posterior desarrollo de los acontecimientos. Lo cierto fue que acusó a Leo de ser una mierda, un idiota y un falso, un esnob que coqueteaba con sus depresiones. Estuvo a punto de destrozar un par de jarrones chinos, pero optó por irse de allí dando un portazo y salir a la calle.

Pasó un buen rato sin tener ni idea de adónde ir, de modo que deambuló sin rumbo durante varias horas llorando y con frío. Al final volvió a alojarse en el albergue Af Chapman de Skeppsholmen y durmió allí. A las once de la mañana del día siguiente regresó a casa de Leo, lo abrazó y le pidió perdón. Leo también se disculpó, y ambos se prepararon para el encuentro con Rakel Greitz. Sin embargo, algo no resuelto perduraba en el ambiente, algo que influiría en lo que sucedería a continuación.

Dan pensó en ello, y una mueca, apenas perceptible, se dibujó en su rostro ahora que, año y medio más tarde, enfilaba Smålandsgatan. Pasó por delante de Konstnärsbaren y llegó a la plaza de Norrmalmstorg. Hacía un calor sofocante. Eran las diez de la mañana, y no se sentía muy bien. No se sentía muy preparado para reunirse con el periodista de investigación más famoso de toda Suecia.

En cambio, Rakel Greitz y Benito Andersson —que no tenían en absoluto nada en común aparte de su sadismo y del hecho de que ninguna de ellas estuviera demasiado bien de salud— estaban perfectamente preparadas para encontrarse con Lisbeth

Salander. Ninguna de las dos sabía quién era la otra, y si sus caminos se hubiesen cruzado, se habrían mirado con un desprecio mutuo. Pero ambas se hallaban igual de resueltas a aniquilar a Salander y disponían de unas redes privilegiadas a su servicio, ninguna de ellas menos inteligente que la otra, aunque con unos referentes culturales ligeramente distintos, por decirlo de alguna manera.

Benito era afín a esa sección del club de motociclistas de Svavelsjö que obtenía información de Camilla, la hermana de Lisbeth, y sus *hackers*. Rakel Greitz, por su parte, estaba respaldada por su organización, que también poseía competencia tecnológica, pero sobre todo contaba, a pesar de su cáncer, con una gran fuerza de voluntad y se mantenía siempre alerta; ahora se alojaba, por ejemplo, de forma temporal, en un hotel de Kungsholmen.

Sabía de sobra que las cosas estaban a punto de torcerse terriblemente, algo que en realidad ya había visto venir. Se lo esperaba desde el 23 de diciembre de hacía poco más de año y medio, día en que todo se salió de cauce. Era verdad que en aquel entonces no vio otra salida, pero fue una empresa arriesgada. Sin embargo, ahora sí que estaba preparada.

Más que con cualquier otra persona, le habría gustado empezar con Salander y Von Kanterborg. Pero esas mujeres eran imposibles de rastrear, por lo que decidió comenzar con Daniel Brolin. Era un hombre débil. Era el eslabón débil. Por ese motivo Rakel se dirigía ahora a Norrmalmstorg. Bajaba caminando por Hamngatan y pasó por delante de los grandes almacenes NK. Llevaba un fino traje de chamarra color gris y un suéter negro de algodón de cuello de tortuga, y, a pesar del malestar y el dolor, se sentía fuerte.

No obstante, ese clima la atormentaba. ¿Qué estaba sucediendo en Suecia? Cuando ella era joven no había veranos así. Ése parecía tropical. El calor resultaba demencial; sudaba y se notaba pegajosa. Pero se serenó e irguió la espalda. Desde un poco más allá le llegó un olor viciado que impregnaba el bochornoso y estancado aire; pasó junto a una obra que había en la banqueta donde trabajaban dos hombres vestidos con overoles azules que le parecieron gordos y feos. Siguió caminando hasta Norrmalmstorg. Ya estaba a punto de meterse a toda prisa en el portón donde se hallaba la casa Alfred Ögren cuando descubrió algo tremendamente preocupante: el periodista Mikael Blomkvist —con el que ya se había cruzado en la escalera de la casa de Hilda von Kanterborg— estaba entrando por la misma puerta. Rakel retrocedió un paso. Luego llamó a Benjamin.

Benjamin tendría que ganarse el sueldo.

Dan Brody, o Leo Mannheimer, tal y como se hacía llamar por aquel entonces, se encontraba sentado en la silla de su exageradamente ostentoso despacho mientras notaba cómo se le aceleraba el pulso y las paredes se le caían encima. ¿Qué iba a hacer? Su *junior advisor* —que era el término que prefería utilizar su secretario para sentirse más importante— le informó que Mikael Blomkvist lo esperaba en la recepción. Dan le contestó que al cabo de veinte minutos estaría a su disposición.

Al decirlo se sintió un maleducado. Pero de nuevo —como en tantas otras ocasiones— necesitaba tiempo para pensar, sobre todo acerca de cómo dejar en evidencia a Rakel Greitz. ¿Quién sabía? Quizá Mikael Blomkvist pudiera ayudarlo a hacerlo. Una idea que ya le había pasado por la cabeza con anterioridad, costara lo que costase.

Diciembre, un año y medio antes

Ese día en el que esperaban la llegada de Rakel Greitz había estado nevando, y Dan no había parado de pedirle perdón a Leo una y otra vez.

—No te preocupes —contestó Leo—. Ayer tuve visita en el despacho después de que te fueras.

—¿De quién?

—De Malin —dijo—. Abrimos una botella de champaña. Pero fue un fracaso, yo no estaba muy animado y después escribí una cosa. ¿Quieres verla?

Dan asintió, y Leo se levantó del piano y se marchó. Regresó unos treinta segundos después —con un aire solemne y cargado de culpa— con un documento metido en una carpeta de plástico que le entregó con exagerada lentitud. El papel era

473

de color arena y ligeramente estriado, y con una filigrana en la parte superior.

—Todavía hay que darle validez oficial —comentó.

La letra era pulcra y elegante. Ponía que Leo le entregaba a Dan la mitad de su patrimonio.

—¡Dios mío! —exclamó Dan.

—Después de Navidad iré a ver a mi abogada para comunicárselo —continuó Leo—. Teniendo en cuenta las circunstancias, no debería haber ningún problema. Ni siquiera lo veo como un regalo. Te doy lo que debería haber sido tuyo hace ya mucho tiempo.

Dan se quedó mudo. Sabía, por supuesto, que debería abrazar a su hermano muy emocionado y decirle: «Es demasiado, esto es una locura; es demasiado generoso de tu parte».

Pero nada en él pareció cambiar, mejorar o simplificarse a raíz de ese documento, y al principio no entendió por qué. Se sintió susceptible y mezquino. Luego se dio cuenta de que había algo agresivo en el regalo, algo «positivamente agresivo», tal y como diría un psicólogo. El dinero se ofrecía desde una superioridad aplastante y, por muy grandioso que fuera el gesto, a él lo hacía menos.

Expresó todo tipo de frases amables. Pero al final no pudo resistirse a añadir:

—No puedo aceptarlo.

Vio la desesperación en los ojos de Leo.

—¿Por qué no?

—Las cosas no funcionan así. No puedes repararlo todo con tanta facilidad.

—No pretendo reparar nada. Sólo quiero hacer lo correcto. Que sepas que no me interesa el maldito dinero.

—¿Que no te interesa?

Dan pareció enloquecer, aunque en algún rincón de su ser se percató de lo absurdo de la situación. Acababan de ofrecerle decenas de millones de coronas que cambiarían su vida radicalmente, pero él se sentía herido y furioso. Podía deberse a que el día anterior se había peleado con su hermano y a que había bebido y apenas dormido. Podía deberse a cualquier cosa: sus sentimientos de inferioridad, lo que fuera... El hecho fue que le gritó:

—¡No entiendes nada! No puedes decirle eso a una persona que ha vivido siempre con lo justo. Es demasiado tarde, Leo. ¡Demasiado tarde!

—No, no. Podemos empezar de nuevo.

—Ya es tarde —repitió Dan.

—¡Cállate ya! —le espetó Leo—. Estás siendo muy injusto.

—Me siento como si quisieras comprarme. ¿Lo entiendes? ¡Comprarme!

Estaba yendo demasiado lejos. Era consciente de ello, y le dolió que Leo no contraatacara con la misma rabia, sino que se limitara a contestar con tristeza en la voz.

—Te entiendo —dijo—. Es que destrozaron tantas cosas... Y los odio por lo que hicieron. Pero a pesar de todo nos hemos encontrado. Y eso es extraordinario, ¿no te parece?

Había tanta desesperación en la voz de Leo que la respuesta de Dan se quedó en un débil murmullo:

—Te lo agradezco mucho, claro que sí, pero...

Se quedó callado. No le gustaba su «pero», y le faltó poco para decir otra cosa, quizá un «perdóname, soy un idiota» o algo por el estilo. Con el tiempo, recordaría aquel instante con mucha nitidez. Estuvieron a punto de reconciliarse, y no le cabía la menor duda de que habrían vuelto a encontrarse si hubieran tenido tiempo. Pero no pudo ser. Oyeron unos ruidos en la escalera, unos pasos que se detuvieron. Eran casi las doce del mediodía. Faltaba más de una hora para que llegara Rakel Greitz, y Leo ni siquiera había puesto la mesa o sacado la comida de las cajas del *catering* que habían pedido.

—¡Escóndete! —le susurró Leo.

Leo cogió el documento donde figuraba su donación y Dan entró en un dormitorio contiguo y cerró la puerta.

Leo Mannheimer siempre había sido motivo de preocupación, no sólo a causa de aquello que se vieron obligados a hacer con Carl Seger. Es que últimamente también se le veía muy voluble. Tenía que ver con Madeleine Bard, creía ella. La pérdida de Madeleine lo había vuelto muy suspicaz, de modo que cuando él canceló su comida para, en su lugar, invitarla a su casa, empezó a preguntarse de inmediato por qué. Rakel Greitz lo sabía todo sobre Leo.

Sabía, por ejemplo, que él, al igual que tantos hombres solteros, no tenía por costumbre cocinar ni invitar a gente a su casa, en especial a personas con las que no se sentía cómodo. Por eso Rakel

Greitz había decidido aparecer antes de tiempo con la excusa de echarle una mano en la cocina. Pero en realidad lo que quería averiguar era si algo estaba mal o si Leo se había enterado de algo.

Nevaba. Según se fue acercando a la puerta y a aquel cielo azul pintado en el techo del descanso de la escalera, oyó unas alteradas voces provenientes del interior del departamento, unas voces que le parecieron inquietantemente similares. Se estremeció, y comprendió que, en efecto, algo malo estaba sucediendo. Hubo un momento en el que no supo qué hacer. Leo era la persona con el oído más fino que ella conocía, por lo que le sorprendió que las voces no se callaran cuando ella llegó al descanso. Le mandó un sms a Benjamin:

En casa de Leo, en Floragatan. Necesito tu ayuda.

Y añadió:

Trae mi maletín médico, ¡el equipo completo!

Luego corrigió la postura y llamó a la puerta, al tiempo que preparaba su mejor sonrisa navideña. No le hizo falta mostrarla. Fue Leo quien le dedicó una amplia y radiante sonrisa y, como siempre —tal y como le habían enseñado—, le dio un beso en cada mejilla y la ayudó a quitarse el abrigo, que colgó en el vestíbulo. Por supuesto, su buena educación le impidió comentarle que había llegado una hora antes.

—Estás tan elegante como siempre, Rakel. ¡Qué Navidad vamos a tener! —le dijo.

477

—Va a ser maravillosa —contestó ella.

Leo estaba representando muy bien su papel, pensó. Tuvo que observarlo con mucho detenimiento antes de descubrir algún signo de tensión en su rostro. Si las circunstancias hubiesen sido diferentes, hasta podría haberla engañado. Pero ahora ella se andaba con cuatro ojos y, además, él había cometido errores flagrantes. Era probable que Leo también se hubiera dado cuenta. Hacía tan sólo un momento que se habían oído unas voces, y ahora él se encontraba solo. Pero sobre todo Rakel se fijó en una cosa: había una guitarra en el sillón. «¡Una guitarra!» Y le preguntó:

—¿Cómo está Viveka?

—Me temo que no le queda mucho.

—Pobre.

—Es terrible —afirmó Leo.

«Una mierda —pensó Rakel—. Seguro que estás contento de que esa bruja por fin se muera.»

—Cuando los padres desaparecen, uno se queda solo —continuó diciendo ella mientras le ponía la mano en el brazo, quizá para tranquilizarlo o para mostrarle su compasión y su empatía y no la suspicacia que realmente sentía.

Pero fue un error. Leo se estremeció, molesto y afectado, y un brillo de odio apareció en sus ojos. Ella tuvo miedo y volvió a mirar la guitarra. Lo dejó en paz un ratito más. Quería que a Benjamin le diera tiempo de preparar su maletín médico y de llegar. Consiguió mantener una conversación cotidiana durante otros diez minutos quizá. Hasta que no aguantó más.

—¿Quién está aquí? —preguntó.

—¿Quién crees que es?

Ella dijo que no lo sabía. Que no tenía ni idea. Pero no era verdad. Empezó a entenderlo todo, y advirtió la tensión que había en los hombros y en los ojos de Leo; la miraba como nunca antes lo había hecho. Se dio cuenta de que debía golpear dura e implacablemente antes de que Daniel Brolin saliera de la habitación contigua.

Capítulo 19

22 de junio

Rakel Greitz no estaba en su domicilio de Karlbergsvägen, por lo que Lisbeth decidió ser paciente y posponer la ocasión. Tomó el metro de regreso a casa, se bajó en Slussen y subió caminando por Götgatan. Acababa de enterarse, por Annika Giannini, de que Benito Andersson se había escapado del hospital de Örebro, de modo que estaba en guardia. Siempre estaba en guardia, y la vida en la cárcel no había cambiado esa actitud precisamente. Aunque puede que, a pesar de todo, hubiera subestimado la gravedad de la amenaza, pues se habían creado muchas más alianzas de las que imaginaba para ir tras ella. Las viejas fuerzas oscuras del pasado estaban congregando a sus tropas e intercambiando información.

Era un achicharrante día de junio, y la vida parecía haberse detenido un poco. La gente paseaba despacio mirando los escaparates y se sentaba en los cafés y las terrazas. Lisbeth continuó subiendo hacia Fiskargatan. Advirtió un zumbido en el bol-

sillo. Acababa de recibir un sms de Blomkvist. Ponía:

Leo es Daniel. ¡Estoy prácticamente seguro!

Lisbeth respondió:

¿Va a hablar?

A lo que él contestó:

Todavía no lo sé. ¡Te escribo luego!

Sopesó la idea de ir a Norrmalmstorg con el fin
de echarle una mano. Pero lo aplazó. Primero quería encontrar a Rakel Greitz, de modo que pensó
que vería si podía localizarla en otra dirección. Subió caminando hacia Fiskargatan. Seguía mante-
niéndose alerta mientras se preguntaba si en realidad era una buena idea regresar a su departamento,
aunque, a decir verdad, no aparecía en ningún registro oficial con su nombre. Estaba inscrito bajo el
de Irene Nesser, su falsa identidad, y aparte de eso
había creado otras cortinas de humo. No obstante,
el cerco se estrechaba. En el barrio ya la conocían;
se había hecho medio famosa, cosa que odiaba. Dos
personas, Kalle Blomkvist del Carajo y el agente
de la NSA Ed the Ned, ya habían conseguido dar
con su domicilio, y las noticias tendían a extenderse. La gente hablaba, y mucho. Debería vender esa
mierda. En el fondo, era un departamento dema-

siado grande para ella sola. Debería irse a vivir lejos de allí. Quizá en ese mismo momento.

Demasiado tarde. Lo sospechó en el mismo instante en el que descubría una camioneta gris estacionada un poco más arriba de la calle. Todo parecía normal; se trataba de un modelo antiguo y se hallaba estacionada de forma perfectamente correcta, pegada al borde de la banqueta. Aun así, algo le dio mala espina. En efecto: el vehículo arrancó y se le fue aproximando, por lo que ella dio media vuelta y se dispuso a bajar la calle por donde había llegado. Sin embargo, no llegó muy lejos. De súbito, de uno de los portones apareció un hombre barbudo que le puso un trapo mojado en la cara. Se mareó en el acto y estuvo a punto de desmayarse. Había sido una idiota. La calle y los edificios empezaron a bailar a su alrededor y ya no le quedaron fuerzas para defenderse. Sólo tuvo tiempo de sacar su teléfono y susurrar en él:

—*Vittra.**

A continuación, se desplomó y la metieron en la camioneta por la puerta trasera. Aunque sólo pudo verlo todo de forma borrosa, percibió el aroma de un perfume que le resultó de lo más familiar.

---

* La *vittra* es una criatura fantástica del folclore sueco. En un universo ficticio de Astrid Lindgren, concretamente en *Ronja la hija del bandolero*, aparecen las *vildvittror* (las *vittra* salvajes), unos seres alados malignos y con rostro de mujer. (*N. de los t.*)

Diciembre, un año y medio antes

Dan oyó las voces en la sala y entendió que nada había salido según sus planes. Rakel Greitz parecía haberlos descubierto enseguida, de modo que no vio más opción que entrar con precipitación y enfrentarse a ella, sin más demora, y, sobre todo, sin el efecto sorpresa que habían previsto.

Quizá fue ésa también la causa por la que tantas cosas se torcieron de inmediato, o tal vez porque Dan había subestimado la impresión que Rakel Greitz iba a causar en él. Con su simple presencia, lo transportó a su infancia. Recordó cómo —hacía ya muchos años, cuando vivía en la granja— ella lo contempló con frialdad desde el piso superior de la casa mientras él tocaba la guitarra. Y pensó que seguro que en aquel entonces ella lo comparó con Leo y analizó sus similitudes. Todo eso lo desarmó por completo.

—¿Me reconoces? —dijo Dan.

Estaba furioso y dio un paso hacia delante, pero no le sirvió de nada, pues se sintió impotente.

Rakel Greitz, sorprendentemente serena, no se movió del sitio.

—Te reconozco —asintió—. ¿Cómo estás?

—Queremos saber lo que pasó exactamente —le espetó Dan, y fue entonces cuando ella retrocedió un poco, aunque tuvo el ánimo de ajustarse con calma el cuello de la chamarra y mirar su reloj. Vestía un traje de chamarra negro y un suéter de cuello de tortuga, también negro. Llevaba el pelo corto y teñido de castaño. Aunque se le veía nerviosa —la boca le temblaba—, había todavía en ella un porte imponente y un frío glacial, un aire de severa maestra de colegio. A Dan le dio la sensación de que, más que a ella, era a él a quien le correspondía recibir una reprimenda.

—Tranquilízate —le pidió ella.

—¡Ni hablar! —contestó él—. Tienes mucho que explicarnos.

—Lo haré. Les contaré toda la verdad. Pero primero necesito saber si ya han acudido a los medios de comunicación.

Él no abrió la boca.

—Entiendo su indignación. Pero no estaría bien que la historia se filtrara a la prensa antes de que conozcan todos los detalles. Las cosas no son en absoluto como ustedes creen.

—No hemos dicho nada... todavía —dijo Dan. Y, acto seguido, se preguntó si no habría sido un error reconocerlo, sobre todo al intuir un aire de satisfacción en la cara de Rakel. Entonces miró a Leo.

Leo se encontraba de pie, con las piernas muy separadas, como en estado de *shock*, y no le dio ninguna pista sobre cómo debía actuar. No le gustaba nada que Rakel Greitz continuara asumiendo el control de la situación.

—Yo ya estoy vieja —señaló ella— y llevo algún tiempo con dolores de estómago, perdónenme que sea tan sincera. ¿Les parece bien que me siente aquí en el sillón y les cuento?

—Adelante —respondió Leo—. Siéntate y empieza. Queremos que respondas a todas nuestras preguntas.

Mientras esperaba la llegada de Benjamin, Rakel Greitz empezó a andarse por las ramas para no decir nada importante ni verse obligada a enredarse en imprudentes mentiras. Leo y Daniel —sentados cada uno en un sillón, a ambos lados de ella— la miraban fijamente. A pesar de la tensión y de la crítica situación, ella no dejaba de asombrarse. Los hermanos se parecían de una forma increíble, más de lo que era habitual en los gemelos univitelinos de esa edad. La semejanza se veía incrementada por el hecho de que los dos tenían el mismo corte de pelo y llevaban el mismo tipo de ropa.

—Pasó lo siguiente —empezó—: nos encontrábamos en una situación extraordinariamente complicada. Varios orfanatos y hospitales nos mandaron informes de gemelos a los que sus padres no podían cuidar.

—¿«Nos mandaron»? ¿A quiénes te refieres? —la interrumpió Daniel, y aunque su voz estaba cargada de rabia y de odio, cualquier intervención era bienvenida para Rakel, por lo que comentó (una repentina ocurrencia) que tenía algo en su abrigo que acababa de recibir y que tal vez los ayudara a entender mejor el asunto. ¿Querían que se lo llevara? Rakel se preguntó si sus palabras habrían resultado mínimamente creíbles. Pero la dejaron ir a buscarlo, y entonces ella sintió algo que le dio fuerzas. Sintió desprecio. Daniel y Leo eran unos tipos débiles y lastimosos. Al llegar al vestíbulo fingió sufrir un repentino ataque de tos, momento que aprovechó para abrir la puerta con un rápido movimiento. Luego, para disimular, se quedó hurgando en los bolsillos de su abrigo antes de decir:

—Pero ¡bueno! ¿Será posible?

Regresó al sillón negando con la cabeza. Luego siguió hablando de forma imprecisa aunque prolija durante bastante tiempo, lo que molestó a Leo, especialmente cuando mencionó el nombre de Carl Seger. Leo se puso rojo de ira y le dedicó una mirada salvaje. Acto seguido, perdió los estribos, la llamó «animal» y «monstruo» y le exigió que le explicara lo que le había pasado a Carl. Entonces ella se asustó de verdad y recordó los arrebatos de rabia que les daban a los hermanos de pequeños. Ese ataque de cólera resultó ser una circunstancia muy afortunada porque justo en ese instante llegó Benjamin. Los gritos y la discusión no hicieron más que reforzar su determinación, de manera que irrumpió en el departamento con precipitación y, sin dudarlo lo más mínimo, sujetó a Leo por detrás. Le inmovilizó los brazos mientras Rakel se agachaba para buscar algo en el maletín médico que Benjamin había dejado en el suelo. Los gemelos se pusieron a pedir socorro a pleno pulmón, y Daniel se lanzó encima de Benjamin. Rakel comprendió que debía ser más resolutiva y eficaz que nunca. Rebuscó a toda prisa entre los medicamentos del maletín: diazepam, opiáceos, morfina, todo tipo de fármacos, y luego... un gélido estremecimiento le recorrió el cuerpo: bromuro de pancuronio, curare sintético, extraído de la misma planta con la que los pueblos indígenas de América del Sur elaboran sus flechas envenenadas. Eso sería brutal y significaría traspasar todos los límites. Pero un momento: allí también había fisostigmina, un antídoto que definitiva o temporalmente podía anular el efecto. Se le ocurrió una idea. Una idea atrevida y descabellada que se basaba en lo que Daniel le había soltado agresivamente durante su conversación, en palabras como «injusticia» y «crueldad», que dejaban entrever una profunda amargura. Se puso unos guantes de plástico y levantó la mirada.

Benjamin, como siempre, se mostraba inquebrantable. Todavía tenía bien sujeto a Leo, quien no cesaba de gritar «animal» y «monstruo» al tiempo que Daniel intentaba liberarlo. Decisión tomada. Rakel preparó una inyección, lo que le llevó un rato, pues había que medir la dosis. Luego se incorporó y se percató de que no le daría tiempo de buscar una vena, de modo que debería introducirle la jeringuilla de forma intramuscular, lo que quizá no estuviera tan mal; al menos, eso fue lo que pensó cuando se la clavó a través del suéter. Leo la miró perplejo mientras Daniel no paraba de dar alaridos: «Eh, pero ¡¿qué haces? ¿Qué haces?!». Rakel hizo una mueca involuntaria.

El ruido podría atraer la atención de los vecinos o de otras personas, y era posible que, a esas alturas, Leo ya sufriera calambres y se estuviera muriendo de asfixia porque la musculatura respiratoria se iba debilitando. La situación era urgente, y ella se hallaba en peligro. Había ido demasiado lejos, por lo que debía ser más lista que nunca. Y entonces anunció con su voz médica más autoritaria:

—¡Cálmense! Sólo le he dado un tranquilizante, nada más. Respira, Leo. ¡Bien! Dentro de poco te sentirás mejor. Tenemos que ser capaces de conversar como personas sensatas, ¿de acuerdo? Nada de gritar «animal» ni «monstruo» ni otras tonterías similares. Éste es... John, trabaja conmigo, tiene formación médica. Vamos a llegar a entendernos, estoy convencida, y es verdad que ya va siendo hora de que se cuente esta terrible historia de una vez por todas. Estoy muy contenta de que por fin se hayan conocido.

—¡Mientes! —le escupió Daniel.

La situación resultaba imposible de controlar. Había demasiado escándalo y demasiado enojo, y le invadió un miedo atroz de que algún vecino entrara a ver lo que estaba ocurriendo. Continuaba charlando a la vez que intentaba templar la escena mientras iba descontando los minutos de lo que inevitablemente esperaba: que el veneno penetrara en la sangre, ejerciese su efecto sobre los receptores de acetilcolina de tipo nicotínico y bloqueara los músculos. Por suerte, no se presentó ningún vecino. Ni nadie llamó a la policía. Leo Mannheimer se tambaleó, tal y como ella imaginaba, y, con un movimiento convulsivo, cayó sobre la alfombra persa de color rojo de la sala; un vertiginoso segundo que Rakel, a pesar del drástico paso que suponía para ella, disfrutó muchísimo. En todo momento fue consciente de que podía salvarlo. Pero también podía dejar que muriera. Dependería de las circunstancias. Tenía que pensar con claridad, ser inteligente y explotar la amargura y el complejo de inferioridad de Daniel.

Lo haría representar —ése era su plan— el papel de su vida.

En cuanto Leo cayó sobre la alfombra, Dan Brody comprendió que la situación se había descontrolado por completo. Leo se desplomó como si su cuerpo ya no funcionara. Se llevó la mano a la garganta y dio la sensación de haberse quedado paralizado. Dan se olvidó de todo, se agachó junto a su hermano y se puso a gritar y a sacudirlo. Entonces Rakel empezó a hablar. Dan apenas la escuchaba. Estaba totalmente concentrado en intentar reanimar a Leo y, además, lo que Rakel Greitz le estaba diciendo resultaba demasiado raro como para asimilarlo.

—Daniel —dijo ella—, vamos a arreglar esto. Vamos a asegurarnos de que tengas una vida mucho mejor que la que hayas podido soñar. Vas a tener una vida fantástica de ilimitados recursos.

Eran auténticos disparates, palabras vacuas y, mientras tanto, Leo empeoraba cada vez más. Gemía y sufría convulsiones. Su cara adquirió un color gris ceniza y los labios se le pusieron azules; luchaba por respirar. Parecía que se iba a asfixiar. Tenía la mirada turbia y llena de pánico. El tono azul de sus labios se le fue extendiendo a las mejillas, y Dan estuvo a punto de lanzarse sobre él para hacerle el boca a boca, algo que había aprendido en Boston después de que una de sus primeras novias hubiera estado a punto de morir por una sobredosis de cocaína. Pero Rakel lo apartó cuidadosamente y pronunció un par de frases que él fue incapaz de ignorar, tal vez porque se hallaba en una coyuntura en la que estaba dispuesto a agarrarse al clavo ardiendo que fuese. Además, Rakel ahora sonaba diferente, ya no hablaba con tanta vehemencia, sino más bien como un médico que tranquiliza a su paciente. Comprobó el pulso de Leo con las manos enguantadas mientras le dedicaba una apaciguadora sonrisa.

—No ocurre nada —dijo—. Sólo está atravesando un episodio de convulsiones. Enseguida se pondrá mejor. La dosis sedativa que le he dado es fuerte, pero está muy lejos de suponerle ningún riesgo. ¡Míralo tú mismo!

Le tendió la jeringa y él la agarró sin comprender qué era lo que ella quería demostrarle o decirle con eso.

—¿Para qué me la das?

Ella se puso de pie junto a aquel hombre corpulento que todavía llevaba su ropa de abrigo —una arrugada chamarra acolchada azul y unas botas de invierno— y que le mostraba la misma sonrisa nerviosa y embaucadora que Rakel. De pronto, una terrible idea le pasó por la cabeza:

—¿Lo que quieres es que deje mis huellas dactilares en ella?

Soltó la jeringa.

—Tranquilo, Daniel. Escúchame.

—¿Por qué debería escucharte?

Sacó su celular, tenía que llamar a una ambulancia. Pero Benjamin lo detuvo con brusquedad. Su pánico aumentó. ¿Querían matar a Leo? ¿Sería posible? Lo invadió un miedo aterrador. Justo a su lado, Leo jadeaba y parecía a punto de morir de verdad. Dan gritó. Gritó directamente al oído hipersensible de Leo:

—¡Lucha! ¡No te rindas! ¡Saldrás de ésta!

Y entonces una mueca se dibujó en el rostro de

Leo. Su frente se arrugó. Apretó los dientes. Recuperó un poco de color. Pero fue algo momentáneo. De nuevo empalideció y dio la impresión de quedarse sin aire. Dan se volvió hacia Rakel Greitz.

—¡Mierda! ¡Sálvalo! ¡Eres médico! No querrás matarlo, ¿no? ¿O sí?

—No, hombre, no. Pero ¿qué estás diciendo? Claro que no. Ahora mismo vas a comprobar cómo se pone bien. Hazte a un lado para que pueda reanimarlo —contestó, y cuando Dan vio la determinación con la que actuaba y que abría su maletín, no le quedó más alternativa que confiar en ella.

Era un síntoma —tan bueno como cualquier otro— de su desesperación. Y mientras deseaba que la persona que le había inyectado el veneno también lo salvara, le tomó la mano a su hermano.

Rakel Greitz era consciente precisamente de eso: de la vital importancia que tenía en ese momento comportarse como un médico e inspirar confianza. Por ello apartó de su mente cualquier impulso de obstruir las vías respiratorias de Leo para acabar cuanto antes con él. Preparó, en cambio, una inyección de fisostigmina, le arremangó el suéter y se la puso en una vena del brazo. Leo no tardó en recuperarse, aunque seguía muy aturdido. Rakel sintió —lo cual era lo más importante— que había recuperado un poco de la confianza de Daniel, y continuó hablando.

—¿Se pondrá bien ahora? —preguntó él.

—Sí, ahora se pondrá bien —dijo ella, y siguió hablando.

Por supuesto, estaba improvisando. Pero se apoyaba en la estrategia de crisis que habían creado para Leo Mannheimer desde hacía mucho, una estrategia que involucraba a Ivar Ögren. Ivar había conseguido las claves que tenía Leo en la computadora de la empresa, y en su nombre, o más bien a través de testaferros, había efectuado una serie de transacciones ilegales en los mercados de acciones y opciones. Dichas transacciones se hallaban en una carpeta cuyo contenido no sólo podría llevar a Leo a la cárcel, sino también humillarlo social y profesionalmente. Esos datos, en contra de la voluntad de Rakel, ya habían sido usados contra él. Ivar había recurrido a ellos para ganarse a Madeleine Bard, cosa que, como era evidente, Rakel no aplaudía. Ivar Ögren era estúpido, ésa era la opinión de Rakel. Pero aun así acabó cediendo, ya que necesitaba usarlo tanto a él como a esa información incriminatoria para poder presionar a Leo en caso de que éste se enterara de algo y amenazara con dejarla en evidencia.

—Daniel —dijo—: escúchame, tengo algo importante que explicarte, lo más importante que vas a oír en toda tu vida.

Él la miró con un rostro tan suplicante y desesperado que infundió mucha autoconfianza en Rakel. Ésta moduló la voz para que saliera a la vez suave y severa, como la de un médico que debe comunicarle un grave diagnóstico a un paciente.

—Leo está acabado, Daniel; me duele tener que decírtelo. Pero así es. Ha estado realizando transacciones ilegales y negocios sirviéndose de una información privilegiada. Lo van a atrapar.

—¿Qué? ¿De qué me hablas?

No asimilaba lo que le estaba contando. Y ella lo advirtió. Dan se limitó a acariciarle el pelo a su hermano al tiempo que le aseguraba una y otra vez que todo saldría bien; eso era lo fundamental ahora. Lo demás le parecían simples tonterías, estupideces. Eso irritó a Rakel, lo que la llevó a continuar en un tono más duro.

—Te he pedido que me escuches. Leo no es quien tú crees. Es un delincuente. Tenemos pruebas. Va a acabar en la cárcel. Es un estafador.

Daniel se le quedó mirando desconcertado.

—Pero ¿qué diablos dices? ¡Si a él no le interesa nada el dinero!

—Ahí te equivocas.

—¿Que me equivoco? Pero si quería darme la mitad de todo lo que tenía, así, sin más. —Él chasqueó los dedos para acompañar sus palabras y ella se mordió el labio; no le gustaba nada esa información.

—Pero ¿por qué contentarte con la mitad?

—Yo no quiero nada. Sólo quiero...

Se calló. Lo comprendió todo, o igual no. Aun así, sospechó algo. El pánico volvió a sus ojos, y Rakel se preparó para un posible ataque, tal vez violento. Miró a Benjamin, debía estar listo. Sin embargo, no sucedió nada. Daniel se limitó a contemplar a Leo con una profunda concentración.

—¿Qué es lo que le has dado? No era un calmante, ¿verdad?

Ella no contestó. Ya no sabía cómo jugar sus cartas. Se dio cuenta de que cada palabra y cada uno de los matices de su tono de voz podrían resultar decisivos.

—Curare —acabó diciendo.

—¿Y eso qué es?

—Un veneno vegetal.

—¡Mierda! ¡¿Y por qué carajo le has dado un veneno?!

Dan volvió a gritar.

—Me ha parecido necesario —arguyó ella.

Daniel observó a Benjamin como un animal desesperado capturado en una trampa.

—Pero luego...

—¿Sí?

—Luego le has administrado otra cosa.

—Fisostigmina. Anula el efecto —le explicó ella.

—Bien, entonces ahora lo llevaremos al hospital, ¿no? —dijo él.

Como ella no respondió, él sacó su celular. Rakel pensó en la posibilidad de pedirle a Benjamin que se lo quitara. Pero no lo hizo. Mientras no realizara ninguna llamada no pasaba nada. Buscó en Google. Ella supuso que quería enterarse de lo que era el curare, de modo que lo dejó leer un rato. Aunque de pronto el terror brilló en los ojos de Dan, y en ese momento ella le arrancó el teléfono de las manos. Él se volvió loco, loco de atar. No paraba de pegar gritos y de dar golpes a diestro y siniestro; incluso a Benjamin le resultó difícil controlarlo.

—Tranquilo, Daniel.

—¡De ninguna manera!

—Cálmate ya. Quiero ofrecerte un fantástico regalo, ¿no lo entiendes? —señaló ella.

—¡¿De qué mierda hablas?! —le gritó.

Ella contestó que la fisostigmina sólo anulaba el efecto del envenenamiento del curare de forma temporal.

—De manera que no puedes salvarle la vida, ¿es eso lo que estás diciendo?

Su voz apenas parecía ya humana.

—Lo siento, pero no, no puedo hacerlo —mintió ella, tras lo cual Benjamin tuvo que acallarlo.

No le quedó más remedio. Benjamin consiguió inmovilizarlo y lo amordazó con cinta aislante. Ella pidió perdón y se lo explicó más detalladamente: «La musculatura respiratoria volverá a bloquearse en breve. Leo Mannheimer morirá asfixiado. —Rakel miró a Dan a los ojos—. Nos hallamos ante una situación delicada. Leo está a punto de morir y tus huellas dactilares están en la jeringa, y contamos con un motivo muy claro, ¿verdad? Veo en tus ojos la envidia que sientes por todo lo que él ha poseído. Pero lo positivo es...».

Daniel forcejeó de nuevo para intentar liberarse, esta vez con más violencia.

—Lo positivo es que, a pesar de todo, Leo podrá continuar viviendo, aunque de una nueva forma: a través de ti, Daniel.

Ella le mostró la casa con un amplio gesto del brazo.

—Puedes tener su vida, su dinero y sus posibilidades. Podrás vivir como siempre has soñado. Podrás sustituirlo, Daniel. Puedes tenerlo todo, y te prometo que todas esas terribles cosas que Leo ha hecho debido a su asquerosa avaricia nunca verán la luz. De eso nos ocuparemos nosotros. Vamos a apoyarte de todas las maneras posibles. Son gemelos especulares, lo que supone un pequeño problema, es verdad. Pero su parecido es asombroso. Eso es extraordinario. Todo saldrá bien. Estoy segura.

En ese momento Rakel oyó un ruido que no acertó a identificar. Era Daniel, que, de tanto apretar los dientes, acababa de romperse uno.

Capítulo 20

22 de junio

Leo Mannheimer salió por fin de su oficina y Mikael se levantó y le estrechó la mano. Fue un encuentro extraño. Mikael había dedicado mucho tiempo a investigar a Leo, y ahora, de repente, allí estaban los dos, frente a frente. Se notó enseguida que había algo doloroso y oculto entre ambos, como una sombra, un fantasma.

Leo se frotó las manos. Tenía las uñas largas y bien cuidadas. Llevaba un traje de lino azul claro, una camiseta gris y tenis. Su pelo era abundante y estaba un poco despeinado. De pronto, Leo pareció aguzar el oído, como escuchando algo. Daba la impresión de estar tenso, y no invitó a Mikael a pasar a su despacho. Se quedó de pie allí mismo, en el gran vestíbulo que había delante de la recepción.

—Me gustó mucho tu conversación con Karin Laestander en el Museo Fotográfico —dijo Mikael.

—Gracias —respondió Leo—. Fue...

—... inteligente —completó Mikael con una amable sonrisa—. Y lo que comentaste es verdad. Vivimos en una época en la que nuestras vidas están más condicionadas que nunca por las mentiras y las falsas noticias. ¿O tal vez deberíamos decir «por los hechos alternativos»?

—La *post-truth society* —añadió Leo mostrando una tímida sonrisa.

—Así es. Y luego, encima, también jugamos con nuestras identidades, ¿verdad? Fingimos ser gente que no somos en Facebook y en sitios por el estilo.

—Yo no tengo Facebook.

—Yo tampoco. Nunca he llegado a entenderlo. Aunque he de reconocer que, en cierto modo, juego a interpretar diferentes papeles —continuó Mikael—. Digamos que forma parte de mi trabajo... Oye, ¿estás bien? ¿Te pasa algo?

Leo no cesaba de consultar su reloj nerviosamente y de mirar por la ventana hacia la plaza.

—Perdón —dijo—. Es que estoy muy ocupado hoy. ¿De qué querías hablarme?

Mikael le contestó:

—¿Tú qué crees?

—Ni idea.

—¿No has hecho ninguna tontería? ¿Algo por lo que mi revista, *Millennium*, pudiera interesarse?

Leo tragó saliva. Reflexionó unos instantes antes de responder con la cabeza agachada:

—Bueno, supongo que algún que otro negocio podría haberlo hecho mejor. Es que es un lío.

—No me importaría echarle un vistazo —contestó Mikael—. Ese tipo de líos son mi especialidad. Pero por ahora me interesan más algunas cosas personales, pequeñas contradicciones, podríamos llamarlas.

—¿Contradicciones?

—Eso es.

—¿Como qué?

—Como que ya no seas zurdo.

Leo —si es que era Leo— pareció de nuevo aguzar el oído. Se pasó la mano por el pelo.

—Bueno, eso no es exacto. En realidad, es que he cambiado de mano. Siempre me he manejado igual de bien con las dos. Soy ambidiestro.

—Entonces ¿escribes igual de bien con la mano derecha que con la izquierda?

—Prácticamente.

—¿Me lo puedes demostrar?

Mikael sacó un bolígrafo y su libreta.

—Prefería no hacerlo.

Unas gotas de sudor empezaron a asomar sobre su labio superior. Tenía la mirada perdida.

—¿No te sientes bien hoy?

—Así así.

—Será el calor.

—Quizá.

—Yo tampoco estoy muy bien que digamos —continuó Mikael—. Anoche estuve con Hilda von Kanterborg bebiendo hasta las mil. La conoces, ¿verdad?

Mikael percibió el miedo en los ojos de aquel

hombre y comprendió que lo tenía acorralado. Lo vislumbró en su mirada, en su inquieto cuerpo. Pero a lo mejor —lo estaba observando minuciosamente— intuyó también otra cosa, algo difícil de precisar: una especie de ansiedad, tal vez, y una duda. Como si Leo, o quienquiera que fuese, se hallara ante una decisión importante.

Mikael dijo:

—Hilda me contó una historia increíble.

—¿Ah, sí?

—Iba de dos gemelos a los que separaron intencionadamente al nacer; en concreto me habló de un chico llamado Daniel Brolin. Ese chico tuvo que trabajar de sol a sol en una granja de las afueras de Hudiksvall, mientras que su hermano gemelo...

—No hables tan alto —lo interrumpió el hombre.

—¿No? ¿Por qué?

Mikael fingió sorprenderse y lo miró.

—Quizá sea mejor que demos un paseo —propuso.

—No sé...

—¿... si dar un paseo?

Estaba claro que el hombre no sabía qué decir. Se limitó a murmurar algo sobre el baño y, acto seguido, desapareció. Su actuación no resultó muy convincente porque, ya antes de salir del campo de visión de Mikael, sacó su celular. Al parecer quería ponerse en contacto con alguien. Fue en ese instante cuando Mikael tuvo la absoluta convicción de que su teoría era cierta. Le mandó un mensaje a Lisbeth para comunicarle que, con toda probabilidad, Leo era Daniel.

Pero también empezó a preocuparle cada vez más que lo hubiera engañado, que el hombre hubiera salido por una puerta trasera y hubiera huido, sobre todo porque tardaba mucho en regresar y porque —aparte de que entraba y salía gente sin cesar— allí no pasaba nada. La joven morena de la recepción sonreía, daba los buenos días a todo el mundo y les pedía a los visitantes que se sentaran a esperar en alguno de los sillones o que se dirigieran a tal o cual despacho.

Se trataba de un lugar muy elegante. Los techos eran altos, y de las paredes, tapizadas de rojo, colgaban óleos de trajeados y distinguidos caballeros, antiguos socios seguramente, o miembros de la junta directiva. Le resultó casi obsceno que sólo hubiera retratos de hombres.

El teléfono de Mikael sonó. Era Annika, y ya estaba a punto de tomar la llamada cuando el hombre —quienquiera que fuese— apareció por el pasillo. Se le veía resuelto. Quizá hubiera tomado una decisión. Resultaba difícil de adivinar. Le habían salido unas manchas rojas en el cuello y parecía estar tenso y serio. Dejó caer la mirada y no le dijo nada a Mikael; tan sólo informó a la mujer de la recepción de que se ausentaría durante un par de horas.

Bajaron por el elevador y salieron a Norrmalmstorg. Estocolmo era un horno. La gente se abanicaba con las manos o con periódicos. Algunos se habían quitado sus sacos y los llevaban sobre un hombro. Llegaron a Hamngatan y el hombre miró nervioso hacia atrás. Mikael lo advirtió y contempló la posibilidad de pedirle que se subieran a un autobús o que tomaran un taxi. En lugar de eso, cruzaron la calle hasta Kungsträdgården. Caminaron en silencio por sus jardines. Era como si esperaran que algo se aclarara o sucediese. A Mikael no le gustaba nada la situación, aunque no sabía muy bien por qué.

El hombre sudaba más de lo normal y se giró de nuevo para echar un vistazo. Se hallaban frente a la Ópera, y en ese momento, sin comprender muy bien el motivo, a Mikael le pareció percibir un peligro. Se preguntó si tal vez habría cometido un error, si tal vez los representantes del registro ya irían un paso delante de él. Se volvió. No vio nada. Reinaba más bien la quietud, una sensación vacacional en el aire. Por todas partes, en las bancas y en las terrazas, había gente con la cara vuelta hacia el sol. Quizá se le hubiera contagiado el nerviosismo de su acompañante, y por eso le preguntó sin rodeos:

—Bueno, ¿y cómo debo llamarte: Leo o Daniel?

El hombre se mordió el labio y algo oscuro apareció en su mirada. Luego se abalanzó sobre Mikael y lo tiró al suelo.

Rakel Greitz —que estaba esperando en una banca de Norrmalmstorg— vio a Daniel Brolin salir con Mikael Blomkvist. Comprendió que ya se había generado una dinámica que tarde o temprano conduciría a que la historia trascendiera, cosa que en realidad no le suponía ningún *shock*, ni siquiera una sorpresa.

Ya hacía tiempo que sabía que el riesgo era muy elevado. Pero asimilarlo no sólo le había producido desesperación, sino también —especialmente ahora que se hallaba con un pie en la tumba— una sensación de liberación. Poseía la fortaleza de alguien que ya no tiene nada que perder. Y Benjamin Fors se encontraba de nuevo a su lado. Era cierto que él no estaba a punto de morir, como ella, pero los lazos que los unían eran muy fuertes, no sólo por una vida entera de lealtad, también por las innombrables cosas que habían hecho juntos. La caída de Benjamin sería igual de dura que la suya si todo aquello veía la luz. Su asistente había aceptado, sin una simple pregunta siquiera, dejar a Blomkvist fuera de juego y llevarse a Daniel para que pudieran hacerle entrar en razón.

Por eso Benjamin llevaba una chamarra negra con capucha —a pesar del calor— y unos lentes de sol. Y algo escondida en la mano, pegada al cuerpo, una jeringa con ketamina, un anestésico que dormiría al periodista con toda rapidez. También Rakel, no sin cierto esfuerzo —pues se había pasado toda la mañana con dolores de estómago—, se había acercado a la alameda que se extendía a lo largo de Kungsträdgården. Desde allí pudo ver cómo Benjamin se les aproximaba con gran celeridad.

La invadió una intensa sensación de estar viva. La ciudad se redujo a un único instante, a una sola y resplandeciente escena. Ella se quedó observando cómo Daniel y Blomkvist aminoraban el paso y cómo el periodista parecía preguntarle algo a Daniel. Eso estaba bien, se dijo; eso los distraería. Confió en que todo saliera según lo previsto.

Por una calle aledaña se acercaba un carruaje tirado por caballos. Un globo aerostático azul surcaba el cielo y por todas partes paseaba gente que permanecía ajena a la situación. Pensar en cumplir las expectativas hizo acelerar su corazón. Inspiró hondo. Pero de repente ocurrió algo. Daniel vio a Benjamin ir hacia ellos y apartó a Blomkvist de un empujón. El periodista cayó al suelo, de modo que Benjamin no consiguió su objetivo y se quedó parado un segundo, dudando, con la jeringa en la mano. Entonces, Blomkvist se levantó volando. Aquello podía acabar de la peor manera. Benjamin se lanzó de nuevo al ataque, el periodista lo esquivó también esta vez y, a continuación, Benjamin puso tierra de por medio. «¡Cobarde!» Rakel, furiosa, fue testigo de cómo Daniel y Blomkvist se echaban a correr hacia el restaurante Operakällaren, se subían en un taxi y desaparecían. El sofocante calor cayó sobre ella como una manta mojada, y de nuevo advirtió lo enferma y mareada que estaba. A pesar de todo, irguió la espalda antes de abandonar el lugar con apresurados pasos.

Lisbeth Salander apretaba el cuerpo contra el suelo de la camioneta gris mientras recibía patadas en el estómago y en la cara, y le ponían otra vez aquel trapo maloliente sobre la boca y la nariz. Se sentía aturdida y débil, y era posible que por momentos perdiera el conocimiento. Pero, aun así, había podido identificar claramente a Benito y a Bashir, y ésa no era una buena combinación. Aunque Benito estaba pálida y llevaba una venda que le cubría la cabeza y la mandíbula, y parecía costarle mucho esfuerzo moverse. En general permanecía quieta, lo cual era bueno. Eran más que nada los hombres los que se ensañaban con Lisbeth: Bashir, que no se había afeitado, sudaba y vestía la misma ropa que el día anterior, y luego un tipo corpulento de unos treinta y cinco años con la cabeza rapada, una camiseta gris y un chaleco de piel negro. Un tercer individuo conducía la camioneta.

El vehículo bajó por Götgatan y pasó por Slussen, creía ella, que empezó a registrar cada detalle de la camioneta: unas cuerdas, un rollo de cinta aislante y dos destornilladores. Recibió una patada más, en la nuca esta vez. Alguien le agarró las manos. La ataron, la cachearon y le quitaron el celular. Algo preocupante en un principio, pero no: al final el tipo calvo se metió el teléfono en el bolsillo, lo que no suponía ningún problema. Lisbeth tomó nota de su constitución física y de sus movimientos espasmódicos, así como de su tendencia a mirar constantemente a Benito. Al parecer, se trataba del perro faldero de ella, no de Bashir.

En la parte izquierda de la camioneta había una banca donde se sentaron ellos mientras Lisbeth permanecía tumbada en el suelo percibiendo un dulce perfume, un fuerte olor a alcohol de hospital y la peste a sudor de sus tenis. Creía que iban en dirección norte. No estaba segura, se encontraba demasiado aturdida como para saberlo con certeza. Durante mucho tiempo no se pronunció palabra alguna. Lo único que se oía eran sus respiraciones, el ruido del motor y los traqueteos del coche. Debía de tratarse de una antigüedad; sin duda tendría más de treinta años. Poco a poco, el ruido fue remitiendo. Salieron a una carretera y, pasados unos veinte minutos, empezaron a hablar. Eso estaba bien, era justo lo que necesitaba. Bashir llevaba un moretón en el cuello, con toda probabilidad a causa del golpe del palo de *hockey*. «Ojalá sea por eso», pensó Lisbeth. El chico parecía haber dormido mal. Tenía una facha horrible.

—¡Uy, uy, uy! Lo que vas a sufrir, puta de mierda —le anunció.

Lisbeth no contestó.

—Y luego yo te mataré despacio con mi Keris —añadió Benito.

Lisbeth seguía sin decir nada. No hacía falta. Sabía que todo lo que comentaban se estaba registrando en una serie de computadoras.

No era complicado, al menos para Lisbeth. Cuando la atacaron susurró «Arpía» en su iPhone modificado. Y esa palabra, a través del servicio de inteligencia artificial de Siri, activó la alarma. Un potente micrófono se encendió y empezó a grabar el sonido y a enviarlo, junto con las coordenadas GPS del celular, a todos los miembros de *Hacker Republic*.

Hacker Republic estaba compuesto por un grupo de *hackers* de alto nivel, y todos habían jurado solemnemente no pulsar el botón de alarma si no se trataba de una verdadera emergencia. Ahora, varios genios de la informática seguían el drama que estaba teniendo lugar en la camioneta. La mayoría de ellos no entendían el sueco, era verdad, pero algunos sí; entre otros, el exageradamente obeso amigo de Lisbeth, que vivía en Högklintavägen, en Sundbyberg.

Lo llamaban Plague, y era grande como una casa y de andar torpe y torcido. Parecía un indigente, pero era toda una eminencia en su campo. Se hallaba sentado ante su computadora con los nervios a flor de piel mientras rastreaba las coordenadas del GPS que se desplazaban hacia el norte, en dirección a Uppsala. El vehículo —sonaba a un modelo bastante viejo y grande— se desvió enfilando la carretera nacional 77, dirección Knivsta, hacia el este, cosa que no le hizo mucha gracia. Se adentraban cada vez más en una zona rural donde el GPS daba indicaciones menos exactas. Y entonces volvió a oír la voz de la mujer, una voz ronca y apagada, como si estuviera enferma.

—¿Entiendes que vas a morir muy muy despacio, zorra? ¿Lo entiendes?

Plague lanzó una desesperada mirada a su mesa. Se hallaba repleta de papeles, latas, migajas de pan, botellas de Coca-Cola y restos de comida. Él estaba sin afeitar, hacía tiempo que no se cortaba el pelo y vestía una raída bata azul que se deshilachaba tanto por arriba como por abajo. Le dolía la espalda. Había subido de peso y era diabético, y ya llevaba casi una semana sin salir a la calle. ¿Y ahora qué debía hacer? Si hubiese tenido una dirección, podría haber *hackeado* el sistema de luz y agua, localizado a los vecinos y organizado un ejército con ellos. Pero ahora... se sentía impotente. Le temblaba todo el cuerpo. El corazón le palpitaba. No tenía ni idea de adónde se dirigían.

Entró una avalancha de mensajes por parte del grupo. Lisbeth era su amiga, la estrella más brillante de la *Hacker Republic*. Pero, por lo que él podía ver, nadie parecía tener propuestas concretas y efectivas ni ningún plan de acción o, al menos, nada que pudiera llevarse a cabo con la suficiente rapidez. ¿Debía llamar a la policía? Plague no había llamado a la policía en su vida, y tenía motivos de sobra para no hacerlo. Pocos delitos cibernéticos le quedaban por cometer. De una u otra manera, siempre acababa siendo perseguido por la justicia, y *a pesar de ello*, pensó, *a pesar de ello*, a veces hasta una persona que se mantiene fuera de la ley tiene que acudir a ella para solicitar ayuda. Se acordaba de que Lisbeth —o Wasp, que era el nombre por el que él la conocía— le había hablado de un policía que se llamaba Bublanski. «Es un tipo legal», le había comentado, y «legal» resultaba una palabra muy positiva viniendo de Lisbeth. Durante un par de minutos, Plague permaneció mudo y paralizado mientras miraba el mapa de la provincia de Uppland en la pantalla de su computadora. Luego sacó un par de auriculares, subió el volumen y reprodujo el archivo de sonido. Quería escuchar cada pequeño matiz, incluso en el ruido del motor y en las voces. En los auriculares se oían chirridos y crujidos. Al principio nadie dijo nada, pero después alguien pronunció la frase que Plague menos deseaba oír:

—¿Tienes su teléfono?

La dijo la mujer, la que probablemente estuviera enferma. Parecía ser ella la que estaba al mando, ella y ese tipo que a veces se comunicaba con el conductor en otra lengua, una lengua que había podido identificar, por medio de búsquedas de archivos de sonido, como bengalí.

—Lo tengo en el bolsillo —respondió uno de los hombres.

—Dámelo.

Se oyeron crujidos, murmullos. El celular pasaba de una mano a otra. Alguien se puso a manosearlo, lo examinó, respiró sobre él.

—¿Hay algo raro?

—No lo sé —contestó la mujer—. Parece que no. Pero quizá los policías puedan escucharnos a través de este aparato de mierda.

—Deberíamos tirarlo.

Plague volvió a oír unas palabras en bengalí. Advirtió cómo el coche ralentizaba la marcha y, luego, el chirrido de una puerta que se abría, a pesar de que el vehículo todavía avanzaba. Un ruidoso crujido se oyó al pasar el viento por el micrófono del teléfono y, acto seguido, una especie de silbido. A continuación, un salvaje repiqueteo, golpes tan fuertes que resultaban insoportables. Plague se arrancó los auriculares y, con el puño cerrado, pegó un golpe en la mesa. *«Hell, damn, fuck!»* Un aluvión de groserías inundó las computadoras. La conexión con Wasp se había interrumpido.

Plague intentó pensar, controlar la situación. «Las cámaras de vigilancia», se dijo. ¿Cómo podía habérsele pasado algo tan obvio? Evidentemente, tenían que *hackear* la Dirección General de Tráfico para acceder a sus cámaras. Sólo que ese tipo de operaciones llevaban su tiempo, y tiempo era algo de lo que apenas disponían.

¿Alguien sabe cómo se puede entrar con rapidez en la DGT? —escribió.

Los conectó a todos a un enlace encriptado de sonido.

—El seguimiento del tráfico se puede ver parcialmente en abierto por Internet —comentó alguien.

—No es suficiente —dijo—. La imagen es borrosa y tiembla demasiado. Tenemos que verlo más de cerca, para distinguir el modelo de coche y la matrícula.

—Tengo un atajo.

El comentario procedía de una voz femenina y joven que a Plague le llevó un rato identificar. Era Nelly, uno de los últimos ingresos. Plague se entusiasmó. «¿De verdad? ¡Bien! ¡Pues entra! ¡Conéctense todos con ella! ¡Ayúdenla! ¡Vamos tras ellos! Les doy las horas y las coordenadas.»

Plague entró en la página «www.trafiken. nu», que indicaba la situación exacta de todas las cámaras de vigilancia a lo largo de la E4 en dirección a Uppsala, y al mismo tiempo echó para atrás el archivo del teléfono de Wasp. La alarma se había activado a las 12.52, y la primera cámara con la que se habían encontrado en el camino debía de ser la de Högra södra. Pero, un momento... El vehículo parecía haber pasado por allí aproximadamente trece minutos después, a las 13.05. Las siguientes cámaras se hallaban bastante cerca unas de otras. «Eso está bien —pensó—, muy bien.»

Los lugares eran Linvävartorpet, Linvävartorpet södra, Linvävartorpet norra, Haga norra grindar, Haga norra, Stora Frösunda, Järva krog, Mellan-järva y el campo de golf de Ulriksdals. Existía una infinidad de cámaras durante el primer tramo, por lo que, a pesar del intenso tráfico que había habido, deberían ser capaces de dar con el vehículo, sobre todo porque parecía ser viejo y bastante grande: una camioneta, o un camión ligero.

—¡¿Cómo van?! —gritó.

—Tranquilo, tranquilo, estamos en eso, hay alguna porquería por aquí, han metido algo nuevo. ¡Mierda, acceso denegado! ¡Espera! Mierda, me lleva... *Yes!* A ver si ahora... Sí..., estamos... dentro... Ya sólo nos falta atraparlos. *Shit!* ¿Qué idiotas han creado esto? ¡Mierda de aficionados!

Lo habitual. Palabrotas y exclamaciones. Adrenalina, sudores y gritos, sólo que ahora en mayor medida. Porque era una cuestión de vida o muerte. Cuando por fin entendieron el funcionamiento del sistema y lograron meterse en él para visualizar como quisieron —hacia delante o hacia atrás— las grabaciones de las cámaras de vigilancia, ya no quedó ninguna duda. Ya sabían de qué vehículo se trataba: una vieja camioneta Mercedes gris con matrícula falsa. ¿Y de qué les servía? Una vez identificada, se sintieron aún más impotentes cuando la vieron pasar por todas las cámaras como una criatura pálida y maligna para acabar desapareciendo mientras de adentraba en los bosques del este de Knivsta, en dirección al lago de Vadabosjön.

—Oscuridad digital. ¡Mierda, mierda!

Nunca se había gritado ni maldecido tanto en *Hacker Republic*. Plague no vio más solución que llamar al inspector Bublanski.

Capítulo 21

22 de junio

Bublanski se encontraba sentado en su despacho de Bergsgatan hablando con el imán Hassan Ferdousi. A esas alturas, ya sabía bastante bien cómo se había cometido el asesinato de Jamal Chowdhury. A excepción del padre, toda la familia Kazi, así como un par de islamistas exiliados de Bangladesh, estaba implicada. Se trataba de una operación razonablemente sofisticada, aunque no tanto como para no haber podido descubrirla en la investigación policial inicial y, sobre todo, sin ayuda de personas ajenas a ella.

Era una gran vergüenza para la policía, ni más ni menos. Bublanski acababa de mantener una larga conversación con la directora de la Säpo, Helena Kraft, y ahora intercambiaba opiniones con el imán sobre cómo la policía podría prevenir e impedir que, en el futuro, se cometieran crímenes como ése. Pero, a decir verdad, no estaba muy concentrado. Quería retomar la investigación de la muerte de Holger Palmgren y, sobre todo, corroborar las sospechas que tenía contra ese catedrático de sociología, Martin Steinberg.

—¿Qué?

El imán dijo algo que Bublanski no captó del todo. Pero daba igual, porque en ese momento le sonó el celular. Era una llamada que se hacía por Skype desde una dirección que tenía por nombre *Total fucking shitstorm for Salander*, cosa que, ya de por sí, le resultó, cuando menos, curiosa. ¿Quién se ponía un nombre como ése? Bublanski contestó, y en el otro extremo de la línea un hombre empezó a gritar en un sueco poco cuidado.

—Antes de que sigas hablando, necesito saber quién eres —indicó Bublanski.

—Me llamo Plague —continuó el joven—. Enciende tu computadora, abre un enlace que te voy a mandar y te lo explico todo.

Bublanski entró en su correo, abrió el enlace y escuchó al hombre que, ciertamente, soltaba una desmesurada cantidad de groserías y empleaba numerosas e incomprensibles expresiones informáticas, pero que, aun así, resultaba preciso en su explicación. Bublanski tardó poco en recuperarse de su momentánea parálisis y de su perplejidad. Mandó que un helicóptero y unas patrullas —tanto de los distritos de Estocolmo como de Uppsala— salieran de inmediato hacia Vadabosjön. Luego, acompañado por Amanda Flod, fue corriendo hasta el *garage* en busca de su Volvo. Por si acaso, dejó que ella condujera y, tras poner la luz azul de la sirena, se dirigieron al norte por la carretera de Uppsala.

El hombre que tenía ante sí lo había salvado de un grave ataque. Mikael aún no comprendía lo que eso significaba. Pero debía de ser una buena señal. Se notaba en el ambiente que ya no eran prisioneros de esos papeles estereotipados que habían representado en el vestíbulo de Alfred Ögren; ya no se trataba únicamente del reportero de investigación y de su presa: existía un nuevo vínculo entre ellos, y Mikael tenía una deuda de gratitud.

Fuera abrasaba el sol. Se hallaban en el interior de un pequeño ático de Tavastgatan con ventanas abuhardilladas que daban a la bahía de Riddarfjärden. Frente a ellos había un óleo a medio terminar que simbolizaba el mar y una ballena blanca. A pesar de la mezcla cromática, algo inquietante, el cuadro desprendía armonía. No obstante, Mikael le dio la vuelta. No quería que nada los molestara.

El ático pertenecía a Irene Westervik, una pintora bien entrada en años. No era que Mikael tuviera una relación muy íntima con ella, pero sí alguna afinidad, y no sólo porque fuera una mujer inteligente que inspiraba confianza. Irene se mantenía alejada de todo lo que se asociara con actualidad contemporánea y temporal, y con ella podía ver el mundo con una mirada un poco más amplia. La había llamado desde el taxi y le había preguntado si podría prestarle el estudio un par de horas, quizá todo el día. Ella había bajado al portón vestida con un traje gris de algodón y le había entregado las llaves con una amable sonrisa.

Ahora Mikael y ese hombre, que tal vez fuera Daniel, se hallaban sentados en ese estudio, delante del cuadro volteado. Los celulares estaban apagados y se encontraban, por seguridad, en una pequeña cocina que quedaba a la izquierda. Ambos estaban empapados en sudor. Hacía calor, y Mikael intentó, sin éxito, abrir las ventanas.

—¿Era una jeringa lo que ese hombre llevaba en la mano?

—Eso parecía.

—¿Y qué podía contener?

—En el peor de los casos, curare sintético.

—¿Veneno?

—Sí; a grandes dosis lo anula todo, incluso la musculatura respiratoria. Te asfixias.

—Te veo muy enterado del tema.

El hombre parecía triste. Mikael miró el cielo azul a través de la ventana.

—¿Debo llamarte Daniel? —preguntó.

—Dan.

—¿Es tu nombre familiar?

—No, me dieron una *green card* y me hice ciudadano estadounidense. Me costó mucho esfuerzo borrar las huellas de mi antiguo nombre. En la actualidad me llamo Dan Brody.

—Bueno, querrás decir más bien Leo Mannheimer.

—Sí, es cierto.

—Qué curioso, ¿verdad?

—Sí, lo es.

—¿Y piensas contarme la historia, Dan?

—Lo intentaré.

—Tenemos tiempo de sobra. Aquí nadie va a venir a buscarnos.

—¿Crees que habrá algo de alcohol para beber?

—Voy a ver si hay algo en el refrigerador.

Mikael fue a la cocina y descubrió unas cuantas botellas de vino blanco de Sancerre en el refrigerador. Pensó, con ironía, que ésa era ahora su nueva estrategia general: sin vino no había información. Tomó una botella con tapón de rosca y dos copas.

—¿Te parece bien esto? —preguntó, y sirvió el vino.

—No sé por dónde empezar. Pero me has dicho que viste a Hilda. ¿Ella te habló de...?

Volvió a dudar, como se duda antes de referirse a un nombre o a un acontecimiento que produce temor.

—¿De qué?

—¿De Rakel Greitz?

—Sí, Hilda me habló bastante de ella.

Dan no comentó nada al respecto. Se limitó a levantar su copa y a beber con tranquilidad y determinación. Luego se decidió a contarle poco a poco su historia. Empezaba en un club de jazz de Berlín, con un solo de guitarra y una mujer que no le quitaba los ojos de encima.

Se adentraron en un bosque y detuvieron el vehículo, aunque lo dejaron encendido. En su interior hacía un calor insoportable, y fuera sólo se oía el sonido de los pájaros y las moscas. Lisbeth tenía sed. Tosía y estaba mareada. Le habían hecho respirar cloroformo, la habían atado y la habían pateado. Todavía permanecía tirada en el suelo de la camioneta. De buenas a primeras, se puso de rodillas. Nadie protestó, aunque la mantuvieron bajo vigilancia. Apagaron el motor y los hombres que estaban sentados en la banca se miraron y movieron la cabeza afirmativamente. Benito se tomó un par de pastillas con agua. Tenía la cara de color gris ceniza, y se quedó sentada mientras Bashir y el otro hombre se levantaban. Ese otro hombre, que llevaba tatuados los brazos, lucía un chaleco de piel con un emblema que Lisbeth no había visto hasta ese momento pero que complicaba las cosas. En el chaleco ponía SVAVELSJÖ MC, el mismo club de motociclistas al que había estado vinculado su padre y que tenía conexiones con su hermana. ¿Habían sido ella y sus *hackers* los que habían conseguido dar con su dirección?

De nuevo, Lisbeth fijó la vista en la puerta trasera de la camioneta y recordó el movimiento que uno de ellos hizo cuando la abrió para tirar el celular. Con una matemática agudeza trajo a la memoria la fuerza del movimiento, o más bien la falta de fuerza. Salander no había logrado soltarse las cuerdas de las manos, pero podría abrir la puerta de una patada. Eso estaba bien, al igual que estaba bien que Benito sufriera lesiones en la cabeza y que los hombres se hallaran nerviosos. Se les notaba en la respiración y en las miradas. Bashir hacía muecas, como en Vallholmen, y echó hacia atrás la pierna derecha para, acto seguido, propinarle una patada. Ella la recibió con una reacción un tanto teatral, aunque tampoco hacía falta exagerar mucho: la patada era violenta y se la dio en las costillas. A continuación, recibió otra en la cara, y después se quedó tirada en el suelo fingiendo estar más aturdida de lo que realmente estaba, mientras estudiaba con todo detalle a Benito.

Desde un principio Lisbeth tenía la sensación de que todo aquello era obra de Benito, de que sería ésta la que pronunciaría la última palabra. La vio agacharse y buscar algo en una bolsa gris de tela que había en el suelo. Extrajo una tela roja de terciopelo y, en ese mismo instante, los hombres agarraron con fuerza a Lisbeth por los hombros, gesto en el que resultaba difícil ver algo bueno, sobre todo cuando Benito también sacó una daga de la bolsa, su Keris. Tenía una hoja larga y recta —muy afilada y brillante— con la punta dorada. El mango estaba tallado con gran minuciosidad y profusión de detalles y representaba a un demonio de ojos alargados. El arma debería encontrarse en un museo y no entre las manos de una psicópata pálida con la cabeza vendada que contemplaba su puñal con un cariño propio de un enfermo mental.

Benito explicó con su afónica voz cómo pretendía utilizar su Keris. Lisbeth no le prestó demasiada atención, lo cual tampoco resultaba necesario. Ya había oído bastante. La daga atravesaría la tela roja, entraría por debajo de la clavícula y acabaría en el corazón. Luego se la extraería y, al pasar por la tela, la sangre se limpiaría. Por lo visto, se trataba de una operación que requería un gran refinamiento. Lisbeth continuaba registrándolo todo: cada objeto, cada mota de polvo, cada momento de inatención o duda. Miró a Bashir: la tenía agarrada del hombro izquierdo y parecía concentrado y excitado. Ella iba a morir, y eso, a él, le iba como anillo al dedo. Pero aun así no parecía del todo contento, y no resultaba muy difícil deducir por qué. Era el ayudante de una mujer con una daga impresionante, algo que no podía ser fácil de digerir para ese idiota, que llamaba a las mujeres «putas» y «zorras» y las veía como personas de segunda categoría.

—¿Conoces bien el Corán? —preguntó Lisbeth.

Advirtió su reacción en el movimiento de la mano de Bashir, que estaba sobre su hombro. La pregunta le había molestado. Lisbeth continuó y dijo que el Profeta condenaba todo tipo de dagas y que había dicho que eran de Satán y los demonios, y luego citó el pasaje de una sura, una sura inventada. Le dio un número a la sura y animó a Bashir a que la buscara inmediatamente en Internet.

—¡Búscala y verás!

Benito se levantó con su Keris y Lisbeth perdió su oportunidad.

—Tonterías —dijo—. El keris ni siquiera existía en la época de Mahoma. Es un arma que utilizan los guerreros sagrados de todo el mundo.

Bashir pareció creer a Benito, o al menos querer hacerlo. Contestó «Bueno, bueno, apúrate» y le dijo algo en bengalí al conductor.

De pronto, Benito quiso actuar con mucha premura, a pesar de que daba la impresión de hallarse mareada. Tropezó. Sin embargo, no fueron las palabras de Lisbeth las que la pusieron nerviosa, sino el ruido que surgió por encima de sus cabezas: el estruendoso sonido de un helicóptero. Era cierto que no tenía por qué estar relacionado con ellos, pero Lisbeth confiaba en que los miembros de *Hacker Republic* no se hubieran quedado de brazos cruzados. Consideró aquella presencia tan prometedora como preocupante: prometedora porque la ayuda podría encontrarse cerca, y preocupante porque la actividad de la camioneta se intensificó y cualquier duda que pudieran haber tenido pareció eliminarse de sus mentes.

Se pusieron en movimiento. Bashir y el otro hombre la tenían bien agarrada. Benito se acercó hasta Lisbeth con su pálido rostro, su larga daga y la tela roja. Lisbeth Salander pensó en Holger. Pensó en su madre y en su dragón y, con los pies, buscó apoyo en el suelo.

Iba a levantarse, costara lo que costase.

Mikael y Dan permanecían callados. Habían llegado a un punto de la historia que resultaba difícil de comentar. Dan tenía la mirada errática. Movía las manos con nerviosismo.

—Leo yacía tumbado en la alfombra y parecía haberse recuperado un poco. Le habían administrado otra inyección, y se había despertado. La verdad es que pensé que la crisis había pasado, pero entonces...

—¿Te habló del curare?

—Incluso me dejó buscarlo en Internet, quizá para que viera con mis propios ojos que la fisostigmina sólo anulaba el efecto temporalmente. Pero también me dio tiempo a ver otra cosa.

—¿Qué?

—Luego te lo cuento... Rakel me quitó el teléfono y me amenazó con culparme del asesinato de mi hermano si no colaboraba con ellos. Me quedé helado, apenas era consciente de lo que ocurría. Me pusieron unos lentes de sol y un sombrero. Rakel comentó que no estaría bien que la gente descubriera a dos Leos en la escalera, y que teníamos que sacarlo del departamento mientras fuera capaz de apoyar las piernas. Yo lo vi como una oportunidad. Si llegaba a salir de allí, pediría socorro a gritos.

—¿Y no lo hiciste?

—No nos cruzamos con nadie ni en la escalera ni en el elevador. Era la víspera de Nochebuena. No creo en absoluto que el hombre se llamara John, como lo presentó Rakel, sino Benjamin; lo llamó Benjamin varias veces. Era el mismo tipo que te ha atacado a ti. Pero entonces...

—¿Qué?

—Entonces se llevó a Leo, que apenas podía mantenerse en pie, hasta un Renault negro que había estacionado en la calle, delante del portón. Ya había empezado a oscurecer o, al menos, ésa fue la sensación que tuve —explicó, y a continuación se calló.

Diciembre, un año y medio antes

Al salir, se encontraron con una calle vacía, tan extrañamente desierta como el árido y desolador paisaje de una pesadilla. Suponía que podría haberse escapado en ese momento para pedir ayuda. Pero ¿cómo iba a abandonar a Leo, a su hermano? Eso era imposible. Las temperaturas habían subido y la nieve estaba a punto de convertirse en aguanieve. Cuando metieron a Leo en el coche, él dijo:

—Vamos al hospital, ¿verdad?

—Claro, vamos para allá —asintió Rakel Greitz.

¿En realidad lo creyó? Pero si ella acababa de decirle que no había nada que hacer y lo había amenazado... Ya no sabía qué creer. Se limitó a subir al coche pensando en una sola cosa que había conseguido ver en Internet: si se le mantenía la respiración, un paciente podía recuperarse de un envenenamiento de curare. Se sentó junto a Leo en el asiento de atrás. Al otro lado se instaló el hombre que, probablemente, se llamaba Benjamin.

Era enorme, debía de pesar unos cien kilos. Tenía unas manos descompasadamente grandes y, a pesar de que tal vez rondara los cincuenta años, sus sonrosadas mejillas, sus grandes ojos azules y su arqueada frente le daban un aspecto infantil. Pero en aquel momento Dan no se detuvo mucho en eso. Se concentró en la respiración de Leo. Trató de ayudarle para que no la perdiera, y volvió a preguntar si de verdad se dirigían al hospital. Rakel, que era quien manejaría, contestó esta vez de forma más precisa. Irían al Karolinska, incluso especificó el piso.

—Confía en mí —dijo ella.

Ya había hablado con los especialistas, le explicó. Y estaban esperando a Leo. Comentó lo que le harían. Quizá Dan ya supiera que todo eso no era más que una sarta de mentiras, o tal vez se hallara en un estado de *shock* demasiado grande como para entender la situación. Difícil de saber. Ahora sólo le interesaba mantener a Leo con respiración, y eso nadie se lo impedía, lo cual ya era algo. Rakel conducía a toda prisa, justo como era necesario. No había mucho tráfico, de modo que llegaron pronto al puente de Solna. A lo lejos, como un espejismo, envueltos en la oscuridad, ya se divisaban los rojos edificios del hospital, y por un momento Dan creyó que, pese a todo, quizá las cosas salieran bien.

No se trataba más que de una cortina de humo, un intento de que continuara tranquilo un tiempo, porque, en lugar de frenar cuando se acercaban al Karolinska, Rakel pisó el acelerador y pasaron el hospital para tomar rumbo al norte, hacia Solna.

Dan debería haberse puesto a gritar y a pelear. Pero de pronto sintió una quemazón en el muslo, y sus protestas fueron perdiendo energía. No tanto como para que su rabia o su desesperación desaparecieran, pero las fuerzas le flaquearon. Sacudía la cabeza. Parpadeaba. Luchaba para pensar con claridad y mantener a Leo con vida. No obstante, hablar y moverse le costaba cada vez más. Muy lejos, como a través de una espesa niebla, oyó cómo Rakel Greitz y aquel hombre susurraban algo. Perdió la noción del tiempo. Y de repente ella elevó la voz. Le estaba hablando, y había algo hipnótico en el tono. ¿Qué le decía? Le estaba explicando todo aquello que podría ser suyo, los sueños que se harían realidad, las riquezas. Podría ser muy feliz, decía.

—Muy feliz, Daniel, y nosotros estaremos contigo.

Con Leo luchando por respirar a un lado, con el corpulento Benjamin en el otro, y con Rakel Greitz enfrente hablando de felicidad y de riquezas... Aquello era... No se podía describir; aquello iba más allá de las palabras.

Mikael Blomkvist no lo entendería ni por asomo. Pero Dan tenía que intentarlo. No había otra salida.

—¿Te atraían las palabras que decía? —preguntó Mikael.

La botella de vino estaba sobre la mesa blanca que había junto al sillón, y a Dan le entraron unas repentinas ganas de estrellarla en la cabeza del periodista.

—Debes entenderlo —dijo, esforzándose por mantener la calma—. En ese momento, para mí la vida no tenía ningún sentido sin Leo.

Volvió a callarse.

—¿En qué pensaste?

—En una sola cosa: en cómo saldríamos de ésa Leo y yo.

—¿Y cuál era tu plan?

—¿Mi plan? No lo sé. Pero supongo que era seguirles el juego con la esperanza de que tarde o temprano hubiera una salida, un clavo ardiendo al que agarrarse. Nos adentramos cada vez más en el campo. Recuperé algo de fuerzas. No dejaba de mirar a Leo. Se puso peor. Tenía convulsiones. No podía moverse. Me resulta difícil hablar de eso.

—Tómate tu tiempo.

Dan bebió un poco más de vino. Continuó:

—No tenía ni idea de dónde nos encontrábamos. Me sentía completamente perdido. El camino se iba estrechando. Estábamos rodeados de bosques de pinos; era noche cerrada y llovía. En lugar de nevar, llovía, y vi una señal. Ponía Vi-dåkra en ella. Giramos a la derecha por otro camino, y al cabo de unos diez minutos Rakel Greitz detuvo el coche y Benjamin se bajó. Sacó algo de la cajuela. Yo no quería saber lo que era. Producía un ruido espeluznante. Yo me dediqué a Leo. Abrí la puerta, lo tiré en el asiento y le hice respiración de boca a boca. Más o menos sabía hacerlo, aunque no muy bien, quizá. Pero lo intenté. Nunca en mi vida he intentado algo con tanto empeño. Me encontraba todavía aturdido, y Leo había vomitado sin que yo ni siquiera fuera consciente de ello; el coche olía mal. Y me incliné. Fue como inclinarme sobre mí mismo, ¿puedes entenderlo? Como si acercara mis labios a mi propio yo, a un yo moribundo, y lo raro es que ellos me lo permitieron. Ahora Rakel y ese tal Benjamin se mostraban benevolentes conmigo. Todo era muy extraño, aunque no me percaté de lo que sucedía; yo estaba concentrado en Leo, y quizá también en Rakel, en lo que ella decía. Hablaba suavemente explicando que Leo iba a morir. Que el efecto de la fisostigmina se eliminaría pronto del cuerpo. No había nada que hacer. Era horrible, decía. Pero lo positivo era que nadie lo buscaría. Si yo ocupaba su lugar, nadie se preguntaría ni siquiera adónde había ido: su madre estaba agonizando, comentó, de modo que yo podría abandonar Alfred Ögren y venderle mi parte de la empresa a Ivar. A nadie le sorprendería en lo más mínimo. Todo el mundo sabía que Leo llevaba tiempo queriendo dejar la casa de bolsa. Todo estaba dispuesto para que se hiciera justicia divina, a mí se me otorgaría lo que siempre había merecido. Yo le seguí el juego. No vi otra salida. Contesté: «De acuerdo, entiendo, puede que funcione». Estuve murmurando, susurrando, apenas se me oía. Me habían quitado el teléfono, te lo he dicho, ¿no?, y me hallaba en medio del bosque, donde no había ninguna luz; ni de una casa ni de lo que fuera, de nada.

»Benjamin regresó. Su aspecto era horrible. Estaba empapado en sudor y lluvia, y tenía los pantalones manchados de tierra y nieve. Llevaba la gorra medio caída y no pronunció palabra. Había una tácita y desagradable complicidad en el aire. Y entonces Benjamin sacó a Leo a rastras del asiento de atrás. Era tan torpe, tan idiota... Leo se golpeó la cabeza contra el suelo y yo me agaché hacia él enseguida. Le quité a Benjamin la gorra, de eso me acuerdo, y se la puse a Leo. Luego le abotoné el abrigo. Ni siquiera lo habíamos vestido adecuadamente. Iba sin bufanda. Tenía el cuello desnudo. Llevaba puestos sus zapatos de vestir y estaban sin atar, con los cordones colgando. Era una escena infernal; yo no hacía más que preguntarme si debía salir corriendo en busca de ayuda. Echarme a correr bosque adentro o por aquel camino con la esperanza de cruzarme con alguien. Pero ¿había tiempo para eso? Pensé que no. Ni siquiera estaba seguro de que Leo continuara aún con vida. Así que los seguí hasta el bosque. Benjamin lo arrastraba tras de sí. Parecía resultarle trabajoso y pesado en exceso, a pesar de que Leo era muy delgado y ligero. Yo me ofrecí a ayudarlo, pero no le gustó la idea. Quería que me fuera de allí. «Vete —me soltó—. Lárgate, esto no es para ti», y llamó a Rakel. Pero ella no lo oyó, creo. Hacía un viento bastante fuerte que engullía los sonidos. Los árboles crujían y nos arañamos con arbustos y ramas. Al final llegamos a un abeto muy grande, viejo y con pinta de enfermo; junto a él había un montón de piedras y tierra. También vi una pala tirada y pensé, o quise pensar, que alguien que no tenía nada que ver con nosotros había estado cavando por allí.

—Pero era una tumba.

—Bueno, un intento de tumba. Aunque no demasiado profunda. Benjamin debió pasarla muy mal cavando aquella tierra tan congelada. Parecía estar destruido. Dejó a Leo en el suelo y me gritó que desapareciera de allí. Le contesté que necesitaba despedirme de mi hermano y que era un cerdo despiadado, y entonces volvió a amenazarme y me aseguró que Rakel ya tenía pruebas de sobra para hacer que me detuvieran por asesinato. Y yo le respondí: «Ya lo sé, sólo deseo despedirme de él, es mi hermano gemelo, quiero enterrarlo yo. Déjame solo, ten un poco de respeto, lárgate, déjame llorar en paz. No voy a escaparme, y Leo ya está muerto. ¡Míralo! —grité—. ¡Míralo!». Cedió. Supongo que no se iría muy lejos, pero se fue y me quedé solo con Leo. Me puse en cuclillas bajo el abeto y volví a inclinarme sobre él —dijo Dan Brody.

Annika Giannini había comido en el comedor de personal de Flodberga y se encontraba de nuevo en la sala de visitas del edificio H para hallarse presente cuando se reanudara el interrogatorio de

Faria Kazi, que dirigía la inspectora de la policía criminal Sonja Modig.

Tras la comida, Sonja Modig actuó con gran eficacia y profesionalidad, y convino con Annika en que era importante no sólo obtener una visión global de la represión sufrida por la chica durante tanto tiempo, sino también averiguar si el empujón que le dio a su hermano en la ventana fue más bien un caso de delito de lesiones y homicidio involuntario que un homicidio propiamente dicho. ¿Hubo en realidad pretensión de matar?

La situación parecía esperanzadora, pensó Annika. Había conseguido que Faria analizara críticamente su intención. Pero de pronto Sonja Modig recibió una llamada y salió al pasillo, y desde entonces ya no fue la misma, lo que irritó a Annika.

—¡Por el amor de Dios, no pongas cara de póquer! Por tu expresión veo que ha pasado algo. Así que suéltalo ya, por favor.

—Lo sé, y lo siento. No sabía cómo decírtelo —contestó Modig—. Bashir y Benito han raptado a Lisbeth Salander. Hemos desplegado todos nuestros efectivos. Pero no tiene buena pinta.

—¡Cuéntamelo todo! —le pidió Annika.

Sonja empezó a contárselo y Annika se estremeció. Faria se acurrucó en la silla y se abrazó las piernas con las manos. De repente, Annika advirtió algo: no sólo era terror y rabia lo que brillaba en los ojos de Faria, sino otra cosa, una profunda concentración.

—¿Has dicho Vadabosjön? —preguntó Faria.

—¿Qué? Sí, la última pista procede de una cámara de vigilancia en la que se ve la camioneta adentrándose en un camino forestal que conduce hasta los alrededores del lago —contestó Sonja.

—Nosotros...

—¿Sí, Faria? —la animó Annika.

—Antes de que pudiéramos permitirnos viajar a Mallorca de vacaciones, solíamos ir de *camping* a Vadabosjön.

—¿En serio? —dijo Annika.

—Fuimos allí bastantes veces. Es que está tan cerca... Podíamos ir un fin de semana, sin planificarlo mucho, cuando queríamos. Fue cuando todavía vivía mi madre, y ya saben, Vadabosjön está rodeado de bosques, unos bosques muy tupidos, y lleno de pequeños senderos y escondites, y una vez...

Faria dudaba, abrazaba sus rodillas.

—¿Tienes cobertura en tu celular? —continuó Faria—. Fíjate si consigues encontrar un mapa detallado de la zona y yo intentaré explicártelo, intentaré recordar.

Sonja Modig buscó, se maldijo y buscó de nuevo hasta que, al final, su cara se iluminó. Logró dar con un mapa que la policía de Uppsala les había descargado.

—Enséñamelo —dijo Faria con una sorprendente autoridad.

—Aquí se han desviado —indicó Sonja Modig señalando el mapa en su teléfono.

—Espera un momento... —dijo Faria—. Me cuesta orientarme. Pero por allí, cerca del lago, hay algo que se llama Söderviken, ¿verdad? O Södra viken, Södra stranden o algo así.

—No lo sé, voy a consultarlo.

Sonja tecleó la palabra «Södra» en el buscador.

—¿Podría ser Södra Strandviken? —preguntó al tiempo que le enseñaba el mapa a Faria.

—Eso es, sí; tiene que ser eso —constató ella impaciente—. A ver. Hay un pequeño camino lleno de baches, pero aun así bastante ancho, lo suficiente para un coche. ¿Podría ser éste?

Señaló el mapa con el dedo.

—Aunque no lo sé —prosiguió—. Es que por aquel entonces había una señal amarilla justo a la entrada del camino. Me acuerdo de lo que ponía: FIN DE LA VÍA PÚBLICA. Siguiendo por ese camino unos dos kilómetros se llega a una especie de cueva, bueno, no es una cueva, es más bien un espacio cerrado rodeado de un montón de árboles. Está a la izquierda, en lo alto de una colina, y se lo juro: es como atravesar una cortina, una puerta de hojas. Es un lugar completamente aislado, completamente cercado por arbustos y árboles, y a través de un pequeño claro se pueden divisar un barranco y un arroyo. Una vez, Bashir me llevó allí y yo creí que era para enseñarme algo interesante, pero fue para meterme el miedo en el cuerpo. Por aquella época yo estaba empezando a echar curvas y pecho, y un día unos chicos me silbaron en la playa... Bueno, pues cuando llegamos a aquel sitio, me

536

contó un montón de mierda, cosas como que antiguamente allí castigaban a las mujeres que se habían comportado como putas. Me dio un susto de muerte; por eso me acuerdo tan bien del sitio, y ahora me ha venido a la cabeza que... —dudó— que es muy posible que Bashir haya llevado a Salander allí.

Sonja Modig asintió con la cabeza y le dio las gracias. Recuperó su celular e hizo una llamada.

Jan Bublanski iba siendo informado por el piloto del helicóptero, Sami Hamid. Sami circulaba a baja altura sobre el lago de Vadabosjön y los bosques de la zona, pero sin descubrir hasta el momento ninguna furgoneta gris. Nadie había visto un vehículo así, ni testigos, ni los habitantes de las casas de campo de los alrededores, ni tampoco los agentes que patrullaban la zona con sus coches. También era verdad que no resultaba nada fácil. El lago se hallaba rodeado de amplias playas, pero luego el bosque era denso y había una multitud de laberínticos senderos y caminos que iban de un lado para otro; aquel paraje parecía hecho para esconderse, lo que preocupaba a Bublanski. Empezó a proferir maldiciones e imprecaciones —hacía ya mucho tiempo que no decía tantas— y no paró de incitar a Amanda Flod a que condujera más deprisa.

Avanzaban con gran estruendo por la nacional 77, pero todavía les faltaba un buen trecho para llegar al lago. Por medio de la identificación de voces sabían que era a Benito y a Bashir Kazi a quienes buscaban, cosa que no prometía nada bueno. Bublanski se mantenía activo en todo momento. Hablaba con la central de comunicaciones de la policía de Uppsala y con todas aquellas personas que —pensaba él— podrían aportar alguna información. Incluso llamó varias veces a Mikael Blomkvist. Pero el periodista tenía el celular apagado, lo que provocó más de una maldición.

Si bien era cierto que tan pronto lanzaba un improperio como se ponía a rezar. Por muy poco que entendiera a Lisbeth Salander, sentía un cariño paternal por ella, ahora más que nunca, ya que ella los había ayudado a resolver un crimen muy serio. Volvió a apurar a Amanda. Se estaban acercando al lago. Sonó el celular. Era Sonja Modig, y nada más saludarlo le pidió que introdujera «Södra Strandviken» en el GPS del coche. Acto seguido, le pasó el teléfono a Faria Kazi. ¿Por qué debía hablar con ella? Bublanski no lo entendía. Faria no le dio la impresión que él esperaba, más bien le pareció tremendamente resolutiva, como si se encontrara ante una decisiva misión. Bublanski escuchaba, concentrado y tenso, confiando en que no fuera demasiado tarde.

Capítulo 22

22 de junio

Lisbeth Salander no tenía ni idea de dónde se encontraba. Hacía calor y oía moscas y mosquitos, y el viento silbando por entre árboles y arbustos, y también un débil sonido de agua corriendo. Pero más que nada se concentraba ahora en sus piernas.

Tenía unas piernas flacas que no eran para lucirlas precisamente. No obstante, estaban en forma, y en esos momentos constituían su única defensa. Se hallaba de rodillas en la camioneta y con las manos atadas. Benito se le acercó con su pálida cara y la cabeza vendada; la daga y la tela le temblaban en las manos. Lisbeth miró hacia la puerta. Los hombres le gritaron y le empujaron los hombros hacia abajo. Ella levantó la vista: Bashir la observaba, con la cara brillándole de sudor, como si quisiera atacarla. Pero no podía hacerlo, pues debía seguir sujetándola.

Lisbeth se preguntó de nuevo si sería capaz de provocar un conflicto entre ellos. Pero el tiempo apremiaba. Benito ya se hallaba frente a ella como una siniestra reina, con su larga daga, y también se advertía que el ambiente de allí dentro había cambiado. Ahora era solemne y tranquilo, como si se encontraran ante un colosal acontecimiento. Uno de los hombres hizo trizas la camiseta de Lisbeth para dejarle al descubierto la clavícula. Ella contempló a Benito: estaba pálida. El rojo carmín desentonaba con su ceniciento cutis. Pero ahora parecía pisar más firme y ya no temblaba tanto, como si lo aterrador de aquella situación le hubiera agudizado los sentidos. Y con un tono de voz de una octava menos de lo habitual dijo:

—¡Sujétenla con fuerza! Bien, bien. ¡Qué momento más grande! ¡Éste es su final! ¿Sientes cómo mi Keris te está apuntando? Ahora sabrás lo que es sufrir. ¡Vas a morir!

Benito la miró a los ojos sonriendo; una sonrisa que iba más allá de toda clemencia y humanidad. Por un instante, Lisbeth no vio más que la hoja de la daga y la tela roja que se aproximaban a su desnudo pecho. Sin embargo, un segundo después la inundó una avalancha de impresiones visuales. Advirtió que Benito tenía tres alfileres en su venda, que su pupila derecha era más grande que la izquierda y que en la parte derecha de la camioneta había un letrero de la clínica veterinaria de Bagarmossen. Divisó tres clips amarillos y una correa de perro en el suelo. Y en uno de los laterales, una raya pintada con un rotulador azul. Volvió a fijarse en la tela de terciopelo rojo. Benito no daba la sensación de estar muy cómoda con ella, lo cual era algo bueno. La tela no era más que una ceremoniosa tontería, y por muy segura que Benito pareciera sentirse con la daga, quedaba claro que la tela le resultaba algo ajeno. Se notaba que no sabía muy bien cómo manejarla y, como Lisbeth ya había adivinado, acabó por tirarla al suelo.

Lisbeth buscó apoyo con los dedos del pie. Bashir le gritó que permaneciera quieta. Ella intuyó nerviosismo en su voz. Se percató de que Benito parpadeaba y vio cómo la daga se elevaba y se acercaba buscando el punto exacto por debajo de la clavícula de Lisbeth, y entonces se preparó. Tensó el cuerpo al tiempo que se preguntaba si existía siquiera la menor posibilidad de lograrlo. Estaba arrodillada con las manos atadas mientras dos hombres la agarraban con fuerza. Pero tenía que intentarlo. Cerró los ojos fingiendo aceptar su destino al tiempo que escuchaba el silencio y las respiraciones de aquel espacio cerrado. Percibió la excitación que había en el aire, la sed de sangre, pero también el miedo, un terror mezclado con el deseo. Incluso para gente como ésa la ejecución no era una operación exenta de complicaciones y... ¡Un momento!

Oyó algo. Difícil determinarlo con precisión. Pero procedía de lejos, y sonaba como a ruido de motor, no sólo de *un* coche, sino de varios.

En ese preciso instante, Benito tomó impulso para clavarle la daga. Había llegado la hora: Lisbeth también tomó impulso y, con un salvaje estallido de rabia, consiguió ponerse de pie, aunque no pudo esquivar la daga.

Amanda Flod y Jan Bublanski avanzaban a toda velocidad por la estrecha carretera forestal de la zona de Vadabosjön cuando descubrieron la señal amarilla en la que ponía Fin de la vía pública. Amanda frenó con tanta brusquedad que el coche derrapó. Le lanzó una airada mirada a Bublanski, como si fuera culpa suya, aunque el comisario no reparó en nada de eso. Estaba hablando por teléfono con Faria Kazi, y gritó:

—¡Veo la señal, la veo! —Y era posible que también soltara alguna que otra grosería cuando el vehículo empezó a rebotar.

Amanda recuperó el control del coche y giró para entrar en el camino, o más bien sendero. Se trataba de un auténtico lodazal lleno de profundos surcos. Las lluvias caídas sin cesar antes de que el país quedara atrapado en las garras del calor habían dejado el terreno casi intransitable. El coche botaba y oscilaba. Bublanski chilló:

—¡No tan rápido, por Dios, no vaya a ser que nos pasemos!

No podían permitírselo. El lugar, según Faria, se ocultaba tras una cortina de ramas y hojas estaba, supuestamente, en lo alto de una colina. Pero Bublanski no veía ni rastro de ninguna elevación del suelo y, además, a decir verdad, no se la creía. Era una apuesta demasiado arriesgada. Y no sólo porque la camioneta pudiera encontrarse escondida en cualquier parte de aquellos bosques o —lo que era aún más posible— dirigiéndose a un sitio que se hallara lejos de allí, sino también porque ya habían transcurrido muchas horas. Pero, sobre todo, ¿cómo era que Faria estaba tan segura de la ubicación del claro? ¿Cómo podía ser capaz de rememorar tantos y tan minuciosos detalles de su infancia, de los recovecos de su mente o, incluso, de la noción de la distancia después de tantos años?

Para él, el bosque tenía el mismo aspecto por todas partes, una espesa vegetación sin nada en especial que la distinguiera de otras; ya estaba a punto de darse por vencido. Por encima de él, los árboles se cerraban tan densamente que oscurecían el sendero. Y, a sus espaldas, se oían ya otros vehículos policiales, lo cual era positivo siempre y cuando se hallaran en el camino correcto, claro. Pero, aunque así fuera, no entendía cómo iban a poder encontrar algo: el bosque le parecía impenetrable. Se sumió en sus pensamientos. De pronto... ¡Un momento! Ante ellos apareció quizá no lo que se decía una colina, pero sí una especie de cuesta, una elevación del terreno. Amanda pisó el acelerador, volvió a hacer derrapar el coche y se acercaron a aquella pendiente. Bublanski siguió describiendo el aspecto que tenía el bosque a su alrededor. Se fijó sobre todo en una piedra grande con forma de bola que había junto a un camino; tal vez ella la recordara. Pero Faria no se acordaba de la piedra, y entonces algo los interrumpió.

Se oyó un ruido, como un golpe metálico, y a continuación gritos y voces, unas voces muy alteradas. Miró a Amanda. Ella frenó en seco y paró el coche. Bublanski desenfundó su arma reglamentaria y salió corriendo. Se adentró como pudo en el bosque abriéndose paso por entre la maleza, los árboles y los arbustos, y se dio cuenta en un vertiginoso instante de que habían encontrado el lugar.

Diciembre, un año y medio antes

Dan Brody se hallaba en otro bosque y en otra época del año. Estaba arrodillado en medio de aquella pesada y húmeda tierra, a los pies del viejo abeto, un día antes de Nochebuena, no muy lejos del pueblo de Vidåkra, mientras miraba fijamente a Leo, que yacía a su lado con la cara ya azulada y unos ojos grises que parecían carecer de vida. Era un momento de terror absoluto. Pero no debió de durar mucho.

Era probable que reaccionara enseguida. Tal vez le hizo respiración de boca a boca casi de inmediato. Los labios de Leo le parecieron fríos como la nieve, y Dan no percibió ninguna reacción ni en la tráquea ni en los pulmones. En todo momento creyó oír, cada vez más cerca, el sonido de los pasos de Benjamin. Pronto se habría acabado su oportunidad y se vería obligado a regresar al coche como una persona partida por la mitad. Una y otra vez, como un mantra, repetía para sus adentros: «¡Despierta, Leo, despierta!». Aunque ya no confiaba en su plan, ni siquiera aunque consiguiera reanimar a su hermano.

Benjamin debía de encontrarse muy cerca. Quizá estuviera observándolo ahora por entre los árboles. Seguramente se hallaba impaciente y nervioso, con ganas de enterrar a Leo de una vez por todas y largarse del lugar. Ya no había nada que hacer. Y, aun así, Dan seguía y seguía, cada vez más desesperado. Le tapó la nariz a Leo y le insufló aire en las vías respiratorias con tanta fuerza y rapidez que se mareó, y apenas fue consciente de lo que estaba haciendo. A lo lejos percibió el ruido de un coche, un lejano rugido de motor que se fue desvaneciendo.

De repente, se oyó un crujido, producido tal vez por el brusco movimiento de un animal asustado. Unos pájaros batieron las alas, levantaron el vuelo y desaparecieron, y el silencio volvió a instalarse en el entorno, un silencio aterrador. Era como si la propia vida le hubiese abandonado. Se vio forzado a hacer una pausa e intentar recuperar el aliento.

Había consumido todo su oxígeno y comenzó a toser, pero tardó un rato en advertir que había algo que no resultaba normal. Era como si su tos resonara como un eco y se reprodujera en la tierra. Hasta que se dio cuenta: era Leo, que también jadeaba y luchaba por recuperar el aliento. Por un momento, Dan fue incapaz de asimilarlo. Se le quedó mirando fijamente y sintió... ¿Qué? ¿Alegría? ¿Felicidad? No, sólo prisa.

—Leo —susurró—, quieren matarte. Debes huir al bosque. Ahora. ¡Levántate y corre!

Leo no pareció entender nada. Todavía luchaba por tomar aire y orientarse. Dan le ayudó a incorporarse. Luego lo metió a empujones entre los árboles. Uno de los empujones resultó demasiado fuerte y Leo se cayó. Se cayó mal, pero volvió a ponerse de pie y continuó adentrándose en el bosque, desorientado y dando tumbos. Luego Dan no supo nada más. Ni siquiera lo siguió con la mirada.

Empezó a llenar la tumba de tierra con la pala. Y mientras la tapaba con una energía salvaje, oyó lo que llevaba esperando todo ese tiempo: los pasos de Benjamin. Se quedó mirando el hoyo y comprendió que descubrirían el engaño, por lo que continuó echando tierra aún con más frenesí. Mientras maldecía su suerte y se refugiaba en su cometido y en sus propios improperios, advirtió la respiración de Benjamin. Percibió el sonido del roce de sus pantalones al caminar y el crujido de sus pasos contra el suelo y la nieve, y esperó que Benjamin se echara a correr tras Leo o que se lanzara sobre él mismo. Pero permaneció callado, y a lo lejos se oyó otro coche. De nuevo, unos pájaros levantaron el vuelo ruidosamente.

—No soportaba verlo más. Lo he enterrado —dijo.

Unas palabras que sonaron huecas, le pareció, y que tampoco obtuvieron respuesta. Cerró los ojos y se preparó para algo horrible. Pero no sucedió nada, lo único que notó fue unos movimientos lentos y torpes. Benjamin olía a tabaco y se le acercó. Le respondió:

—Te ayudaré.

Echaron el resto de la tierra en aquella tumba

que no contenía ningún cuerpo. Dedicaron un tiempo considerable a taparlo bien con piedras y hierbas antes de regresar al coche, donde los esperaba Rakel Greitz. Caminaron despacio y con las cabezas agachadas. De vuelta a Estocolmo, Dan permaneció callado escuchando con semblante serio y concentrado todas las propuestas y los planes de Rakel.

Lisbeth había salido disparada como una bala y fue alcanzada en el costado. Ignoraba la gravedad de la herida, aunque tampoco tenía tiempo para ponerse a pensar en ello. Benito se tambaleó a la vez que, llena de rabia, blandía su daga en el aire. Lisbeth se movió rápidamente a un lado, le propinó un cabezazo y se lanzó con todas sus fuerzas contra la puerta de la camioneta. Consiguió abrirla y aterrizó en el suelo con las manos atadas y la adrenalina bombeándole en las venas. Aunque en un primer instante cayó de pie, después lo hizo de bruces y empezó a rodar hasta que se precipitó por una pendiente que descendía hacia un pequeño arroyo. Justo tuvo tiempo de ver cómo el agua comenzaba a teñirse del rojo de su sangre antes de levantarse y echarse a correr adentrándose aún más en el bosque. Detrás de ella se oían voces y coches que llegaban. Aun así, en ningún momento le pasó por la cabeza quedarse. Lo único que deseaba era alejarse de allí todo lo que pudiera.

Jan Bublanski no vio a Lisbeth en aquel claro de bosque, tan sólo a dos hombres que estaban bajando por una pendiente. Cerca de ellos había una camioneta gris con la parte delantera orientada hacia el follaje y el camino. No sabía muy bien qué hacer.

—¡Policía! ¡Deténganse! —gritó apuntándoles con su arma reglamentaria.

Hacía un calor insoportable y se sentía pesado. Jadeaba con vehemencia, y los hombres que tenía delante eran más jóvenes y más fuertes y, sin duda, más despiadados. Pero al mirar a su alrededor y aguzar el oído hacia el camino, creyó que la situación se hallaba bajo control. Amanda Flod se encontraba cerca, en la misma posición que él, y ya estaban llegando más patrullas. Los hombres fueron tomados por sorpresa y parecían estar desarmados. Bublanski dijo:

—No hagan ninguna tontería. Están rodeados. ¿Dónde está Salander?

Ellos no contestaron, se limitaron a dirigir nerviosas miradas hacia la camioneta, cuyas puertas traseras permanecían abiertas. Entonces Bublanski intuyó la presencia de algo desagradable que estaba saliendo del vehículo, algo que se desplazaba muy despacio y con mucho esfuerzo. Y allí estaba, apenas capaz de mantenerse en pie, lívida y con una sangrienta daga en la mano: Benito Andersson. Se tambaleó y, tras llevarse una mano a la cabeza, le espetó a Bublanski, como si fuese ella la que tuviera el poder y el control de la situación:

—¿Y tú quién eres?

—Soy el comisario Jan Bublanski. ¿Dónde está Lisbeth Salander?

—¿El enano judío? —preguntó ella.

—Le he preguntado que dónde está Lisbeth Salander.

—Muerta, supongo —respondió Benito para, acto seguido, blandir la daga en el aire y caminar hacia Bublanski. Él le gritó: «¡Quieta, deténgase!». Benito continuó avanzando, como si el arma del comisario no significara nada, y soltó un comentario antisemita. Bublanski pensó que no se merecía que le disparara. No quería concederle el privilegio de que gozara del estatus de mártir en esos círculos infernales en los que se movía. Fue Amanda Flod quien disparó en su lugar. Le dio en la pierna izquierda, y en ese instante los colegas de las otras patrullas irrumpieron en aquel claro de bosque, aunque ya había pasado todo. Sin embargo, no encontraron a Lisbeth Salander, tan sólo unas manchas de su sangre en la camioneta.

Era como si se la hubiese tragado la arboleda.

—¿Y qué pasó con Leo? —quiso saber Mikael.

Dan se sirvió un poco más de vino. Miró hacia el cuadro volteado y a continuación hacia la ventana abuhardillada.

—Erró sin rumbo —dijo.

—¿Está vivo?

—Erró sin rumbo —repitió Dan sin escuchar la pregunta—. Anduvo desorientado entre los árboles dando vueltas en círculos. Se encontraba mareado y tropezaba y se caía continuamente. Comió nieve y hasta la derritió en las manos para bebérsela. Pasó mucho tiempo caminando y se puso a gritar: «¡Hola! ¡Socorro! ¿Hay alguien ahí?». Pero no recibió respuesta. Unas horas después se topó, de golpe, con una pendiente muy empinada. La bajó sentado, deslizándose por ella, y fue a parar a un prado, un terreno abierto que le resultó vagamente familiar, como si hubiese estado allí mucho antes, o como si hubiese soñado con él. Al fondo del prado, justo donde empezaba el bosque, había una casa con una terraza muy grande de la que salía luz. Leo se acercó como pudo y llamó a la puerta. En la casa vivía una joven pareja: Stina y Henrik Norebring, por si quieres comprobarlo. Preparaban la Navidad. Estaban envolviendo regalos para sus dos hijos pequeños, y les dio un susto de muerte. Leo debía de tener un aspecto monstruoso. Pero él los tranquilizó diciéndoles que había derrapado con el coche y se había empotrado contra un árbol, y que había perdido su teléfono y que era muy probable que tuviera una conmoción cerebral. Había estado mucho tiempo vagando desorientado por el bosque, les explicó, y supongo que le creyeron.

»La pareja lo ayudó. Lo dejaron darse un baño caliente y le dieron ropa limpia y comida y bebida: la tentación de Jansson, jamón navideño, *glögg* y tragos de aguardiente, y Leo fue sintiéndose mejor y recuperando fuerzas. No obstante, dudaba sobre lo que debía hacer. Lo que más deseaba era ponerse en contacto conmigo. Pero recordaba que Rakel me había quitado el teléfono, y tenía miedo de que controlaran también mi correo electrónico, así que no supo cómo proceder, al menos al principio. Aunque Leo es listo. Piensa un paso por delante de los demás, así que se preguntó si podría mandar un mensaje en clave que pareciera inocente, algo que yo pudiera recibir sin ningún problema un día antes de Nochebuena.

—¿Y qué hizo?

—Le pidió el celular al hombre y me escribió:

Congrats Daniel, Evita Kohn wants to tour with you in US in February. Please confirm. Django. Will be a Minor Swing. Merry Christmas.*

—Okey —dijo Mikael—. Creo que voy entendiendo algo. Pero cuéntame: ¿por qué lo redactó así?

—Para empezar, no quiso que se conociera mi nuevo nombre. Y eligió a un artista con el que yo nunca había tocado para que nadie pudiera rastrearme por esa vía, pero lo más importante es que lo firmó como...

---

* Felicidades, Daniel. Evita Kohn quiere ir de gira contigo por Estados Unidos en febrero. Por favor, confirma. Django. Será un *Minor Swing*. Feliz Navidad. *(N. de los t.)*

—Django.

—Eso es. Sólo eso ya habría sido suficiente para que yo supiera que era él, pero es que encima escribió: *«Will be a Minor Swing»*.

Dan se calló y se sumió en sus pensamientos.

—*Minor Swing* es una canción que desprende una vitalidad impresionante. Aunque puede que «vitalidad» sea una palabra mal elegida, pues hay en ella también un componente oscuro. Django y Stéphane Grappelli la escribieron juntos. Leo y yo debíamos de haberla tocado unas cuatro o cinco veces. Nos encantaba. Sólo que...

—¿Sí?

—Después de enviar el mensaje, Leo volvió a empeorar. Se desplomó y la pareja lo recostó en el sillón. Empezó a resultarle difícil respirar y sus labios adquirieron de nuevo un tono azul. Pero yo de eso no me enteré. Me encontraba en casa de Leo —con Benjamin y Rakel Greitz— y ya era tarde. También aquel día yo estaba bebiendo vino, duro y dale a la botella, mientras Rakel lo repasaba todo, todo ese asqueroso plan que había urdido. Yo les seguía el juego; a regañadientes y en estado de *shock*, pero les seguía el juego. Les aseguré que a partir de ese momento yo sería Leo, y que haría exactamente lo que ella dijera. Luego entró en cada detalle: cómo debía pedir nuevas tarjetas de crédito y hacerme con las nuevas claves, y cómo visitar a Viveka en la residencia fingiendo ser Leo, y cómo tendría que tomarme un año sabático e irme de viaje, y estudiar los mercados financieros y quitarme el acento estadounidense y el de mi dialecto de Norrland... Todo, había pensado en todo. Rakel no paraba de ir de un lado para otro de la casa buscando el pasaporte y otros papeles de Leo, y me dejó practicar su firma, y me reprendía y me exhortaba a hacer esto y lo otro. Resultaba insoportable, y cada dos por tres flotaban las amenazas en el aire: la amenaza de que yo, como Daniel, podría ir a la cárcel por el asesinato de mi hermano y la amenaza de que yo, como Leo, también podría ir a la cárcel por evasión fiscal y por haber hecho negocios valiéndome de una información privilegiada. Estaba como paralizado observándola. O, mejor dicho, intentándolo, porque la mayoría de las veces yo desviaba la mirada o cerraba los ojos y veía en mi mente cómo Leo se alejaba dando tumbos por entre los árboles del bosque y desaparecía entre aquella gélida oscuridad. No me cabía en la cabeza que pudiera haber sido capaz de salvarse. Me lo imaginaba tirado en la nieve muriéndose de frío; aún me cuesta creer que, en aquel momento, Rakel confiara en que su plan iba a salir bien. Tendría que haber visto en mí que yo no estaba en condiciones de lograrlo, que me derrumbaría a la primera de cambio. Recuerdo que, de vez en cuando, miraba a Benjamin y le daba órdenes.

»Y recogía. No paraba ni un solo instante de recoger y ordenar las cosas: alineaba los bolígrafos, limpiaba mesas y sillas, organizaba papeles, buscaba cosas, seguía limpiando... En algún momento sacó mi celular de su bolsillo y descubrió el sms de

Leo. Lo leyó y me interrogó sobre mis amigos, mis contactos comerciales y mis compañeros músicos, y yo contesté a sus preguntas lo mejor que supe, alguna que otra verdad, creo, pero, sobre todo, medias verdades y medias mentiras. No lo sé. Apenas podía hablar, y aun así... ¿Sabes?, es que para ahorrar dinero compré una tarjeta SIM sueca, y no mucha gente tenía ese número, de modo que el sms me despertó enseguida la curiosidad. «¿De quién es el mensaje?», pregunté con toda la indiferencia del mundo. Rakel me lo enseñó y yo le eché un vistazo y lo leí. No sé cómo describirlo: fue como volver a la vida. Pero debí de ser muy hábil, porque creo que ella no notó nada. «Es un trabajo, ¿verdad?», inquirió. Yo asentí con la cabeza, y ella me dijo que a partir de ese momento tendría que declinar ese tipo de ofertas. Me quitó el teléfono y añadió algo aún más exhortativo. Pero yo ya no la escuchaba. Me limité a asentir con la cabeza y a hacer teatro. Incluso conseguí fingir avaricia: «¿Y cuánto dinero exactamente voy a tener?», le pregunté. Su respuesta fue una cantidad muy precisa que yo luego comprendí que era una exageración, como si convencerme dependiera de unos millones más o menos. Eran ya las once y media de la noche. Llevábamos unas cuantas horas metidos allí y yo estaba exhausto, y probablemente bastante borracho. «No puedo más —dije—. Tengo que dormir», y entonces Rakel dudó, lo recuerdo muy bien. ¿Se atrevería a dejarme solo? Al final pareció llegar a la conclusión de que debía confiar en mí, y yo tenía tanto miedo de que cambiara de idea que no me atreví a pedirle que me devolviera el teléfono. Sólo me quedé paralizado asintiendo con la cabeza a sus amenazas y promesas, y metiendo un «sí, sí» o un «no, no» donde encajaran.

—Pero ¿se fueron?

—Se fueron, y yo me centré en una sola cosa: en intentar recordar los números que había visto en la pantalla del celular. Me acordé de los cinco últimos, pero del resto no estaba seguro. Me puse a rebuscar por los cajones y en los bolsillos de los abrigos hasta que di con el celular privado de Leo, que —típico en él— no se estaba bloqueado con ningún código. Intenté llamarlo con todo tipo de combinaciones, incluso desperté a algunas personas y marqué números que no existían. Pero ninguno era el correcto. Me maldije y lloré; estaba convencido de que Rakel pronto recibiría otro sms de él y de que entonces todo se iría a la mierda. Hasta que de pronto me acordé de la señal que pasamos justo antes de pararnos con el coche. Ponía VIDÅKRA, y pensé que parecía lógico que Leo hubiera encontrado ayuda cerca de allí, por lo que...

—¿Hiciste una búsqueda con Vidåkra y los números?

—Sí, y enseguida salió Henrik Norebring. Qué cosa tan extraña es Internet, ¿verdad? Incluso pude ver una foto de su casa. Apareció también su edad y el valor estimado que tenían las viviendas en aquella zona, y todo tipo de información. Recuerdo que dudé, que me temblaban las manos.

—Pero llamaste, ¿no?

—Llamé. Oye, ¿nos tomamos un descanso?

Mikael asintió con la cabeza mientras le apoyaba a Dan una mano en el hombro. Luego se dirigió a la cocina, encendió su celular y se puso a recoger y a limpiar la barra. El teléfono empezó a emitir pitidos y zumbidos sin parar. Lo miró. Y entonces soltó un par de maldiciones y volvió a la sala. Midió sus palabras.

—Sea lo que sea lo ocurrido, Dan, espero que entiendas que tenemos que publicar esto cuanto antes, incluso por tu propio beneficio —dijo—. Teniendo en cuenta las circunstancias, me gustaría que te quedaras aquí. Voy a asegurarme de que mi colega y jefa, Erika Berger, te haga compañía. ¿Te parece? Es una persona de confianza. Te caerá bien. Yo debo irme.

Desconcertado, Dan Brody hizo un gesto alternativo. Se le veía tan desamparado que Mikael le dio un breve aunque algo torpe abrazo. Le entregó las llaves del estudio y le agradeció su colaboración.

—Has sido muy valiente contándome todo esto. Estoy deseando escuchar la continuación.

Nada más salir a la escalera, llamó a Erika Berger por una línea encriptada. Erika prometió —tal y como él esperaba— que iría enseguida. Después Mikael trató de contactar nuevamente a Lisbeth repetidas veces. No lo consiguió y volvió a maldecirla. Acto seguido, llamó al comisario Jan Bublanski.

Capítulo 23

22 de junio

Jan Bublanski debería estar contento. Había detenido a Bashir y a Razan Kazi, a Benito Andersson
y a un miembro tristemente célebre del club de
motociclistas Svavelsjö MC. Pero no lo estaba, ni lo
más mínimo. Agentes de la policía de Uppsala y
de Estocolmo habían peinado los alrededores del
lago sin encontrar más rastro de Salander que las
manchas de sangre de la camioneta y las que descubrieron, junto a las huellas de unos tenis de un
número pequeño, en una casa de campo que se
ubicaba más allá de la cima de la colina y de la que
alguien había forzado la puerta de entrada. Era
incomprensible, pensó Bublanski. Lisbeth podría
haber recibido asistencia médica: las ambulancias
se habían puesto en camino. Y, sin embargo, se había adentrado en el bosque, aventurándose en un
terreno prácticamente impenetrable, lejos de la carretera y de la civilización. Tal vez no se le hubiera ocurrido pensar que la ayuda estaba a punto de
llegar, tal vez sólo se hubiera planteado huir para

salvar la vida. Difícil de saber. Pero si la daga de Benito había alcanzado algún órgano vital, Salander se hallaba en peligro, incluso cabía la posibilidad de que se encontrara agonizando. ¿Por qué no era como el resto de los mortales?

Bublanski había llegado ya a la jefatura de policía de Bergsgatan y estaba entrando en su despacho cuando sonó el celular. Era Mikael Blomkvist. ¡Por fin! El comisario le explicó a grandes rasgos lo sucedido. Mikael se quedó impactado. Le hizo un sinfín de preguntas y, acto seguido, le anunció, sin extenderse mucho, que creía conocer las causas del asesinato de Holger Palmgren. Le comentó que ya se lo contaría con todo detalle en cuanto tuviera ocasión, pero que ahora debía dedicarse a otros asuntos. Bublanski no pudo más que suspirar y aceptarlo.

Diciembre, un año y medio antes

Las doce y diez de la noche. Por fin era Nochebuena. Una pesada y húmeda capa de nieve cubría el alféizar de las ventanas. El cielo se veía negro y gris. En la ciudad reinaba el silencio. Sólo se oía el ruido de unos pocos coches que pasaban por Karlavägen. Dan estaba en el sillón con el celular de Leo en la mano. Le temblaba todo el cuerpo al marcar el número de Henrik Norebring.

Los tonos resonaron en su oído. Nadie respondía. Entró la contestadora y oyó la voz de un hombre que acababa diciendo: «Que les vaya bien, pásenla estupendamente». Dan escudriñó la estancia con desesperación. Allí ya no quedaba ni rastro del drama que se había vivido. Todo lo contrario: ahora había una limpieza y una desinfección que le causaban malestar. La casa olía a detergente y a antiséptico, a hospital. Se metió en la habitación de invitados, donde había pasado las noches de la última semana, y volvió a llamar una y otra vez. Empezó a soltar improperios y a exasperarse cada vez más mientras no paraba de pasear la mirada de un lado a otro.

Rakel Greitz también había dejado su huella en esa habitación de invitados. ¿Por qué lo había hecho? La había recogido y ordenado, había quitado el polvo y había limpiado el suelo. A Dan le entraron ganas de desordenarla, de ponerlo todo patas arriba y crear un auténtico caos; quiso retirar las sábanas de la cama, ensuciar cada cosa para borrar el rastro de la presencia de Rakel Greitz y comenzar a lanzar libros contra la pared. Pero fue incapaz de hacer nada. Se limitó a mirar por la ventana: en una de las plantas inferiores sonaba música en el radio. Tal vez dejara pasar un par de minutos antes de volver a tomar el teléfono. Pero cuando se disponía a marcar el número, el celular sonó. Respondió ansioso y lleno de esperanzas, y se encontró con la misma voz que había oído en la contestadora, pero ahora no le pareció tan relajada ni enérgica, sino más bien grave, aunque serena; como si algo horrible hubiese ocurrido.

—¿Está Leo?

Pronunció la pregunta atropelladamente. No hubo respuesta. Ni siquiera oyó una respiración, nada. Era un silencio que no sólo parecía presagiar una catástrofe, sino que también le hizo revivir el terror que había sentido en el bosque. A su mente acudieron los fríos labios de Leo, aquellos ojos carentes de brillo y la falta de respuesta de sus pulmones.

—¿Está ahí? ¿Está bien?

—Espera un momento —contestó la voz.

Dan percibió un crujido en el auricular. El llanto de un niño también se oía de fondo, y algo se dejaba sobre una mesa. Hubo mucho ajetreo y unos cuantos ruidos. Tardaban, la espera se hacía eterna. Y de pronto —como de la nada— volvió la vida, y el mundo, y los colores.

—¿Dan? —dijo alguien, que él supo que era Leo.

—¡Leo! —exclamó—. ¡Estás vivo!

—Estoy bien. Tuve otra vez convulsiones y la pasé muy mal, pero Stina, que está aquí y que es enfermera, me ha cuidado.

Se encontraba recostado en un sillón con dos mantas encima, explicó. Hablaba con una voz apagada pero tranquila, y daba la impresión de no saber qué podía decir y qué no delante de aquella pareja. Pero mencionó a Django y *Minor Swing*.

—Me has salvado la vida —sentenció Leo.

—Creo que sí.

—Eso es algo muy grande.

—Querrás decir que tiene *swing*.

—Tiene todo el *swing* que se pueda tener, hermano.

Dan no contestó, no pudo hacer más que perderse en un solemne silencio.

—*Contra mundum* —continuó Leo.

—¿Qué? —dijo Dan.

—Nosotros contra el mundo, amigo. Tú y yo.

Decidieron verse en el hotel Almaranten de Kungs-holmsgatan, no lejos del Palacio de Justicia, donde Leo se sentía relativamente seguro de no correr el riesgo de cruzarse con nadie que conociera. Los dos hermanos pasaron las primeras horas de la mañana de Nochebuena en una habitación del cuarto piso hablando y haciendo planes con las cortinas cerradas. Renovaron su unión y su pacto, y a última hora de la mañana, en plena vorágine de las compras navideñas, Dan adquirió dos teléfonos celulares con tarjeta de prepago con los que podrían comunicarse.

Volvió a Floragatan, y cuando Rakel Greitz lo llamó al teléfono fijo, él le dijo de nuevo, con una profunda tristeza en la voz, que había decidido hacer lo que ella le había propuesto. También contactó con la residencia donde estaba internada la madre de Leo y habló con una enfermera que le informó que la anciana estaba sedada y dormía, y que creía que no le quedaba mucho tiempo. Le pidió que le diera un beso a Viveka de su parte y le prometió que iría a verla en breve. Luego le deseó una feliz Navidad a todo el personal de la residencia.

Esa misma tarde regresó al hotel y le contó a Leo todo lo que sabía sobre esa carpeta que suponía que se hallaba en posesión de Rakel Greitz y en la que había documentación relativa a la evasión fiscal y a esos negocios ilícitos que Ivar Ögren habría hecho en nombre de Leo valiéndose de una información privilegiada y con la que Rakel —aseguraba ella— podía conseguir que lo metieran en la cárcel. Los ojos de su hermano reflejaron una rabia infinita. Y también un odio que a Dan le provocó un miedo aterrador. Permaneció en silencio mientras Leo hablaba de cómo se vengarían de Ivar Ögren y Rakel Greitz y de todos los demás implicados. Puso una mano en el hombro de Leo para compartir su dolor; él no pensaba ahora en venganzas, sino en aquel viaje en coche en medio de la oscuridad y en aquella tumba junto al viejo abeto, así como en las peroratas de Rakel acerca de todas esas poderosas fuerzas que la apoyaban. No se sintió con ánimos para contraatacar, al menos en ese momento, cosa que quizá —eso se le ocurrió después— tuviera algo que ver con su origen humilde. No creía, como Leo, que se pudiera vencer a los poderosos; o tal vez no fuera por eso, sino por lo que acababa de presenciar: la despiadada implacabilidad con la que esa gente había actuado. Y a pesar de ello, dijo:

—Claro que sí, vamos a vengarnos, vamos a destruirlos; pero tenemos que prepararnos, ¿no? Necesitamos pruebas. Hay que allanar el terreno. ¿No deberíamos ver esto como una oportunidad de hacer algo nuevo?

No sabía muy bien lo que quería decir. Fue sobre todo un simple pensamiento. Pero poco a poco la idea fue arraigando y, una hora más tarde, tras una larga discusión, empezaron a planearlo todo, al principio algo a tientas, y luego cada vez más en serio. Enseguida se dieron cuenta de que debían actuar con rapidez. Si no, Rakel Greitz y su organización comprenderían que los habían engañado.

Justo al día siguiente, el de Navidad, Leo realizó una transferencia a la cuenta de Dan Brody. Al cabo de poco le ingresaría más dinero. Después compró un boleto a Boston a nombre de Dan. Pero no sería éste quien viajaría, sino Leo, vestido como Dan y con el pasaporte y los documentos estadounidenses de Dan. Dan se quedó en el departamento de su hermano, donde recibió a Rakel Greitz un día después de Navidad, por la tarde, para establecer las directrices de su nueva vida. Representaba muy bien su papel, y si en algún momento no conseguía poner una cara de suficiente desolación, que era lo que se esperaba de él, Rakel Greitz parecía interpretarlo como que ya empezaba a estar a gusto con su nueva vida. «Uno ve en los demás el mal que uno mismo lleva dentro», como le diría luego Leo por teléfono.

El 28 de diciembre, Dan fue a la residencia a ver a la madre de Leo. Allí nadie pareció sospechar nada, lo que le infundió ánimos. Iba adecuadamente vestido y se abstuvo de hablar demasiado. Intentó dar la impresión de que estaba conmocionado aunque sereno. A veces se emocionaba de verdad, a pesar de hallarse ante una persona a la que no conocía. Viveka Mannheimer se encontraba demacrada y pálida. Alguien la había peinado y la había maquillado un poco. Tenía la cabeza en alto, apoyada sobre dos almohadas. Se le veía pequeña, semejaba un pajarillo. Dormía. Y respiraba débilmente y con la boca abierta. Hubo un instante —le pareció que le correspondía hacerlo— en el que Dan le acarició un hombro y un brazo. Ella abrió los ojos y le lanzó una mirada inquisidora. A él le resultó desagradable, pero en realidad no le preocupó en exceso. Ella se hallaba bajo los fuertes efectos de la morfina, de modo que él siempre podría decir que ella deliraba.

—¿Quién eres? —preguntó.

Algo duro y condenatorio afloró a su frágil y afilado rostro.

—Soy yo, mamá; Leo —contestó.

Ella se quedó como reflexionando sobre ello. Tragó saliva y, tras un aparente acopio de fuerzas, dijo:

—Nunca llegaste a ser lo que tu padre y yo esperábamos de ti, Leo. Nos decepcionaste a los dos.

Dan cerró los ojos y recordó todo lo que Leo le había contado de su madre. Le respondió, y lo hizo con una extraña facilidad; quizá, precisamente, porque la mujer era una absoluta desconocida para él.

—Tú tampoco has sido lo que yo esperaba. Nunca me has entendido. Eres *tú* la que me ha decepcionado a mí.

Ella lo miró asombrada y algo aturdida. Él añadió:

—Engañaste a Leo. Nos engañaste a los dos; como todos.

Acto seguido, se levantó y volvió a su casa caminando. Viveka Mannheimer murió al día siguiente, 29 de diciembre. Dan comunicó por correo electrónico que no tenía fuerzas para asistir al entierro. Le gritó a Ivar Ögren que pensaba ausentarse por una temporada y éste le devolvió no pocas injurias y acusaciones de falta de responsabilidad a las que Dan no respondió. El 4 de enero él también abandonó el país tras recibir el visto bueno de Rakel.

Tomó un vuelo a Nueva York y de allí se fue a Washington para reunirse con su hermano. Pasaron una semana juntos antes de despedirse de nuevo. Leo regresó a Boston y fue introduciéndose en los círculos de jazz de la ciudad, donde explicó que había empezado a tocar el piano. Sin embargo, durante mucho tiempo se mantuvo apartado de la música sin animarse a actuar en público. Le preocupaba su acento sueco y añoraba su tierra; hasta que decidió mudarse a Toronto. Allí conoció a Marie Denver. Marie era una joven interiorista que soñaba con ser pintora y que en aquellos momentos tenía en mente crear su propia empresa con su hermana, pero no se atrevía a dar el salto. Leo —o Dan, como se llamaba ahora— invirtió un generoso capital y entró a formar parte de la junta directiva. Poco tiempo después, la pareja se compró una casa en Hoggs Hollow, Toronto. Él siguió tocando el piano asiduamente con un pequeño grupo de músicos aficionados muy buenos, todos ellos médicos.

Dan también pasó mucho tiempo sin encontrar su sitio. Viajó por Europa y Asia tocando la guitarra y leyendo libros sobre el mundo de las finanzas con un creciente afán de conocimiento. Sentía —más bien lo creía— que él, con esa mirada que tiene alguien que procede de fuera, podría aportar una nueva metaperspectiva al mercado, por lo que al final decidió entrar a ocupar el sitio de Leo en Alfred Ögren, sobre todo —entre otros motivos—

con el fin de averiguar la naturaleza de las pruebas que se suponía que poseían Rakel Greitz e Ivar Ögren para incriminar a su hermano. Comprendió que era algo de lo que no les habría sido fácil deshacerse. Cuando contrató a uno de los mejores abogados mercantilistas de Estocolmo, Bengt Wallin, y éste se enteró de la magnitud de lo que se había hecho en nombre de Leo a través de Mossack Fonseca en Panamá, el letrado le aconsejó firmemente que dejara el asunto de inmediato.

Transcurrió el tiempo y la vida volvió a la normalidad, como suele suceder siempre. Leo y él aguardaron su momento con paciencia y se mantuvieron en contacto de forma secreta. De hecho, fue a Leo a quien Dan llamó nada más desaparecer del vestíbulo principal de Alfred Ögren cuando Mikael Blomkvist lo visitó. Leo reflexionó un buen rato antes de decirle a su hermano que decidiera por sí mismo si había llegado la hora de contárselo a alguien o no, tras lo cual añadió que difícilmente encontrarían a otro mejor que Mikael Blomkvist. Y ahora Dan, en efecto, había empezado a hablar, aunque seguía sin decir nada de la nueva vida de Leo. Bebió un poco más de vino antes de volver a llamar a Toronto, y luego estuvo charlando con Leo largo y tendido, hasta que un par de discretos golpes en la puerta interrumpieron la conversación. Era Erika Berger.

Rakel Greitz había regresado a Hamngatan caminando con mucho esfuerzo, mareada y con un gran malestar. Allí tomó un taxi con la intención de irse a su casa, situada en Karlbergsvägen, y dejarse caer sobre la cama. Pero a mitad de camino se enojó consigo misma. No era muy propio de ella ceder ante la enfermedad o ante cualquier otra adversidad. Decidió continuar luchando, costara lo que costase, y le indicó al taxista que la llevara a la oficina que tenía en el barrio de Alvik. Una vez allí, empezó a llamar a la mayoría de sus contactos y a todas aquellas personas que estaban en deuda con ella —a excepción de Martin Steinberg, que había acabado derrumbándose tras recibir repetidas llamadas de la policía— para encontrar a Mikael Blomkvist y Daniel Brolin. Envió a Benjamin a las oficinas de la revista *Millennium* de Götgatan y al departamento de Mikael de Bellmansgatan. Pero Benjamin no encontró más que puertas cerradas a cal y canto, de modo que Rakel, por ese día, desistió en su empeño y le pidió a Benjamin que la llevara a casa. Su intención no era sólo poder, por fin, descansar, sino también destruir los documentos más comprometedores del proyecto, que guardaba en la caja fuerte que tenía en la recámara, detrás del clóset.

Eran las cuatro y media de la tarde y hacía un calor insoportable. Dejó que Benjamin la ayudara a bajar del coche. Realmente necesitaba a ese hombre, y no sólo como guardaespaldas. Necesitaba a alguien en quien apoyarse al caminar. Estaba pálida y aturdida tras toda aquella tensión y concentración que había requerido el día. Tenía el suéter negro de cuello de tortuga empapado en sudor y se sentía mareada. La ciudad tembló bajo sus pies. Aun así, irguió la espalda y alzó la vista hacia el cielo con unos ojos que, por un instante, parecieron triunfantes. Sí, era posible que la pusieran en evidencia y la humillaran, pero había luchado —estaba convencida de ello— por algo mucho más grande que su propia vida: por la ciencia y el futuro, y estaba firmemente decidida a caer con dignidad. Juró que continuaría sintiéndose orgullosa y fuerte hasta el último momento, por muy enferma que estuviera.

Delante del portón le pidió a Benjamin que le diera el jugo de naranja que él había comprado por el camino y, aunque lo consideraba poco elegante, bebió directamente de la botella y recuperó un poco las energías. Luego subieron por el elevador hasta el sexto piso, donde abrió la puerta blindada y ordenó a Benjamin que desactivara la alarma. Justo cuando se disponía a cruzar el umbral, miró hacia el descanso inferior y se quedó petrificada. Subiendo por la escalera se acercaba una pálida figura, una mujer joven que parecía como surgida del infierno.

Y eso que Lisbeth Salander se había arreglado. Era cierto que tenía la cara lívida, los ojos inyectados en sangre y las mejillas repletas de arañazos causados por las ramas de los árboles y los arbustos. Además, se notaba que caminaba con mucha dificultad. Pero hacía tan sólo una hora que había conseguido una camiseta y un par de *jeans* en una tienda de segunda mano de Upplandsgatan, y que había tirado las prendas manchadas de sangre en un basurero.

Tras comprarse un celular en la tienda de Telenor, adquirió unas vendas y alcohol en una farmacia que no quedaba muy lejos. En plena calle, se quitó de la cadera la cinta canela con la que había detenido la hemorragia y que había encontrado en una casa de campo, y se hizo un vendaje de verdad.

Había permanecido inconsciente un buen rato en los alrededores de Vadabosjön. Cuando volvió en sí, se levantó y, limando contra una piedra afilada la cuerda que le aprisionaba las manos, consiguió liberarse. Al llegar a la nacional 77, pidió aventón y una chica joven que conducía un viejo Rover la llevó hasta el barrio de Vasastan, donde no pasó desapercibida: tenía un aspecto enfermizo y peligroso —según un testigo llamado Kjell Ove Strömgren— cuando entró por la puerta de Karlbergsvägen. Se abstuvo de mirarse en el espejo del elevador. Supuso que no sería una imagen muy gratificante. Se sentía fatal. Y no porque creyera que la daga le había alcanzado algún órgano vital, sino porque había perdido mucha sangre y estaba a punto de desmayarse.

No había nadie en casa de Rakel Greitz, o de

Nordin, como ponía engañosamente en la puerta, por lo que Lisbeth se sentó en el suelo del descanso inferior y le envió un mensaje a Blomkvist. Él le respondió con un montón de regaños y sermones. Ella sólo quería saber lo que él había averiguado. Mikael le hizo un pequeño resumen, y ella lo leyó asintiendo con la cabeza. Luego cerró los ojos mientras sentía cómo el dolor y el mareo se intensificaban. Y, si no hubiera sido por el colosal esfuerzo que realizó, no habría conseguido resistir el impulso de tirarse en el suelo y jadear. Por un instante creyó que sería incapaz de reunir las energías necesarias para hacer algo, ni lo más mínimo. Pero entonces pensó en Holger.

Pensó en cómo el viejo había entrado en Flodberga con su silla de ruedas, y de nuevo acudió a su mente lo importante que él había sido en su vida. Pero sobre todo recordó lo que Mikael le había contado acerca de su muerte, y comprendió que, en efecto, así debía de haber sido: tan sólo Rakel Greitz podía haber matado al pobre hombre, una conclusión que le infundió coraje. Se dio cuenta de que también debía vengar la muerte de Holger. Se dio cuenta de que debía golpear con todas sus fuerzas por muy mal que se encontrara, y por eso enderezó la espalda y sacudió la cabeza. Al cabo de unos diez o quince minutos, el viejo y desvencijado elevador se detuvo en el departamento de arriba. Al abrirse la puerta, salieron un hombre alto y corpulento, de unos cincuenta años, y una mujer mayor que llevaba un suéter negro de cuello de tortuga. Lo raro fue que Lisbeth la reconoció de inmediato sólo por la postura, como si Greitz tan sólo por medio de su espalda erguida fuera capaz de transportar a Salander hasta su infancia.

No obstante, no se permitió reflexionar más sobre ello. Tomo el celular y les envió rápido un mensaje a Bublanski y a Modig. A continuación, subió por la escalera, aunque no con mucha estabilidad, ni tampoco, por lo visto, con demasiado sigilo. Greitz se percató enseguida de su presencia. Se dio la vuelta y miró a Lisbeth directamente a los ojos, primero con asombro y luego —una vez que la identificó— con un terror mezclado con odio. Y, sin embargo, no ocurrió nada. Lisbeth se limitó a quedarse parada en la escalera con una mano puesta en la herida que tenía en la cadera.

—Volvemos a encontrarnos —dijo Lisbeth.

—Te tardaste.

—Aun así, parece que fue ayer, ¿verdad?

Rakel Greitz no contestó a la pregunta. En cambio, gritó:

—¡Benjamin! ¡Tráela dentro!

Benjamin asintió con la cabeza. No creía que fuera una operación demasiado difícil, sobre todo después de haber medido a Lisbeth con la mirada y haber llegado a la conclusión de que él era medio metro más alto y el doble de ancho. De manera que se abalanzó sobre ella con gran decisión, impulsado hacia delante no sólo por la fuerza de su cuerpo, sino también por ir escaleras abajo. Lisbeth se apartó rápidamente hacia un lado y lo esquivó al tiempo que lo agarraba del brazo izquierdo y tiraba con fuerza de él. En ese momento, la determinación de Benjamin dejó de estar al servicio de su objetivo. Cayó rodando por la escalera hasta que acabó chocando de cabeza contra el suelo de piedra del descanso inferior. Lisbeth, no obstante, no vio nada de eso. Ella subió veloz como un rayo y, tras lanzarse sobre Rakel Greitz, la empujó hasta el interior del departamento y, tras cerrar la puerta, puso el cerrojo. Al cabo de un rato, alguien comenzó a golpear la puerta desde fuera.

Rakel retrocedió y agarró su maletín marrón. De pronto, se sintió jugando con ventaja, aunque eso no tenía nada que ver con el maletín ni con su contenido, sino con el hecho de que Lisbeth estuviera a punto de desmayarse de nuevo. El despliegue de fuerzas que acababa de hacer en la escalera había ocasionado que los mareos volvieran a aparecer con una preocupante intensidad: cuando paseó la mirada por la vivienda ya tenía los ojos entornados. Pero, a pesar de la niebla que los cubría, enseguida le quedó claro que jamás había visto una cosa semejante: no era sólo que la casa careciera de colores —todo era blanco o negro—, sino que también estaba impoluta, como una clínica, asépticamente limpia, como si allí dentro no viviera una persona, sino un robot, una máquina de la limpieza: en el departamento no podía haber ni una sola mota de polvo, como si hubiera que mantenerlo desinfectado. Lisbeth se tambaleó y se apoyó en una cómoda negra. Pensó que iba a perder el conocimiento cuando, con el rabillo del ojo, se percató de que Rakel iba hacia ella con un objeto en la mano. Lisbeth retrocedió unos pasos y vio que se trataba de una jeringa. Entonces se detuvo para recobrar la energía.

—Acabo de enterarme de que tienes la costumbre de atacar a la gente con jeringas —dijo, y en ese instante Rakel atacó. Objetivo fallido: Lisbeth apartó de una patada la jeringa, que cayó contra el blanco y reluciente suelo y salió rodando, y aunque en ese momento todo le dio vueltas de nuevo, consiguió mantenerse en pie y fijar la mirada en Rakel durante un par de segundos. Le sorprendió la calma que esa mujer irradiaba.

—¡Vamos, mátame! Moriré con orgullo —afirmó Greitz.

—¿Con orgullo?

—Así es.

—No te daré esa oportunidad.

Lisbeth presentaba un aspecto enfermizo y hablaba con una voz apagada y extenuada. Y, a pesar de ello, Rakel Greitz entendió que todo había terminado. Desvió la mirada hacia la izquierda, hacia Karlbergsvägen, y dudó un segundo, puede que dos. Luego se dio cuenta: no había otra alternativa. Cualquier cosa era mejor que acabar en las garras de Lisbeth Salander. Se echó a correr, abrió la puerta del balcón y sólo tuvo tiempo para sentir el deseo aterrador de poder tirarse y caer al vacío. Sin embargo, justo en el barandal, alguien la detuvo, un hecho que no fue precisamente lo que ninguna de las dos esperaba.

Rakel Greitz fue salvada por la persona que más temía en el mundo y fue conducida al interior de la casa, asépticamente limpia, donde Lisbeth la sujetó mientras le susurraba al oído:

—Morirás, Rakel, morirás. Confía en ello.

—Ya lo sé —contestó ella—. Tengo cáncer.

—El cáncer no es suficiente.

Lisbeth pronunció esas palabras con un tono de voz tan gélido que Rakel cayó presa del terror y no pudo resistirse a preguntar:

—¿Qué quieres decir?

Lisbeth no la miró. Tenía la cabeza agachada.

—Holger significaba mucho para mí —respondió mientras le agarraba la muñeca con tanta fuerza que fue como si la sangre de Rakel se detuviera en sus venas—. Lo que quiero decir es que el cáncer no es suficiente, Rakel. Que también morirás de vergüenza, y te prometo que eso será peor. Me encargaré de que salga a flote tanta mierda sobre ti que no se te recordará más que por todo el daño que has causado. Serás enterrada en tu propia mierda —continuó Lisbeth, con tanta convicción que Rakel llegó a creerle, especialmente porque Salander ya no actuaba como un lívido fantasma procedente de ultratumba, sino que se limitaba a abrir la puerta, de forma serena y resuelta, para dejar entrar a un grupo de policías que llevaban sujeto a Benjamin.

—Buenas tardes, señora Greitz. Tenemos muchas cosas de las que hablar usted y yo. Acabamos de detener a su colega, el profesor Steinberg —le anunció con una amable sonrisa un hombre moreno y bajo, algo entrado en años, que se presentó como Jan Bublanski, comisario de la policía criminal.

Sus colegas no necesitaron más que veinte minutos para encontrar la caja fuerte que había detrás del clóset. Cuando los enfermeros se llevaron a Lisbeth, lo último que Rakel vio de ella fue su espalda. Salander no se volvió. Fue como si Rakel ya no existiera para ella.

Capítulo 24

30 de junio

Mikael Blomkvist estaba en la cocina de la redacción de *Millennium* de Götgatan. Acababa de poner punto final a su largo reportaje sobre el registro y el Proyecto 9. Como ya iba siendo habitual, hacía calor. Llevaban dos semanas sin una gota de lluvia. Irguió la espalda, bebió un poco de agua y dirigió la mirada hacia el sillón azul celeste que había al fondo de la redacción.

Recostada en él, con sus zapatos de tacón alto, Erika Berger leía el artículo. Decir que Mikael estaba nervioso tal vez fuera algo exagerado. Estaba convencido de que se trataba de una lectura impactante y de un *scoop* que sería encabronadamente bueno para la revista. A pesar de ello, ignoraba cómo iba a reaccionar Erika, lo cual no sólo se debía al hecho de que el reportaje, en algunas partes, resultara problemático éticamente hablando, sino también a la pelea que habían tenido hacía poco.

Él le había dicho que no iría al archipiélago durante las fiestas de *Midsommar* y que tampoco lo celebraría de ninguna manera especial, sino que se concentraría por completo en su reportaje, estudiaría los documentos que Bublanski le había facilitado y continuaría entrevistando a Hilda von Kanterborg, a Dan Brody y a Leo Mannheimer, quien había viajado en secreto de Toronto a Estocolmo acompañado de su novia. Y así fue, en efecto; nadie podía decir que Mikael no hubiera dejado la piel. Había estado trabajando prácticamente día y noche en el reportaje sobre el registro, pero también en el de Faria Kazi, aunque no fue él quien lo escribió, sino Sofie Melker. No obstante, Mikael estuvo pendiente en todo momento de su elaboración, así como del proceso judicial, cosa que debía agradecerle a su hermana Annika, quien trabajaba duro para que Faria fuese liberada y disfrutara de una nueva vida bajo una identidad protegida.

También se había mantenido en contacto con Sonja Modig, que dirigía la investigación del caso, de nuevo abierta, de lo que ahora se consideraba el asesinato de Jamal Chowdhury, gracias a la cual Bashir, Razan y Khalil Kazi, junto a otras dos personas, se encontraban en prisión preventiva en espera de juicio. Benito había sido trasladada al centro penitenciario de Hammerfors, en Härnösand, y estaba, asimismo, en espera de juicio por otros cargos. Además de eso, Mikael se enfrascaba a menudo en largas conversaciones con Bublanski. Y también dedicó más energía que nunca a pulir los detalles estilísticos de su texto.

Pero hasta Mikael Blomkvist tenía un límite.

Necesitaba una pausa y un respiro; ya casi veía doble. El sofocante calor y las muchas horas pasadas sentado frente a la computadora en aquella casa de Bellmansgatan habían consumido todas sus fuerzas. Una tarde tuvo un arrebato de deseo de otra cosa distinta y telefoneó a Malin Frode.

—Malin, por favor —dijo—, ¿podrías venir?

Ella consiguió una niñera y tuvo la amabilidad de acudir a su llamada con la condición de que él le prometiera comprar fresas y champaña, quitar la colcha de su cama, no distraerse y no actuar como un Kalle Blomkvist del Carajo. A Mikael esas condiciones le parecieron razonables; por eso acabaron revolcándose en la cama, borrachos, llenos de felicidad y ajenos a su entorno hasta el momento en que Erika Berger se presentó por sorpresa con una carísima botella de vino tinto en la mano.

Erika nunca había creído que Mikael fuera un dechado de virtudes; ella misma estaba casada y no era una persona exageradamente formal en lo que a aventuras amorosas se refería. Aun así, las cosas se torcieron, algo que, sin duda —si hubiese tenido tiempo y ganas de hacerlo— se podría haber analizado de arriba abajo. Uno de los motivos, por supuesto, fue el impetuoso temperamento de Malin, a lo que se sumó el hecho de que Erika se sintiera herida y avergonzada, el hecho de que los tres se sintieran avergonzados. Las mujeres empezaron a discutir entre ellas, y al final le reclamaron a él, por lo menos Erika, que lo reprendió y terminó por irse dando un portazo.

Desde entonces, ella y Mikael sólo habían hablado —aunque poco y con cierta tirantez— de cosas estrictamente relacionadas con la revista. Y ahora Erika estaba allí, recostada en el sillón, leyendo, mientras Mikael pensaba en Lisbeth. La habían dado de alta en el hospital y se había ido a toda prisa a Gibraltar, un viaje de negocios, según dijo. Pero mantenían contacto diario hablando de Faria Kazi y, por supuesto, de la investigación que se estaba llevando a cabo contra los responsables del registro.

De momento el público no conocía ni el trasfondo ni las circunstancias de la historia, y los nombres de los presuntos culpables aún no se habían publicado en ningún medio de comunicación importante. Por eso Erika insistió en intentar sacar enseguida una edición especial de la revista: no quería que nadie les robara la exclusiva. Quizá también fuera ésa una de las razones por las que se enojó tanto cuando encontró a Mikael en la cama bebiendo champaña, como si no hubiera nada importante en juego. En realidad, él no podría haberse tomado su cometido más en serio.

Ahora miraba de reojo a Erika, que por fin se quitó los lentes, se levantó y se acercó a la cocina. Llevaba *jeans* y una blusa azul con el cuello algo abierto. Se sentó a su lado en la mesa. Por supuesto, podría haber empezado de cualquier manera, con un aplauso o un comentario crítico.

Pero le dijo:

—No lo entiendo.

—Pues eso me preocupa —contestó Mikael—. Yo esperaba haber aclarado un poco la historia.

—No entiendo por qué lo mantuvieron en secreto tanto tiempo.

—¿Leo y Dan?

Ella asintió.

—Había pruebas —como he escrito— de que Leo se había dedicado a realizar negocios ilícitos a través de testaferros, y aunque ahora resulta obvio que eran Ivar Ögren y Rakel Greitz los que se encontraban detrás, Leo y Dan no encontraron ninguna forma de acceder a esos papeles. Además, cosa que confío en que también quede clara en el texto, les empezaban a gustar sus nuevas identidades, y ninguno de los dos pasaba precisamente por penurias económicas. No dejaban de hacerse considerables transferencias de dinero, y creo que ambos experimentaron una nueva especie de libertad, la libertad del actor en cierto sentido. Podían comenzar desde cero y encontrar algo nuevo. Yo sí lo entiendo.

—Y luego se enamoraron.

—De Julia y Marie, sí.

—Las fotografías son maravillosas.

—Algo es algo.

—Bueno, por lo menos tenemos unas buenas fotos —dijo Erika—. Pero quiero que comprendas que Ivar Ögren nos va a poner una demanda del carajo y nos va a sacar hasta el último centavo.

—Yo creo, Erika, que por lo que respecta a ese punto estamos bien cubiertos.

—Pero es que también me da miedo que nos caiga una denuncia por difamación de personas fallecidas; por esa historia de la muerte durante la cacería de alces.

—Creo que ahí también tenemos las espaldas bien cubiertas. Lo único que he escrito es que hay una serie de circunstancias en torno al fallecimiento que no han sido aclaradas.

—Me temo que será más que suficiente. Es bastante comprometedor.

—Okey, le echaré un vistazo. ¿Hay algo que *no* te preocupe o algo que incluso...? ¿Me entiendes?

—Que eres un cabrón.

—Es posible que un poco, sí. Sobre todo, por las noches.

—¿Vas a dedicarte sólo a una mujer de ahora en adelante, o piensas sacar tiempo también para otras?

—Bueno, en el peor de los casos podría tomar un poco de champaña contigo.

—No te quedará más remedio.

—¿Me obligarás a ello con amenazas?

—Si es necesario, sí, porque este texto, o sea, la parte del texto por la que no nos van a demandar, es...

Se lo calló.

—¿Satisfactoria? —intentó completar él.

—Sí, se podría calificar así —contestó ella con una sonrisa—. Enhorabuena —añadió, y levantó los brazos para abrazarlo.

No obstante, pronto tuvieron otras cosas en las

que pensar. Después resultaría complicado reconstruir la cronología exacta, pero probablemente fuera Sofie Melker la que reaccionó primero. Se encontraba en la redacción, sentada frente a su computadora, y exclamó algo que nadie captó con exactitud pero que indicaba asombro o *shock*. Un minuto más tarde —o en ese mismo instante quizá— Erika y Mikael recibieron *flashes* informativos en sus teléfonos, aunque ninguno de los dos se alteró ni se sorprendió demasiado. No se trataba de un ataque terrorista, ni tampoco de una amenaza de guerra. La bolsa había caído, sólo eso. Y, aun así, todos fueron engullidos por la avalancha periodística. Poco a poco entraron en esa especie de intensa sensación de vivir el momento que se instala en todas las redacciones cuando se genera una noticia de gran magnitud.

Se sumieron en un estado de absoluta concentración y lanzaron gritos espontáneos cada vez que veían, en sus computadoras, que se producía alguna nueva noticia. La caída se intensificó. El suelo se abrió bajo los pies del mercado. El índice de la bolsa de Estocolmo cayó de menos seis a menos ocho, después a menos nueve y, por último, a menos catorce por ciento; luego se recuperó un poco para, a continuación, volver a caer como en un agujero negro. Se trataba de un *crack* bursátil en toda regla; un pánico galopante se apoderó de todo el mundo, aunque en aquel momento nadie parecía entender lo que estaba sucediendo.

No había nada concreto, ningún factor desencadenante. No había más que gente que murmuraba y musitaba: «Incomprensible, demencial, ¿qué está pasando?». Poco después, cuando se consultó a los expertos, se empezó a hablar de lo de siempre: de una economía recalentada, de tipos de interés demasiado bajos, de valoraciones muy altas y de amenazas políticas, tanto del Oeste como del Este: un Oriente Medio inestable y corrientes fascistas y antidemocráticas en Europa y en Estados Unidos, un hervidero político que recordaba a los años treinta. Pero eso no eran más que viejas y consabidas cosas. Nada nuevo había ocurrido durante el día, nada que tuviera la magnitud suficiente para ocasionar una catástrofe de esas dimensiones.

El pánico surgió como de la nada y se extendió alimentándose de su propia dinámica; fueron muchas las personas que pensaron en el ciberataque que se había perpetrado en abril contra Finance Security, entre ellas Mikael. Consultó las redes sociales y lo que vio no le sorprendió lo más mínimo. Allí había una avalancha de afirmaciones y rumores de los que demasiado a menudo se hacían eco los medios más serios. Mikael dijo en voz alta, más bien como hablando consigo mismo:

—No sólo es la bolsa la que cae.

—¿Qué quieres decir? —preguntó Erika.

—Que también lo hace la verdad —sentenció.

Ésa era su opinión. Como si los trols de la red hubieran asumido el control y hubiesen creado un falso equilibrio en el que la mentira y la verdad se contraponían como entidades igual de importantes; como si además un torbellino de invenciones y teorías conspiratorias se cerniese sobre el mundo como una impenetrable niebla. Algunas veces se hacía con habilidad, otras no; se comentaba, por ejemplo, que el financiero Christer Tallgren se había pegado un tiro en su casa de París, destrozado por haber visto esfumarse sus millones o, mejor dicho, sus miles de millones. La noticia resultó rara no sólo porque el propio Tallgren lo desmintió en Twitter, sino también porque el relato tenía algo de arquetípico, como si fuera una especie de eco de la muerte del famoso financiero Ivar Kreuger, que se pegó un tiro en 1932.

Por lo general, parecía una mezcla de mitos y leyendas de los viejos y los nuevos tiempos. Se hablaba de un comercio robótico que se había descontrolado y de que las páginas web de los centros financieros y de los grupos mediáticos habían sido *hackeadas*. Se decía, también, que, en el barrio de Östermalm, había gente a punto de tirarse de un balcón o de un tejado, cosa que ya de por sí sonaba excesivamente melodramática pero que además evocaba el *crack* bursátil de 1929, cuando los obreros que había en los tejados de Wall Street fueron confundidos con inversores arruinados y sólo con su simple presencia contribuyeron a acelerar el desplome de la bolsa.

Corría el rumor de que Handelsbanken había suspendido los pagos y que tanto Deutsche Bank como Goldman Sachs se hallaban al borde de la quiebra. Por todas partes, y desde cualquier procedencia, entraba una ingente cantidad de información, y ni siquiera para un ojo tan entrenado como el de Mikael resultaba fácil discernir lo verdadero de lo falso, ni lo que eran amenazas reales de lo que se había generado y automatizado desde las fábricas de trols del Este.

En cambio, reparó en el hecho de que Estocolmo era, en definitiva, la ciudad más afectada; la caída no había sido tan grande en las bolsas de ciudades como Frankfurt, Londres o París, si bien era cierto que el pánico iba en aumento también allí. Todavía faltaban varias horas para que abrieran las bolsas de Estados Unidos. Aun así, los contratos de futuros financieros mostraban índices que se desplomaban de forma extrema en Dow Jones y Nasdaq, y nada parecía remediar la situación, ni siquiera el hecho de que directores de bancos nacionales, ministros y economistas y todo tipo de gurús aparecieran en los medios hablando de una «sobrerreacción» y de que había que mantener la calma y torear el temporal. Todo, absolutamente todo, se interpretaba de manera negativa y era distorsionado. El rebaño había salido espantado y corría para salvar la vida sin que nadie entendiera quién o qué lo había asustado. Se tomó la decisión de cerrar la bolsa de Estocolmo, algo un poco desafortunado quizá, porque justo antes las cotizaciones habían empezado a recuperarse. Pero sin duda era verdad que se necesitaba investigar y analizar lo que estaba pasando antes de que se reanudaran las actividades comerciales.

—Lo siento por tu reportaje sobre los gemelos. Se va a ahogar en toda esta marea.

Mikael levantó la vista de la computadora y le dedicó una melancólica mirada a Erika, que estaba justo a su lado.

—Todo un detalle por tu parte que pienses en mi vanidad periodística cuando el mundo se ha vuelto loco —dijo.

—Pensaba en *Millennium*.

—Lo entiendo. Pues tendremos que posponer la publicación, no podemos sacar el nuevo número sin incluir algún reportaje sobre esto también.

—Bueno, es verdad que no es necesario ir corriendo a la imprenta. Pero debemos publicarlo en Internet. Si no, nos arriesgamos a que alguien nos robe la exclusiva.

—De acuerdo —dijo él—. Lo que creas mejor.

—¿Te quedan fuerzas para volver a la carga?

—Me quedan.

—Bien —respondió ella, y luego se miraron y se despidieron con un movimiento de cabeza.

Sería un verano insoportablemente caluroso y pesado. Mikael Blomkvist decidió dar un paseo antes de volver a meterse de lleno en la próxima historia. Bajó Götgatan, con dirección a Slussen, pensando en Holger Palmgren y su puño cerrado en aquella cama de su departamento de Liljeholmen.

Epílogo

No sólo se debía a que se celebrara en Storkyrkan. La iglesia estaba abarrotada de gente, y eso que tampoco era ningún hombre de Estado, precisamente, el que iba a ser enterrado, sino sólo un viejo abogado que ni siquiera había llevado ningún destacado caso mediático, sino que había dedicado toda su vida a defender a las personas jóvenes que iban por mal camino. Ahora bien, la publicación por parte de la revista *Millennium* del, así llamado, «Escándalo gemelo» sin duda había contribuido a llenar el templo, así como, naturalmente, el hecho de que se tratara de la víctima de un asesinato que había tenido una gran repercusión en los medios de comunicación.

Eran las dos de la tarde, y el funeral estaba siendo digno y emotivo, con un sermón bastante poco convencional que apenas había mencionado a Dios o a Jesucristo y que había retratado al fallecido con pinceladas muy finas. No obstante, ese sermón se había visto eclipsado por el sobrecogedor discurso que acababa de pronunciar la hermanastra de Holger, Britt-Marie Norén, y que había hecho que muchos de los asistentes se emocionaran, en especial una mujer africana alta e imponente llamada Lulu Magoro, quien lloraba desconsolada.

Otros tenían lágrimas en los ojos o bajaban la cara a modo de reverencia: familiares, amigos, viejos colegas, vecinos, algunos antiguos clientes del fallecido con aspecto de haberles ido bastante bien en la vida y, por supuesto, Mikael Blomkvist, su hermana Annika Giannini, el comisario Jan Bublanski y su novia, Farah Sharif, los inspectores Sonja Modig y Jerker Holmberg, y también Erika Berger. Allí se encontraban todos los que habían tenido una relación más o menos cercana con el fallecido. Pero también había otras personas que daban la impresión de haber acudido más que nada por curiosidad, personas que miraban a su alrededor más bien con avidez y que parecían causar incomodidad en la pastora, una mujer alta y delgada, de unos sesenta años, de pelo blanco y afiladas facciones. Aun así, ella, con su innata autoridad, volvió a ponerse frente a los asistentes y, con un movimiento de cabeza, se dirigió a un hombre sentado en la parte izquierda de la segunda fila y vestido con un saco negro de lino. El hombre, que se llamaba Dragan Armanskij y era dueño de la empresa de seguridad Milton Security, negó con la cabeza.

Le había llegado el turno de hablar, pero ya no quería hacerlo. No resultaba fácil saber por qué. La pastora aceptó su gesto de disculpa y procedió a iniciar la ceremonia de despedida haciéndoles una señal a los músicos que se hallaban en la parte superior de la iglesia.

En ese momento, una mujer joven que se encontraba en una de los bancas del fondo se levantó y gritó: «¡Pare! ¡Espere!». Por alguna extraña razón, la gente tardó en darse cuenta de que se trataba de Lisbeth Salander, cosa que tal vez se debiera al hecho de que llevaba un traje negro, confeccionado a medida, que la hacía parecer un chico joven. No obstante, se le había olvidado arreglarse el pelo, que apuntaba en todas direcciones tan salvaje y puntiagudo como siempre, y tampoco su andar se había suavizado ni adaptado a la ocasión; había algo agresivo en su forma de moverse y, aun así —una curiosa paradoja—, se quedó extrañamente indecisa. Una vez en el altar, bajó la mirada y no la intercambió con nadie. Hubo un momento, incluso, en el que pareció estar a punto de regresar a su asiento.

—¿Quieres pronunciar unas palabras? —le preguntó la pastora.

Lisbeth asintió con la cabeza.

—Adelante. Por lo visto tenían una relación muy estrecha.

—Sí, así es —respondió ella.

Luego se quedó callada y un nervioso murmullo comenzó a extenderse por la iglesia. Parecía imposible interpretar su lenguaje corporal, aunque la mayoría lo entendió como si ella estuviera enojada o paralizada. Cuando por fin empezó, apenas podía oírse lo que decía.

—¡Más alto! —gritó alguien.

Ella alzó la vista. Daba la impresión de encontrarse desorientada.

—Holger... daba mucha lata —dijo—. Era muy pesado. No respetaba a la gente que quería estar callada y cerrar la puerta. No tenía el suficiente sentido común como para darse por vencido; seguía duro y dale hasta que conseguía que varios *freaks* perturbados hablaran y se abrieran. Era lo bastante tonto como para pensar bien de la gente, incluso de mí, una opinión que no coincidía precisamente con la de la mayoría. Era un viejo loco y orgulloso que se negaba a recibir ayuda por mucho que sufriera y que siempre hacía lo que podía para hurgar y rebuscar donde fuese para desenterrar la verdad, y no por su propio bien, por cierto. De modo que...

Lisbeth cerró los ojos.

—... tuvieron que matarlo, claro. Mataron a un hombre viejo e indefenso en su propia cama, cosa que, a decir verdad, me molesta mucho, sobre todo si se considera que Holger y yo...

Nunca terminó la frase, y no parecía saber qué era lo que iba a decir a continuación. Miró fijamente a un lado. Luego corrigió la postura y dirigió la mirada a todos los allí presentes.

—La última vez que nos vimos hablamos de esa estatua de ahí —prosiguió—. Él quiso saber por qué me fascinaba y yo le contesté que nunca había visto en ella ningún acto heroico, sino la imagen de la terrible injusticia que se cometía contra un dragón, y él me entendió muy bien y me preguntó por el fuego: «¿Qué pasa con ese fuego que escupe el dragón?». Yo le respondí que es el mismo fuego que arde dentro de todos los que son pisoteados. El mismo fuego que puede convertirnos en ceniza, pero que a veces —si algún chiflado como Holger nos ve, y juega ajedrez y habla con nosotros; si, en general, se interesa por nosotros— puede transformarse en una cosa completamente diferente: una fuerza que hace que seamos capaces de devolver el golpe. Holger sabía que era posible levantarse incluso con una lanza clavada en el cuerpo, y por eso era tan pesado y latoso —explicó, tras lo cual volvió a quedarse callada.

Luego se dio la vuelta y le hizo una reverencia al ataúd con un movimiento rígido y torpe. Dijo «gracias» y «perdón», y se percató de la mirada y la sonrisa que le dedicó Mikael Blomkvist. Era posible que ella le devolviera la sonrisa, pero resultaba difícil de saber.

La iglesia estalló en murmullos y susurros, y a la pastora le costó reinstaurar la calma y el orden para iniciar la ceremonia de despedida. Casi nadie advirtió que Lisbeth Salander caminó a lo largo de las filas de bancas y salió por la puerta de la iglesia hasta la plaza para luego desaparecer por las callejuelas de Gamla Stan.

Agradecimientos

Gracias de todo corazón a mi agente, Magdalena Hedlund, y a mis editoras, Eva Gedin y Susanna Romanus.

Mil gracias también a mi redactor Ingemar Karlsson, al padre y al hermano de Stieg Larsson, Erland y Joakim Larsson, a mis amigos Johan y Jessica Norberg, y a David Jacoby, investigador de seguridad de Kaspersky Lab.

Muchas gracias también a mi editor británico, Christopher MacLehose, a Jessica Bab Bonde y a Johanna Kinch de Hedlund Agency, a Nancy Pedersen, catedrática de epidemiología genética en el Registro de Gemelos de Suecia, a Ulrica Blomgren, inspectora criminalista del centro penitenciario de Hall, a Svetlana Bajalica Lagercrantz, médico jefe y profesora del Hospital Universitario Karolinska, a Hedvig Kjellström, catedrática de ciencias informáticas en la Kungliga Tekniska Högskolan, a Agneta Geschwind, directora adjunta del Departamento del Archivo Municipal de Estocolmo, a Mats Galvenius, vicedirector ejecutivo de Svensk Försäkring, a mi vecino Joachim Hollman, a Danica Kragić Jensfelt, catedrática de tecnología informática en la Kungliga Tekniska

Högskolan, a Nirjhar Mazumder y a Sabikunna-her Mili y, naturalmente, a Linda Altrov Berg y a Catherine Mörk, de Norstedts Agency.

Y gracias eternas a mi querida Anne.

Índice